Tout l'amour de nos pères

Christian Signol

Tout l'amour de nos pères

ROMAN

Albin Michel

IL A ÉTÉ TIRÉ DE CET OUVRAGE

Vingt exemplaires
sur vélin bouffant des papeteries Salzer
dont dix exemplaires numérotés de 1 *à* 10
et dix exemplaires, hors commerce, numérotés de I *à* X

À Sylvie Genevoix.

« Tout l'amour de nos pères
Ne nous consolera jamais
De les avoir perdus. »

Première partie

PIERRE

1

C'EST dans un univers béni des dieux que je possède aujourd'hui le Grand Castel, au cœur même du Périgord, dans un triangle dont les extrémités seraient à peu près Le Bugue sur la Vézère, Lalinde sur la Dordogne, et la bastide de Montpazier qui ouvre les portes du Midi. Pas tout à fait le Bergeracois, donc, non plus le Sarladais, mais la Dordogne, tout simplement, dans ce qu'elle possède de plus vert, de plus chaud dans la couleur de ses pierres, du charme d'un climat qu'ont célébré Montaigne et La Boétie, entre autres, d'où le fait que les hommes se sont installés là depuis les temps les plus anciens.

Je ne suis pas issu de la noblesse terrienne, mais j'ai pu acquérir ce territoire d'une centaine d'hectares après avoir été sous-officier aux armées du temps de la splendeur de Bonaparte, quand le bas peuple pouvait accéder en quelques années à ce statut uniquement par le courage, et, il faut bien le dire, une certaine dose d'inconscience que les champs de bataille s'ingéniaient à ramener à la réalité. Ce fut mon destin, à moi, Pierre Marsac, qui ne me suis jamais avisé d'acquérir la moindre particule, car je le tiens de mes origines : je suis simplement le fils d'un petit paysan de la Bessonie, une ferme située à la limite de la Dordogne et du Limousin, dans la paroisse de Jumillac. Mais je le crois suffisamment hors du commun, ce destin, pour mériter d'être couché sur le papier. J'ai donc décidé de m'y consacrer, afin que les enfants, au moins, sachent quel a été le chemin de celui qui leur a donné la vie.

Je dois d'abord dire comment et pourquoi, les mains nues, je suis parti le 28 juillet 1792 pour Paris afin de défendre la patrie en danger. Mon père, Charles Marsac, m'avait expliqué que nous devions aider la République qui avait guillotiné le roi, aboli les privilèges et rendu la vie plus facile à ceux, qui, comme nous, ne possédaient presque rien et souffraient depuis des siècles des charges et des corvées qui pesaient sur eux. Or, cette République qui avait proclamé l'égalité entre les hommes, confisqué les biens du clergé, destitué la noblesse, était alors menacée par des puissances extérieures appelées au secours de la royauté déchue, par ceux qui s'étaient toujours opposés aux acquis de la Révolution. Des armées étrangères campaient aux frontières du pays ; certaines même, disait-on, étaient entrées sur le territoire et marchaient sur Paris.

J'avais accepté d'autant plus volontiers que je n'avais jamais discuté les ordres de mon père, et pourtant

Charles n'était pas mon vrai père. Avec son épouse Hortense, ils m'avaient trouvé dix-neuf ans plus tôt, au retour du marché. Elle était descendue de la charrette pour se rendre compte de ce qu'était ce paquet de chiffons sur le bord du chemin. Puis elle avait deviné un visage au milieu duquel les yeux demeuraient clos. Elle avait alors reconnu un enfant et s'était retournée vers son mari pour lui faire part de sa découverte. Mon père était un colosse noir et barbu, dont elle avait un peu peur. N'osant prendre dans ses bras ce petit corps qui ne donnait aucun signe de vie, elle avait reculé d'un pas.

Comme son mari s'impatientait, elle s'était courbée légèrement puis, constatant que le pied qui dépassait du petit drap de chanvre avait bougé, elle s'était redressée en poussant un cri. Combien de fois m'avait-elle raconté cette rencontre, son émotion, alors, et l'agacement de Charles qui avait sauté de la charrette avec une agilité surprenante pour un corps aussi vaste, s'était approché et avait saisi ce petit être qu'il avait secoué un peu, provoquant des pleurs douloureux !

– Manquait plus que ça ! avait-il dit.

Puis, embarrassé, il s'était tourné vers sa femme pour lui donner ce corps vagissant en lui ordonnant de le glisser sous sa mante pour le réchauffer. Alors qu'elle hésitait, n'osant tendre les bras, il avait ajouté qu'ils le confieraient au curé, et ma mère m'avait reçu contre elle comme un trésor sur lequel elle ne cesserait plus jamais de veiller.

Dès qu'elle fut installée sur la charrette, elle m'enfouit sous son manteau, examinant ce visage où, miraculeusement, les yeux s'étaient ouverts. Ils étaient bleus, mes yeux, mais d'un bleu comme nul n'en possédait ici – répétait-elle souvent –, dans ces contrées perdues entre Dordogne et Limousin, où les hommes et les femmes avaient tous le regard sombre, noir ou couleur de châtaigne, mais jamais d'un bleu si pâle que l'on se demandait comment la vie pouvait rester prisonnière et brûler derrière tant de transparente douceur. Et ce jour-là, ma mère, ayant peur que la vie, justement, ne quitte mon petit corps, redoutant d'être incapable de me donner sa propre chaleur, m'avait serré si fort que sans s'en rendre compte elle me faisait mal et ravivait mes pleurs.

Une heure plus tard, ils étaient chez eux, un grand feu brûlant dans la cheminée, et moi couché dans un panier, tout près des flammes. Hortense était allée traire l'une de leurs deux vaches et, sous la lumière chiche du chaleil, tentait de faire pénétrer le lait entre mes lèvres roses, à l'aide d'une cuillère en buis. Elles se desserrèrent et laissèrent passer le liquide tiède qui, elle n'en douta pas une seconde, allait me sauver.

Quand ils étaient entrés dans la maisonnette, Charles avait demandé si j'étais un gars ou une fille et elle avait répondu que j'étais un garçon. Elle me souriait en trouvant des gestes maternels pourtant jamais appris. À vingt-cinq ans et depuis six années de mariage, elle n'avait pu concevoir d'enfant. Charles, à trente ans, rêvait d'avoir un fils qui pût reprendre plus tard la propriété de la Bessonie sur laquelle ils vivaient : pas grand-chose mais un bois pour les châtaignes, deux cartonnées pour le blé d'hiver et le seigle, une boisselée de chanvre, un coudert pour les légumes, deux vaches et un pré. Elle lui venait de son père, Auguste Marsac, et de sa mère Marguerite. La ferme leur avait permis de vivre tant bien que mal malgré la taille à payer, l'arban qui les obligeait à travailler pour le marquis de Jumillac une journée par semaine, et toutes les charges pesant sur un bien qui était soumis au droit de « mainmorte » et risquait ainsi de revenir au hobereau si Charles et Hortense Marsac n'avaient pas d'héritier.

C'était l'année 1773 et le début de l'hiver. Le temps de l'inquiétude au souvenir des froids terribles dont la mémoire des Marsac était jalonnée, quand les blés d'hiver gelaient, que les châtaignes pourrissaient, que même le bois manquait pour se chauffer. Il arrivait alors que les gueux se lancent sur les chemins, affamés, menaçants, capables de piller ou de tuer pour ne pas mourir de faim. Or la Bessonie était isolée, pas même protégée par les feux d'un hameau, à deux lieues de Jumillac, entre étangs et pâtures, au creux de ces collines de la Dordogne qui joignaient le Limousin, non loin de la grand-route qui conduisait de Périgueux à Limoges, et dont le sillon traversait la forêt à l'ouest. Si bien que Charles ne laissait jamais Hortense seule à la ferme, l'emmenait partout avec lui, comme ce matin de décembre où ils étaient allés vendre quelques châtaignes au marché de Jumillac, car la récolte avait été bonne.

Depuis combien de temps avais-je été abandonné là, au bord du chemin, et au terme de quelles souffrances ? Pas très longtemps, certainement, car il avait gelé la nuit précédente, et je n'aurais pu résister au froid. D'où vient-il ? se demandait Hortense. À qui appartient-il ? Mais elle avait déjà deviné que je lui appartiendrais en propre, que rien ni personne ne lui ferait lâcher ce nourrisson, dont la vitalité la submergeait à présent de bonheur.

Le lendemain, dès le lever du jour, malgré les nuages que le vent du nord poussait en rafales glacées, ils se mirent en route vers Jumillac où le père Marsaudon les fit entrer dans le presbytère dès qu'ils furent annoncés par sa vieille servante. Charles s'expliqua en montrant l'enfant qu'Hortense présentait, et le curé voulut savoir où et comment ils m'avaient trouvé. Dès que Charles eut donné les explications nécessaires, le curé parut réfléchir, fouiller dans sa mémoire, puis il leur demanda depuis quand ils étaient mariés. Charles ayant précisé que cela faisait six années mais qu'ils n'avaient pas d'héritiers, le curé, souriant, leur déclara que ce petit était un cadeau du ciel, et que Dieu, malgré leurs péchés, dans son immense miséricorde, avait voulu les bénir.

Il semblait si affirmatif que ni Charles ni Hortense ne songèrent à contester quoi que ce soit, au contraire : ce ne pouvait être le hasard qui avait placé ce petit sur leur route, eux qui ne pouvaient avoir de fils et s'en désolaient, redoutant un châtiment dont ils n'apercevaient pas les causes, mais qui, de jour en jour, leur paraissait plus évident. Toutefois, quand Charles fit observer qu'on ne voyait jamais de tels yeux par ici, le père Marsaudon répondit que c'était précisément parce que je ne venais pas d'ici, mais des cieux éternels. Et, comme Charles et Hortense demeuraient stupéfaits, incapables de prononcer le moindre mot, il ajouta que cela n'allait pas l'empêcher de m'inscrire sur le registre de la paroisse et de me prénommer Pierre, comme le premier des apôtres. Alors Charles demanda quel nom il convenait de me donner.

– Le tien, répondit le curé, puisqu'il t'a été destiné.

Et il se remit à écrire, trempant sa plume d'oie dans de l'encre épaisse, puis il signa « curé Marsaudon, paroisse de Jumillac, le 16 décembre 1773 ». Au terme de cette signature, Charles, de plus en plus troublé, s'inquiéta de ce qui se passerait si mes véritables père et mère réapparaissaient un jour.

– Nul ne peut défaire ce que Dieu a fait, répondit le prêtre.

Il ajouta qu'ils devaient se montrer reconnaissants, car ils avaient été touchés par l'infinie bonté du

Seigneur. Hortense n'avait pas prononcé un mot : il lui tardait de partir, d'emporter son trésor, se réfugier dans sa maison pour connaître enfin le bonheur qui lui avait été refusé depuis six ans. Il lui semblait comprendre à présent que ces yeux si bleus étaient vraiment un don du ciel, mais en même temps cela l'effrayait d'avoir été distinguée de la sorte parmi des milliers de femmes, elle dont la vie était si humble et qui, sans Charles, serait encore servante à Jumillac.

Quand ils repartirent, la neige se mit à tomber mais ne tint pas au sol. Un peu avant d'arriver, Charles arrêta la charrette, se tourna vers sa femme et lui dit, un grand sourire éclairant son visage mangé par la barbe, que grâce à cet enfant le peu qu'ils possédaient échapperait à la « mainmorte ». Il ajouta que si cela n'avait pas été le cas, il ne s'en serait jamais consolé.

L'hiver fut plus clément que les précédents, et l'on ne vit pas de gueux sur les chemins. Je survécus en acceptant le lait qui n'était pas maternel, ce qui, à n'en pas douter, était une aubaine. Je marchai avant un an, des cheveux bruns recouvrirent ma tête aux traits fins, et ce fut au terme de cette année-là qu'Hortense comprit qu'elle était grosse. Ce que le bon Dieu lui avait refusé pendant six ans, voilà qu'il le lui accordait aujourd'hui, alors qu'il lui avait déjà confié un enfant. Que fallait-il en penser ? Le curé ne s'était-il pas trompé ? Elle s'interrogea longtemps avant de se décider à confier la nouvelle au père Marsaudon, lequel prétendit que s'ils avaient eu un héritier avant de m'avoir trouvé, ils n'auraient pas voulu me garder.

– Dieu le savait, ajouta-t-il, en la bénissant d'un signe de croix.

Elle voulut bien en convenir, et Charles se rangea à ces conclusions, même si la perspective d'avoir deux fils le chagrinait. L'un d'eux devrait partir. Le bien était trop petit pour permettre la vie de deux familles. Hortense le rassura en lui promettant qu'elle donnerait le jour à une fille.

Ce fut un garçon. Elle en fut délivrée le 8 septembre 1774, ce qui signifiait qu'elle l'avait conçu aussitôt après m'avoir adopté. Elle ne savait pas que le corps des femmes parfois se libère sous le coup de fortes émotions. Ils l'appelèrent Jules. Il avait les yeux noirs, comme notre père, il était sain et vigoureux, et il passa le premier hiver blotti contre moi, dans le même lit. Dès lors, nous ne nous quittâmes pas et grandîmes côte à côte sous le regard perplexe de Charles et celui, ébloui, d'Hortense qui, deux ans plus tard, donna le jour à une fille prénommée Berthe, laquelle resta un long moment entre la vie et la mort mais survécut. Ces trois enfants représentaient une charge à laquelle il était difficile de faire face pour nos parents, mais jamais la moindre plainte ne sortit de la bouche de

Charles qui avait trop longtemps redouté la « mainmorte ». Il serait bien temps, quand les enfants seraient grands, de prendre une décision au sujet de la succession.

Nous grandîmes donc en travaillant près de nos parents dès notre plus jeune âge, la fille secondant la mère, les fils aidant le père, jusqu'à ce que le curé Marsaudon vienne un jour exiger que j'apprenne à lire et à écrire car on ne pouvait, prétendait-il, laisser sans la moindre instruction un enfant qui était un cadeau du ciel. Comment le contester ? Charles et Hortense s'inclinèrent et je pris donc deux fois par semaine la direction de Jumillac, où le curé me donna l'instruction à laquelle, de par ma naissance, assurait-il, j'avais droit. Je le fis avec plaisir, car je sentais confusément qu'il y avait là un possible secours, à l'avenir, aussi bien pour moi que pour ma famille.

J'étais un enfant doux – m'a dit ma mère –, d'apparence fragile mais d'une vigueur étonnante, dont les yeux troublaient toujours ceux qui croisaient mon regard. Je n'étais pas capricieux, ne me rebellais pas, mais on sentait bouillonner en moi une force qui, indiscutablement, allait jaillir un jour. Par ailleurs, je compris très tôt que mon père et ma mère ne faisaient pas partie du même monde que le curé Marsaudon. À la Bessonie, Charles vitupérait contre la taille, l'arban et le vinage qu'il devait au marquis de Jumillac du fait que son bien n'était pas « franc », et il s'en prenait sans cesse aux puissants : au roi lui-même et à son ministre

Turgot qui n'était pas parvenu à établir la libre circulation des grains pour empêcher les famines. Par ailleurs, le bruit courait dans les campagnes que si les assemblées provinciales souhaitées par Necker, le successeur de Turgot, n'avaient pas vu le jour, c'était parce que le roi s'y était opposé, du fait qu'elles devaient être élues et donc mettaient en cause un pouvoir qu'il tenait de droit divin. Et surtout on ne pouvait plus supporter ces impôts qui saignaient à blanc même les petits propriétaires, étranglés par la taille et les droits de passage.

Le père Marsaudon, au contraire, récriminait contre les réformes qui mettaient en cause des privilèges acquis de Dieu lui-même, et tenait les mêmes discours que les nantis qui s'élevaient contre Necker comme ils s'étaient dressés contre Turgot. Il rejoignait en cela le marquis de Jumillac et tous les hobereaux de province, le clergé et la noblesse ayant les mêmes intérêts : ceux des grands propriétaires fonciers. Ils se félicitaient du fait que Turgot et Necker eussent finalement été renvoyés, le roi ayant fait appel à Calonne. Mais celui-ci échoua à faire voter les réformes indispensables à l'abolition des privilèges dont le peuple, lui, ne voulait plus. Ce fut ainsi que le vent de la Révolution se leva, car les récoltes de l'hiver 1788-1789 avaient été très mauvaises et de nouveau le spectre de la famine était apparu. Des hordes armées de fourches et de faux se lancèrent alors sur les chemins en pillant tout sur leur passage.

La nouvelle de la prise de la Bastille le 14 juillet à Paris se répandit dans les campagnes avec la force d'un ouragan, et l'on brûla quelques châteaux non sans voler les grains disponibles, et mettre en fuite les nobliaux qui avaient abusé de leur position pour affamer la population. Mon père, Charles, ne resta pas étranger à ces coups de main, au demeurant bien compréhensibles, que pour ma part je suivis de loin, non sans regret, car il m'avait intimé l'ordre de veiller sur la maison. Et c'est avec une immense satisfaction qu'il nous apprit, en août, la Déclaration des droits de l'homme qui proclamait la liberté, l'égalité et la fraternité pour tous les citoyens. Mais ce qui mit vraiment le feu aux poudres, dans nos provinces, ce fut la constitution civile du clergé décrétant la confiscation des biens de l'Église et contraignant les prêtres à prêter serment, ce que refusa énergiquement le curé Marsaudon.

Je devinais que je me trouvais à la frontière de deux mondes parfaitement opposés, antagonistes, inconciliables. J'avais grandi en essayant de les rapprocher, car j'aimais mon père, ma mère, mon frère et ma sœur autant que je me sentais reconnaissant vis-à-vis du prêtre qui m'avait instruit. J'avais réussi à établir un certain équilibre, qui se brisa le jour où le curé exigea que mes parents prennent son parti contre la constitution civile et le soutiennent, lui, prêtre non jureur qui était menacé d'emprisonnement. Charles refusa, interdit à ses enfants et à sa femme de remettre les pieds à l'église. La dernière tentative du curé se termina très mal, car il avait rappelé aux deux époux que moi, Pierre, je ne leur appartenais pas, que j'étais à Dieu, et donc à lui, père Marsaudon, curé de Jumillac. Il venait me chercher pour me ramener à la cure. La fourche de Charles l'en dissuada. Elle avait déjà pénétré dans la soutane quand Hortense s'interposa entre son mari et l'homme de Dieu. Ce dernier quitta les lieux en nous vouant aux pires châtiments.

Cependant, à Paris comme en province, le roi apparut d'autant plus coupable que l'empereur d'Autriche et le roi de Prusse avaient lancé une sorte d'appel à la croisade contre la Révolution française. Leurs troupes se massaient aux frontières. C'est alors que l'Assemblée décréta la patrie en danger et que Charles me demanda, à moi, son fils aîné, de partir pour la défendre, et, avec elle, les acquis de la Révolution qui nous avaient rendus libres, nous avaient donné les moyens de vivre mieux, respectés de tous, assurés de l'avenir.

Jules supplia d'accompagner ce frère avec qui il partageait depuis toujours le même lit, et qu'il aimait pardessus tout. Lui aussi voulait défendre la patrie en danger et l'abolition des privilèges. Charles refusa. Il voulait bien donner un fils à son pays, mais à quoi lui eût-il servi d'en sacrifier deux ? Il avait besoin de Jules pour prendre sa suite à la Bessonie, ce bien n'étant plus menacé désormais.

Je ne songeai pas une seconde à ne pas obéir à mon père, bien que ce fût un déchirement pour moi de quitter ceux que j'aimais tant. Hortense et Berthe pleurèrent beaucoup, tentèrent de fléchir Charles, mais je me chargeai moi-même de les consoler. Et ce fut ainsi que je partis le 28 juillet 1792 vers un destin que ni moi ni personne n'étions capable d'imaginer.

2

J'AI rejoint la grand-route avec tristesse, ce matin-là, mais sans aucun ressentiment vis-à-vis de mon père. La vie près des miens avait été heureuse, et jamais Charles n'avait levé la main sur moi. Je me sentais lié à ces quatre êtres qui m'avaient donné leur affection, m'avaient entouré, aimé, mieux que ne l'eût fait n'importe quelle famille. À l'âge de douze ans, quand le curé m'avait appris le secret de ma naissance, je n'en avais même pas été troublé. Combien d'enfants étaient abandonnés sur les routes à cette époque ! Des centaines. Des milliers. Les femmes préféraient les remettre dans la main de Dieu plutôt que de les voir mourir de faim à leur côté. Je n'avais donc jamais cherché à savoir d'où je venais, et, l'aurais-je fait, j'eusse été bien incapable d'en trouver la source. Au reste, ma nature ne me portait pas à me tourner vers le passé, mais à faire face à l'avenir.

Or l'avenir, c'était ce qui m'attendait à Paris, mais que je ne pouvais envisager, n'ayant jamais été plus loin que Jumillac ou Thiviers, pas même à Limoges ou Périgueux, villes trop lointaines pour justifier un déplacement qui nous aurait fait perdre du temps.

Car le temps pressait auprès de mon père : fenaisons, moissons, le chanvre à faire rouir, les châtaignes à ramasser, le pain à cuire, le bois à couper, les vaches à traire ; il n'était pas question de négliger quoi que ce soit, sous peine d'en souffrir au cours de l'année à venir. J'avais tout appris de ces travaux indispensables à la survie dans les campagnes françaises. Je me sentais riche de ce savoir autant que de celui que m'avait enseigné le curé. Écrire, lire et compter, à cette époque, faisaient de vous un autre homme. Et je me sentais un autre homme, précisément, ce matin-là, sur la grand-route où le soleil jouait entre les feuilles des arbres, et qui était encombrée de charrettes, de voitures qui se dirigeaient vers Châlus et Limoges.

Vêtu d'une simple chemise en toile et d'un pantalon de droguet, tête nue, je marchais à grands pas, tendu vers un destin que j'avais accepté sans la moindre hésitation : qu'y avait-il de plus important que de défendre sa terre et sa famille ? Rien, assurément, c'est ce que me confirmèrent deux jeunes hommes que je rencontrai, passé Châlus, et qui, comme moi, portaient sur l'épaule le baluchon qui contenait toute leur richesse. Ils acceptèrent ma compagnie sans la moindre difficulté : n'allaient-ils pas, eux aussi, répondre à l'appel de la patrie en danger ? Tous les chemins bruissaient d'une agitation belliqueuse, comme si la menace devenait plus précise aux abords de Limoges – les troupes du roi de Prusse nous attendaient peut-être à quelques lieues de là.

Je fus subjugué par la vision de cette ville dont je n'avais jamais imaginé la démesure. Elle me parut magnifique avec sa cathédrale et son immense pont sur la Vienne, mais également redoutable par l'encombrement de ses rues, les cris, les appels, les va-et-vient d'une population comme prise de folie, surtout vers le centre, à proximité d'une halle où je passai la nuit près de mes deux compagnons.

Le lendemain, nous n'étions plus trois, mais vingt. Passé Châteauroux, nous fûmes cent, puis la troupe ne cessa de grandir, au cours d'un voyage qui dura quinze jours, car il n'était pas question de prendre une berline ou une malle-poste qu'il fallait payer vingt-cinq livres. D'ailleurs la solidarité qui soudait les jeunes hommes que nous étions, lancés dans la même aventure, nos chants et notre fougue s'amplifiaient au fur et à mesure que nous approchions de la capitale que certains, limousinants de la Marche devenus maçons ou charpentiers, connaissaient déjà.

Aussi, une fois dans les faubourgs de Paris où les hauteurs étaient couvertes de moulins, je n'eus qu'à me laisser guider. Je franchis les barrières dans le sillage de mes compagnons hurlant et chantant, pour parvenir sur une immense place au bas d'un long boulevard qui montait en pente douce entre des arbres, et où des militaires à bicorne faisaient signer les hommes venus s'engager depuis toutes les régions du pays. Ayant perdu mes camarades, je me sentis seul et j'eus une pensée pour ma famille si loin, déjà, mais je fus entraîné par un flot qui me déposa, après une heure de marche, devant une roulante où on me donna de la soupe et du pain. Un officier vociférant montra aux nouvelles recrues comment déchirer avec les dents la cartouche de poudre, la tasser au fond du canon d'un fusil, placer la balle et refermer. Il nous enseigna également comment se servir de la baïonnette, de bas en haut, pour mieux la faire entrer dans les chairs ennemies.

Puis, alors que je pensais pouvoir dormir, mon escadron s'ébranla dans la nuit pour une longue traite qui ne cessa qu'au matin. Épuisé comme mes compagnons, je dormis une heure au cœur d'une vaste plaine où les moissons étaient en cours, puis il fallut repartir, marcher encore et encore, sous les ordres d'un sergent qui ne devait pas avoir plus de trente ans.

Je marchai donc pendant des jours et des jours jusqu'à rejoindre le corps d'armée commandé par le général Dumouriez à proximité d'une colline sur laquelle on apercevait le moulin de Valmy. Je l'ignorais, bien sûr, comme j'ignorais ce qui allait se passer le lendemain, à l'aube, quand les Prussiens lancèrent la canonnade de soixante pièces d'artillerie. Elle dura toute la journée, que je passai recroquevillé derrière un talus, découvrant pour un soldat la pire épreuve qui soit :

celle de subir le feu de l'ennemi et de ne pouvoir agir. Jamais je n'aurais pu imaginer une telle violence, un tel déchaînement de fureur, et ma seule fuite fut de rêver à la Bessonie, à la chaleur de mon foyer, ses landiers de fonte et son chaleil accroché au plafond, à Charles, à Hortense, à mon frère et ma sœur, si loin de moi mais si présents dans mon cœur.

Derrière nos troupes loqueteuses et épouvantées s'étendaient des marais qui rendaient toute retraite impossible. Les généraux français Dumouriez et Kellermann avaient choisi de faire face malgré ces conditions extrêmes, l'issue de l'affrontement n'étant autre que la victoire ou la mort. Les Prussiens et les émigrés qui combattaient près d'eux dans une ultime trahison à leur pays pensaient que cette armée de jeunes inexpérimentés, aux habits misérables, sachant à peine tirer, allait s'enfuir aux premiers coups de semonce, mais ils ignoraient qu'ils avaient affaire à des volontaires venus défendre leur nation. C'est ce que nous hurlions, d'ailleurs, en exhibant notre chapeau à la pointe de nos fusils, tandis que les Prussiens s'ébranlaient vers le moulin de Valmy pour étriper ceux qui avaient survécu au bombardement.

Il nous fut ordonné de ne pas tirer et de recevoir l'ennemi à la baïonnette. Je n'avais pas peur : j'étais dans un état second, étonné de toutes ces couleurs, du vacarme des canons français qui tonnaient sur les Prussiens à présent, couchant les premières lignes dont nous ne savions pas qu'elles étaient affaiblies par la dysenterie. Au contact de nos baïonnettes, elles fléchirent dans un corps-à-corps inégal, nos troupes étant galvanisées par l'amour de leur pays. « Vive la nation ! » criait cette jeunesse venue là pour défendre sa terre, sa famille, une Révolution qui lui avait rendu l'espoir en l'avenir.

Quand l'ordre de repli fut donné par le général en chef prussien, des hurlements parcoururent nos rangs et nous nous mîmes à poursuivre l'ennemi dans le plus grand désordre. Nous fûmes arrêtés par Dumouriez, qui ne parvint cependant pas à faire cesser la folle sarabande de cette jeunesse victorieuse pour la première fois. Les recrues s'étreignaient, s'embrassaient comme au sein d'une même famille, avec d'autant plus d'enthousiasme qu'elles avaient abandonné la leur. Cette solidarité, cette confiance soudaines payaient largement la jeunesse que nous étions de sa terreur au contact des premiers coups de canon, et de l'arme blanche des Prussiens. Elle avait vaincu l'ennemi, ne formait qu'un seul corps, tous ses membres étaient unis à jamais.

C'est ce que j'écrivis à la Bessonie où nul, cependant, ne pouvait imaginer ce que j'avais vécu ni ce que j'allais vivre au cours des mois qui suivirent.

La guerre, en effet, n'était pas terminée, car l'Assemblée – qui s'appelait depuis octobre « Convention nationale » –, était devenue régicide en guillotinant le roi. Nous ne savions rien de tout cela, car les nouvelles arrivaient mal, ou avec retard, au sein des troupes, mais ce que nous comprenions au fil des jours, c'était que toute l'Europe monarchique s'était liguée contre la France. L'Angleterre et l'Espagne avaient rejoint la Prusse et l'Autriche avec d'autant plus de détermination qu'elles savaient pouvoir compter, dans leur croisade, sur une partie des provinces françaises en révolte, notamment à l'ouest.

Après Valmy, mes compagnons et moi – ils m'appelaient « le petit bleu » à cause de la couleur de mes yeux – reprîmes nos marches forcées en direction de Jemmapes où, de nouveau, les jeunes recrues furent victorieuses malgré la supériorité en artillerie de l'ennemi. Peu après, j'échappai par miracle à la défaite infligée par les Autrichiens à Neerwinden, car mon bataillon, comme beaucoup d'autres, avait été rappelé à l'intérieur des frontières pour faire face à la chouannerie, qui avait assiégé Nantes. Cette région où le clergé était très puissant n'avait jamais accepté la constitution civile, et elle s'opposait aujourd'hui à la levée de trois cent mille hommes décidée par la Convention.

Je n'avais ni le goût de la violence ni celui du sacrifice, mais j'avais dû apprendre à lutter pour ne pas mourir. Et désormais je savais. Pendant les combats, je me persuadais que je me battais pour Charles et pour ma famille, que je défendais ma terre contre l'étranger. Quand j'appris qu'il faudrait désormais partir en guerre contre des Français, j'en perdis le sommeil pendant plusieurs jours, mais la discipline de fer imposée par les nouveaux généraux, Kléber et Marceau, ne me laissa pas le choix. La terreur régnait désormais dans l'armée aussi bien que dans la capitale où l'on guillotinait à tour de bras depuis que Robespierre avait organisé « la dictature de la vertu ».

En juin – nous l'apprîmes par un permissionnaire revenu de Paris – la situation était devenue désespérée : le Sud-Ouest avait rejoint l'Ouest dans la rébellion, les Espagnols avaient franchi les Pyrénées, les Prussiens se regroupaient à Mayence, les Autrichiens étaient à Valenciennes, et les Anglais avaient débarqué à Dunkerque. À mon grand soulagement, je ne restai que trois mois en Vendée, puis mon bataillon fut versé dans l'armée du Nord sous le commandement du général Jourdan, un peu avant l'anéantissement des chouans à Cholet. J'avais eu le temps, hélas, d'assister aux massacres en représailles contre les Blancs, à la famine organisée, aux vengeances sordides, à la mort des enfants, à toute l'horreur que provoque une guerre civile.

Mais j'avais perdu la faculté de réfléchir. Toute la troupe savait ce qu'elle risquait en cas de désobéissance, depuis que les généraux vaincus des frontières avaient été guillotinés. Elle survivait comme elle pouvait. Et moi, mon seul refuge était de penser encore et toujours à la Bessonie, où m'attendaient mes parents quand j'aurais fait mon devoir.

Mon devoir, je le fis pendant cinq longues années, des champs de bataille de la Belgique à ceux de la Hollande, trouvant au bout du compte, au sein de l'armée victorieuse, un milieu exaltant, où les généraux n'avaient pas trente ans, où les meilleurs officiers étaient arrivés par leur mérite et non par les écoles. Chaussés de sabots, loqueteux, faméliques, ils se reconnaissaient aujourd'hui dans ce général qui avait sauvé la République, en 1795, appelé par Barras, responsable de l'ordre dans la capitale, en tirant sur les royalistes venus fomenter une insurrection. Il s'appelait Bonaparte. Le pouvoir issu de la Révolution était désormais à la merci des militaires, mais la troupe ne s'en souciait guère, au contraire : les soldats se sentaient solidaires de leurs chefs, et prêts à tout pour défendre un régime qui avait proclamé l'égalité des citoyens devant la loi. Commandés par un Murat, simple fils d'un laboureur du Sud-Ouest, ou par un Augereau qui, lui, devait la vie à un domestique et à une marchande des quatre-saisons, ils avaient conscience de se battre pour un idéal digne de tous les sacrifices.

Je me trouvais toujours dans le corps d'armée de Jourdan, qui venait d'être arrêté par l'archiduc Charles lors de sa marche sur Vienne, alors que Bonaparte, en Italie, avait conquis le Piémont et la Lombardie, à la suite des victoires d'Arcole et de Rivoli. Le 18 octobre 1797, le traité de Campoformio mit fin à la guerre, et les volontaires de l'an II obtinrent des permissions qu'ils n'osaient plus espérer.

C'est ainsi que je revins à la Bessonie dans mon costume à dolman rouge de brigadier-fourrier des hussards, non pas à pied, comme j'étais parti, mais à cheval. J'avais obtenu ce grade grâce à mon savoir qui me permettait de tenir des états d'effectifs, de grains, de chariots, de munitions, après avoir été remarqué, incidemment, par un officier de ce régiment qui s'était étonné, au terme d'un interrogatoire sur la quantité de grains et de foin disponible dans une plaine de Bavière, de la qualité et de la précision des réponses du petit caporal que j'étais alors. Cette distinction due au hasard autant qu'à mes capacités m'avait sauvé la vie. Car les fourriers bivouaquaient le plus souvent à l'arrière, et se trouvaient rarement exposés au feu de l'ennemi.

Je suis arrivé à la Bessonie le lendemain de mon anniversaire : je venais d'avoir vingt-quatre ans. Je me savais beau dans mon uniforme à boutons dorés, avec mes bottes hongroises, ma sabretache et mes cheveux noirs qui encadraient mon visage que j'offrais, ce jour-là, à la lumière du soleil de décembre. Berthe m'ouvrit et demeura muette sur le seuil, n'osant me laisser entrer, comme si elle ne me reconnaissait pas. J'avais pourtant écrit à plusieurs reprises pour donner des nouvelles de ma santé et en prendre de ma famille. Mais je n'avais pas reçu de réponse car personne ne savait écrire et il n'était pas question de demander de l'aide au curé de Jumillac.

Je la serrai dans mes bras, ressentis une crispation qui me surprit désagréablement, puis je m'approchai du feu pour me réchauffer.

– C'est bien toi ? me demanda Berthe, une lueur toujours aussi effrayée dans le regard.

– Bien sûr que c'est moi ! Dis-moi plutôt où sont le père et la mère.

Elle vint près de moi, tête baissée, murmura :

– Le père coupe du bois.

– Et la mère ?

– Elle est morte l'an passé, au cours de l'hiver.

Je fléchis sur mes jambes, comme si je venais d'être frappé au creux du ventre, puis je demandai :

– Et Jules ?

– Il a été obligé de partir lors des levées en masse, un an après toi.

– Sais-tu où il se trouve aujourd'hui ?

– Il est mort avant la mère, du côté de Nantes. Elle, c'est le chagrin qui l'a emportée.

Je la dévisageai un long moment, tandis qu'elle levait les yeux sur moi, le visage ravagé, puis j'éprouvai le besoin de m'asseoir sur le banc de bois poli, le long de la table. J'en avais vu, des morts et des estropiés, mais jamais je n'avais imaginé que ces corps ou ces visages pussent être ceux d'un membre de ma famille. Eux, je les croyais bien à l'abri à la ferme, en tout cas loin des dangers que je courais sur les champs de bataille féroces de la Vendée, de la Belgique ou de la Hollande.

– Tu veux manger ?

Sans pouvoir esquisser un mot, j'ai acquiescé de la tête. Pour arriver plus vite, je n'avais fait qu'une halte depuis Paris. À ce moment-là j'ai entendu des pas sur le seuil et mon père est entré. D'abord il n'a pas reconnu cette silhouette en uniforme qui s'était levée, puis il s'est précipité pour m'étreindre longuement. Quand nous nous sommes séparés, j'ai constaté que Charles avait vieilli, beaucoup vieilli. Il s'était courbé, ses traits affichaient une grande lassitude, et ses forces semblaient avoir déserté son corps. Il s'assit en face de moi et murmura simplement :

– Berthe t'a dit pour Jules et pour la mère ?

– Oui.

Il s'ébroua, parut se redresser un peu, demanda :

– Et toi ? Raconte.

Je n'en avais pas le cœur, mais j'ai expliqué ce que je pouvais, taisant le danger, les boulets, les blessés et les morts, les carnages auxquels j'avais échappé, par miracle au début, ensuite grâce à mon affectation chez les hussards comme brigadier-fourrier. Me retrouver alors dans le monde protégé de mon enfance, au cœur de cette maisonnette où j'avais passé le meilleur de ma vie, me dévastait soudain, me privait de parole, et je mesurais tout ce qui m'en séparait après ces années de violence et de fièvre dans des pays lointains. Une pensée m'obsédait : je ne pouvais plus repartir, mon père et ma sœur avaient besoin de moi. Pourtant, n'ayant jamais imaginé ce qui se passait à la Bessonie, j'avais signé un nouvel engagement au moment où j'avais été élevé au grade de brigadier-fourrier, et je n'étais plus libre. C'est ce que j'expliquai à Charles qui répondit d'une voix monocorde, déjà résigné :

– Je ne suis pas si vieux. Je tiendrai jusqu'à ton retour.

Nous n'en avons pas reparlé durant les trois jours où je suis resté à la ferme, aidant de mon mieux mon père à couper du bois et à le rentrer sous l'abri situé entre la maison et la grange. Quand il fut temps de repartir, je lui donnai les deux écus d'or que je portais sur moi, j'embrassai Berthe, puis Charles qui me demanda :

– Alors c'est promis, tu reviendras ?

– Je reviendrai.

Quand le galop de mon cheval m'emporta, mes joues se couvrirent de larmes.

Je ne les revis jamais : deux ans plus tard, pendant l'été 1799, alors que je me trouvais dans l'armée d'occupation en Allemagne, que la guerre civile avait repris dans l'ouest et dans le midi de la France, des bandes de brigands se mirent à parcourir les routes, et l'une d'entre elles surgit à la Bessonie, isolée, un soir d'août, à la tombée de la nuit. Berthe et Charles n'y survécurent pas, la maisonnette brûla, et il ne resta que des ruines de ce qui avait été un îlot de bonheur pour un homme, une femme et leurs trois enfants.

Je ne reçus la nouvelle que six mois plus tard, alors que je bivouaquais à la lisière d'une forêt bavaroise, et mon chagrin fut si terrible que je tombai malade et me mis à dépérir. Je fus aidé par un de mes amis, brigadier-fourrier comme moi, qui me porta à manger depuis la roulante et ne me quitta pas pendant huit jours. Dès lors l'armée devint ma véritable famille, et j'y consacrai l'essentiel de mes forces et de mes pensées.

Ce brigadier-fourrier était originaire de Clermont-Ferrand et s'appelait Marcelin Audubert. Il était court et trapu, noir comme un sanglier, mais, comme moi – et ce qui sans doute nous avait rapprochés –, il était éduqué. En effet, ses parents étaient de riches commerçants en drap et ils lui avaient fait donner de l'instruction jusqu'à l'âge de seize ans. Il correspondait avec eux assez régulièrement et, même si leurs lettres ne lui parvenaient qu'épisodiquement, elles le tenaient au courant, bien qu'avec du retard, des affaires du pays. C'est lui qui m'apprit que depuis le 18 brumaire, le général Bonaparte avait réalisé un coup d'État : le Directoire n'existait plus. Le Premier consul s'était engagé à respecter les conquêtes de la Révolution, notamment les biens nationaux qui resteraient la propriété de leurs acquéreurs, mais aussi à réorganiser le pays. Il avait mis en place un système ultra-centralisateur, nommant les préfets et les maires des communes de plus de cinq mille habitants. En outre, c'est lui qui, désormais, déciderait de la paix ou de la guerre. Or Bonaparte n'avait jamais accepté la défaite de sa flotte face aux Anglais lors de la campagne d'Égypte.

Poussées par Londres, l'Autriche et la Russie avaient refusé ses propositions de paix. Désirant les châtier, Bonaparte franchit les Alpes au mois de juin 1800, et affronta les Autrichiens à Marengo. Je me trouvais au cœur de cette bataille qui me permit de voir pour la première et la dernière fois celui qui gouvernait désormais seul le pays. Nous étions assis un peu à l'écart du bivouac, Marcelin et moi, la veille de la bataille, en train de faire réchauffer une mauvaise soupe de raves et de pommes de terre, lorsqu'une silhouette grise apparut sur notre droite et s'arrêta pour nous observer. Marcelin l'avait reconnu, mais pas moi. Et pourtant, ce chapeau demi-lune, cette redingote aux épaulettes dorées, boutonnée sur le devant, ces bottes noires et ce bras croisé sur la poitrine auraient dû m'alerter. Marcelin se dressa brusquement quand cette silhouette fit un pas vers nous au lieu de s'éloigner. Je me levai à mon tour lorsqu'une voix métallique, habituée à commander, nous lança :

– D'où êtes-vous, brigadiers ?

– D'Auvergne, mon général, répondit Marcelin.

– Et toi ? reprit la voix d'un ton qui exigeait une réponse immédiate.

– De Dordogne, mon général.

Il s'approcha encore et je me demandai ce qu'il nous voulait vraiment. Étions-nous coupables de nous tenir éloignés du bivouac ? Il s'arrêta à deux pas de nous et je discernai, dans la pénombre de la nuit qui tombait, deux yeux vifs et brillants, comme amusés de la surprise qu'il provoquait. Il se pencha alors vers le feu, piqua une moitié de rave à la pointe d'un poignard sorti de sa redingote, la porta à sa bouche, se brûla, fit la grimace, mais continua de manger.

– Pas fameux, fit-il. Mais vous vous nourrirez mieux quand nous aurons culbuté ces bougres d'Autrichiens.

Et il ajouta, rengainant son poignard :

– C'est pour demain, brigadiers !

Et, comme nous approuvions de la tête, paralysés par cette présence si impressionnante :

– N'est-ce pas ?

– Oui, mon général !

Il parut hésiter, s'approcha encore pour nous dévisager, puis il nous saisit un bras, nous secoua violemment, nous lâcha enfin et nous pinça la joue dans un geste non dénué d'affection.

– Je compte sur vous, brigadiers ! Vous venez du cœur de la France. Ne l'oubliez pas !

– Oui, mon général !

Il disparut aussi vite qu'il était apparu, et nous restâmes un long moment debout en nous demandant si nous n'avions pas rêvé. Mais je sentais encore sur mon bras cette poigne extraordinaire, si surprenante pour un corps aussi ordinaire, finalement, et cependant si plein de vitalité.

Il va sans dire que nous vécûmes la bataille et les jours qui suivirent dans une sorte d'euphorie, Marcelin et moi, et que nous ne pûmes jamais l'oublier. Et même si Marengo ne fut pas une bataille décisive, elle provoqua six mois plus tard la capitulation de l'Autriche et la création de quatre départements français sur la rive gauche du Rhin. Ce fut là que je fus promu au grade de commissaire par l'intendant général, le comte Daru lui-même, en raison de mes mérites dans l'approvisionnement des troupes en territoire autrichien.

J'y suis resté quatre ans, le temps que les armées russes, anglaises, autrichiennes reconstituent leurs forces et que Bonaparte devienne Napoléon Ier, empereur des Français. J'étais hanté par le souvenir de son apparition à Marengo, et je demandais souvent à Marcelin si notre imagination ne nous avait pas joué un tour. « Mais non, me disait-il, c'était lui, Bonaparte en personne. » Ce général qui, aujourd'hui, n'avait pas renoncé à son rêve d'envahir l'Angleterre et avait concentré dans ce but une grande armée à Boulogne. Mais l'échec de la flotte française bloquée à Cadix lui fit changer son fusil d'épaule et il décida de se tourner vers l'Autriche qui venait de nouer une nouvelle alliance avec la Prusse et la Russie.

C'est ainsi que je me suis retrouvé aux abords de la bataille d'Elchingen où les troupes françaises infligèrent une correction au général autrichien Mack qui occupait la Bavière, avant de l'enfermer dans Ulm où il dut capituler. La route de Vienne était ouverte pour la Grande Armée qui traînait avec elle cinq bataillons d'équipages destinés à conduire deux mille chariots de fournitures, de matériel, d'artisans de tous les métiers : maçons, boulangers, ferblantiers, bourreliers… Cette horde était encadrée par les commissaires de l'intendant général, le comte Daru, qui s'occupaient du fourrage, du logement, des chevaux, des voitures, des caissons de munitions, de l'hôpital, du ravitaillement, tout ce qui était nécessaire à la survie de milliers d'hommes engagés à la poursuite de l'armée autrichienne qui avait rejoint les Russes à Olmütz.

Daru ne décolérait pas : comment parvenir à suivre Napoléon qui, depuis Boulogne, se déplaçait à marches forcées, demandait toujours l'impossible, alors que l'intendance avait cru pouvoir s'installer dans Vienne ? Je cantonnais dans l'une des vieilles rues autour de la cathédrale Saint-Étienne, tandis que Daru avait réquisitionné un château situé à l'ouest de la ville, sur l'une des charmantes collines qui l'entouraient. Il faisait froid, très froid, en cette fin novembre, tandis que je chevauchais vers mon état-major pour y prendre les ordres avant le lever du jour.

J'arrivai un peu avant l'heure, comme à mon habitude, alors que le comte hurlait déjà, avec son accent du Midi si chaleureux.

– Té ! Voilà Marsac ! me lança-t-il en entrant dans la salle de réunion encombrée de caisses, de meubles, de lustres, d'une masse d'objets hétéroclites issus du sac de la ville. En voilà un, au moins, qui se lève de bonne heure !

Le comte était énorme, ne parvenait jamais à boutonner son gilet sous le frac, gardait les basques retroussées, et ne semblait pas du tout sensible aux frimas. Il s'assit sur un fauteuil de velours bleu dont le dossier était crevé en deux endroits, m'observa d'un œil indulgent, ordonna :

– N'attends pas, Marsac, c'est la peine ! Ce qu'il me faut aujourd'hui en priorité, c'est du fourrage, du fourrage, et encore du fourrage ! Ce n'est pas parce que nous sommes en hiver qu'il ne doit pas y en avoir dans les greniers de ces foutus Autrichiens !

J'ai salué, me suis apprêté à faire demi-tour quand Daru m'a demandé :

– Tu es de la Dordogne ?

– Oui, monsieur le comte.

– Un pays de cocagne, la Dordogne.

– Pour ceux qui possèdent la terre, monsieur le comte.

– Tu en auras, commissaire, tu en auras, mais foutre Dieu, trouve-moi du fourrage !

Je suis parti, j'ai croisé des officiers qui arrivaient dans le grand escalier de marbre, mais je ne me suis pas arrêté. J'avais toujours ressenti de la sympathie de la part de Daru, sans doute parce qu'il était du Midi, mais pas seulement. Le comte me savait instruit et ne détestait pas discuter avec moi. Il m'avait retenu à plusieurs reprises et avait manifesté à mon égard une sorte de reconnaissance, car il se savait entouré de coquins qui ne songeaient qu'au pillage alors que ce commissaire-là, il le savait par ses espions grassement rémunérés eux aussi, n'avait jamais fait main basse sur le moindre lustre ou le moindre tableau.

Dès le lendemain, l'intendance dut quitter Vienne car Napoléon avait pris la route du Nord, poursuivant les Russes et les Autrichiens qui firent halte à la fin du mois de novembre face au plateau de Pratzen, à proximité d'un village appelé Austerlitz. Quand la canonnade commença, j'avais été chargé par le comte Daru d'acheminer les caissons de boulets au plus près de l'artillerie française. J'y parvins en fin de matinée, alors que les canons des Autrichiens décapitaient des arbres sans feuilles qui devaient être des aulnes ou des ormes, en bas de l'éminence où avait été posté le gros des troupes, avec, au milieu, la cavalerie de Murat. Le brouillard ne se dissipait pas, et l'on n'y voyait pas à cinquante mètres devant soi.

Les chariots peinaient dans la montée glissante du tertre de Zuran, qui faisait face à Pratzen, et j'encourageais de la voix les chevaux, avec, près de moi, un éclaireur de Marmont, le général en chef de l'artillerie, très jeune et peu expérimenté. En entrant dans la brume épaisse, nous avions pris trop à droite, et si le soleil s'était levé, nous aurions pu nous apercevoir, sans doute, que nous nous approchions trop de l'aile ennemie. Ce ne fut, hélas, pas le cas.

Quand j'ai entendu arriver un boulet, il était déjà trop tard, mais je n'ai rien senti à l'instant de l'impact. Ce n'est que lorsque je me suis retrouvé à terre, à demi assommé, sous mon cheval mort, qu'une atroce douleur dans la jambe gauche m'a fait crier. Puis je me suis évanoui sans avoir conscience qu'on me dégageait et qu'on m'emportait vers l'arrière, dans un chariot qui avait été vidé de ses munitions. Je grelottais, sentais la fièvre monter en moi, et, me penchant sur ma jambe, je compris, en voyant le sang, qu'on m'avait hâtivement noué un garrot.

Il fallut tout l'après-midi pour que je puisse être acheminé vers une chapelle à trois lieues du champ de bataille, où je me suis retrouvé parmi des blessés et des agonisants que le docteur Larrey examinait rapidement, se penchant sur ceux qui étaient le plus touchés. Des gémissements, des plaintes, des sanglots ou des cris s'élevaient sous la voûte, où les infirmiers transportaient les corps sur une table située au milieu de l'église. Là, son grand tablier dégoulinant de sang, Larrey amputait ou renvoyait pour panser.

Quand on m'a allongé, à demi nu, mon regard a croisé celui du chirurgien, qui, manifestement, hésitait.

– Depuis quand ? a-t-il demandé.

– Fin de matinée, ai-je répondu en serrant les dents, tremblant de douleur et de froid.

– Un commissaire de Daru. Qu'est-ce que tu foutais là, si près ?

– Convoi de boulets, ai-je dit, en décelant une sorte de pitié sur les lèvres du docteur.

Larrey a réfléchi un instant, mais déjà on apportait un homme qui, lui, au contraire de moi, hurlait.

– On panse ! dit-il en faisant du bras le geste de m'évacuer.

Puis, tandis que les infirmiers m'enlevaient de la table de torture, il a ajouté :

– Je le reverrai demain.

Une nuit de cauchemar a succédé à cette soirée où mon destin s'est joué sans que je m'en rende réellement compte.

Le lendemain vers midi, à trois lieues de là, le soleil s'est levé sur Austerlitz, aveuglant les Russes et les Autrichiens dont les rangs, commandés par Koutousov, furent enfoncés rapidement, et dont les troupes acculées allèrent se noyer dans les étangs, les canons français faisant éclater la glace où elles avaient cru trouver refuge. Ainsi entra dans la légende l'une des plus prestigieuses victoires de Napoléon, dont les pertes furent minimes en comparaison de celles des Russes et des Autrichiens, mais cependant suffisantes pour déborder l'hôpital de campagne où je gisais. Les blessés et les agonisants ne cessèrent d'affluer dans l'église, si bien que Larrey ne revint vers moi que tard dans la soirée, après avoir soigné et amputé toute la journée. J'avais eu le temps d'admirer le dévouement des infirmiers et l'efficacité du chirurgien qui me demanda, après avoir enlevé la charpie et les pansements qui recouvraient ma jambe, depuis le tibia jusqu'à l'aine :

– Tibia et genou fracassés. Tu tiens à la garder ?

Je n'eus pas le courage de répondre.

Larrey se pencha pour humer les plaies à vif, se redressa et décida :

– Je suis obligé de couper au-dessus du genou. Ne t'en fais pas : on marche très bien avec un pilon de bois.

Comment refuser, lutter quand on n'a plus de forces, que la fièvre embrase le corps ? J'ai hurlé et me suis évanoui quand la scie a fait son ouvrage, puis je suis tombé dans une torpeur immensément douloureuse, qui m'a fait délirer et me plaindre toute la nuit. Le lendemain, le pansement de quinquina en poudre macéré dans du citron qui imbibait un large tampon d'étoupe a commencé à faire de l'effet et j'ai un peu moins souffert.

– Tu vas t'en sortir ! m'a dit Larrey quand il s'est incliné de nouveau sur moi vers midi.

Deux jours plus tard, la fièvre est tombée et un convoi de blessés m'a ramené vers Vienne, dans un château réquisitionné, où je suis resté une semaine. La veille de mon rapatriement en France, j'ai vu apparaître le comte Daru alors que je ne m'y attendais pas. N'ayant pas revu son commissaire préféré depuis Austerlitz, le comte s'était renseigné et avait retrouvé ma trace avec bien des difficultés. Ce gros homme semblait ému, soudain, en me découvrant blessé, ce qui me surprit car je n'avais pas compris à quel point mon supérieur s'était attaché à ma modeste personne. Il s'efforça de sourire en déclarant :

– En voilà au moins un qui aura sauvé sa peau.

II ajouta, plus bas :

– Je te regretterai, Marsac.

Puis il glissa sous ma couverture un sac fermé par un lacet de cuir.

– Tiens ! Voilà de quoi te faire une vie meilleure !

Il poursuivit, dans un éclat de rire forcé :

– Et en Dordogne, en plus ! Quelle chance !

Il me prit les mains, les serra, puis il se releva péniblement et disparut aussi soudainement qu'il était arrivé. Comme j'étais entouré d'infirmiers et de blessés, j'attendis la tombée de la nuit pour ouvrir le sac qui me parut lourd : effectivement, il était plein de pièces d'or. Je l'enfouis de nouveau sous les couvertures, et c'est alors que je compris vraiment le sens de la visite de Daru : l'armée ne voulait plus de moi. C'est ce qu'était venu m'apprendre le comte, après avoir vu Larrey.

Il me fallut quinze jours – quinze jours de souffrance car la plaie cicatrisait difficilement – pour retrouver la France, et d'abord l'hôpital militaire, à Paris, où je restai un mois. Quand les médecins m'examinèrent, ils prononcèrent aussitôt la réforme. Le lendemain de cette visite, un infirmier apporta un pilon et me montra comment le fixer avec des lacets de cuir. J'appris à me déplacer en huit jours malgré la douleur. Dès que je fus libéré, j'achetai un cabriolet, un cheval, et partis vers la région où, un jour, un homme et une femme m'avaient généreusement recueilli après m'avoir trouvé au bord du chemin.

3

Je n'avais en moi ni chagrin ni amertume, car je n'avais jamais été habitué à m'appesantir sur mon sort. J'étais parti à la guerre parce qu'il le fallait, et, au début du mois de mars 1806, j'étais rentré chez moi parce que je ne pouvais plus la faire. Tout simplement. Je venais d'avoir trente-deux ans. Si mes traits s'étaient creusés à cause de la vie rude que j'avais menée, l'éclat de mes yeux était demeuré le même sous mes cheveux noirs. Tout cela, un miroir me le confirmait chaque matin, pendant la toilette que j'avais pris l'habitude d'effectuer à l'eau froide et le torse nu.

Je passai par la Bessonie, où je ne retrouvai que des ruines et autour de laquelle j'errai pendant deux jours, cherchant sans doute à me rapprocher, au moins par l'esprit, de ceux qui m'avaient aimé et qui avaient disparu. À l'auberge de Jumillac, j'appris que mon protecteur, le curé Marsaudon, était mort de pneumonie. Je ne cherchai même pas à voir un notaire pour faire valoir mes droits sur la propriété, car j'avais surtout envie de m'éloigner d'un lieu où les souvenirs demeuraient trop douloureux. Je descendis plus bas, par la grand-route, mais bifurquai à gauche avant Périgueux et pris la direction du Bugue, sans me presser et sans savoir vraiment où j'allais. J'avais conservé une épée et un pistolet à crochet que je posais près de moi quand je voyageais. Cependant, après tant de nuits à dormir en plein air et en bravant les plus graves dangers, je ne redoutais plus rien.

Malgré ma jambe morte, j'avais gardé des bivouacs une énergie peu commune qui me rendait insensible au froid, et une prestance qui m'avait depuis toujours valu le respect des hommes placés sous mes ordres. Je finis par savoir ce que je devais faire, et rien n'aurait pu m'en détourner. Au terme de deux semaines d'errance, après avoir suivi la Vézère jusqu'au confluent de Limeuil, je descendis la Dordogne où les rives et les collines environnantes verdissaient sous un soleil d'une aimable douceur. J'eus l'impression, un soir, de redécouvrir les rives du Danube au printemps, avec ses aulnes magnifiques et ses grands peupliers, et je me dis que j'approchais du but.

Je pris une chambre dans une auberge située sur la rive gauche et me mis à visiter la région. Enfin je trouvai ce que je cherchais chez un notaire de Belmont, à trois lieues vers le sud : cent hectares de champs, de forêts, de pâtures. Ce n'était pas rien à cette époque-là, d'autant que ce domaine abritait un château qu'on appelait « le Grand Castel », lequel était planté au sommet d'une colline qui dominait les terres, avec ses deux tours rondes et son grand corps de logis rectangulaire auquel on accédait par un perron ceint d'une rampe ouvragée du meilleur effet.

Plus bas, dans les vallons, trois métairies faisaient vivre une quarantaine de personnes, et alimentaient le château. Il avait appartenu à une vieille baronne partie précipitamment en exil, qui avait vendu après avoir goûté aux fastes des grandes villes, Bruxelles Amsterdam ou Londres et qui, de toute façon, si elle rentrait un jour, n'envisageait pas de s'installer ailleurs qu'à Paris, ayant définitivement renoncé aux rustiques charmes du Périgord, où elle avait eu si peur pendant la Révolution que ses cheveux avaient blanchi en trois jours. Le notaire de Belmont l'avait acheté dans le but de le revendre beaucoup plus cher, et il crut trouver en moi la personne qu'il attendait.

Mais j'avais beaucoup appris, moi, l'enfant trouvé de la Bessonie, et je savais désormais me faire respecter. Je portais toujours mon uniforme de commissaire des armées, et mon regard faisait baisser les yeux à plus retors que moi, même si ma jambe me handicapait, mais précisément : cette jambe témoignait d'un courage dont nul n'osait douter. Le notaire crut bon de composer avec un homme qui affirmait pouvoir payer en or, dix pour cent au-dessous du prix fixé. L'affaire fut signée au mois de juillet 1806, et l'acte, depuis, n'a jamais quitté le château.

Il est là, devant mes yeux : « Nous, Jacques Delhaubre, notaire à Belmont, cédons à Pierre Marsac, né le 16 décembre 1773, commissaire aux armées, les biens meubles et immeubles ci-dessous énumérés, etc., pour le prix de cent quarante mille francs payables au comptant [...]. Fait à Belmont, en notre étude, le 16 juillet 1806. »

C'est avec une grande satisfaction que je pris possession des lieux, moi qui n'avais jamais possédé qu'un havresac miteux sur la grand-route de Paris, puis les armes qu'on m'avait confiées pour défendre mon pays. Je l'avais payé assez cher : une jambe en moins, mais tout ce que j'avais vécu jusqu'à ce jour me sembla justifié ce 17 juillet, quand j'entrai dans le salon où m'attendaient la Miette, une vieille servante que le notaire avait laissée au château pour l'entretenir, et Antoine, son mari, qui devait aider à l'installation du nouveau propriétaire.

Je n'attendis pas le lendemain pour aller, dans mon cabriolet, à la rencontre des métayers de la Mouline, de la Borie blanche et de la Bélaudie, distantes, chacune, de deux ou trois lieues du château. Les jours étaient encore longs, chargés de parfums lourds, de souffles chauds que les soirs ne rafraîchissaient pas. Le mari de la Miette me guida d'abord vers la Mouline qui possédait peu de terre mais sur laquelle se trouvait un moulin – d'où son nom – installé sur un ruisseau à eaux vives. Il servait à moudre le grain du domaine mais aussi celui des métairies d'alentour.

À la Borie blanche, qui était la métairie la plus importante, je rencontrai Léon Goumondie, un homme sec aux yeux noirs, nanti d'une nombreuse famille qui l'aidait à la tâche. À la Bélaudie, Silvère Daumier était veuf et n'avait que des filles, quatre en tout, dont les cheveux avaient la couleur des blés, mais elles travaillaient comme des hommes.

Satisfait de mon inspection, je me renseignai sur le voisinage et appris de la bouche d'Antoine – surnommé Toinou par la Miette – que les nobles n'avaient pas tout vendu : ils avaient laissé l'administration de leurs biens à des intendants qui les avaient en quelque sorte annexés, et pour le moins défendus comme s'ils étaient les leurs. Notamment un nommé Journiac, qui s'occupait des terres appartenant aux Lareynie, lesquelles étaient voisines des miennes, et, pour certaines, enclavées.

Selon Antoine, Journiac se croyait noble depuis qu'il avait été chargé de gérer le domaine des exilés et en avait profité pour s'adjuger, pour paiement de son zèle et de sa fidélité, un véritable fief. Les nobles lui avaient confié ce qu'ils avaient pu sauver au moment de la Révolution, le considérant comme un homme à qui l'on pouvait se fier, alors qu'il n'avait fait que les gruger, et que ce qu'il défendait aujourd'hui, c'était ce qu'il avait acquis par vice, tromperie, peut-être même un meurtre, comme le bruit en courait chez les paysans. Depuis que tout danger était écarté, il se faisait appeler Journiac de la Brède, après avoir également annexé une particule issue de l'une des terres qu'il avait faites siennes.

Il y aurait là, selon Antoine, des problèmes à venir, mais ses propos ne m'alarmèrent pas un instant, moi qui avais connu à ma porte péril beaucoup plus important.

Je me suis installé, j'ai observé, réfléchi, décidé en très peu de temps ce qu'il convenait de faire pour donner à mon domaine la sécurité et l'avenir qu'il méritait. Un matin du mois d'août, dans un champ, je rencontrai Marie Daumier qui glanait les épis oubliés. C'était une belle femme ronde et robuste, à la peau mate, qui ne s'en était jamais laissé conter par qui que ce soit : sa mère étant morte jeune, elle avait tenu la maison de son père et élevé ses sœurs sans faillir ni désespérer, jusqu'à ce que le regard du maître des lieux se pose sur elle en ce matin d'été.

J'étais apparu devant elle alors qu'elle relevait son chignon, faisant saillir une poitrine qu'un corsage délacé dissimulait à peine, suggérant des formes avantageuses aussi bien que de probables maternités heureuses. C'était ce à quoi j'aspirais, tout en décelant dans les yeux qui ne cillaient pas une force qu'aucune femme jusqu'alors n'avait montrée en ma présence – et Dieu sait, pourtant, si j'en avais connu en Belgique, en Hollande, en Bavière et en Autriche ! Mais celle-là ajoutait à son énergie une placidité, un calme qui évoqua en moi le repos enfin gagné, le port après la tempête.

Depuis la perte de la Bessonie, je ne rêvais que de reconstituer cette famille au sein de laquelle j'avais été si heureux et qui me manquait tant aujourd'hui. L'affaire fut rondement menée : comment refuser la demande en mariage d'un homme qui avait une jambe en bois, certes, mais qui possédait un tel domaine ? Marie fit mieux : elle aima dès le premier jour mes yeux bleus qui me rendaient si différent de tous ceux qu'elle avait côtoyés, et elle ne songea jamais à leur refuser quoi que ce soit.

Les noces furent célébrées dans la paroisse la plus proche, celle de Saint-Léon, un village situé entre le Grand Castel et Montferrand-du-Périgord. La cérémonie fut simple et rapide : seuls furent invités les gens du domaine. Marie ne fit aucune difficulté pour s'installer au château quand je lui proposai d'amener sa famille avec elle, afin qu'elle vive dans les annexes, où ses sœurs pourraient l'aider, tandis que son père travaillerait les terres de la réserve, c'est-à-dire celles que je gardais pour mon utilisation personnelle.

J'avais trouvé d'autres métayers pour la Bélaudie, qui devaient prendre la suite des Daumier à partir de novembre : un couple et deux enfants que m'avait enseignés le notaire de Belmont. Le chef de famille s'appelait Gustave Bonnefond, et je n'eus par la suite qu'à me féliciter de cette décision.

Ainsi s'organisa ma nouvelle vie, une vie heureuse malgré la douleur dans ce qui me restait de jambe aux changements de temps, une vie qui me comblait par le simple fait d'être entouré d'une douzaine de personnes, toutes à ma dévotion, en particulier Marie qui ne baissait jamais les yeux devant mon infirmité et me donnait tout ce qu'elle possédait, son corps d'abord, si chaud, si ferme, doré comme un abricot, mais aussi sa force, sa franchise, son éternel sourire de femme qui n'avait jamais espéré un tel destin.

– D'où tiens-tu de tels yeux ? osa-t-elle me demander un soir avant le coucher.

– Je ne l'ai jamais su. Je suis un enfant trouvé.

– Moi aussi, dit-elle en souriant. C'est toi qui m'as trouvée.

Je lui sus gré de cette remarque, l'une de celles, nombreuses, dont elle était capable et qui ensoleillaient ses proches.

Comme je me souciais du sort de mes métayers dont les conditions de vie me rappelaient celles de la Bessonie, Marie m'aida en visitant chaque jour les familles, apportant du secours à ceux qu'elle connaissait depuis toujours, aidant les femmes, houspillant les hommes, cajolant les enfants souffrant de fièvre, mais transmettant également mes directives, non sans les aménager à sa manière, ce qui, loin de me contrarier, au contraire, m'amusait.

Neuf mois exactement après notre mariage, c'est-à-dire le 20 juin 1807, elle me donna un fils : un enfant robuste, vigoureux, que nous appelâmes Jules, et sur lequel elle veilla dès le premier jour comme une louve – c'est moi qui avais tenu à lui donner ce prénom, en souvenir de mon frère disparu. L'enfant grandit parmi les fils et filles de paysans, aussi crotté qu'eux, participant aux travaux comme tous ceux du domaine dès son plus jeune âge. Il n'avait pas les yeux bleus, mais couleur de châtaigne, semblables à ceux de Marie. En revanche, son caractère était proche du mien : il parlait peu, ne se plaignait jamais, ne versait pas la moindre larme, même quand sa mère le réprimandait pour les accrocs de ses vêtements ou ses retards à table. S'il la défiait du regard, il ne croisait jamais le mien. Je crois qu'il avait un peu peur de moi. Non point à cause de ma jambe, puisqu'il me connaissait ainsi depuis toujours, mais à cause de ce bleu de banquise, si peu chaleureux d'apparence, qui le caractérisait.

Et pourtant je l'aimais comme un fou, ce fils donné par Marie, et je crus le devenir vraiment, l'hiver où Jules fut saisi d'une mauvaise fièvre et faillit être emporté par la mort. Nous avions fait venir le médecin de Belmont dès les premiers jours, mais celui-ci, très vieux, fatigué, s'était vite déclaré impuissant, à mon grand désespoir provoquant les larmes si rares, si bouleversantes de Marie.

Dès lors, en quelques jours, ma résolution fut prise.

Le domaine n'avait pas réellement besoin de moi : les hommes qui y travaillaient faisaient face aussi bien que moi aux travaux des champs : labours, semailles, fenaisons, moissons de froment et de blé d'Espagne, vendanges, récolte des châtaignes, bois pour l'hiver : tout ce que j'avais connu à la Bessonie et que je pratiquais volontiers malgré ma jambe, à mon rythme désormais, mais avec le même plaisir qu'avant, ou presque. Pourtant je ne me sentais pas utile à ma communauté comme je l'aurais souhaité. Alors je fis ce à quoi personne n'avait songé, mais qui m'apparut d'une impérieuse nécessité à la suite de la maladie de mon fils : comme j'étais instruit, capable de lire et d'étudier, je décidai de partir pour Bordeaux afin d'apprendre la médecine et devenir secourable à ceux que j'aimais. Certes, je ne disposais pas des diplômes nécessaires à de telles études, mais les héros de la Grande Armée bénéficiaient de passe-droit, et, je dois le confesser, les écus d'or qui me restaient après l'acquisition de domaine jouèrent un rôle déterminant à ce moment-là.

J'ai remis la main sur la seule lettre que j'aie écrite à Marie après mon départ, et elle témoigne d'une détermination sans faille pour un projet un peu fou, si peu banal en tout cas, mais auquel rien ne m'aurait fait renoncer :

Ma chère femme,
Je suis bien arrivé et j'ai trouvé facilement un petit logement

à proximité de la barrière de Toulouse. Je me suis mis à l'ouvrage aussitôt que je l'ai pu. Tu sais pourquoi je fais cela : je te l'ai expliqué maintes fois. Ce ne sera pas très long. Fais confiance à Antoine, à ton père et aux hommes du Grand Castel. Ce départ était une nécessité pour moi, mais aussi pour nous. Je reviendrai plus fort et rien ne nous séparera plus.

Je te serre dans mes bras. À très bientôt.

Ton mari dévoué.

Pierre Marsac.

Ce séjour à Bordeaux a duré trop longtemps à mon gré, mais il a été entrecoupé par des retours au domaine à la belle saison, comme le prouve la naissance de ma fille, le 26 avril 1809, que nous avons appelée Albine. Elle avait, comme moi, les yeux bleus et je fus tout de suite ébloui par cette enfant, même si je me gardais de le montrer à Jules et à Marie. Aussi eus-je du mal à repartir en septembre de cette année-là, car les miens me manquaient toujours un peu plus. Et ils furent longs, interminables, ces jours, malgré le soin que je prenais à étudier, même la nuit, sous la chandelle de la petite chambre d'une pension trouvée dans la rue du Sablonat.

Je dois confesser que j'ai failli renoncer à plusieurs reprises, non par manque d'intérêt pour un projet aussi ambitieux, mais parce que je souffrais trop de l'absence de ma famille. En outre, il m'arrivait de me sentir peu à ma place à l'École de médecine, parmi des hommes beaucoup plus jeunes que moi, mais jamais aucun d'eux ne me railla, au contraire : ma jambe unique suffisait à imposer le respect. Seuls les professeurs manifestèrent à plusieurs reprises un peu d'incompréhension et sans doute s'en ouvrirent-ils au doyen, mais rien, à cette époque-là, ne pouvait s'opposer à la volonté d'un grognard de l'Empereur. Je le savais depuis le jour de mon inscription auprès de ce chirurgien admirateur de Larrey : il avait même feint de s'en sentir flatté. Enfin, le souvenir de mon fils en danger, l'impuissance du médecin appelé pour le soigner me retenaient à ma table de travail chaque fois que la pensée du Grand Castel s'imposait à moi, ainsi que celle de Marie, qui attendait un autre enfant depuis la Noël de l'an 1810.

N'ayant rien d'autre à faire que de me consacrer à l'étude, la réussite fut au rendez-vous lors de chaque examen, et je quittai définitivement Bordeaux au mois de juin 1811, fort de tout ce que j'avais appris, prêt à soigner les miens mais aussi tous ceux qui auraient besoin de moi. Je revins au Grand Castel avec un étrange squelette articulé en cuivre qui m'avait servi à apprendre la mécanique humaine et muni du mémoire que j'avais écrit sur « L'étiologie et le traitement des états de langueur » dont il ne me reste que quelques pages aujourd'hui. Elles traitaient de la neurasthénie et des causes supposées être à l'époque à l'origine de ce mal.

Je me mis alors à courir la campagne dans mon cabriolet, rentrant parfois très tard le soir mais trouvant toujours Marie debout pour me servir le repas : une soupe, un quartier d'oie, du fromage, un morceau de gâteau de maïs, le pain que cuisait Antoine – moitié froment, moitié seigle –, le tout arrosé du vin de la vigne située sur le coteau, cent mètres au-dessus du château. Je dînais toujours dans la cuisine, et non dans la grande salle à manger, car j'avais été habitué aux petites pièces de la Bessonie, et j'aimais les fourneaux, le vaisselier sculpté, la pendule en faïence à fleurs et la table massive en bois de fruitier sur laquelle étaient posés les couverts en étain. Enfin je m'abonnai à *L'Écho de la Dordogne* pour me tenir au courant des affaires du pays que j'avais un peu négligées depuis mon installation au Grand Castel.

J'y appris que Napoléon avait chancelé sous les coups des alliances fomentées par l'Angleterre pour l'abattre, mais il avait de nouveau traqué victorieusement les Autrichiens jusqu'à Vienne et il les avait vaincus à Wagram où, devant l'hécatombe de trente mille de ses soldats, l'archiduc avait demandé l'armistice en octobre 1809. La paix de Vienne acheva d'édifier le grand empire français : il y avait désormais en Europe cent trente départements comptant quarante-trois millions de Français. Jamais l'Empereur ne fut aussi glorieux que cette année-là.

Pourtant, mes sentiments étaient partagés vis-à-vis de Napoléon. Je gardais en moi une sorte de nostalgie de la vie que j'avais menée, de la solidarité des soldats, mais en même temps je songeais à tous ceux qui avaient laissé leur vie sur les champs de bataille, et aussi à ceux qui allaient partir bientôt au combat. Avec le recul, certains jours, je haïssais l'Empereur, mais mes rêves me ramenaient souvent sur les rives du Danube ou dans les palais de Vienne qui étincelaient de leur vaisselle d'argent, et brillaient de tous leurs lustres en cristal de Bohême.

Je n'avais plus aucune nouvelle de Marcelin Audubert depuis Austerlitz, et je me disais qu'il devait être mort, sans quoi il aurait cherché à me retrouver. Car rares étaient ceux qui survivaient à des années et des années de guerre, et sans doute avais-je eu de la chance d'être blessé et de quitter l'armée. C'était dans cette dérisoire consolation que je m'efforçais d'oublier le passé et de me consacrer à une autre œuvre : œuvre de vie désormais, et non plus de mort.

La paix revint enfin en cette année 1811, et c'était l'essentiel. Je livrais maintenant des combats contre le manque d'hygiène dans les fermes, contre la maladie, la malnutrition, les accidents de la naissance ou du travail des champs ; contre l'ignorance, surtout, et ses conséquences désastreuses. J'étais souvent prévenu trop tard, car les paysans faisaient d'abord appel à un sorcier ou à un rebouteux avant de s'en remettre à moi. Il fallut plus d'une année avant qu'ils comprennent que le nouveau médecin était capable de soigner efficacement. Au creux des vallons, l'eau stagnait dans les mares et les étangs, si bien qu'elle était impure et contaminait les gens, occasionnant des fièvres que je soignais avec de la poudre de quinquina.

Je soignais aussi les morsures de vipère avec de l'ammoniaque et de l'huile d'olive, remettais en place des épaules déboîtées, recousais des plaies ouvertes par la faux au moment des foins, réduisais des fractures, et, sur les tables épaisses des cuisines, effectuais des curetages à la suite des fausses couches. J'utilisais les forceps lors des naissances difficiles, et, pour éviter toute infection, j'interdisais l'entrée des volailles dans les cuisines de mes métayers et dans tous les foyers où mon attelage me portait. Là où l'on ne mangeait pas à sa faim, je faisais livrer de la farine de mon moulin ou des pommes de terre. Ainsi, en peu de temps, je devins ce que j'avais rêvé d'être : un homme utile à ses proches et à ses voisins, mais un homme qui refusait que l'on se décoiffe devant lui.

Marie était folle d'amour pour cet homme-là. Elle me donna un deuxième fils au mois de septembre 1811 que nous appelâmes Joseph, et qui, bientôt, comme son frère et sa sœur, se mit à galoper dans la grande salle à manger du château, l'escalier de pierre qui montait à l'étage, jusqu'aux chambres à peine chauffées, l'hiver, pour ne pas habituer le corps à trop de confort. L'été, dès l'aube, les enfants s'envolaient vers les métairies, nous les regardions disparaître en souriant, heureux comme nous n'avions jamais osé l'espérer, surtout moi, dont les douleurs de mon infirmité, heureusement, peu à peu, s'estompaient.

4

À ma grande consternation, la paix, hélas, ne dura pas longtemps, car Napoléon prit prétexte des accords conclus entre l'Angleterre et la Russie pour repartir vers l'est avec la Grande Armée, traînant derrière lui des milliers et des milliers d'hommes en pleine jeunesse. Quand il entra en Russie, le 24 juin 1812, il était trop tard car l'hiver était proche. L'armée s'étira vers Moscou et ne l'atteignit qu'en septembre, alors qu'un incendie détruisait la ville. Napoléon s'attarda un mois dans les ruines avant de comprendre qu'il n'y aurait derrière lui, entre Moscou et l'Allemagne, qu'un grand désert blanc. Le passage de la Berezina acheva de décimer les troupes, abandonnées par l'Empereur qui cavalait vers Paris où grondait la révolte. C'était le début de la fin, l'agonie d'un empire qui dura jusqu'au mois d'avril 1814 quand les troupes russes, autrichiennes et prussiennes entrèrent dans Paris, provoquant la capitulation sans condition de celui qui avait régné sur l'Europe.

Tout cela, je ne le sus qu'un mois plus tard, grâce aux récits des rares survivants revenus au pays et par les journaux. J'appris également qu'avec la bénédiction des occupants, le Sénat avait proclamé Louis XVIII roi des Français et que les alliés, fort heureusement, avaient tenu leurs promesses : ils avaient fait la guerre à Napoléon et non pas à la France. Sans aucune indemnité de guerre, ils quittèrent le territoire français qui retrouva ses frontières de 1792.

Je compris alors qu'en qualité d'officier de l'Empire j'allais devoir rendre des comptes aux nouveaux maîtres du pays. Il m'apparut très vite que pour les Bourbons, le véritable ennemi n'était pas l'Empereur mais la Révolution et tout ce qu'elle avait entraîné de bouleversements, notamment la redistribution des biens des émigrés. Les préfets et les fonctionnaires n'étaient désormais plus les mêmes. Les bonapartistes allaient devoir payer leurs forfaits.

Mais j'avais été prévoyant, heureusement : dès que j'avais eu connaissance du désastre de la campagne de Russie, j'avais acheté des armes. En outre, j'avais eu le temps de m'attacher la reconnaissance de tous ceux qui vivaient sur mon domaine grâce à une générosité qui leur était inconnue jusqu'alors, et mes gens n'hésitèrent pas à défendre des terres et des toits où ils vivaient beaucoup mieux que par le passé.

La main armée de la Restauration dans le secteur de Belmont avait un visage : celui de Journiac de la Brède, qui occupa du jour au lendemain deux enclaves que je possédais au cœur du domaine qu'il avait volé aux Lareynie. Il n'était pas question d'accepter cette voie de fait sans risquer de voir se déployer toutes sortes de menaces. Le combat fut bref et la victoire facile : les paysans regroupés par Journiac avaient bien compris que ces Bourbons rentrés en France « dans les fourgons de l'étranger » remettaient en cause le peu qu'ils avaient obtenu depuis la Révolution. Quand les fusils des gens du Grand Castel tonnèrent, les réquisitionnés de Journiac désertèrent un champ de bataille qui n'en était déjà plus un et Journiac rentra chez lui, ruminant une vengeance qui d'ailleurs tourna court, car les Cent-Jours surprirent toute la population, et moi le premier.

À cette aventure-là, il faut bien que je le confesse, je ne crus jamais, même si j'avais compris que l'enjeu de ce nouveau combat était bien de défendre les acquis de la Révolution, et que seul l'Empereur en avait l'envergure. L'espoir dura jusqu'à Waterloo, puis tout s'écroula et les ultras imposèrent la Terreur blanche à Louis XVIII, afin d'anéantir les effets de 1789, mais aussi ceux de l'Empire. L'Église elle-même refusa de donner l'absolution aux acquéreurs de biens nationaux, elle rétablit les processions publiques et les ordres réguliers. Les officiers de l'armée impériale furent congédiés, remplacés par six cents généraux royalistes.

C'est ainsi que je vis apparaître des anciens soldats de Napoléon traînant leur misère, demandant du pain ou le droit de passer la nuit dans une grange, et je ne me fis pas faute de leur venir en aide. Un soir arriva au château un être squelettique, affamé, couvert de plaies, amputé du bras gauche, qui se prétendit ancien sergent d'Augereau. Je passai une partie de la nuit à m'entretenir avec lui, et, comme Antoine, le mari de la Miette, était mort l'hiver précédent, j'engageai ce mendiant, qui s'appelait Médéric Loubatière, pour le remplacer.

C'était un homme sec et brun, aux yeux étroits, une sorte de loup maigre à faire peur, qui me vénéra dès les premiers jours. Il me raconta qu'un aide de camp d'Augereau l'avait ramassé agonisant à Rivoli, alors qu'il venait d'être frappé par un sabre ennemi, tandis qu'il tambourinait sous la mitraille, avec, pour seules armes, les baguettes que ses doigts n'avaient pas lâchées. Ensuite, l'aide de camp ayant été tué à Marengo, Loubatière avait suivi Augereau partout, trouvant toujours pour lui un lit ou une paillasse, un poulet ou une bouteille, une haridelle ou un cheval de sang. Il était resté dans l'armée jusqu'aux Cent-Jours, avait perdu le bras gauche à Waterloo. Depuis, il se cachait, ayant appris que le maréchal Brune avait été assassiné en Avignon, La Bédoyère et Ney fusillés à Paris.

Je savais que je prenais un risque en accueillant chez moi un rallié des Cent-Jours, mais je n'eus pas l'ombre d'une hésitation. J'avais compris dès le premier instant que Médéric me serait dévoué à tout jamais, et je ne m'étais pas trompé. Un seul bras lui suffisait pour tenir un pistolet, et le sergent d'Augereau n'avait rien perdu de son adresse.

Dès le premier mois, en accord avec moi, il fit manœuvrer les paysans dans la cour du château et les exerça au maniement des armes. Rassuré sur la sécurité des miens, je repris mon cabriolet quelque peu abandonné en raison des événements, et je me remis à courir la campagne pour exercer ce qui était devenu chez moi un sacerdoce : la médecine.

Cependant Marie s'inquiétait de me savoir seul sur les chemins, exposé aux vengeances possibles de Journiac. Je lui montrai les deux pistolets que je posais de chaque côté de moi sur le siège, et lui affirmai que je n'avais rien à craindre des paysans, dont j'avais gagné le soutien en les soignant souvent gratuitement.

– D'eux peut-être, disait Marie, mais des autres ?

– Quels autres ?

– Tu le sais bien.

– Ne t'en fais pas, je suis sûr que je ne risque rien.

L'offensive ne vint pas du côté que je redoutais, mais de celui dont je ne songeais pas à me méfier. À cette époque, en effet, la fièvre typhoïde sévissait dans les campagnes et demeurait très difficile à soigner. Je luttais de mon mieux contre ce mal, mais je parvenais rarement à en venir à bout.

Je fus appelé un matin par l'un des métayers de Journiac dans le plus grand secret, car l'homme ne voulait pas que son maître l'apprenne. Son fils était malade. C'était un garçon de dix ans, qui souffrait déjà depuis huit jours, et qui m'apparut prostré dès que je l'examinai : il avait la langue blanche, soif continuellement, très mal au ventre et envie de vomir. Sur son torse, des macules grosses comme des lentilles, pleines d'un liquide rosé. Il ne me fut pas difficile de reconnaître la typhoïde et de tenter ce qui pouvait encore l'être, c'est-à-dire de lui faire absorber de la poudre de quinquina, de recommander de lui donner à boire à volonté de la tisane d'orge.

– Surtout, ne le faites pas manger ! dis-je à la mère, une femme terrorisée aussi bien par l'état de son fils que par la présence d'un ennemi de Journiac au sein de sa maison.

Il fallait que la situation fût bien désespérée pour qu'elle-même et son époux – qui avait pris les armes sur l'ordre de son maître au moment de l'affaire des parcelles enclavées – fissent venir dans leur foyer un médecin dont la présence pouvait leur valoir de graves représailles. Et elle l'était, désespérée, la situation, je le compris le soir même en retrouvant l'enfant le souffle court, couvert de sueur, la poudre de quinquina n'ayant eu aucun effet. Je pensai alors à Marie, qui m'avait déconseillé d'intervenir, mais je n'avais écouté que ma conscience et il était trop tard pour reculer.

Le surlendemain, en dernier recours, je fis prendre à l'enfant un bain d'eau froide, le baignant moi-même sous le regard incrédule et vaguement hostile de ses parents. Quand je repassai au début de l'après-midi, il me sembla que le petit était un peu moins abattu et je refis une immersion dans le cuvier. Hélas ! il mourut au cours de la soirée, et je fus accueilli le lendemain par le père et la mère brisés de chagrin. Je rentrai chez moi découragé, et trouvai heureusement du réconfort auprès de Marie, qui, loin de me reprocher quoi que ce soit, passa à mes côtés une grande partie de la nuit dans le salon, ni l'un ni l'autre ne pouvant trouver le sommeil.

Il y avait là, dans la grande bibliothèque murale en bois de chêne patiné par les ans, de nombreux livres laissés par son ancienne propriétaire et auxquels le notaire lui-même n'avait pas touché, afin de séduire un éventuel acheteur. Parmi eux les *Essais* de Montaigne, des œuvres de Diderot, Rousseau, Buffon, Montesquieu, Maine de Biran, le philosophe voisin de Bergerac, mais aussi des traités de médecine que j'avais achetés à Bordeaux. Je demeurai penché sur l'un d'entre eux toute cette nuit-là, comme si je me sentais coupable, alors que je ne l'étais pas. C'est ce que me soufflait mon épouse à l'oreille, me parlant de sa voix chaude et calme, souriante comme elle l'était toujours, même en ces moments douloureux.

Le lendemain, la vie reprit, mais je sentais une menace rôder autour de moi. Je ne fus pas vraiment étonné quand, huit jours plus tard, deux gendarmes à cheval me portèrent une convocation auprès du procureur du roi de Périgueux, afin de répondre d'une plainte pour crime avec préméditation.

– Mon Dieu ! fit Marie. Est-ce possible ?

Oui, ça l'était, car les ultras faisaient régner un ordre nouveau dans le pays, et je ne l'ignorais pas. Mais ce que j'ignorais, c'était qu'ils étaient capables du pire, y compris de susciter des faux témoignages pour me confondre. J'avais été étonné que la convocation vînt de Périgueux, et non pas de Bergerac, mais je n'avais pas envisagé de me renseigner auprès d'un avocat, ne sachant de quoi il était exactement question.

Marie avait tenu à me suivre au chef-lieu, mais elle ne fut pas autorisée à entrer dans les locaux de la justice du roi, près de la cathédrale Saint-Front. Là, je compris aussitôt la gravité de la situation dans laquelle je me trouvais, quand le procureur, un homme sévère, vêtu des habits solennels de sa charge, avec col en hermine et pompons rouges, me déclara qu'une plainte pour crime avait été déposée contre moi par le sieur Dalbavie et sa femme, métayers du château de la Brède, à l'issue de la mort de leur fils.

– Allons ! dis-je, j'ai soigné jusqu'au bout cet enfant, alors qu'il était déjà trop tard.

– Et de quoi donc ? fit le procureur en fouillant d'une main dans un tiroir de son bureau.

– D'une fièvre typhoïde.

– Avec quoi l'avez-vous soigné ?

– De la poudre de quinquina et des tisanes d'orge.

– Et n'avez-vous point utilisé d'autre méthode avec l'enfant des Dalbavie ?

– Non. Ils m'ont appelé trop tard.

– En êtes-vous bien sûr ?

– Tout à fait sûr, répondis-je, de plus en plus inquiet.

Le procureur m'observa un long moment en silence, reprit :

– Pourquoi cacher la vérité ?

– La vérité, je vous l'ai dite.

– Non ! Vous me la cachez.

Et, comme je cherchais dans mon esprit à quoi il faisait allusion, il poursuivit d'un air consterné :

– Vous avez plongé l'enfant Dalbavie dans de l'eau glacée.

Il me sembla à cet instant que le sol s'effondrait sous mes pieds. Il me fallut plusieurs secondes pour répliquer, non sans redouter de voir le piège se refermer sur moi :

– De l'eau froide, pas de l'eau glacée. Et cela pour faire tomber la fièvre, son cas étant désespéré.

– Est-ce là une méthode enseignée à la faculté de médecine ?

– Non ! Mais je me devais de tenter quelque chose.

– Rien qui ne soit prescrit par vos pairs ! Vous ne pouvez ignorer que vous n'en aviez pas le droit.

– Je l'ai fait en conscience, persuadé que c'était le seul moyen.

– Et l'enfant est mort.

– Il serait mort quand même.

– Ce n'est pas ce qu'affirment les parents.

– Les parents ne savent rien de ce qu'il convient de faire ou de ne pas faire en ces circonstances extrêmes.

– Ce que je sais, moi, c'est qu'il existe une plainte contre vous et que je dois l'instruire.

– Je suis prêt à en répondre.

– Et à me donner la liste des gens que vous avez soignés pour cette fièvre ?

– Je les ai tous en mémoire.

– Écrivez-la, je vous prie.

Je m'exécutai, puis me redressai en demandant :

– Est-ce tout ?

– Pas tout à fait, dit le procureur qui s'éclaircit la voix et poursuivit : Il ressort de l'enquête que j'ai déjà menée que vous auriez bénéficié de faveurs à Bordeaux, à la faculté de médecine, et que vous n'auriez pas possédé les diplômes nécessaires pour vous y inscrire.

Je ne répondis pas dans la seconde. Je venais de reconnaître le venin de Journiac et des ultras.

– Mes études ont été sanctionnées par l'agrément de la Société de médecine. Mon diplôme portait sur les états de langueur.

– Je le sais. Je détiens l'original dans le tiroir de mon bureau. Mais nous sommes loin de la quinine et de la fièvre typhoïde.

Je ne trouvai rien à opposer à cette affirmation, mais je ne détournai pas mon regard et repris :

– J'ai soigné et guéri des dizaines et des dizaines de malades.

– Je le sais aussi, répliqua vertement le procureur.

Puis le silence tomba brusquement entre nous et me parut durer une éternité.

– Je veux bien vous laisser en liberté pendant l'enquête, dit le procureur au terme de sa réflexion, à condition que vous vous engagiez par écrit à ne pas quitter votre domaine.

– Je n'en ai aucunement l'intention.

– Alors signez là. Nous nous reverrons dans un mois.

Je signai, me préparai à me lever quand le procureur me retint :

– Pendant cette période, évidemment, vous n'êtes plus autorisé à exercer la médecine.

Et, comme je tentai de protester, il enchérit :

– Il s'agit d'une affaire criminelle, je vous le rappelle. Considérez que vous bénéficiez d'une faveur en restant en liberté. Si j'écoutais les voix qui s'élèvent contre vos agissements, je devrais vous faire emprisonner.

– Je connais ces voix-là, et je sais pourquoi elles s'élèvent aujourd'hui.

– Insinueriez-vous que la justice du roi est partisane ?

– Je n'insinue rien du tout.

– Il vaut mieux, croyez-le bien, surtout de la part de quelqu'un qui recueille tous les sbires de l'Ogre.

– Un seul, dis-je en songeant à Médéric, et il n'a qu'un bras.

Et j'ajoutai, du même ton égal :

– Quant à moi, je n'ai qu'une jambe et je serais bien en peine de m'enfuir pour me soustraire à la justice du roi.

– C'est le prix que vous avez payé pour votre dévouement à un usurpateur. Vous accepterez donc que je ne m'en désole point.

– Je l'accepte, en effet.

Je me levai péniblement, demeurai un instant debout devant le procureur.

– Vous pouvez vous retirer, conclut-il. Au moins jusqu'à la prochaine convocation.

Après avoir retrouvé Marie, je l'emmenai passer la nuit dans une petite auberge de la rue Limogeanne, mais je me gardai bien de lui expliquer de façon précise les charges qui pesaient sur moi. Pourtant, je m'inquiétais beaucoup du fait que Journiac et ses amis allaient certainement trouver des faux témoins afin de me nuire. Que pouvais-je faire pour sortir de ce piège infernal ? De retour au Grand Castel, j'en perdis le sommeil et l'appétit, et même mes enfants ne réussirent pas à apaiser mes craintes.

Je demeurai dans ma bibliothèque, n'osant parcourir les chemins, de peur d'être accusé de continuer à exercer la médecine. Je cherchai pendant plusieurs jours désespérément le moyen d'échapper à une condamnation qui pouvait aller jusqu'aux travaux forcés, voire, mais je n'osais y songer sérieusement, à la peine de mort. Consulter un avocat, certes, mais lequel ? Je n'en connaissais aucun. Le notaire de Belmont, interrogé, éluda la question, et je compris qu'il avait partie liée, désormais, avec les nouveaux maîtres du département. Alors, que faire ? Il n'était pas dans ma nature de désespérer, de baisser les bras, mais mes adversaires se tenaient dans l'ombre et le combat était inégal.

Marie manifestait une gaieté forcée qui me faisait plus de mal que si elle s'était montrée soucieuse. Les enfants, heureusement, demeuraient les mêmes, rieurs et volontiers espiègles, fous de la liberté qu'on leur laissait, magnifiquement vivants et heureux de l'être. En revanche, si les métayers restaient dévoués et respectueux, je sentais à leur contact une sorte de réticence, comme si le venin de la calomnie distillé par Journiac les avait, malgré leur reconnaissance, ébranlés. Médéric et Marie s'efforçaient de les rallier, de démontrer que rien n'avait changé dans le domaine et ne changerait jamais, mais quelque chose, un mal insidieux, nauséabond, se répandait autour du Grand Castel.

Alors que je commençais à douter de tout, y compris des gens que j'avais crus proches de moi et à jamais reconnaissants pour les bienfaits que je leur prodiguais, une lettre arriva qui me redonna courage. Cette lettre, précieuse entre toutes, n'a jamais quitté le château car je l'ai relue à maintes reprises tant elle m'apportait d'espoir :

Mon cher confrère,

Comme vous le savez peut-être, je me suis acharné dans mes travaux à étudier les rapports qui lient le corps à l'esprit. Je les ai récapitulés dans deux de mes essais intitulés Influence de l'habitude sur la faculté de penser, *et* Rapports du physique et du moral. *Dans le cadre de ces études, j'ai découvert à Bordeaux votre traité sur les états de langueur, traité qui m'a été d'un grand bénéfice. Je vous dois donc quelque reconnaissance et tenais à vous le faire savoir.*

J'ai appris par ailleurs que l'on vous fait un procès pour des raisons qui me paraissent infondées. Venez donc me voir à Bergerac. Je suis assuré du fait que nous trouverons une solution pour mettre un terme à ce que je crois être une infamie.

Maine de Biran.

Ce philosophe des sciences était célèbre bien au-delà du Périgord et honoré par bon nombre d'universités européennes. Sous-préfet de Bergerac, il se montrait soucieux d'améliorer la vie de ses compatriotes et il avait créé un cercle d'études médicales que j'aurais bien voulu fréquenter, mais sans jamais avoir osé en faire la demande. En effet, le philosophe avait publié un pamphlet d'une extrême dureté contre Napoléon, du vivant même de l'Empereur.

Je gardais en mémoire ces mots implacables qui m'avaient beaucoup troublé, peu avant les Cent-Jours : « Le ciel dans sa colère nous a donné un homme qui réunit le caractère bas, farouche et sanguinaire, la fureur conquérante, l'audace et la férocité barbare d'un Gengis Khan, et nous l'admirons pour prix des chaînes sous lesquelles il nous écrase. Il est trop vrai que nous sommes comprimés, emmaillotés de tant de manières qu'il faudrait une énergie forte et soutenue, des circonstances extraordinaires pour nous délivrer du tyran que nous nous sommes donné. »

Comment un adversaire si farouche de l'Empereur, un partisan si déclaré de Louis XVIII, pouvait-il voler au secours d'un ancien sous-officier de Napoléon ? Je tournai et retournai de longues heures dans mon esprit cette question, mais je n'avais pas le choix. Poussé par Marie, je demandai une entrevue au grand homme et pris la direction de Bergerac au début du mois de septembre, longeant la Dordogne après Lalinde, que la grand-route escortait derrière un rideau de fins peupliers. Rien ne me parut hostile ce matin-là, dans mon cabriolet que la capote verte relevée protégeait d'une petite pluie tiède, tandis que les arbres commençaient à se piqueter de jaune et d'or.

Je m'en souviens parfaitement : j'avais en moi une confiance qui fit place à un peu d'appréhension seulement à l'approche de la ville, puis au moment d'entrer dans le bureau du sous-préfet. En effet, Maine de Biran rayonnait d'une élégance et d'une puissance impressionnantes. Il avait un visage fin, un nez anguleux mais bien proportionné, des lèvres minces, des cheveux courts et blancs, des yeux clairs, un air encore vif et curieux malgré ses cinquante ans. Il eut la courtoisie de ne pas me laisser dans l'incertitude et, au contraire, me déclara dès qu'il m'eut fait asseoir :

– Votre affaire est réglée. Je m'en suis personnellement entretenu avec le procureur.

Et, comme je me confondais en remerciements, ne sachant ce qui me valait une telle considération :

– Je vais vous faire une confidence, puisqu'elle restera évidemment entre nous : je suis légitimiste, mais je n'aime pas les ultras. Si j'ai lutté contre l'Empereur et pour le retour des Bourbons, j'ai conscience aussi des excès des nouveaux dirigeants.

Je ne pus que rester muet devant cet aveu.

– Je vous connais. J'ai fait enquêter sur vous et je sais que, comme moi, vous luttez contre le manque d'hygiène, la routine, les préjugés, et pour la nécessaire évolution de la société.

Le philosophe eut un léger sourire :

– Je sais surtout que vous soignez le plus souvent sans exiger le moindre paiement et que vous faites livrer aux nécessiteux de la farine de votre moulin. Que m'importe, dès lors, que vous soyez bonapartiste ?

– Tout ce que je possède, je le lui dois, dis-je calmement.

– Au moins à son intendant général, n'est-ce pas ? rectifia le sous-préfet.

Je ne pus m'empêcher de tressaillir.

– Vous êtes informé de cela aussi ?

– La police sait tout, c'est son métier. Mais je ne m'en sers que dans l'intérêt des sciences et de la philosophie, vous allez comprendre.

Maine de Biran se leva, fit le tour de son bureau encombré de papiers, de documents et de dossiers, puis il m'invita à m'asseoir face à lui, sur un fauteuil de velours bleu clouté d'or.

– Vous allez entrer dans notre société pour nous faire part au moins une fois l'an de vos constats au sujet des états de langueur les plus graves. Vous savez que je cherche depuis longtemps s'ils ont des causes physiologiques, notamment la tuberculose, ou si leur siège se trouve essentiellement dans l'esprit. Votre témoignage me sera très utile, comme l'a été, au reste, votre traité. Mais dites-moi, s'il vous plaît, où vous en êtes aujourd'hui !

Impressionné, n'osant croire ce que je venais d'entendre, je répondis prudemment :

– Il me semble qu'ils ont essentiellement, en effet, une source corporelle, et pourtant, à plusieurs reprises, je n'ai pu l'identifier.

– Expliquez-moi, je vous prie.

La conversation entre nous dura jusqu'au soir et fut passionnante. J'en sortis ébloui, réconforté, fortifié dans mes convictions, rassuré par tout ce que j'avais entendu. Non seulement la menace qui pesait sur moi n'existait plus, mais j'avais atteint le but dont j'avais rêvé : entrer dans le cercle d'études médicales de Bergerac. Il me sembla que tout ce que j'avais vécu d'épreuves se trouvait aujourd'hui justifié par une reconnaissance aussi précieuse qu'inattendue. Et cela, de la part d'un homme que tout le monde respectait et admirait.

Je pris un repas hâtif, errai un moment sur le port en observant les bateaux, passai la nuit dans un hôtel où je ne pus trouver le sommeil, puis je repartis de très bonne heure, sur la route déjà encombrée de charrettes et de convois qui se rendaient au marché de la ville. Mon retour ne fut qu'enchantement à la pensée de ce qui s'était passé la veille, accompagné que j'étais par un soleil dont les rayons achevaient de me réchauffer le cœur.

Quand j'arrivai, Marie accourut vers le cabriolet, et, n'osant demander des nouvelles, m'étreignit tout en pressant sa tête sur ma poitrine.

– Tout va bien, lui dis-je. C'est fini.

Passant mon bras droit autour des épaules de ma femme, je l'entraînai à l'intérieur, où, enfin, je pus lui révéler ce qui s'était passé depuis le début, et comment s'était heureusement conclue cette affaire, grâce à un homme dont elle n'avait jamais entendu parler mais à qui, désormais, elle voua une reconnaissance infinie.

5

J'AI gardé un souvenir précis de ce jour d'automne de l'année 1816. Je me revois, cet après-midi-là, entrant avec Marie dans la cuisine du château où la Miette s'affairait pour réchauffer le repas, puis racontant l'entrevue de la veille, souriant, heureux de voir mon épouse s'apaiser, sourire à son tour, appeler les enfants, dont un seul apparut : Joseph, qui était trop jeune et ne s'éloignait guère de sa mère, alors que les deux aînés couraient la campagne comme à leur habitude.

Commença dès lors pour nous une existence que rien ne vint troubler, au moins pendant quatre ans. Quatre magnifiques années au cours desquelles je veillai moi-même à l'instruction de mes fils : Jules d'abord, qui était âgé de neuf ans, mais aussi Albine, de deux ans sa cadette. Je leur donnais mes leçons le matin de bonne heure, les obligeant à se lever très tôt, puis je les laissais libres d'aller à leur guise jusqu'à la Mouline ou la Borie blanche. Ensuite, je m'entretenais avec Médéric des problèmes du domaine. Enfin, après le déjeuner en compagnie de Marie, je partais sur mon cabriolet pour soigner les malades qui avaient fait appel à moi.

Je me sentais d'autant plus protégé que Maine de Biran veillait sur moi, mais aussi du fait que Louis XVIII avait finalement résisté aux ultras, la bourgeoisie des villes et les paysans des campagnes s'accommodant très bien de cette monarchie plutôt libérale. Que de jours heureux avons-nous vécus, alors, au sein d'un domaine où tout allait de soi, où nos enfants grandissaient dans l'insouciance et la liberté, où la paix régnait à la fois chez nous et sur la terre entière !

Hélas, en février 1820, un illuminé poignarda le duc de Berry, provoquant une formidable poussée des ultras, auxquels Louis XVIII ne put résister. En mars, fut votée une loi qui prévoyait que n'importe quel prévenu, sous l'inculpation d'atteinte à la sûreté de l'État, pouvait être détenu pendant trois ans sans être déféré devant un tribunal. Maine de Biran, considéré comme modéré, perdit son poste de sous-préfet, fut heureusement élu député mais partit à Paris, et je me retrouvai seul en face de mes ennemis. Ce ne fut plus la Terreur blanche, mais la Terreur noire, le clergé s'étant engouffré dans la brèche ouverte par les ultras. On nomma à la tête des lycées et des collèges des proviseurs ecclésiastiques, on multiplia les créations d'écoles religieuses, les instituteurs eux-mêmes, pour pouvoir enseigner, durent présenter des certificats de bonne conduite signés par les curés.

Jules, qui était parti à douze ans au collège La-Boétie de Sarlat comme pensionnaire, en fut renvoyé pour insoumission. Je ne fus pas dupe de cette exclusion, mais je ne protestai pas, d'autant que mon fils souffrait d'être éloigné des siens et ne cessait de réclamer à sa mère de revenir au domaine. Marie avait d'ailleurs intercédé à plusieurs reprises en sa faveur auprès de moi. Elle supportait cette séparation aussi mal que son fils, et lorsqu'elle s'indignait devant mon obstination, je lui répondais, mais sans conviction :

– Il le faut. C'est pour son bien.

– A-t-il besoin de savoir le latin pour vivre ici, sur ses terres ?

– On n'en sait jamais assez. C'est le savoir qui rend puissant. Je ne veux pas qu'il vive menacé comme je le suis encore aujourd'hui.

Ne disposant pas de suffisamment de temps, je fis appel à un professeur – un jeune Sarladais chassé de l'école à cause de ses idées libérales – pour s'occuper de mes enfants. Il s'appelait Maxime Fillol et nourrissait, comme moi, de l'aversion vis-à-vis des ultras en particulier et de la monarchie plus généralement, au point que sans s'en rendre compte, il imprégnait de ses idées l'esprit de ses jeunes élèves. Je l'avais remarqué, mais je ne lui en faisais pas reproche : je préférais cet enseignement à celui des collèges pris en main par un clergé revanchard et devenu si sectaire que même les métayers de Marsac étaient terrorisés par le curé de Saint-Léon. Ce dernier, au demeurant, s'entendait très bien avec Journiac de la Brède, avec qui il avait fait alliance depuis longtemps déjà.

Cependant, ils n'osaient trop s'approcher du Grand Castel, au souvenir des armes détenues au château et des appuis que j'avais reçus au moment de l'affaire des Dalbavie. Un certain équilibre s'était donc établi autour du domaine que nous parcourions volontiers, Marie et moi, le dimanche, profitant des beaux jours pour visiter les métairies, montrer notre présence attentive, rassurer les métayers, leur apporter le secours nécessaire, interdire l'accès des animaux dans les maisons, vérifier la qualité de l'eau, veiller sur la santé des enfants. Lorsque je me trouvais seul sur les chemins, je gardais toujours mes deux pistolets à portée de main, mais je ne craignais pas réellement une attaque frontale. Non, ce que je redoutais, c'était une mauvaise affaire comme celle que j'avais déjà dû affronter. Aussi, quand on venait me chercher depuis les terres de Journiac, prenais-je mille précautions avant de prescrire le moindre traitement, et je vérifiais soigneusement, avant de repartir, que les parents avaient bien compris mes recommandations.

Au cours des années qui suivirent, nous décidâmes avec Marie que Jules resterait au domaine pour en prendre un jour la succession, mais que sa sœur et son frère feraient des études selon leur goût. Cette décision avait ravi mon épouse, qui pourrait ainsi les garder tous près d'elle plus longtemps qu'elle ne l'avait espéré. Cette vie que nous menions correspondait en tous points à ce qu'elle avait souhaité. Malheureusement, l'année 1824 vit à la fois la disparition de Louis XVIII et de Maine de Biran, et provoqua des désagréments qui faillirent mettre à mal tout ce que nous avions réussi à construire.

Je n'avais revu que deux fois mon protecteur, lors d'interventions à la Société médicale de Bergerac, mais je gardais précieusement en moi le souvenir d'une grande chaleur humaine ennoblie par une intelligence extraordinaire, et je regrettais de n'avoir pu me réchauffer plus souvent aux rayons de ce soleil-là. Je lui écrivais depuis que le philosophe fréquentait plutôt Paris que Bergerac, notamment pour lui faire part de l'évolution de mes recherches et lui exposer les tenants et les aboutissants des cas les plus graves que j'avais rencontrés, surtout chez les femmes.

Aujourd'hui que Maine de Biran était mort, et mort également ce roi qui s'était opposé aux excès des plus fanatiques des siens, ces derniers triomphèrent en propulsant sur le trône Charles X, un frère de Louis XVI qui avait passé une partie de sa vie à l'étranger comme émigré et qui, au retour des Bourbons, était devenu le chef de file des ultras. Il n'était pas décidé à se contenter d'une monarchie constitutionnelle, mais à gouverner selon son bon vouloir. Il avait d'ailleurs tenu à se faire sacrer à Reims et, dès son arrivée au pouvoir, avait fait voter la loi dite du « milliard des émigrés », qui indemnisait largement les victimes des expropriations révolutionnaires.

J'avais compris dès le lendemain du sacre que j'étais de nouveau en danger, et ma famille également. Je faisais preuve de la plus grande prudence dans mes déplacements et dans mes interventions, mais je ne me résignais pas à demeurer inactif au château. C'est ainsi que je poursuivais la campagne de vaccination contre la variole que j'avais entreprise six mois auparavant. Ce fléau que je soignais sans grands moyens, si ce n'est en crevant les pustules ulcéreuses et en enduisant les croûtes persistantes de cérat, était rarement mortel – sauf en cas de surinfection ou de conséquences hémorragiques – mais il cicatrisait en crevasses indélébiles et défigurait ses victimes.

Je me heurtais à l'immense force d'inertie des paysans, que les prêtres poussaient plus que jamais à ne pas se dérober à leur destin, c'est-à-dire à la volonté divine à laquelle ils avaient le devoir de se soumettre. Par ailleurs, ils continuaient de faire appel aux sorciers et aux jeteurs de sorts. Enfin, tout ce qui n'était pas conforme aux us et coutumes était suspect aux yeux de ces hommes et femmes craintifs de par leur position de dépendance, et de toute façon incapables de payer un médecin.

La vaccination était pourtant gratuite, c'est ce que je m'empressais d'annoncer dans les villages, avant d'expliquer comment elle était née en Angleterre dès l'année 1796 et avait été expérimentée sur un enfant de huit ans, puis comment elle avait été initiée en France par un médecin nommé La Rochefoucauld-Liancourt avec succès.

Un jour, sur la place de marché d'un bourg appelé Bouquerie, ayant achevé mon discours, je fus brusquement interpellé par un homme vêtu de noir, avec un large chapeau périgourdin sur la tête qui dissimulait la partie supérieure de son visage. Prenant brusquement la parole avec une assurance surprenante pour un paysan, il me demanda :

– N'est-ce pas l'Empereur qui a autorisé dans notre pays cette vaccination ?

Je pris le temps de la réflexion avant de répondre :

– C'est exact, et cela a sauvé des milliers de vies.

– Et ne serait-il pas nécessaire, reprit-il en haussant la voix, qu'elle soit autorisée par les autorités d'aujourd'hui, qui ne sont plus les mêmes, comme vous le savez ?

Au brouhaha que suscitèrent ces paroles, je devinai qu'on voulait me tendre un piège, mais ma conscience fut plus forte que ma crainte.

– C'est Louis XVIII qui a ordonné le développement de ces vaccinations, répondis-je.

– Et vous ne jugez pas utile d'attendre que de nouvelles dispositions soient prises ?

Je sentais distinctement l'étau se resserrer, mais je ne pouvais capituler sans perdre tout crédit auprès des paysans qui s'étaient regroupés autour de mon agresseur.

– Non ! car il y a urgence : la maladie tue des centaines de gens ou leur laisse des cicatrices qui les défigurent à jamais.

L'homme fit mouvement vers moi, se frayant un chemin au milieu de la foule assemblée.

– Vous pensez, en somme, qu'une autorisation donnée par un empereur vaut mieux que la décision d'un roi sacré à Reims ?

Je sentis le sol se dérober sous moi : le piège s'était refermé.

– Je n'ai pas dit cela, répondis-je, mais déjà ma voix était couverte par une immense clameur de protestation que je ne pouvais dominer.

Je tentai de me faire entendre, mais je dus battre en retraite vers l'auberge d'où je ne pus m'échapper que par l'arrière, avant de m'enfuir piteusement, conscient de me trouver de nouveau en péril, et peut-être plus que je ne l'avais jamais été.

De fait, je n'eus pas à attendre longtemps les conséquences de ce qui s'était passé à la Bouquerie. Le surlendemain au matin, alors que j'avais décidé de demeurer au château et de ne pas m'aventurer sur les chemins, deux gendarmes à cheval apparurent dans la cour et m'annoncèrent que je me trouvais en état d'arrestation.

– Et pour quoi donc ?

– Pour atteinte à la sûreté de l'État.

C'était tellement énorme que je ne pus esquisser aucun geste de rébellion. Puis je dis à Marie, qui venait de me rejoindre au bas du perron, de rentrer, mais elle ne s'y résigna pas.

– Je t'en prie ! Fais en sorte que les enfants ne voient rien de tout ça !

Et, tandis qu'elle montait les marches :

– Trouve un avocat à Périgueux !

Quand le brigadier, un gros homme à moustaches, voulut me passer les menottes, je m'y refusai :

– J'ai besoin de mes mains. Vous voyez bien que j'ai une jambe en bois.

L'homme n'insista pas, mais décida :

– Si vous avez une voiture, faites-la venir, et on attachera votre cheval à l'un des nôtres.

À cet instant, Médéric surgit de la remise, une arme à la main, prêt à me défendre.

– Attelle la jument et amène le cabriolet ! lui dis-je.

Cela ne prit que quelques minutes, durant lesquelles je tentai de parlementer, mais calmement, en évitant la moindre provocation. Quand Médéric s'approcha, je lui glissai à l'oreille :

– Surtout pas de bêtises ! Marie et les enfants ont besoin de toi.

Médéric hésita, puis il s'éloigna, non sans avoir craché par terre en grommelant des insultes que les gendarmes, heureusement, n'entendirent pas. Quand le convoi s'ébranla sur le chemin qui descendait en pente douce vers la route, je me demandai si je reverrais un jour mon domaine, mais je trouvai la force de ne pas me retourner.

Je connus, pendant les mois qui suivirent, l'une des pires épreuves de ma vie dans une cellule de la prison de Périgueux, où je dus cohabiter avec deux criminels de droit commun. Dès la première entrevue avec l'avocat contacté par Marie, je compris que je me trouvais là pour longtemps, quand maître Jardel me rappela la loi votée sous Louis XVIII selon laquelle n'importe quel individu, s'il était inculpé pour atteinte à la sûreté de l'État, pouvait être détenu pendant trois ans sans être déféré devant un tribunal.

Aussi, malgré les visites de Marie et bien que l'avocat m'assurât qu'il valait mieux croupir dans cette prison que d'être condamné aux travaux forcés, les jours me parurent-ils bien longs.

– Je suis innocent, lui disais-je, je ne faisais que mon métier.

– Dans la période que nous vivons, répondait maître Jardel, les prisons sont pleines d'innocents comme vous.

Et il ajoutait, non sans dissimuler sa crainte véritable :

– Je peux essayer de provoquer un jugement, mais je vous le répète, c'est dangereux. Ici, vous ne risquez pas grand-chose, mais rares sont ceux qui reviennent de Cayenne.

C'était aussi l'avis de Marie, qui se montrait forte, me

rassurait au sujet du domaine, et des enfants qui grandissaient loin de moi.

– Jules a dix-sept ans, à présent, disait-elle, et il m'aide beaucoup.

– Je savais qu'on pouvait compter sur lui.

– Albine aussi m'est d'un grand secours. Quant à Joseph, il demeure toujours le même, un peu solitaire.

Puis elle m'entretenait des métayers, du moulin, de Médéric qui avait été malade mais se portait mieux à présent, des récoltes qui s'annonçaient bonnes, sans se douter qu'elle enfonçait un fer terrible dans mon cœur au souvenir de ma vie au Grand Castel.

Enfin, en mai 1826, alors que je ne m'y attendais pas du tout, maître Jardel vint m'annoncer que mon procès allait avoir lieu.

– Je ne sais pas ce que cela signifie, ajouta-t-il, mais je vais essayer de me renseigner.

Il revint quelques jours plus tard, plutôt optimiste, et déclara :

– On est intervenu en votre faveur, et je crois que nous n'avons pas trop à redouter d'un procès.

– Mais qui donc ? Mon ami Maine de Biran est mort depuis longtemps.

– Selon mes renseignements, cela vient pourtant de Bergerac. Vous avez conservé des amis là-bas. Notamment un sieur Fontanille qui préside désormais la Société médicale.

Je me rappelai un homme grand, brun, portant frac

et gilet de soie, mais je ne gardais pas le souvenir de la moindre amitié avec lui.

– Je l'ai rencontré, précisa maître Jardel. Il est prêt à se porter garant de votre neutralité vis-à-vis du pouvoir en place.

– Et que demande-t-il en échange ?

– Je pense que ces messieurs de l'Académie songent à l'avenir. Ils donnent des gages à Charles X, mais ce sont en réalité des libéraux qui avancent masqués. Il n'est pas impossible qu'ils aient des projets pour vous dans le canton de Belmont, le jour où les circonstances auront changé.

– Ils ne savent rien de mes idées. Pour tous, je suis un bonapartiste qui a servi l'Empereur sur les champs de bataille, et qui l'est resté.

– Il semblerait qu'ils vous connaissent mieux que vous ne le pensez, conclut l'avocat. Mais de toute façon, nous n'avons plus le choix puisque le procès vient devant le tribunal le mois prochain. Aujourd'hui, il s'agit de définir une ligne de défense et de s'y tenir.

– Ma ligne de défense, c'est la médecine. Je ne me préoccupe que de la santé de mes semblables. Vous savez très bien ce qu'il s'est passé ce jour-là à Bouquerie. L'homme qui m'a interpellé était un provocateur envoyé par Journiac de la Brède et le curé de Saint-Léon.

– Le sieur Fontanille a proposé de fournir des témoins pour attester la nécessité de la vaccination et de produire un arrêté du préfet favorable à cette vaccination, certes postérieur à votre arrestation, mais qui rend en quelque sorte caduc ce qui s'est passé.

– Et de quel prix vais-je devoir payer tout cela ?

– La seule question, à cette heure, est de savoir si vous acceptez ou non cette aide.

– Je n'ai pas le choix. Je n'en peux plus de moisir dans cette cellule où l'on change la paille une fois par semaine.

– En ce cas, si vous le souhaitez, je m'occupe de tout.

– Faites, maître, je vous en prie.

Le procès, le mois suivant, donna heureusement les résultats que l'on pouvait escompter : je fus condamné à trois mille francs d'amende et à une interdiction d'exercer la médecine pendant cinq ans, mais j'étais libre de regagner mon domaine.

Marie apprit seulement la nouvelle en me voyant arriver le lendemain, car je n'avais pas voulu qu'elle assiste au procès. Ainsi s'acheva ce nouvel épisode de la vindicte des ultras, et ma vie put reprendre son cours, ou presque, puisqu'il m'était interdit de soigner ceux qui, pourtant, avaient toujours autant besoin de moi.

Ayant beaucoup souffert du froid et de la faim, j'avais maigri. Un pli amer au coin des lèvres ourlait mon visage d'homme de cinquante-trois ans, et mes mâchoires saillaient, anguleuses, au-dessus d'un cou sans la moindre graisse où les artères étaient tendues comme des cordes. Pendant de longs jours je me désespérai de ne plus pouvoir exercer mon métier, puis, après avoir compris que je me torturais inutilement, je finis par me résigner. Alors le simple fait d'être de nouveau libre sur mes terres où passaient tous les parfums familiers de l'été suffit à me faire retrouver des sensations que j'avais crues oubliées : l'odeur des foins coupés, d'abord, puis des épis de blé lors des battages, enfin celle des raisins bouillant dans les cuves. Mais celle que je préférais entre toutes, c'était le parfum de la farine coulant dans les sacs au moulin : il me donnait l'impression d'être en paix avec moi-même et avec le monde. Et c'est vers la Mouline que nous conduisait le cabriolet, Marie et moi, chaque fois que nous sortions pour parcourir le domaine, plutôt que vers la Borie blanche ou la Bélaudie. Nous parlions peu, nous nous contentions de jouir de la liberté et des couleurs sans cesse changeantes des arbres, de la terre et du ciel.

Marie aussi avait changé au terme de ces épreuves. Mais au lieu de dépérir, comme moi, ses traits s'étaient épaissis, ce qui lui donnait, me semblait-il, plus de prestance et plus de force. Pendant mon absence, elle n'avait jamais désespéré : ce n'était pas dans sa nature. Le sentiment de puissance qui l'animait provenait du chemin qu'elle avait parcouru depuis qu'elle avait élevé ses sœurs à la disparition de sa mère, et cela dans des conditions très difficiles. Aujourd'hui, près de cet époux qu'elle idolâtrait, dans ce château où elle n'aurait jamais osé entrer un jour, malgré les vicissitudes de la vie, elle n'avait plus peur de rien. Son seul souci de mère louve, c'était l'avenir de ses enfants : elle ne parvenait pas à admettre que, comme nous en étions convenus, deux d'entre eux devraient quitter le Grand Castel, Albine dès la rentrée prochaine, à Bergerac, où l'on avait trouvé pour elle une institution qui avait échappé à la totale mainmise du clergé.

Moi, j'avais à peine reconnu mes enfants en rentrant de Périgueux : on change vite au moment de l'adolescence. Jules était un homme, à présent, et il allait tirer au sort bientôt. Sec, énergique, sans une once de graisse sur le corps, il ne quittait pas d'un pouce Médéric qui lui racontait ses campagnes, alors que je demeurais silencieux à ce sujet. La vérité, c'est que je m'inquiétais de l'attirance que mon fils paraissait montrer pour l'armée, et je me demandais si Jules accepterait que je paye un remplaçant s'il tirait un mauvais numéro, comme l'autorisait la loi. C'était pour janvier prochain. On aviserait en temps voulu.

L'automne de cette année fut d'une grande douceur et me permit de me réconcilier totalement avec la vie. La vraie vie, celle du bonheur rétabli, sans menace du monde extérieur, surtout à partir du moment où l'hiver s'installa – seulement à la mi-décembre – et que nous fûmes contraints de nous calfeutrer à l'intérieur, ma jambe me faisant souffrir davantage lors des saisons froides. Nous nous installions dans le grand salon où flambait un feu géant dans l'immense cheminée à fronton de chêne. Je me plongeais dans les livres, et Marie brodait près de moi, levant la tête de temps en temps, comme pour vérifier que j'étais bien près d'elle, et non emprisonné dans une ville lointaine au péril de ma vie.

6

J'ÉCRIS ces lignes longtemps plus tard, mais je garde ancrée à jamais dans ma mémoire ma consternation quand Jules tira un mauvais numéro et refusa que je paye un remplaçant. Marie le supplia d'y consentir, je montrai la jambe de bois que m'avait value mon engagement à dix-neuf ans ; Médéric, appelé à la rescousse, intervint aussi, mais rien n'y fit. Jules voulait accomplir son devoir comme je l'avais fait quand la patrie avait été en danger, et je tentai de m'y opposer de toutes mes forces :

– Il n'y a pas de péril aujourd'hui, dis-je à mon fils. Aucun ennemi ne se trouve à nos portes.

– Aujourd'hui, mais demain ?

– C'est à cause des ultras qui m'ont fait jeter en prison que tu veux t'engager ?

– Il est hors de question qu'on paye un homme pour se battre à ma place.

– Je croyais que tu étais heureux, ici, près de nous.

– Je le serai encore plus à mon retour. J'aurai fait mon devoir.

– Depuis 1824, c'est pour huit ans qu'on part, et non pour six, comme avant, dis-je, espérant trouver là un dernier argument susceptible de le fléchir.

– Je reviendrai plus fort et sans aucun désir d'ailleurs. Je me fixerai ici pour toujours, comme vous le souhaitez.

Il fallut céder à sa volonté. Ainsi, à l'automne qui suivit, le Grand Castel se trouva privé de deux de ses enfants, Jules ayant gagné Rochefort, et Albine Bergerac. Marie en fut ébranlée un long moment, veilla encore davantage sur le seul fils qui lui restait, Joseph, s'inquiétant de sa santé, car il n'était pas d'une constitution robuste. C'était du moins ce qu'elle croyait à le voir si mince, si anguleux, mais je la rassurais chaque fois qu'elle évoquait la question devant moi.

Car j'avais d'autres préoccupations, en cette fin d'année 1827 : les excès de Charles X étaient tels que les libéraux, soutenus par l'opinion, gagnèrent les élections en novembre, provoquant un raidissement des ultras et, en Dordogne, la colère de ceux qui tenaient le pouvoir et n'entendaient pas le lâcher. À la mi-décembre, Médéric surgit un matin dans la bibliothèque et m'annonça que Journiac de la Brède, mon ennemi juré, avait purement et simplement annexé une de mes enclaves au cœur de son domaine, comme il l'avait occupée quelques années auparavant, à l'époque de la Restauration. C'était une guerre sans fin. Mais cette fois, de surcroît, il n'avait pas hésité à élever des clôtures en y mettant des bestiaux à paître.

Il ne me fallut pas longtemps pour mobiliser mes toujours fidèles métayers, qui, conduits par Médéric, jetèrent à bas ces clôtures et dispersèrent le bétail, ce qui provoqua dès le lendemain la venue d'un huissier au château et la nécessité de plaider de nouveau pour faire valoir les titres de la propriété contestée. À cette occasion-là, je dus reprendre la route de Bergerac pour traiter avec un avocat et solliciter un rendez-vous d'Alphonse Fontanille, que j'avais remercié comme il se devait à ma sortie de prison.

Ce dernier me demanda alors de siéger de nouveau aux réunions de la Société médicale, qui était devenue, je le compris dès la première séance, une société secrète de bourgeois libéraux désireux de se débarrasser de Charles X. Mon avocat avait eu raison quand il m'en avait prévenu lors de mon séjour en prison : ces libéraux comptaient sur moi pour prendre des responsabilités le moment venu. Le prix que je devais payer pour l'aide reçue à Périgueux, désormais je le connaissais, mais je ne le trouvais pas trop élevé. Je me sentais moins seul, au contraire, dans le combat que je menais contre les ultras, et je donnai ma parole sans la moindre hésitation : si l'on faisait appel à moi, je ne me déroberais pas.

Plus fort, mieux assuré par tous ces appuis, je combattis Journiac par tous les moyens à ma disposition, et me trouvai pour la première fois face à lui physiquement lors du procès qui s'ensuivit l'année d'après. Je découvris alors un homme de petite taille, vêtu comme un hobereau de l'Ancien Régime, qui me sembla plus insignifiant que redoutable. Seuls son visage épais aux traits durs, son regard sombre et vif témoignaient d'une agitation fiévreuse et tenace. Pour le reste, j'avais rencontré bien pire ennemi sur les champs de bataille.

Contre les faux témoins présentés par Journiac qui avançaient une coutume ancienne et prolongée d'un usage de la parcelle contestée, les actes de l'acquisition du domaine me suffirent pour avoir gain de cause. Cette épreuve représenta l'un des derniers assauts des ultras contre mon domaine et elle mit un terme définitif à la guerre qui m'opposait à un ennemi viscéral. Pendant les mois qui suivirent, rien ne vint troubler la paix relative des lieux, d'autant que l'opposition à Charles X gagnait du terrain, aussi bien dans les campagnes que dans les grandes villes.

Les événements de Paris du mois de juillet 1830 aboutirent à une Révolution qui non seulement renversa Charles X mais faillit instaurer la République. *L'Écho de la Dordogne* expliqua qu'il n'y avait pas de véritables meneurs dans le mouvement populaire et que les bourgeois libéraux avaient vite repris en main l'insurrection victorieuse. La Fayette conduisit le duc d'Orléans au balcon de la Chambre des députés et brandit le drapeau tricolore. Début août, les Chambres réunies offrirent la couronne à Louis-Philippe qui prêta serment à la charte constitutionnelle. Le « roi des barricades » venait de prendre le pouvoir confisqué au peuple par une certaine bourgeoisie qui s'empressa de se protéger jusque dans les campagnes, par l'entremise de la garde nationale chargée de veiller à la paix sociale.

C'est ainsi que, sur la demande expresse de mes amis bergeracois, je devins le responsable de cette garde nationale pour le canton de Belmont et que je fus nommé maire de Saint-Léon dès l'automne. De proscrit, je devins en quelques mois un homme respecté et redouté, grâce au sort bienveillant réservé par le nouveau pouvoir aux anciens bonapartistes. Beaucoup plus, même, que je ne l'avais imaginé : parmi les ministres, trois étaient des anciens officiers supérieurs de Napoléon – Soult, Gérard, Mortier –, et bon nombre de postes de fonctionnaires leur étaient réservés.

Au Grand Castel, une nouvelle vie commença. Je déléguai beaucoup de mes responsabilités de la garde nationale à Médéric, en qui j'avais toute confiance, et qui, le dimanche, vérifiait le bon état des armes avant de faire manœuvrer les paysans sur la place de Saint-Léon. Je consacrais le matin aux travaux de la mairie et, l'après-midi, je repris mon activité de médecin dont l'exercice m'avait tellement manqué. Quel plaisir ce fut pour moi de pouvoir de nouveau aller et venir dans mon cabriolet, retrouvant les fermes, les villages, les familles que je connaissais depuis si longtemps, et dont les enfants avaient grandi !

Mais les miens aussi avaient grandi, je ne pouvais pas en douter : Albine, très attirée par la grande ville, avait trouvé une place de gouvernante dans une riche famille de marchands de vin de Bordeaux, et Joseph allait entrer à l'École des mines de Paris. Jules, quant à lui, servait toujours sous les drapeaux. Il était revenu pour une courte permission peu après la révolution de juillet, et nous avions compris qu'il avait bien changé. J'avais eu l'impression que mon fils regrettait maintenant cet engagement auquel il aurait pu se soustraire, mais il était trop tard : il devait aller au bout des huit années prévues par la loi. Heureusement, Joseph, pour sa part, avait tiré un bon numéro qui l'avait dispensé des obligations militaires.

Marie s'en était réjouie, avant de le voir partir si loin, lui aussi, dans cette capitale où se trouvaient les meilleures écoles du pays. Et aujourd'hui, aucun de ses enfants ne vivait près d'elle, ce dont elle se désolait malgré sa nature gaie, tournée vers l'avenir. Elle avait pris l'habitude de me suivre vers les fermes où j'étais appelé. Parfois elle m'aidait, s'il s'agissait d'un accouchement difficile ou de maintenir un homme à qui il fallait remettre en place un membre démis. Elle conduisait elle-même le cabriolet, rêvant au jour où Jules enfin reviendrait, repassait avec plaisir dans les chemins qu'elle avait parcourus, enfant, évoquant tel ou tel événement vécu alors que nous étions séparés l'un de l'autre.

Ainsi la paix s'était de nouveau installée sur mes

terres auxquelles elle semblait promise pour toujours. Et cela dura jusqu'au printemps de l'année 1832, fin mars exactement, quand se déclara à Paris une épidémie de choléra. La nouvelle parvint au Grand Castel au début du mois d'avril, et je me hâtai d'écrire à Joseph, lui recommandant de quitter la capitale et de venir se réfugier en Dordogne. Ce qu'il fit avant même d'avoir reçu ma lettre, imitant en cela bon nombre de Parisiens, dont vingt mille, restés chez eux, devaient mourir en trois mois. Nous prîmes les précautions nécessaires le temps de vérifier qu'il n'était pas porteur de la maladie, et tout rentra dans l'ordre rapidement, même si Joseph se désolait de perdre une année d'études.

Ce fléau imprévisible ne nous atteignit pas de la manière que j'avais redoutée, mais aussi douloureusement que si Joseph avait été frappé. En effet, Jules, dont le régiment s'était trouvé de passage à Paris à ce moment-là, fut contaminé et mourut début mai, après deux jours et deux nuits d'agonie. Malgré les risques, je n'hésitai pas : je partis pour Paris avec le projet de ramener le corps de mon fils aîné, afin de lui donner la sépulture qu'il méritait au cœur même du domaine, derrière le château, en haut de la colline, sous un bouquet de trois chênes géants. Ce fut le premier des Marsac à être enterré là, mais ce ne serait pas le dernier, car j'avais pris des dispositions pour reposer moi aussi, le jour venu, à cet endroit que j'ai choisi pour son calme et son isolement.

Comment exprimer dans ces quelques pages ma douleur extrême et ma grande inquiétude pour ma femme, Marie, plongée, comme moi, dans un immense chagrin ? Non seulement je me reprochais de n'avoir pas réussi à convaincre mon fils de ne pas partir à l'armée, mais aussi le fait d'avoir mis en danger l'ensemble de ma famille, en me rendant à Paris que tout le monde fuyait. Je m'isolai pour ne contaminer personne, redoutai le pire jusqu'à l'été, puis, une fois rassuré, je me consacrai à aider Marie qui suppliait déjà Joseph de ne pas regagner Paris à la rentrée. Mais Joseph n'aimait pas la province : il avait pris goût à la vie de la capitale et à ses fastes, il voulait appartenir à l'élite que représentait son école, tenait à l'avenir qui l'attendait – personne ne pouvait en douter tant ses résultats scolaires étaient brillants.

Celle qui nous fut d'un grand secours à cette époque-là, ce fut Albine, qui repoussa jusqu'au dernier moment un nouveau départ pour Bordeaux, non sans nous promettre de revenir plus souvent. Jules se trouvait un peu plus absent chaque jour, un peu plus lointain encore qu'il ne l'avait été. Mais, grâce à la présence, dans la cour, des enfants des sœurs de Marie, dont deux habitaient toujours là, logées dans les communs avec leurs époux qui cultivaient la réserve et secondaient Médéric, la vie finit par reprendre ses droits.

Marie se redressa lentement, recouvra des forces, s'évertua à dissimuler son chagrin sous une activité débordante, à la fois dans les métairies et au sein du

Grand Castel. Je tentai de l'imiter, de combattre à ses côtés, mais quelque chose en moi s'était rompu, car j'avais la conviction de n'avoir pas été capable de sauver mon fils. Durant toute mon existence, en effet, mes décisions avaient été motivées par le souci de toujours protéger les miens en réaction à ce que j'avais vécu, moi, l'enfant trouvé, contraint de partir aux armées pour défendre mon pays alors que mes fils, eux, avaient eu le choix. Or je n'avais pu empêcher Jules de s'engager et c'est pour cette raison que je l'avais perdu. J'aurais dû trouver les mots pour le convaincre, j'aurais dû m'opposer à sa volonté par tous les moyens, et je n'avais pas su.

Cette idée m'a miné et, malgré mes efforts pour la fuir, m'a conduit peu à peu vers le renoncement. Je sais aujourd'hui qu'il ne me reste que peu de temps à vivre : au vrai sens du terme, j'ai le cœur brisé. Je le sens parfois s'arrêter, puis repartir de plus en plus difficilement. Il existe des maux et des plaies que l'on ne peut soigner, et je suis bien placé pour le savoir. Moi qui ai souffert de la guerre, des blessures, de la folie des hommes, c'est la disparition d'un fils qui aura eu raison de ma personne. Ma grande consolation est d'avoir préservé les terres, le domaine que j'ai conquis pour ma femme et pour mes enfants. Ce sont les seuls biens qui durent, ceux qui les protégeront dans ce temps qui nous menace tous, puisque nous sommes mortels. Ils me survivront, et ils assureront la pérennité de ma famille en l'accompagnant fidèlement dans sa destinée.

Si je lutte encore aujourd'hui, c'est pour mon épouse, qui a cheminé si longtemps près de moi et si amoureusement. Mais les jours qui me restent à vivre sont comptés. Je vais tâcher de l'accepter comme doit le faire un homme digne et raisonnable : sans la moindre plainte et en essayant de le cacher, pour épargner cette souffrance à tous ceux que j'aime.

Deuxième partie

ALBINE

1

C'EST après le décès de mon père que j'ai trouvé les lignes qu'il avait écrites sur sa vie, et dont il m'avait parlé peu avant de s'éteindre en me demandant de poursuivre cette œuvre qui lui tenait à cœur. Ne l'eût-il pas fait que je l'aurais décidé de moi-même, tant il m'a semblé essentiel, lecture faite, de prolonger l'histoire de notre famille, et surtout de perpétuer la mémoire de cet homme que l'on avait trouvé, enfant, sur le bord d'un chemin, et qui avait, par son courage, établi une famille dans un château au prix de son sang. Car je l'aimais plus que tout, ce père, alors qu'il était miné par le chagrin de la disparition de son fils aîné. Je le vis s'affaiblir rapidement, tenter vainement de se soigner, mais l'âge faisait son œuvre dans un corps qui avait déjà beaucoup souffert.

Ses yeux bleus s'étaient assombris – ainsi qu'en témoigne le portrait que je possède de lui à cette époque et qui me le rappelle douloureusement –, comme si la lumière, tout au fond, peu à peu, s'éteignait. Il s'efforça de soigner les malades jusqu'à l'âge de soixante ans, puis, ses forces diminuant, il ne les consulta plus qu'à domicile. Autrement dit très peu, les paysans n'osant guère s'approcher du Grand Castel, dans une sorte de crainte jamais vraiment oubliée malgré la Révolution.

Ma mère fit face comme à son habitude, l'aidant dans sa lutte contre un mal qu'il connaissait mais ne pouvait combattre. Il était usé, tout simplement, et surtout profondément ébranlé par l'échec de sa vie : n'avoir pas su protéger son fils aîné. Un éminent médecin de Bergerac nous confirma que mon père approchait du terme de son existence, alors qu'il avait dû s'aliter pendant l'hiver.

Il ne se releva pas et mourut à soixante et un ans, dans son lit, mais sans trop souffrir, comme une bougie soufflée par le vent, et non sans songer à mettre en ordre ses affaires : il laissait à ma mère l'usufruit de tout ce qu'il possédait, et la nue-propriété à ses deux enfants vivants, c'est-à-dire à Joseph et à moi. Il fut porté en terre deux jours plus tard, et il repose auprès de Jules, mon frère, sous les deux chênes encore debout à cette époque, le troisième ayant été foudroyé.

Heureusement, ma mère n'était pas seule au Grand Castel. Deux de ses sœurs vivaient au château avec leur mari, et la troisième et son époux avaient remplacé les métayers de la Borie blanche devenus trop vieux. De surcroît elle savait qu'elle pouvait compter sur Médéric, sur qui le temps ne semblait pas avoir de prise, mais aussi sur moi, Albine, qui revenais le plus souvent possible de Bordeaux où j'étais partie, afin de satisfaire mon attirance pour la grande ville. J'y avais fait la connaissance d'Appoline, la fille du notaire de Belmont, qui étudiait là-bas et qui était aussitôt devenue une amie.

Après une période d'abattement, ma mère prit les décisions qui s'imposaient : comme les époux de ses deux sœurs qui vivaient au château ne s'entendaient pas, elle éloigna l'une des deux familles en lui confiant la Mouline et confia à Jean Larribe, le mari de sa sœur cadette prénommée Louise, la responsabilité de seconder Médéric. Les Bonnefond se trouvaient toujours à la Bélaudie et donnaient toute satisfaction. Tout semblait en ordre de marche, et elle espérait que je reviendrais m'installer définitivement au château.

Je n'avais pas dit oui, mais je n'avais pas non plus refusé d'emblée cette éventualité qui aidait ma mère à supporter l'absence de l'homme qu'elle avait aimé. Elle n'avait rien modifié dans la chambre qui avait été la leur, ni trié les vêtements de mon père où elle enfouissait parfois son visage – je l'ai surprise, un soir – pour retrouver l'odeur de celui qui l'avait laissée seule, dans un désespoir qu'elle s'évertuait à cacher. Elle se savait chargée d'une mission : poursuivre l'œuvre de son mari, faire en sorte que ce qu'il avait si durement conquis lui survive.

Deux années passèrent, au cours desquelles elle me

harcela afin que je prenne la décision qu'elle espérait : revenir au Grand Castel. En revanche, elle doutait de plus en plus de Joseph qui ne daignait même pas rentrer pour les vacances et qui lui demandait chaque mois de plus en plus d'argent. Elle avait du mal à refuser, et, quand elle s'en ouvrait à moi, j'étais exaspérée par les excès de mon frère. Je mesurai alors à quel point ma mère, qui, ne sachant ni lire ni écrire et n'ayant aucune notion de l'argent dont elle disposait ou pas, était exposée à de graves dangers.

C'est cette conviction-là, sans doute, qui me décida à accepter une proposition de mariage : à force de fréquenter mon amie Appoline – aussi brune que j'étais blonde, aussi corpulente que j'étais mince –, j'avais rencontré son frère Émile. En fait, nous nous connaissions depuis deux ans, c'est-à-dire depuis qu'un soir Appoline me l'avait présenté lors d'une promenade aux Quinconces, et nous n'avions pas cessé de nous voir. Au terme de ses études de droit à Bordeaux, il allait reprendre l'étude de son père au printemps suivant et m'avait proposé de l'épouser. J'avais gardé le secret jusqu'alors, mais le moment était venu d'annoncer à ma mère mon retour en Dordogne.

Elle aurait accepté n'importe quoi pour ne plus se sentir seule à tenir les rênes d'un domaine qui était trop grand pour elle et dont les responsabilités l'écrasaient. Mais elle donna son accord avec d'autant plus de conviction que son futur gendre lui apparut très respectueux vis-à-vis d'elle. C'est ainsi que notre mariage eut lieu au Grand Castel en mai 1836, et rassembla une centaine d'invités.

Avec Émile, nous nous étions occupés de tout, avec beaucoup de soin et de raffinement : des lanternes avaient été disposées dans les arbres, des chandeliers allumés devant les glaces du salon retapissé à neuf où un orchestre venu de Bordeaux, comme la plupart des convives, fit danser les couples jusqu'au matin, tandis que le champagne et les liqueurs coulaient à flots. Émile était vêtu d'une courte redingote de velours noir, d'une chemise amidonnée, d'un pantalon serré à la taille et portait des bottes de cuir fin, souples comme des gants ; j'avais choisi quant à moi une longue robe de soie grise et un collier de perles vertes comme on n'en avait jamais vu dans la région.

Grisée par le champagne, les valses et les polkas, je rejoignis ma mère vers onze heures, alors que, à l'écart, en bas du perron, elle s'efforçait de dissimuler sa tristesse à la pensée que son époux ne se trouvait pas près d'elle pour profiter de cette fête, sans doute aussi un peu effrayée par tant de personnes qu'elle ne connaissait pas et auprès desquelles elle se sentait étrangère. Je demeurai un long moment en sa compagnie, écoutant la musique après lui avoir pris le bras. Elle voulut bien me laisser croire qu'elle était heureuse, au moins de ma présence près d'elle, autant ce soir-là, que, l'espérait-elle, à l'avenir.

Nous étions loin d'imaginer ce qui nous attendait, le lendemain, quand Joseph, venu comme il se devait au mariage de sa sœur, demanda à nous parler. Nous nous installâmes dans le bureau qui avait été celui de notre père et, dès que mon frère prit la parole, ma mère comprit que rien, au Grand Castel, ne lui appartenait vraiment : elle était désormais soumise au bon vouloir de ses enfants.

En fait, Joseph était en train de créer une société immobilière à Paris, en association avec celui qui allait devenir son beau-père. Il était lui aussi sur le point de se marier avec la fille du plus grand entrepreneur de travaux publics de la capitale, et il exigeait qu'on lui verse sa part du domaine.

Le ton monta entre mon frère et moi, mais Joseph démontra qu'il pouvait faire valoir ses droits, ce que me confirma Émile, une fois consulté. Il fallait vendre, et le plus rapidement possible. Ma mère s'indigna, expliqua qu'elle ne pouvait pas expulser ses sœurs et leurs époux, mais Joseph répondit qu'il n'était pas question de les chasser, qu'ils changeraient seulement de propriétaire et qu'on pouvait inclure dans un acte de vente une clause visant à conserver les métayers en poste, a fortiori s'ils avaient un bail.

– Il n'existe pas de bail avec mes sœurs, répondit ma mère. On a toujours eu confiance en elles.

– J'ai besoin d'argent, et très vite, répliqua Joseph. Ne m'obligez pas à l'obtenir par les tribunaux.

Mon indignation était à son comble quand je m'écriai :

– Tu ne ferais pas une chose pareille ?

– Si j'y suis contraint, je n'hésiterai pas.

Au terme d'une longue discussion au cours de laquelle ma mère ne put retenir ses larmes, il fut convenu de vendre tout de suite la Bélaudie où se trouvaient les Bonnefond, puis de trouver une solution pour mes tantes avant de se séparer de la Mouline et de la Borie blanche, le château et les terres attenantes demeurant ma propriété.

Ce démantèlement du domaine acheté par notre père se concrétisa avant la fin de l'année qui suivit, car Joseph revint plusieurs fois de Paris pour y veiller. Avant la passation des actes de vente, un bail fut signé avec les sœurs de ma mère et leurs époux, qui assurait leur protection. À l'automne de 1837, le Grand Castel, ce n'était plus que le château et trente hectares de terre tout autour, c'est-à-dire ce que l'on appelait la réserve.

Médéric étant mort pendant l'hiver précédent d'une méchante pneumonie, Jean Larribe prit sa place, veilla sur l'écurie, les communs, et fut chargé de mettre en valeur les terres demeurant affectées au château. La grande œuvre de notre père avait diminué de moitié, mais si plus de cinquante pour cent des terres avaient disparu, les pierres du Grand Castel étaient bien là, solides, indestructibles, sous nos yeux, et les Marsac demeuraient présents, représentés aujourd'hui par ma mère et moi-même. Elle avait souhaité emménager dans une chambre qui donnait sur la cour gravillonnée, où, m'avait-elle expliqué, elle entendait encore, parfois, crisser les roues du cabriolet de son époux.

2

Elle n'y fut pas malheureuse, du moins je l'espère, car elle se sentait en confiance avec moi. Elle avait eu tellement peur d'être obligée de quitter les lieux où elle avait connu tant de bonheur qu'elle me vouait maintenant une véritable dévotion. Elle se rendait utile en faisant la cuisine et en s'occupant des chambres, car la Miette était morte et il n'était pas question de la remplacer : ma mère tenait à assumer sa part de travail dans un château qui ne lui appartenait plus et qu'elle n'habitait, lui semblait-il, que par faveur et par reconnaissance.

Moi, je partageais mon temps entre le Grand Castel et la maison bourgeoise de Belmont où Émile, souvent retenu tard le soir, demeurait parfois pour la nuit, mais pas seul : son père, veuf depuis trois ans, avait engagé une cuisinière et une chambrière. Émile me retrouvait au Grand Castel le plus souvent possible et nous nous occupions ensemble des affaires courantes en veillant à y associer ma mère.

Joseph, ayant tiré tout ce qu'il pouvait du domaine de son père, avait coupé les ponts avec nous, et nul ne le déplorait. Il menait grand train à Paris où, avec son beau-père, il remportait régulièrement les adjudications de construction de ponts, de canaux ou d'immeubles publics. Il s'y était marié sans inviter le moindre membre de sa famille et vivait dans un hôtel particulier de la rue Bonaparte. Il n'écrivait pas. Les seules nouvelles que je recevais provenaient de l'étude de Belmont, où les interventions procédurières de Joseph arrivaient régulièrement.

En 1838, soit deux ans après notre mariage, nous eûmes un fils que nous appelâmes Bertrand et qui fit la joie de ma mère à qui, le plus souvent, je le confiais. Ainsi commença pour elle une nouvelle vie, bientôt ensoleillée par ma deuxième maternité et la naissance d'une fille prénommée Élodie, en 1840. Malgré ses soixante-quatre ans, ma mère avait conservé de son corps ample et robuste beaucoup de santé. La garde de ses petits-enfants ne lui pesait pas, au contraire : elle l'aidait à retrouver son adolescence, quand elle s'occupait de ses sœurs, mais également sa jeunesse, au temps où elle veillait sur ses propres enfants, en compagnie de son époux. On eût dit qu'elle rajeunissait du fait de ces jeunes présences à ses côtés, mais aussi de la confiance retrouvée : rien ne la menaçait plus et elle savait que je ne la trahirais jamais.

Élodie fut hélas mon dernier enfant, car six mois après sa naissance, au cours d'un voyage à Paris, Émile, mon mari, fut renversé par une voiture à cheval et mourut sur le coup. J'avais connu la mort d'un proche avec la disparition de mon père, mais elle n'avait pas été brutale et j'avais eu le temps de m'y préparer. Avec la disparition d'Émile, c'est la foudre qui me tombait dessus et me laissait sans forces, paralysée par une douleur inouïe car je l'avais aimé, cet homme, dès notre rencontre sur l'esplanade des Quinconces. Je n'aurais jamais imaginé que je pusse perdre ainsi, du jour au lendemain, un être en bonne santé, qui m'avait quittée deux jours auparavant en me promettant de revenir le plus vite possible, et que je rêvais d'étreindre dès qu'il s'éloignait de moi. Le plus difficile à supporter, ce ne furent pas les obsèques, car j'étais soutenue par le frère d'Émile et par sa sœur Appoline, mais ce fut de ressentir le poids d'une absence définitive. C'était impossible pour moi de l'accepter, et je me sentais victime d'une injustice. D'où une rébellion, une colère, qui me fit hurler pendant plusieurs jours dès que je me retrouvais seule dans ma chambre, avant de me rendre compte que je faisais peur à mes enfants. Devant leur regard effrayé, je trouvai alors les ressources pour garder en moi, au moins en partie, la douleur qui avait failli me rendre folle.

Mais il était dit que rien ne me serait épargné. En effet, passé le premier chagrin, je compris que je ne serais plus chez moi dans la grande maison de Belmont. Rien ne m'appartenait là-bas, car le père d'Émile, très au fait des lois de succession, avait veillé à ce que précisément, en cas de décès de son fils aîné, tout ce qu'il possédait revienne à la famille Delhaubre. Trop jeune pour penser à la mort, Émile n'avait pas eu le temps de signer la moindre disposition en faveur de sa femme et de ses enfants. Son frère cadet allait prendre la suite de l'étude et n'entendait pas concéder la moindre faveur à quelqu'un qui pourrait un jour l'empêcher d'agir à sa guise. Appoline tenta d'intervenir pour ménager un arrangement entre son père et moi, mais elle n'était pas de taille à lutter contre un homme dont le métier était de connaître les lois mieux que quiconque. Je lui en sus gré et me promis de continuer à la voir, son amitié m'étant précieuse, mais pour moi, tout était clair, je n'avais qu'une solution : quitter ma famille d'adoption et revenir définitivement au Grand Castel, ce qui, au moins, réjouirait ma mère.

Mais que faire pour vivre et assurer l'avenir de mes enfants ? Je n'eus pas à réfléchir longtemps : ayant vécu à Bordeaux chez de riches négociants en vin qui possédaient de surcroît un château et des vignes où j'accompagnais la famille les fins de semaine, je m'étais intéressée aux vignobles, aux crus, aux caves, tout en écoutant les conversations. Je n'ignorais rien de l'histoire du vin depuis que les Romains avaient introduit la vigne dans toute la vallée de la Garonne et de ses affluents : les gaillacs dans la vallée du Tarn, le cahors dans la vallée du Lot, les vignobles de Gascogne et de la vallée de l'Adour un peu plus bas.

Tous ces vins étaient transportés par les rivières vers

la Garonne et Bordeaux. Tous, sauf ceux du Bergeracois dont l'exportation ne passait pas par Bordeaux, car la Dordogne rejoignait la Garonne au bec d'Ambès, c'est-à-dire en aval du grand port. Ainsi, si Bordeaux contrôlait la vente de tous les vins du grand Sud-Ouest autant que les siens, le commerce de ceux de la vallée de la Dordogne lui échappait. Et ils partaient directement par l'océan vers l'Angleterre, mais aussi la Hollande et les autres pays de l'Atlantique nord.

Je n'avais rien oublié de ce que j'avais entendu et appris. Dès lors, ma résolution fut prise : j'allais planter des vignes sur les terres du Grand Castel. Pour ce faire, je vendis les bijoux que m'avait offerts mon mari et j'utilisai le peu d'argent qui restait disponible dans le coffre du château. Je pris cette décision sans la moindre hésitation, car en attendant de vendre du vin, on pouvait vivre des produits de la réserve. Cependant, plus je plantais de vigne, plus la superficie de la réserve diminuait, bien que j'eusse choisi de planter sur les coteaux, à l'abri du vent du nord, et non dans les vallons. J'avais sélectionné des cépages de sauvignon pour obtenir un vin blanc moelleux dont raffolaient, notamment, les Hollandais, et pour éviter d'entrer en concurrence avec les fameux rouges de Bordeaux. J'avais prévu d'exporter par Lalinde ou Port-de-Couze, sur la Dordogne, d'où les gabarres gagnaient le bec d'Ambès.

Pour mettre en œuvre ce plan si mûrement réfléchi, il me fallait trois ou quatre ans, le temps que les premières grappes apparaissent sur le domaine. Ce fut une période très difficile, durant laquelle je me débattis non seulement contre la terrible absence d'Émile, mais aussi contre l'obsession d'emprunter de l'argent. Mais vers qui me tourner ? J'aurais pu solliciter Appoline, qui venait régulièrement me voir au Grand Castel depuis Bordeaux, où elle était mariée avec un fondé de pouvoir d'une banque privée qui s'était lancé dans la politique, mais je ne voulais rien devoir, à travers elle, ni à son père ni à son frère qui, à bien considérer les choses, m'avaient chassée de chez eux.

Aussi, malgré ma répulsion, je me résolus à écrire à Joseph, sans trop d'illusions au demeurant, mais en lui exposant mon projet, et je fus surprise de recevoir de sa part une réponse favorable. En fait – je l'ai compris par la suite – il s'agissait d'un calcul pour l'homme d'affaires qu'il était devenu : il savait parfaitement ce que représentaient les vignobles du Bergeracois et il avait pensé que le Grand Castel pouvait lui servir à développer en province la fortune qu'il était en train de se constituer à Paris. Rien n'était désintéressé dans sa démarche, quand je reçus des billets à ordre pour une somme bien supérieure à celle que j'avais sollicitée, mais également une reconnaissance de dette en bonne et due forme.

Je n'avais pas le choix : je signai et pus ainsi me consacrer sans souci d'argent à ces ceps sur lesquels je me mis à veiller jour et nuit, surtout à la lune rousse du printemps qui provoquait des gelées tardives. De même, je redoutais la grêle des orages d'été, nombreux dans le Sud-Ouest, et souvent violents. Mais rien ne vint ébranler ce projet qui, je n'en doutais pas, porterait un jour de beaux fruits.

À trente-cinq ans, grande et blonde, avec les magnifiques yeux bleus de mon père, j'aurais pu me remarier facilement, mais je n'y songeais pas. Je ne me battais plus désormais que pour mes enfants qui grandissaient près de moi : Bertrand, âgé de six ans en cette année 1844, qui ressemblait plutôt à ma mère, et Élodie, quatre ans, qui avait les yeux bleus comme moi et comme son grand-père disparu. Elle trottinait sans cesse à la poursuite de son frère qui, pourtant, ne lui rendait pas la vie facile et la rudoyait volontiers. Mais la petite ne se résignait pas à s'éloigner de lui et montrait, au contraire, une résistance et une obstination qui faisaient ma joie et mon admiration.

Sur tout ce petit monde veillait toujours ma mère, sur laquelle l'âge ne semblait pas avoir de prise. Jamais la moindre dispute ne l'opposait à moi. Ses cheveux blancs l'avaient adoucie, elle ne redoutait plus rien, sinon la mort qui, bientôt, c'était inéluctable, la priverait de ce qu'elle avait de plus cher au monde : sa fille et ses petits-enfants.

Depuis Paris, même s'il était constamment débordé, Joseph se renseignait régulièrement sur ce qui se passait en Dordogne. Il s'intéressait aussi beaucoup à la politique, et cela par nécessité, car il fallait être bien introduit dans ce milieu pour remporter les adjudications. Son beau-père, Édouard Lacarrière, l'avait initié à l'approche savante des notables qui détenaient le pouvoir de décision en matière de travaux publics : tous ces fonctionnaires de Louis-Philippe qu'il fallait savoir séduire, ménager, et surtout assurer de sa fidélité à un régime qui commençait à s'affaiblir.

Il n'avait qu'à se louer de son mariage avec Jeanne, la fille de Rose et d'Édouard Lacarrière. Cette jeune femme à la peau mate, aux pommettes hautes, brune et de belle taille, lui avait donné un fils prénommé Charles et s'apprêtait à mettre au monde un deuxième enfant. Elle avait hérité de sa mère, apparentée aux banquiers Laffitte, une élégance et une aisance naturelle à se mouvoir dans le monde, à organiser les dîners indispensables aux affaires. Joseph lui devait beaucoup : en fait, elle lui avait tout enseigné des mœurs des puissants, leur manière de se comporter en toutes circonstances, de flatter ou de se taire, de ne jamais manifester ouvertement une opinion qui pût déplaire. Tout cela, elle l'avait appris depuis son enfance, mais il semblait qu'elle le connût d'instinct, tant son comportement paraissait naturel.

Et pourtant, si du côté de sa mère le monde des banques avait toujours été présent, du côté des Lacarrière, ce n'était pas le cas. C'est par le travail et l'obstination que le premier d'entre eux – le père d'Édouard – avait monté les marches de la réussite.

Originaire de Bonnat, dans la Creuse, il avait quitté sa condition misérable de domestique de ferme pour devenir ouvrier maçon à Paris. Là, il avait profité de l'abolition des corporations par la Révolution pour s'établir maître maçon et travailler à son compte. Son sens des affaires avait fait le reste. Dès qu'il avait pu mettre de côté suffisamment d'argent, il avait acheté à bas prix des terrains à viabiliser à proximité des barrières, y avait construit deux immeubles qu'il avait revendus sans peine, avec d'énormes plus-values.

Mort d'épuisement à cinquante ans, il avait laissé toute sa fortune à Édouard, que les Laffitte avaient adopté par l'intermédiaire de Rose, séduite par la force et l'énergie de cet homme autant que par son patrimoine. Édouard lui-même avait cru se reconnaître au même âge dans Joseph Marsac, sorti au premier rang de l'École des mines. Se souvenant de l'indulgence des Laffitte à son égard, il l'avait adoubé dès que sa fille Jeanne avait manifesté le désir de s'unir à lui. Depuis, Édouard avait associé Joseph à toutes ses affaires, et il lui avait confié l'entière responsabilité de la société immobilière qui était chargée d'acheter des terrains et de construire des immeubles.

C'était donc ainsi que Joseph avait rapidement acquis une position qu'il n'aurait même pas imaginée quelques années auparavant. Et pas le moindre remords ne naissait en lui au souvenir de son comportement vis-à-vis de sa mère et de moi-même en Dordogne.

Au contraire, il espérait devenir un jour propriétaire d'un domaine qu'il considérait comme devant lui revenir, d'une manière ou d'une autre.

En septembre 1844, sa femme Jeanne ressentit les premières douleurs d'un accouchement qui, selon le médecin, s'annonçait difficile. Toute la famille Lacarrière était rassemblée dans le grand salon de la rue Bonaparte, à proximité de la chambre où Jeanne souffrait depuis déjà six heures. Édouard ne cessait d'aller et venir sur le lourd tapis écossais entre les fauteuils Louis XVI et le mur opposé à la rue, tendu d'un lampas vert à motifs mauves. Joseph demeurait assis, mais ses mâchoires serrées trahissaient une angoisse certaine, de même que les regards qu'il jetait à sa belle-mère, si pâle, si défaite, qu'elle ne semblait même plus respirer.

L'un des médecins apparut et appela les deux hommes d'un signe de tête. Joseph se leva et rejoignit son beau-père dans le boudoir voisin.

– C'est la mère ou l'enfant, décréta le médecin, un gros homme à bésicles, qui paraissait complètement dépassé par la situation.

– Comment cela ? fit Édouard. En êtes-vous bien sûr ?

– Tout à fait sûr ! Hélas !

Les regards d'Édouard et de Joseph se croisèrent. Sans doute eurent-ils la même pensée – ils avaient déjà un héritier prénommé Charles – car Joseph ne protesta pas quand Édouard murmura, tout en prenant le bras du médecin :

– Sauvez la mère.

Il était trop tard. Jeanne mourut d'une hémorragie interne mais l'enfant, lui, survécut. On l'appela Cyprien, mais jamais Joseph ne se remit vraiment de la disparition d'une épouse qu'il avait aimée follement.

C'est d'ailleurs parce qu'il en fut terriblement ébranlé qu'il me prévint de ce drame et que je répondis d'instinct à son appel au secours. Ainsi ai-je connu non seulement ces événements par le récit qu'il m'en fit à ce moment-là, mais aussi l'appartement de la rue Bonaparte que j'ai découvert après les obsèques, étant arrivée trop tard. Je crus qu'il avait changé au cours d'une nuit de confidences où il m'apparut si défait, si bouleversé, que je repartis avec la conviction que cette perte l'avait adouci, qu'il ne serait plus le même, et que je pouvais désormais avoir confiance en lui.

Il fit très froid au Grand Castel, pendant l'hiver suivant, et je désespérais de voir réapparaître le soleil. Dès les premiers beaux jours, je me mis à parcourir mes vignes en espérant voir pointer quelques feuilles sur les ceps sur lesquels j'avais veillé pendant la saison froide, faisant allumer des feux dans les allées soigneusement entretenues. À la mi-avril, un matin où le vent avait enfin tourné à l'ouest pendant la nuit, je tombai à genoux devant les premières feuilles écloses sur les ceps, fragiles encore, et très fines dans leur duvet d'où elles émergeaient à peine. Elles me parurent cependant comme un présage de réussite et de bonheur. J'allais peut-être pouvoir vendanger à l'automne. Oh ! ce ne seraient pas encore les vendanges dont je rêvais, mais c'était déjà la preuve visible, tangible, que je ne m'étais pas trompée, que j'avais fait le bon choix en plantant de la vigne.

Cette certitude me poussa à me mettre à la recherche d'un courtier en vins que je trouvai facilement à Bergerac. Il s'appelait Romain Ginestet. Il avait la quarantaine, une belle corpulence, des tempes un peu grisonnantes et des yeux d'un velours légèrement mauve. Un homme redoutable, je le devinai dès le premier jour, pour la femme seule que j'étais. Mais Émile était encore si présent en moi, la douleur si peu effacée malgré les années, qu'aucune de mes pensées ne m'inclinait vers une possible liaison, même avec le plus séduisant des hommes. Il vint me voir plusieurs fois au château, s'intéressa à mes projets, ou du moins fit semblant, mais n'eut pas la moindre attitude équivoque et je lui en sus gré. Pourtant il m'aida, et ses conseils me rassurèrent sur l'œuvre que j'avais entreprise.

Ce fut en juillet de cette année-là que, revenant en fin de matinée au château depuis la colline où j'étais allée inspecter les vignes qui devenaient de plus en plus belles, je ne trouvai pas ma mère dans le salon. Je montai alors à l'étage et la découvris morte dans son lit. Après le bonheur, le malheur. Et en quelques minutes. Qui donc manipulait ainsi les rênes du destin ? Je n'avais jamais été très croyante, mais il me sembla que l'être infiniment bon, infiniment aimable dont on m'avait rebattu les oreilles depuis mon enfance avait tôt fait de reprendre d'une main ce qu'il avait accordé de l'autre. Piètre consolation : il y avait une grande paix sur le visage de ma mère, mais aussi cette bonté et ce calme dont elle avait toujours fait preuve, et qui, en quelque sorte, ce matin-là, rejaillissaient sur moi, atténuaient mon chagrin. Je redescendis, étrangement calme moi aussi, surprise en fait de ne pas souffrir vraiment. Je fis prévenir ses sœurs, parlai à mes enfants, écrivis à Joseph, qui, dans mon esprit, ne pouvait pas faire autrement que de venir pour les obsèques.

De fait, il vint, mais il arriva seulement le lendemain de la mise en terre près de la sépulture de notre père, au sommet du coteau qui dominait le château. Il alla aussitôt se recueillir sur la tombe de sa mère, revint avec un air que je ne lui avais jamais vu : une sorte de folie dans le regard, une expression de haine et de violence contenues. Je voulus me montrer prévenante, mais je m'interrompis au moment où Joseph, à peine assis dans un fauteuil, me dit sans préambule :

– Je profite de ma venue pour te rappeler que tu dois me rembourser une première échéance en janvier prochain.

J'avais cru qu'il allait me parler de notre mère, m'interroger sur les circonstances de sa mort, mais non : il m'entretenait de mes dettes, et tout de suite, sans se soucier de mon chagrin, de mes difficultés, des frais d'obsèques, de mes enfants qui attendaient dans la pièce d'à côté pour saluer leur oncle au lieu d'aller jouer dehors, comme à leur habitude.

– Tu comptes rester longtemps ? demandai-je d'une voix que je souhaitais le plus ferme possible.

Joseph ne parut pas choqué : dans les affaires, il avait l'habitude d'aller droit au but.

– Je repars demain.

– Et tu ne veux même pas savoir comment ta mère est morte, si elle a souffert ou pas, quels ont été ses derniers mots ?

– Tout le monde souffre, répliqua-t-il. C'est comme ça.

Et, comme je demeurais muette, interloquée par cette froideur pleine d'agressivité :

– Je te rappelle que j'ai perdu ma femme l'automne dernier.

– Et moi j'ai perdu un mari. Je ne l'oublie pas. Pas plus que toi tu n'oublies les papiers que tu fais signer à tes proches.

– Quoi ? fit-il en se redressant si brusquement que je reculai d'un pas. Tu me dois de l'argent, oui ou non ? Qu'est-ce que tu veux de plus ?

– Je ne veux rien, répondis-je.

Et j'ajoutai, après un soupir :

– Simplement que tu repartes le plus vite possible de chez moi.

Il eut comme un haut-le-corps, parut réfléchir,

comme s'il se demandait si j'étais vraiment chez moi ou si le Grand Castel, ainsi qu'il le projetait, n'était pas déjà sa propriété.

– Pour combien de temps ? fit-il.

– Comment ça, pour combien de temps ?

Il me dévisagea un instant avec un rien de commisération, me sembla-t-il, puis, haussant les épaules, il sortit, et je le vis prendre le chemin des vignes, non sans ressentir l'impression d'une menace immédiate. J'avais toujours su, depuis que Joseph avait exigé le partage à la suite de la mort de notre père, que rien ne pouvait l'arrêter dans ses résolutions les plus sordides, mais je ne pensais pas que j'aurais à livrer bataille si vite. Désormais, je ne pouvais plus en douter : j'aurais à me battre pour que moi-même et mes enfants ne soyons pas dépossédés du Grand Castel et de ses vignes naissantes. Et ce combat-là, il serait sans merci, il exigerait l'essentiel de mes forces, mobiliserait jour et nuit mon énergie. Toutefois j'étais décidée à faire face, à ne jamais capituler. Je ne m'en sentais pas le droit : l'avenir de mon fils et de ma fille dépendait de moi.

Joseph ne rentra que le soir, après être allé dîner à Belmont. Il chuta dans l'escalier qui montait à la chambre qu'on lui avait préparée, et je compris qu'il avait bu. Depuis la mort de Jeanne, il avait sombré dans l'alcool, au point que son beau-père l'avait remarqué et s'en inquiétait. Il s'écroula sur le lit sans même se déshabiller, ronfla toute la nuit, n'émergea de son lourd sommeil qu'à dix heures du matin, exigea tout de suite une voiture pour regagner Paris. Je fis atteler afin de le conduire à Lalinde, sur la grand-route, où il avait retenu une place dans la berline de Périgueux. Au moment de nous séparer, j'eus un mouvement vers lui, mais je me retins. Nous nous dévisageâmes un long moment, puis :

– Je te souhaite quand même une bonne route, dis-je d'une voix que je voulus agréable, non chargée de rancœur.

Il hocha la tête mais ne répondit pas. Quand la voiture eut disparu au bout de l'allée gravillonnée, j'eus l'impression que c'était un étranger qui quittait le Grand Castel, un homme que je n'avais jamais connu, sinon dans mes rêves les plus inquiétants.

Je n'avais pas tort. Au cours des trois années qui passèrent après cette visite, l'état mental de Joseph ne fit qu'empirer. Il devint violent, incontrôlable, au point que son beau-père voulut se séparer de lui, mais il n'en trouva pas l'énergie : l'âge et l'immense tâche qu'il avait accomplie avaient eu raison de ses dernières forces. Tout cela, c'est son fils aîné, Charles, venu me voir à l'insu de Joseph, qui me le raconta peu avant la disparition de son père. Il m'expliqua également qu'au début de l'année 1848, Joseph avait pris le pouvoir dans les deux sociétés – l'une de travaux publics, l'autre de construction immobilière – qu'Édouard Lacarrière avait créées.

Tout lui réussissait, il se sentait invincible, et il n'y eut que les événements de février pour l'ébranler un peu, provoquant sa fureur : voilà que les ouvriers dressaient des barricades dans les rues, empêchaient le travail, mettaient en péril les affaires ! Voilà également qu'ils réclamaient la République, laquelle, d'ailleurs, fut aussitôt proclamée, ainsi que le suffrage universel, le droit au travail et la liberté de la presse ! Il y eut même un poète au gouvernement provisoire pour déclarer au peuple vouloir faire avec lui « la plus sublime des poésies ». Il s'appelait Lamartine. Pis encore : la crise financière provoquée par les troubles avait entraîné l'écroulement de la Bourse et l'arrêt des activités. Le ministre Garnier-Pagès dut imposer le cours forcé des billets, et augmenter en une seule fois les impôts de quarante-cinq pour cent.

Joseph faillit mourir d'apoplexie devant ces événements qui mettaient en péril sa fortune, mais ses amis lui soufflèrent que la panique financière et le désordre étaient une chance pour eux : bientôt le retour à l'ordre serait exigé par les couches profondes de la population, et la reprise en main de l'État deviendrait facile. Joseph en fut un peu apaisé : en somme, il s'agissait de tenir le temps que toute cette agitation se calme, et ensuite il faudrait reconstruire. Il avait les moyens d'attendre, au contraire de ces milliers d'ouvriers au chômage qui faisaient la queue, à présent, devant ses entrepôts, et qu'il faisait renvoyer en éprouvant la satisfaction d'une délicieuse revanche.

Il eut pourtant encore des frayeurs quand ces mêmes ouvriers, conscients d'avoir été floués par la bourgeoisie qui avait si bien su récupérer la révolution de février, redescendirent dans la rue le 17 mars, ce qui provoqua l'organisation d'élections le 23 avril. Malgré le suffrage universel, le pouvoir savait que les républicains modérés l'emporteraient, car les campagnes avaient très peur des socialistes et de ces tribuns de la classe ouvrière qui vociféraient dans les villes. C'est ce qui se produisit. Avec 550 sièges sur 880, ils remportèrent largement les élections, au grand dam des légitimistes et des socialistes.

Joseph avait usé de tous ses moyens pour soutenir les légitimistes avec qui, sous Louis-Philippe, il avait si bien collaboré, mais il eut tôt fait de se rallier aux nouveaux maîtres, qui en avaient d'ailleurs bien besoin pour mater les barricades qui s'élevèrent de nouveau en mai et en juin, après la faillite des Ateliers nationaux. Cavaignac mit bon ordre à tout cela, et la tendance financière se renversa dès la fin de l'insurrection, le crédit renaquit de ses cendres, la Bourse retrouva son animation, à la grande satisfaction de Joseph, qui sut la partie gagnée définitivement : vainqueurs en février, matraqués en mars, massacrés en juin, les ouvriers abandonnèrent le territoire, que les notables républicains avaient reconquis au fil de l'épée. Mieux encore : lors de l'élection du président de la République en décembre, Joseph fit le bon choix en soutenant celui que les orléanistes avaient désigné comme leur candidat face à l'avocat Ledru-Rollin et au général Cavaignac : le prince Louis-Napoléon Bonaparte, neveu de l'empereur disparu.

L'année 1848 s'acheva donc pour Joseph dans l'euphorie d'une victoire totale, après avoir très mal commencé. Elle lui rendit confiance et lui fit un peu oublier son chagrin ainsi que ses peurs du printemps, et il se précipita dans le salon présidentiel où il avait été invité, quand, le 20 décembre, Louis-Napoléon devint officiellement le président de la IIe République. Joseph savait qu'il avait joué la bonne carte et comptait bien profiter des faveurs des nouveaux maîtres pour faire prospérer ses affaires.

Toutefois, cette agitation à l'extérieur lui avait fait négliger ses enfants qui grandissaient non pas chez ses beaux-parents, mais à son domicile, élevés par une gouvernante et un précepteur. Chaque soir, Joseph dînait avec ses fils, l'un à sa droite, l'autre à sa gauche, leur enseignait la manière de se tenir et leur parlait de leur avenir. Il ne se rendait pas compte qu'il les terrorisait par son emprise et ses accès de colère fréquents, surtout le plus jeune, Cyprien, pour lequel il ne nourrissait guère d'affection, alors qu'il vénérait Charles, l'aîné, pour l'unique raison qu'il était le portrait de sa mère :

grand, brun, la peau mate, les yeux noirs, il ravissait Joseph qui croyait jusque dans ses expressions et sa manière de se mouvoir retrouver Jeanne, sa chère femme disparue.

Lors de ces repas journaliers, malgré leur jeune âge, Joseph n'hésitait pas à leur parler de ses affaires, auxquelles ils ne comprenaient pas grand-chose, mais également de son enfance en Dordogne, au Grand Castel, et des terres qu'il avait rachetées tout autour – pas assez à son gré – dans le but de reconstituer le domaine conquis par son père, Pierre Marsac, à qui il devait tant. Il évoquait aussi devant eux ses projets, ne se rendant pas compte que ce n'était pas de cela qu'ils avaient besoin, mais d'affection : leur mère leur manquait, mais aussi leur grand-mère dont Joseph les tenait éloignés, depuis sa brouille avec son beau-père.

Le combat se livrait désormais par avocats interposés, dans le cadre d'une action engagée par Joseph visant à démontrer qu'il ne devait rien à son beau-père, ou pas grand-chose, du fait que le développement des deux sociétés tenait essentiellement à son travail, à ses efforts, à ses propres relations. Il savait pertinemment qu'il ne s'en tirerait pas aussi facilement, mais son but était de réduire au maximum l'indemnisation qu'il devrait de toute façon verser à Édouard Lacarrière. En outre, au début de l'année 1849, il espérait que le pouvoir en place interviendrait en sa faveur, car il ne doutait pas que les juges fussent sous influence.

Afin d'ouvrir de nouveau ce salon où officiait si bien Jeanne, et qui lui était si utile, il songea qu'il serait bon, sans doute, de se remarier. Restait à trouver la perle rare qui saurait faire cohabiter la politique et la finance aussi bien que sa chère épouse disparue. Il résolut de se mettre à sa recherche et décida qu'il devait y réussir avant la fin de l'année. Mais pas un seul instant il ne lui vint à l'idée que les banquiers Laffitte, par solidarité familiale, allaient lui faire payer sa conduite inqualifiable à l'égard de son beau-père.

Pendant ces années-là, j'avais vendangé et commencé à gagner un peu d'argent. Je m'étais jetée dans l'aventure avec passion, bien aidée en cela par Jean Larribe, l'époux de ma tante Louise, qui avait remplacé Médéric au Grand Castel. Or Jean Larribe s'y connaissait en vigne car il avait travaillé dans un château du Bergeracois avant d'épouser Louise. Il m'avait appris tous les gestes nécessaires à cette activité, depuis le soufrage jusqu'à la taille, le sarmentage, l'échaudage, l'épamprage, le pressage et la mise en cuve. Émerveillée, j'avais compris que la taille était une science qui pouvait donner ou non à la vigne sa pleine puissance en fruits et en alcool.

Je n'étais jamais si heureuse que dans mes vignes, quand, près de Jean – un homme très maigre, sans la moindre once de graisse –, je taillais à deux yeux, c'est-à-dire coupais le sarment au-dessus du deuxième œil, mais me trompais parfois, le confondant avec un bourrillon. Alors Jean me reprenait calmement, me montrait la différence, un bourrillon ne portant en général que deux bourgeons. Il m'avait aussi appris à soufrer sans excès, afin de ne pas atteindre le cœur des grappes, à n'utiliser que des fûts de chêne – que j'avais dû acheter car je n'en possédais pas –, enfin de laisser bouillir le plus longtemps possible, de manière à favoriser une forte teneur en alcool ; toutes sortes de petits secrets d'un métier qui m'occupait de février à novembre, pendant que ma tante Louise veillait sur mes enfants.

Je dois confesser que les vignes ne m'avaient pas seulement rapprochée de Jean mais aussi d'un certain courtier que je fréquentais de plus en plus, sans me rendre compte qu'il tissait autour de moi une toile dans laquelle il espérait me faire tomber. J'avais déjà accepté deux invitations dans la meilleure auberge de Bergerac à l'occasion de la vente de mon vin. Lors de la première, à la fin du repas, je lui avais demandé pourquoi il n'était pas marié.

– Parce que je vous attendais, m'avait-il répondu, sans rire, et j'en avais été plus troublée que je n'avais voulu l'admettre.

– Je ne me remarierai jamais, avais-je dit ce soir-là, un peu inquiète de la tournure que prenaient les événements.

– Il ne faut jamais dire jamais.

Je sentais bien qu'il ne songeait pas au mariage, mais plus simplement à conquérir une femme qui lui plaisait. Aussi, lors de la troisième invitation, il me fit boire plus que de coutume, et sans doute en éprouvais-je le besoin. J'en avais assez de lutter, de me battre, de m'arrimer au souvenir d'Émile qui n'était plus là depuis trop longtemps, de cette solitude qui m'accablait parfois, malgré les visites fréquentes et toujours si amicales d'Appoline, mais précisément : Appoline était une femme, et moi, je ne pouvais plus l'ignorer, c'était d'un homme dont j'avais besoin.

Il n'eut ce soir-là recours à aucun stratagème pour me conduire dans son repaire : un castelet des alentours où sa chambre nous accueillit pour une nuit que j'ai vécue sans remords, et que je n'ai jamais regrettée. Si bien que je pris l'habitude d'aller le retrouver chaque fin de semaine dans son antre d'où je repartais fourbue, épuisée, enivrée d'une jeunesse qui ne me quittait pas. Ainsi commença une autre vie, entre Romain Ginestet et le Grand Castel où m'attendaient mes enfants, ignorants de ce que je vivais, car jamais je n'aurais accepté que cet homme partage ma chambre sous le même toit qu'eux.

Un souci, pourtant, me hantait : je n'avais pu faire face à la première échéance exigée par Joseph, et il n'avait consenti un report qu'au prix d'un intérêt assassin et à condition que je parvienne à m'en acquitter dans un délai de deux ans, ce à quoi j'avais réussi. En fait, trois récoltes m'avaient suffi pour me mettre à flot et gagner un peu d'argent. Malheureusement, l'hiver 1847-1848 avait été très froid, et certains ceps avaient beaucoup souffert. Les gelées tardives avaient de surcroît brûlé les feuilles naissantes, et les vendanges qui avaient suivi s'étaient révélées catastrophiques. Si bien qu'en janvier 1849 je n'avais pu honorer ma dette à Joseph, lequel en avait profité, comme à son habitude, pour resserrer son emprise en exigeant une hypothèque sur le Grand Castel.

Cette exigence était tellement démesurée que je m'y étais refusée. Je savais que Joseph avait réussi à acheter des terres dans les alentours, et je mesurais à quel point l'étau se refermait sur le domaine auquel je tenais tant. De guerre lasse, j'avais accepté un prêt d'Appoline qui me l'avait proposé d'elle-même lors d'une visite au Grand Castel. Jamais, au grand jamais, je n'aurais accepté une telle offre de Romain, qui, pourtant, me l'avait lui aussi faite. Car nos relations commençaient à évoluer et il avait entrepris un siège que je redoutais. La vérité, c'était qu'il était lui-même tombé dans le piège qu'il m'avait tendu. Je m'en rendis compte un soir, toujours dans cette auberge où nous avions nos habitudes, quand il me fit une scène en prétendant que je cherchais le regard d'un bellâtre assis en face de moi, alors que je ne le voyais même pas. J'étais belle encore, à quarante ans, et souvent, dès que je sortais du Grand Castel, je sentais que je plaisais aux hommes, mais un seul me suffisait, d'autant qu'il était un amant extraordinaire, qui me comblait.

Je compris ce soir-là que Romain voulait plus : il souhaitait que je quitte le Grand Castel et que je vienne vivre avec lui à La Combelle – c'était le nom du castelet où il habitait. Il exigeait de m'avoir près de lui chaque jour, il prétendait ne plus pouvoir se passer de moi. Ce fut du moins ce qu'il m'avoua ce soir-là, à ma grande stupéfaction, et qui m'effraya assez pour que je tente de m'éloigner de lui en refusant l'invitation de la semaine suivante. Mais je ne pus m'y tenir bien longtemps. Je me consumais moi aussi dans cette passion que ne venait pas assombrir le moindre remords. Quand il vint me chercher, le samedi d'après, je le suivis où il voulut et bien plus loin que nous n'étions jamais allés.

C'est à cette période, je crois, que Jean Larribe, un soir d'avril, vint me prévenir que le ciel était trop clair, le froid trop vif, et que je décidai d'allumer des feux entre les rangs de vigne. À cet effet, Jean avait rassemblé du bois en tas réguliers depuis plusieurs jours, et il les enflamma en ma présence un peu avant minuit. Il devait faire moins deux ou moins trois degrés, mais le vent soufflait du nord, et c'était à l'aube que les ceps risquaient le plus. Il fallait donc passer la nuit à entretenir les flammes, ce à quoi je m'étais résolue, malgré les paroles de Jean qui m'avait dit à plusieurs reprises :

– Rentrez ! Un seul suffit pour surveiller, maintenant que ça flambe.

Je ne pus m'y résoudre : trop d'intérêts étaient en jeu, trop de menaces rôdaient autour du Grand Castel, mais pour la première fois je me demandai, frigorifiée, si j'étais vraiment de taille à relever le défi que je m'étais lancé. Puis je pensai à mes enfants et parvins à me raisonner : les hivers de Dordogne n'étaient jamais très rigoureux, sans quoi jamais personne n'eût planté de la vigne. Deux ou trois nuits sur le coteau, ce n'était pas une catastrophe, et je n'en mourrais pas. De fait, le vent tourna à l'ouest dès le lendemain après-midi, et je pus, rassurée, dormir au chaud, près de mon fils et de ma fille, dont je laissais toujours la porte ouverte afin d'entendre leur respiration paisible.

Cette année-là, Bertrand avait onze ans et Élodie, neuf. Je m'occupais moi-même de leur éducation, car j'avais été gouvernante à Bordeaux, et de toute façon je n'avais pas de quoi payer un précepteur. Mais c'était une joie, pour moi, que de leur enseigner tout ce que j'avais eu la chance d'apprendre, de les sentir tout proches, chacun me rappelant mes chers disparus : Bertrand ressemblait étrangement à sa grand-mère Marie par une rondeur et une bonhomie paisibles, et Élodie, avec ses yeux bleus, comme les miens, me rappelait ceux, magnifiques, de son grand-père dont la vie avait été si riche, si féconde.

Ainsi, je ressentais la conviction d'avoir enclos tout ce qui m'était cher à l'intérieur d'un bastion que je défendais bec et ongles. Tout ce à quoi je tenais était à portée de regard, à portée de main. Et je ne me privais pas de serrer ces enfants dans mes bras, de leur donner toute mon affection, toute ma force. J'étais bien aidée par Louise, ma tante, qui elle aussi ressemblait à Marie, et, malgré son âge avancé, veillait sur les uns et les autres avec les mêmes soins, la même sollicitude que l'avait fait ma mère avant sa disparition.

Jean était le seul homme du domaine. Il avait dépassé la soixantaine, mais se montrait encore vigoureux, et parvenait à faire face à tout, même si, parfois, pour les plus grands travaux ou les vendanges, je devais faire appel à des saisonniers. Le monde extérieur faisait irruption chez moi grâce à Appoline qui me donnait des nouvelles de Paris, de Bordeaux, et m'expliquait ce qu'il fallait savoir de la situation du pays. La révolution de 1848 ne m'avait pas atteinte, du fait que je vivais à l'écart et que mes préoccupations étaient d'une autre nature. C'est à peine si j'en avais perçu la rumeur, et je ne m'étais même pas intéressée, en décembre, à l'élection du président de la République. Pour moi, Louis-Philippe ou Louis-Napoléon, c'était du pareil au même. De surcroît, un souvenir ancien me soufflait que mon père avait combattu auprès d'un Napoléon, ce qui impliquait de ma part une fidélité à cette mémoire. Ce monde-là tournait rond sans moi, ne me menaçait pas, ce n'était pas de lui que je devais me préoccuper.

Ce dont je me préoccupais fort, à ce moment-là de ma vie, c'était de Romain Ginestet qui perdait la raison.

– Mais pourquoi ne l'épouses-tu pas ? me demanda Appolline, un soir, avant de repartir.

– Je ne veux pas qu'un jour mes enfants aient à souffrir de ma vie sentimentale. J'ai assez de mal à les protéger et à protéger le Grand Castel. Je crois que cet homme est devenu fou.

– Oui, conclut Appoline, il est fou de toi.

Je n'avais alors pas beaucoup de temps libre, sinon, parfois, le dimanche, quand je conduisais Bertrand et Élodie vers la rivière, à Port-de-Couze ou à Lalinde. Ces lieux ombragés, pleins de douceur et de vie, me rassuraient. Je me sentais bien, surtout à Port-de-Couze, où je regardais les gabarres – ces bateaux à fond plat qui me permettaient d'écouler mon vin vers la Hollande et l'Angleterre – partir vers l'estuaire de la Gironde. Je ne me lassais pas du spectacle du petit port qui bourdonnait comme une ruche, paraissait comme moi étranger à ce qui ne le concernait pas, figé dans une éternité heureuse.

Parfois aussi, l'été, j'emmenais mes enfants se baigner vers Badefols, dans une anse protégée où je trempais mes pieds dans l'eau fraîche. Louise, qui m'accompagnait souvent, étendait une nappe sur l'herbe où elle déposait la collation des enfants à quatre heures. Alors, appuyée sur mes bras vers l'arrière, la tête renversée sous le soleil, je les écoutais comme on écoute des êtres chers : en me disant que sans eux ma propre vie n'aurait pas de sens.

Le soir, peu avant la nuit, nous rentrions au pas lent du cheval, et je cherchais de loin à deviner le coteau sur lequel veillait le Grand Castel. Il apparaissait soudain entre les frênes et les peupliers, ses pierres blondes jouant dans les rayons du soleil couchant, sentinelle fidèle d'une vie de bonheur et de paix.

Parfois aussi, les nuits d'été, je partais dans les vignes, une couverture sous le bras, et je me couchais entre les ceps, dont les feuilles frissonnaient par moments dans le vent. L'odeur de terre chaude, de feuilles de vigne, de fruits presque mûrs m'enivrait, et je sentais intimement que je faisais partie intégrante de ce monde-là, à la fois le mien et celui de mon père, un monde que j'étais décidée à défendre farouchement, jusqu'à mes ultimes forces, contre ceux qui le menaçaient.

3

J'AI traversé les années durant lesquelles régna Louis-Napoléon, d'abord dans le bonheur, ensuite dans la douleur, mais en m'efforçant toujours de garder courage. Les trois premières furent fécondes pour les vignes dont la récolte augmenta régulièrement d'automne en automne. Il faut dire que j'y apportais le plus grand soin, toujours secondée par Jean Larribe, pourtant vieillissant. Non seulement je réussis à payer les traites, mais je pus vivre, et les miens avec moi, dans l'aisance, sans souci du lendemain. Mes enfants grandissaient toujours près de moi, car je n'envisageais pas de leur faire faire des études supérieures, de peur de les perdre. Surtout Bertrand qui était destiné, selon moi, à recueillir le fruit de mes efforts, de mon travail opiniâtre, et à prendre un jour ma succession au domaine. Ainsi j'aurais préservé durant ma vie l'héritage qui m'avait été transmis.

Après bien des orages, j'avais réussi à rompre avec Romain Ginestet. Cela ne s'était pas fait sans drames et sans larmes. Les miennes comme les siennes. Je ne voudrais pas faire preuve d'un mauvais orgueil en avouant qu'il avait essayé de se tuer quand il avait compris que je lui échappais. Mais j'étais à bout, je n'en pouvais plus et lui non plus sans doute, car il était parti à Bordeaux après une dernière entrevue déchirante, au cours de laquelle je dus me débattre physiquement pour me sauver, je veux dire sauver ma vie et la sienne, car il était prêt à tout. J'eus heureusement la présence d'esprit de jeter par la fenêtre l'arme qu'il avait posée sur la table de nuit et ce fut sa servante qui me cacha jusqu'au lendemain matin où, enfin, alors qu'il était parti me chercher dans la nuit et n'avait pas reparu, son cocher me ramena chez moi. C'était fini. Il le savait, je le savais.

Aujourd'hui, ce souvenir n'est en aucune manière douloureux, au contraire : cette liaison m'a permis de retrouver goût à la vie et de ne pas me débattre dans les regrets de n'avoir pas vécu une aussi folle passion. J'ai ainsi prolongé une jeunesse dont j'avais été amputée par la disparition d'Émile. Je n'ai trahi personne, sinon cette partie de moi qui s'était vouée à un homme que m'avait ravi le destin. Je m'en suis rendu justice toute seule, c'était le moins que je puisse faire.

Ma préoccupation essentielle, alors, devint l'approche du tirage au sort de Bertrand, au printemps de 1858. Depuis 1855, le remplacement n'était plus possible en cas de mauvais numéro, mais on pouvait être exonéré du service national – qui durait toujours sept ans – en s'acquittant d'une somme de deux mille huit cents francs auprès d'une caisse de l'armée. Or les récoltes de 1856 et 1857 avaient été mauvaises, la première en raison de gelées, la seconde à cause de la grêle qui avait frappé les vignes huit jours avant les vendanges. Bertrand tira un mauvais numéro, et je ne pus payer la somme nécessaire. Je voulus emprunter, mais il m'assura que ce n'était pas la peine, que sept ans seraient vite passés, qu'il y aurait pendant ce temps au Grand Castel une bouche de moins à nourrir, et moi, impuissante, je le vis partir, un matin de septembre, le cœur dévasté.

Appoline m'avait récemment expliqué que Louis-Napoléon, fidèle à l'amour des Bonaparte pour l'Italie, convaincu que l'avenir de l'Europe passait par la formation de nouvelles nations, s'était laissé persuader que l'unité italienne valait bien une intervention militaire. Appoline avait raison : l'empereur déclara la guerre à l'Autriche, puissance occupante de l'Italie, malgré les réserves exprimées par ses conseillers. Mais il rêvait de gloire, le neveu, et ne doutait pas d'un destin semblable à celui du grand Napoléon.

Bertrand fit partie de l'expédition, et s'il échappa à la mort à Magenta, il compta parmi les dix-sept mille jeunes Français qui tombèrent à Solferino. Quand la funeste nouvelle arriva au Grand Castel en juin, portée par le maire de Saint-Léon assisté de deux gendarmes à cheval, je ne me trouvais pas au château, mais dans mes vignes. Les trois hommes, d'abord, n'avaient pas osé parler à Louise ni à Élodie qui flânaient sur la terrasse ce matin-là, un peu avant midi. Mais, dans l'impatience de se libérer d'une mission trop lourde pour eux, ils finirent par avouer pourquoi ils étaient venus.

Ce ne fut donc pas d'eux que j'appris la terrible nouvelle, mais de la bouche d'Élodie, ou plutôt de ses cris. Alertée au milieu des ceps de vigne, je me redressai brusquement, aperçus ma fille qui courait, sans parvenir à comprendre ce qu'elle hurlait, mais quelque chose en moi se révulsa douloureusement. Et quand la petite s'écroula dans mes bras, dès avant qu'elle ne parle, je compris que je n'avais plus de fils.

J'ai beaucoup de mal à écrire sur cette terrible journée et sur celles qui suivirent. Mère et fille pareillement effondrées, nous sommes rentrées à petits pas en nous soutenant l'une l'autre, Élodie gémissant, moi froide comme le marbre, le plus possible éloignée de ce qui pouvait me tuer. Quand le maire, resté m'attendre, prononça les mots « mort pour la gloire de l'Empire », je chancelai, mais je me repris et, je ne sais comment, trouvai la force de le raccompagner jusqu'au chemin, en contrebas de la terrasse. De retour au château, je repoussai les mains de Louise et d'Élodie, montai à l'étage et me couchai.

J'y demeurai quarante-huit heures, au point que Louise, très inquiète, se rendit à plusieurs reprises dans ma chambre voir si je respirais. Oui, je respirais, mais juste ce qu'il fallait pour rester en vie. Dans la sorte d'inconscience où je m'étais réfugiée pour survivre, précisément, une nécessité s'imposait peu à peu à moi :

Bertrand était mort, mais Élodie était vivante. Et elle devait souffrir autant que moi, peut-être même davantage. Je devais me lever et lutter, surtout ne pas l'abandonner puisqu'il ne me restait que cette enfant.

Une fois debout, je m'en voulus d'avoir été d'un si faible soutien à ma fille. Heureusement, Louise avait meublé cette absence en prenant soin d'Élodie comme il le fallait, et Appoline était accourue à notre secours. Je parvins à me redresser je ne sais comment, et trouvai la force d'aller interroger le maire pour savoir si on me rendrait le corps de mon fils, mais il me répondit que non. Ce n'était pas possible.

– Pourquoi ?

– Il vaut mieux que je ne vous réponde pas, madame. Vous comprenez ?

J'ai longuement dévisagé cet émissaire du malheur, le temps que ses mots fassent leur chemin en moi, puis je suis repartie vers le Grand Castel où je me suis enfermée pendant de longs jours, jusqu'à ce que Jean vienne m'annoncer que le raisin était presque mûr, qu'il fallait préparer les vendanges. J'ai retrouvé alors un peu d'entrain, et je suis parvenue à me réjouir de la qualité des fruits, de leur teneur en alcool, du bon prix que, probablement, j'allais pouvoir en tirer.

Dès lors, la vie reprit son cours, ou ce qu'il en restait. Mais je n'étais pas au bout de mes peines, car l'hiver suivant Jean Larribe mourut d'une pleurésie, et il me fallut penser à le remplacer. Mais par qui ? Ma tante Louise proposa de s'en aller, afin que je puisse trouver un couple qui s'occuperait à la fois du château et des vignes, mais je ne pus accepter. Je tenais à la présence de ma tante qui me rappelait tellement ma mère, et qui m'avait tant aidée quand j'en avais eu besoin. Si bien que lorsqu'il fallut procéder à la taille, en février, je me retrouvai seule pour effectuer ce travail. Je sollicitai l'aide d'Élodie, mais celle-ci n'avait aucun goût pour ces affaires-là. Elle préférait les livres, romans ou récits de voyages, s'intéressait davantage à ses rêves qu'aux vignes du Grand Castel.

Ayant appris à tailler, je parvins seule au terme de cette tâche, mais cela me prit trois semaines, et les engelures, dont j'eus beaucoup de mal à me débarrasser, meurtrirent mes mains douloureusement. Au printemps suivant, je ne pouvais plus reculer : il fallait un homme pour effectuer les travaux à venir. Mon beau-frère, le notaire, m'en enseigna un, d'à peine la trentaine, qui revenait de l'armée et cherchait du travail. C'était un orphelin qui avait été recueilli par une famille de châtelains, et qui avait été élevé dans les vignes du Bergeracois, du côté d'Issigeac. Il s'appelait Jacques Clarétie. Il était grand, brun, très maigre, ne parlait pas ou très peu. Il ne voulait à aucun prix revenir dans les terres où il avait été élevé, car il y avait été maltraité.

Il arriva un peu avant midi, ce matin-là, avec, dans le regard, l'humilité de ceux qui ont vécu une enfance malheureuse, mais aussi avec une sorte de détermination qui provenait des sept années passées à l'armée, où il s'était endurci, s'était forgé une fierté farouche. Il ne voulut pas entrer dans le château où je l'invitai à venir s'asseoir, discuta de ses gages sur la terrasse, demanda à être logé et à prendre ses repas dans les communs. Un petit logement avait été aménagé là par Jean, qui comportait un lit, une table et une chaise. Le visiteur déclara que cela lui convenait parfaitement, et, quand je lui proposai de prendre au moins un premier repas avec nous, il refusa de nouveau. Ce fut Louise qui le lui porta, tandis qu'il finissait de ranger sur une étagère les maigres effets qu'il possédait.

Dès l'après-midi, je lui montrai les vignes et lui expliquai ce qu'il devait y faire, mais je compris qu'il connaissait parfaitement le métier de vigneron quand il se mit à arracher les feuilles trop nombreuses sur un cep. Élodie avait manifesté le désir de nous suivre, ce qui était très inhabituel. Je compris qu'elle n'était pas insensible à ce loup famélique, mais dont les yeux noirs s'éclairaient par instants d'un étrange éclat. Je n'en fus aucunement contrariée, au contraire : dans mon choix d'engager un homme jeune qui devait rester attaché à mes terres n'avait pas été absent le calcul qu'il puisse séduire ma fille et l'attacher elle aussi définitivement au Grand Castel.

À Paris, le combat avait été rude également pour Joseph qui, au fil des mois, avait senti un mur se dresser devant lui. D'abord il n'avait pas compris d'où venaient ses échecs aux adjudications, alors qu'il les remportait toutes auparavant. Il lui avait fallu du temps pour réaliser que les Laffitte et son beau-père avaient décidé de le combattre, surtout depuis qu'il avait été condamné à payer une indemnité dérisoire à celui à qui il devait tout. Les avocats de Joseph avaient en effet réussi à démontrer, faux témoignages à l'appui, que le développement des affaires d'Édouard Lacarrière devait beaucoup à son gendre. Bien qu'Édouard eût fait appel, c'était une lutte à mort qui s'était engagée, laquelle tournait, c'était de plus en plus évident, en défaveur de Joseph.

D'autant qu'il n'avait pas réussi à trouver l'élue qui aurait pu remplir le rôle si bien tenu par Jeanne, son épouse cruellement disparue. Et Joseph avait passé quarante ans. Ses échecs successifs l'avaient rendu furieux, en permanence au bord de l'apoplexie, quand, enfin, il crut avoir découvert la solution à tous ses problèmes. Elle s'appelait Yvonne, n'était plus toute jeune non plus, mais ne s'était jamais mariée et pour cause : elle était longue, maigre, avec un visage ingrat, sans lèvres, des yeux vairons, et l'expression permanente d'une lassitude que rien ne justifiait car elle ne travaillait pas, sinon à donner des ordres à sa femme de chambre et à son domestique. Certes ! Mais elle était cousine des Pereire, les banquiers rivaux des Laffitte, lesquels étaient liés au duc de Morny, le demi-frère de l'empereur.

Joseph n'hésita pas une seconde quand il eut découvert cette perle : il lui fit une cour si assidue, et pour elle si surprenante, si inespérée, qu'elle succomba rapidement et que s'ensuivit un mariage à la fin de l'année 1856. Il fut célébré avec un faste éblouissant dans l'hôtel particulier de la belle, rue de Varenne, en présence évidemment des cousins Pereire, mais également du duc de Morny lui-même, qui ne manqua pas d'abord de féliciter les époux, ensuite de remercier Joseph qui venait de placer des fonds dans les sociétés de chemin de fer créées par les Pereire. Désormais, tout ce monde-là avait partie liée, et les sociétés immobilières de Joseph méritaient d'être protégées.

Je ne sais pourquoi il avait daigné nous convier, Élodie et moi, à l'occasion de cette fête qui nous éblouit – surtout ma fille –, et j'ai regretté d'avoir accepté cette invitation qui donna à Élodie la conviction que la vie, ailleurs, était autrement plus riche, autrement plus belle qu'en Dordogne, fût-ce dans un château.

À cette occasion-là, j'ai au moins pu tisser des liens d'affection avec Charles, le fils aîné de Joseph, et c'est lui, un peu plus tard, qui m'a raconté ce qui se passait à Paris, comment un vent nouveau s'était mis à souffler sur les affaires de mon frère qui retrouva un peu de sérénité, du moins la journée, car dès le soir il devait faire face à une égérie que sa reconnaissance tardive avait rendue exigeante. Mais Joseph n'avait pas le choix. Ou du moins elle ne le lui laissait pas. Il faisait face, donc, donnant de son corps et de son temps, non sans esquisser dans l'ombre un sourire de vainqueur.

Il put de nouveau se mettre à rechercher des terres autour du Grand Castel, avec l'agréable impression de m'assiéger, car mon courage et ma détermination l'étonnaient. Il ne m'avait pas crue capable de relever le défi qu'il m'avait imposé, et cependant j'avais honoré toutes les échéances. Il en avait conçu un sentiment d'admiration par lequel il reconnaissait volontiers les qualités de notre père – et donc les siennes – mais il n'avait pas renoncé au projet de conquérir définitivement un domaine qui, quoi qu'il advînt, lui reviendrait un jour. C'était inéluctable. Personne ne lui avait jamais résisté, et ce n'était pas sa sœur qui parviendrait à faire barrage à sa volonté.

En revanche, il s'opposait fréquemment à son fils aîné, Charles, qui avait refusé le projet conçu pour lui par son père : étudier le droit et devenir avocat, de manière à défendre efficacement les sociétés qui lui reviendraient un jour. À sa grande stupeur, Charles s'y était opposé et, comme Joseph en demandait à son fils les raisons, celui-ci avait répondu :

– Je veux devenir officier.

– Officier ?

– Oui, père. Vous avez très bien compris.

– Officier ? Alors que je construis depuis des années ta fortune et celle de ton frère, que j'y consacre toutes mes forces et tout mon temps !

– Je n'ai pas besoin de votre fortune. Ce n'est pas de cela que je rêve.

– Crois-tu que la vie est gouvernée par les rêves ?

– Les officiers de l'armée française touchent une solde qui leur permet de vivre décemment.

– Décemment, tu en es sûr ?

– Je me moque de l'argent. Ce n'est pas cela qui m'intéresse. Je deviendrai officier quoi qu'il arrive, même si vous décidez de m'en empêcher. Un jour je serai majeur.

– Et comment feras-tu ?

– Je passerai le concours de l'école militaire qui se trouve à Saint-Cyr, à proximité de Paris.

Joseph entra dans une colère folle et cria :

– Je te l'interdis. Je m'y opposerai par tous les moyens !

– Alors je partirai et je ne reviendrai jamais.

– Tu ne partiras pas, parce que je ne le veux pas !

Et Joseph, d'un mouvement violent du bras, avait brisé le vase de Sèvres qui se trouvait sur une crédence.

Depuis, il avait tout essayé pour détourner son fils de son projet, alternant la douceur et la menace. Mais devant le silence de Charles, il ne savait s'il avait réussi à le convaincre, ce qui le rongeait, augmentait encore son agressivité. Heureusement, il connaissait moins de problèmes avec son second fils, Cyprien, qu'il terrorisait toujours autant et dont la fragilité, parfois, le laissait stupéfait, incapable de s'acharner sur une proie si dépourvue de la moindre défense.

Restait Yvonne pour s'opposer à une autorité de plus en plus tyrannique, et qui possédait plus de ressources que Joseph, de prime abord, ne l'avait imaginé. Depuis son hôtel particulier de la rue de Varenne qu'elle n'avait pas voulu quitter, elle échafaudait des plans pour propulser cet époux tardif mais vénéré vers un destin politique à ses yeux mérité. Morny n'était pas insensible à ses sollicitations, sachant à quel point les Pereire étaient précieux à l'empereur. Elle était sur le point de parvenir à ses fins, quand Joseph commit l'erreur de lui refuser l'entrée dans le capital de ses sociétés. La belle feignit de s'en accommoder, mais le venin ainsi versé commença à faire du chemin vers son cœur. Il finit par l'atteindre quelques mois plus tard, lorsqu'elle surprit le regard énamouré de son époux, lors d'une soirée organisée pour lui, vers une jeunesse d'une vingtaine d'années qui feignit de s'en pâmer.

Joseph eut beau s'en défendre, en plaisanter, le mal était fait. Il ne serait jamais ministre et il allait devoir désormais batailler, non seulement au-dehors mais également à l'intérieur même de son foyer.

Les événements se bousculaient aussi au Grand Castel, à mesure que les mois passaient. J'avais surpris ma fille une nuit où, ne trouvant pas le sommeil, je me tenais debout derrière la fenêtre, qui courait vers le bâtiment où dormait Jacques Clarétie. J'en avais éprouvé un pincement au cœur, mais n'était-ce pas ce que j'avais souhaité ? Je m'étais demandé depuis combien de temps cela durait, et je n'avais pu me défendre d'un sentiment de colère à l'égard de cet homme dévoué, énergique, d'une beauté sauvage, que j'avais engagé. Je me l'étais reproché et, après mûre réflexion, j'avais décidé de ne pas intervenir.

La journée, dans les vignes, Jacques ne laissait rien paraître, même en présence d'Élodie qui nous rejoignait régulièrement. Elle ne se penchait jamais sur les ceps ni ne saisissait le moindre instrument de taille. Elle était là pour la seule raison qu'elle brûlait d'un amour fou pour cet homme venu de nulle part, et ne pouvait demeurer une minute loin de lui. Mais il était évident qu'elle n'aimait pas la terre, que ses rêves l'attiraient ailleurs, loin du domaine où elle était née.

Je le savais depuis toujours, et c'est pour cette seule raison que j'avais voulu combattre ses chimères en prenant les devants : un mariage l'ancrerait davantage à ces lieux, grâce à un homme, qui, lui, s'y était attaché, et avec passion me semblait-il. Un matin, alors qu'Élodie n'était pas encore levée, j'interrogeai Clarétie sur ses intentions au sujet de ma fille, après lui avoir révélé que je n'ignorais rien de leurs relations nocturnes. Il en parut troublé, eut une réaction étrange en se rapprochant de moi et en me prenant les mains.

– J'aurais préféré que ce soit vous qui me rejoigniez, dit-il, et je l'ai souvent espéré.

Je fus beaucoup plus touchée par ces propos que je ne le laissai paraître.

– Ne faites pas l'enfant, dis-je.

– Je ne suis plus un enfant depuis longtemps !

Son regard de feu noir où brillaient des prunelles dorées me fit chanceler. Mais je retirai vivement mes mains et répondis en m'efforçant de dissimuler le tremblement de ma voix :

– J'exige que vous l'épousiez le plus vite possible. Je ne peux tolérer une telle relation sous mon toit.

– Pour rester près de vous, je ferai ce que vous voulez, dit-il.

Et, aussitôt, se détournant de moi, il se remit au travail. De ce bref échange je demeurai ébranlée, souffrante, tentée de succomber pendant plusieurs jours, mais le visage épanoui de ma fille, son bonheur de chaque instant, me fit franchir le pas décisif, un soir, tandis que nous attendions la nuit, face à face sur la terrasse, dans la douceur des crépuscules d'août.

– J'ai parlé à Jacques, dis-je brusquement. Je sais ce qui se passe entre vous. Je suis d'accord pour que tu l'épouses. Ce sera pour octobre, après les vendanges.

Élodie se leva et se jeta à mon cou en disant :

– Merci ! Merci ! Je suis si heureuse !

Elle rayonnait, elle dansait autour de moi, ne cessait de me remercier et, pour finir, courut vers la remise où se trouvait Clarétie et ne reparut pas. Je demeurai un long moment seule, essuyant furtivement mes joues, en me maudissant. Je savais bien, cependant, que je n'avais pas le droit de pleurer puisque j'avais toujours souhaité le bonheur de ma fille. Que pouvais-je regretter aujourd'hui ? Rien. Je devais me taire, ne rien laisser paraître, surtout ne pas me trahir.

En cette fin de mois d'août, des orages tournaient au-dessus du domaine et ne crevaient jamais. Je redoutais par-dessus tout la grêle, et, souvent, à la tombée de la nuit, je partais dans les vignes avec la dérisoire sensation que ma seule présence pouvait les protéger. D'épaisses couches de chaleur stagnaient sur les collines que rien ne parvenait à dissiper. Pas le moindre souffle de vent ne se levait, mais l'odeur des feuilles sèches, des raisins en train de mûrir, campait sur la terre chaude. Je m'y serais volontiers allongée s'il n'y avait eu cette menace d'orage.

Le premier roulement de tonnerre me fit frissonner. Je marchais entre les ceps, essayant de résister à ce sentiment d'oppression qui m'empêchait de respirer normalement, quand je sentis une présence devant moi. Dès que l'ombre bougea, je sus que c'était lui. Je voulus reculer, mais déjà il était contre moi, m'enlaçait, me renversait sans que je pusse esquisser le moindre geste de défense. Tout ce que j'avais connu se réveilla brusquement, m'emportant comme une feuille dans une tempête, me faisant tout oublier de mes résolutions, serrant dans mes bras cet homme qui m'avait guettée, sans doute, devinant dans quel état de faiblesse me laissaient la crainte de l'orage, de la grêle, la chaleur de la terre et des corps, la fièvre des nuits d'été.

Quand la première goutte de pluie, lourde comme du plomb, tomba sur nous, ni l'un ni l'autre ne songea à aller s'abriter. Et quand l'orage creva, cinq minutes plus tard, nous ne nous désunîmes pas davantage, au contraire : trempés d'eau et de sueur, très vite couverts de la boue qui s'était mise à ruisseler entre les ceps, nous prolongeâmes pendant de longues minutes cette union défendue, impossible, et pour tout dire, en ce qui me concernait, miraculeuse.

Il se releva le premier, s'en alla sans un mot. Je demeurai étendue sur le dos, la pluie crépitant sur mon visage, sur mon corps abandonné, réalisant la gravité de ce qui venait de se passer, mais en même temps incapable de le regretter. Je me rendis compte, alors, que l'orage s'éloignait et que mes vignes avaient échappé à la grêle. C'était une nuit magique, comme il en existe peu dans une vie, je le savais de toutes les fibres de mon corps. J'aurais voulu qu'elle dure indéfiniment, mais j'eus froid, soudain, et je songeai qu'il était temps de rentrer, sans quoi je risquais une pneumonie.

Je me mis à marcher lentement, très lentement, comme pour prolonger ces moments de vertige auxquels je n'avais pas droit, et qui ne se reproduiraient plus jamais. C'est du moins ce dont je m'efforçais de me convaincre, mais sans parvenir à croire vraiment à cette résolution. Le vent qui avait accompagné l'orage lui aussi s'éteignait, quelques étoiles réapparaissaient, la terre buvait l'eau du ciel avec de longs soupirs, et je me demandais quelle heure il pouvait bien être. Deux heures, peut-être. Ou trois. Comment savoir combien de temps j'étais restée dans les bras de cet homme si mystérieux et si dangereux ? Il avait su attendre son heure. Il avait eu la mère après la fille. À présent en colère contre moi-même, je me jurai de me garder de lui, mais quand j'arrivai au château, mes jambes tremblaient encore sous moi.

Une grande culpabilité me rongea pendant de longs jours, car je n'ignorais pas que les conséquences de cette nuit-là pouvaient être dramatiques. Je l'avais su dès la première seconde, quand l'ombre de Clarétie s'était dressée devant moi. Cependant, je n'avais rien pu faire pour que cela n'eût pas lieu. Je ne pouvais plus revenir en arrière. C'était arrivé, tout simplement. Clarétie n'était pas l'homme simple, limpide et travailleur que j'avais cru. C'était un homme cruel, qui avait souffert, et qui se vengeait à sa manière des souffrances vécues au cours des premières années de sa vie. Fallait-il, dès lors, en prévenir Élodie, renoncer au mariage prévu en octobre ? C'était impossible, je le savais : ma fille serait devenue folle. Je devais donc me tenir à distance, veiller à ne pas me trouver seule avec Clarétie, me comporter comme la maîtresse du Grand Castel, celle qui donnait des ordres, exigeait, rudoyait si c'était nécessaire, quitte à en souffrir en silence.

Un qui souffrait aussi, mais pas en silence, c'était Joseph, qui sentait à quel point les difficultés s'accumulaient devant lui. À vingt et un ans, son fils Charles avait quitté le domicile de la rue Bonaparte et était entré à Saint-Cyr, comme il l'avait décidé. Cet échec avait rendu Joseph fou furieux. C'est Charles qui m'a raconté tout cela, plus tard, ayant pris l'habitude de venir au Grand Castel lors de ses permissions, du fait qu'il lui était interdit de remettre les pieds chez son père. En découvrant ce jeune homme élégant, très droit dans son uniforme, sa peau mate, son regard noir, sa voix douce mais assurée, je m'étais demandé pourquoi tous les fils aînés des Marsac rêvaient de s'engager dans l'armée. Quelle était cette malédiction qui pesait sur eux ? Ne leur venait-elle pas de Pierre Marsac, mon père, qui, le premier, avait rejoint l'armée à dix-neuf ans pour défendre la patrie en danger ?

Or, elle ne l'était pas, en danger, aujourd'hui, la patrie. Alors ? À qui, à quoi obéissaient-ils, ces fils, qui se faisaient tuer l'un après l'autre, Jules, Bertrand, et bientôt, peut-être, Charles ? Cette pensée m'était aussi insupportable qu'elle l'était pour Joseph qui avait reporté sur son aîné tous ses espoirs en l'avenir, toutes ses ambitions.

L'empereur aussi avait des soucis, en cette année 1862. Appoline qui, grâce à son mari, était toujours très au courant des affaires du pays et continuait de venir très régulièrement au Grand Castel, m'en expliqua les raisons : le traité de libre-échange qu'il avait signé avec l'Angleterre avait soulevé la réprobation des milieux industriels qui se sentaient menacés dans leurs intérêts. De surcroît, outrés du fait que l'indépendance italienne ait porté atteinte aux États pontificaux, les catholiques s'étaient éloignés de l'empereur contraint, désormais, de se tourner vers un certain nombre de libéraux, voire de républicains.

Il crut alors qu'une intervention au Mexique lui offrirait la possibilité de reconquérir les catholiques français en leur faisant oublier les « affaires romaines ». Morny et l'impératrice Eugénie elle-même rêvaient d'y installer une monarchie catholique capable de se dresser contre les États-Unis protestants. L'impératrice parce qu'elle était influencée par un jeune hidalgo mexicain qu'elle avait connu autrefois à Madrid, Morny parce qu'il était en affaires avec un banquier suisse qui lui avait promis trente pour cent des créances qu'il possédait sur le gouvernement mexicain.

Le corps expéditionnaire français était parti à la fin de l'année 1861 avec un détachement espagnol et anglais, mais devant le peu d'enthousiasme manifesté par les opposants au régime en place sur lesquels ils comptaient, les Espagnols et les Anglais avaient réembarqué au printemps de l'année 1862, laissant seul le corps expéditionnaire français et provoquant l'envoi de nouvelles troupes.

Joseph, déjà scandalisé par l'ouverture du régime au libéralisme, était devenu comme fou en réalisant que son fils aîné risquait de partir au Mexique. Il tenta d'user de son influence – ou ce qu'il en restait – pour agir sur une politique à ses yeux désastreuse. Il sollicita auprès de sa femme un rendez-vous chez le duc de Morny qui se fit attendre, et ne vint jamais. Il le lui reprocha si violemment, un soir, que son égérie lui exposa en quelques minutes, et sur un ton qu'elle n'avait jamais employé avec lui, les griefs qu'elle nourrissait à son égard, et, comme il insistait, elle lui déclara ouvertement que Morny ne voulait pas le recevoir.

– Et pourquoi donc, s'il vous plaît ? s'insurgea Joseph.

– Vous le savez très bien. Vous parlez trop. Vous êtes contre le rapprochement de l'empereur avec les milieux ouvriers, et vous ne cessez de railler l'expédition au Mexique.

– C'est moi qui ai raison.

– Vous aurez aussi le privilège, à l'avenir, d'avoir raison tout seul. J'ai vu mon avocat aujourd'hui même, et j'ai demandé le divorce.

Et, comme Joseph en demeurait bouche bée :

– Je ne vous permets pas de douter une seconde que je l'obtiendrai, et à vos torts exclusifs.

– C'est ce que nous verrons !

– C'est déjà tout vu, mon ami. L'empereur est au courant de vos critiques incessantes à son sujet.

– Vous n'avez pas fait ça ? s'étrangla Joseph.

– Dès le premier jour, mon ami. Et considérez que désormais ma porte vous est interdite.

C'est tout juste s'il ne lui vint pas l'idée de se jeter

sur Yvonne pour l'étrangler, mais elle avait sonné par précaution, et un domestique était apparu, détournant Joseph d'un geste de folie auquel il était sur le point de céder.

À partir de ce jour, toutefois, non seulement les grands marchés publics lui échappèrent, mais il perdit son procès contre ses beaux-parents qui avaient fait appel d'un premier jugement. Se sentant esseulé, il tenta de se rapprocher de son fils Charles qui ne se laissa pas intimider, et il vint même me voir en Dordogne pour m'entretenir de ses problèmes, comme si j'avais le pouvoir d'y apporter des solutions.

En réalité, Joseph avait appris que Charles venait parfois en visite au Grand Castel, lors de ses permissions, et il voulait se servir de moi pour l'amadouer.

– Je suis sûr que tu peux me comprendre, toi, me dit-il. Tu as perdu un fils et je suis sur le point de perdre le mien.

– Il va partir au Mexique ?

– Non. Il n'est pas encore officier. Son instruction n'est pas terminée. Mais je sens que cette guerre va durer.

Il soupira, ajouta :

– Il partira un jour et ne reviendra pas.

Et, comme je demeurais muette, ne comprenant pas ce qu'il attendait réellement de moi :

– Parle-lui, toi. Tu sauras le convaincre.

– Le convaincre de quoi ?

– De quitter Saint-Cyr et de venir reprendre auprès de moi la place qu'il n'aurait jamais dû quitter.

– Il est majeur, ton fils, et personne ne peut influer sur sa volonté. Il te l'a démontré.

– Toi, si. Au moins tu le vois, tu lui parles, alors que moi je ne peux pas l'approcher.

– Je ne l'ai pas vu depuis quatre mois.

– Peut-être, mais il reviendra. Et si tu le veux vraiment, tu sauras le convaincre.

– Je ne crois pas.

Mais il avait soigneusement préparé notre entrevue, Joseph, et l'argument qu'il croyait décisif ne tarda pas à sortir de sa bouche, au moment où, au contraire, je croyais qu'il allait renoncer.

– Si tu m'aides, reprit-il, je te donnerai trente hectares où tu pourras planter d'autres vignes.

La stupeur me laissa sans voix.

– Des terres dans le prolongement des tiennes, de l'autre côté du coteau, ajouta-t-il. Et je t'aiderai à acheter les plants nécessaires.

J'étais bien incapable d'accepter une telle proposition, à la fois parce que je ne voulais rien devoir à Joseph, et aussi parce que je savais que je n'étais pas à même de convaincre Charles de renoncer à son engagement.

– C'est impossible, dis-je, tu le sais bien.

– Pourquoi ?

– Je te l'ai déjà dit. Ton fils est maintenant en âge de gouverner lui-même sa vie.

– Alors tu refuses de m'aider ? fit Joseph d'une voix qui portait déjà des menaces.

– Je ne refuse pas de t'aider. Je ne peux pas t'aider, c'est tout.

Il blêmit, sa voix baissa d'un ton, mais je sentis que l'orage approchait.

– Alors toi aussi, tu es contre moi ! grinça-t-il.

– Je ne peux rien pour toi, Joseph.

Il se précipita, me saisit violemment les bras, me secoua au point de me faire mal, et j'eus toutes les peines du monde à me libérer de sa poigne.

– Va-t'en ! dis-je. Et ne reviens jamais !

Et je répétai, campée face à lui, furieuse, la voix blanche, encore sous le coup de la douleur :

– Plus jamais. Tu entends ? Plus jamais.

Il hésita un instant et je crus qu'il allait de nouveau se ruer sur moi, mais il se contenta de hurler :

– Je te ruinerai ! Je te prendrai tout ! Un jour, bientôt, tu n'auras plus qu'à courir les chemins, et ta fille avec toi ! Tu m'entends ? Tout ! Tout ! Je te prendrai tout ! Tu verras ce qu'il en coûte de me combattre !

Et il continua de vociférer mais, à mon grand soulagement, en reculant vers la porte d'entrée. Là, pourtant, il eut encore un sursaut de folie qui faillit le renvoyer vers moi, mais l'arrivée d'Élodie le fit se contenir, non sans d'ultimes menaces :

– Bientôt, tu n'auras plus rien, ma nièce, et tu ne pourras t'en prendre qu'à ta mère !

Puis il fit volte-face et s'enfuit, le poing dressé, et j'eus toutes les peines du monde à expliquer à ma fille ce qu'il venait de se passer. Elle n'en crut pas ses oreilles, et j'eus du mal à la persuader que son oncle versait peu à peu dans la folie. Quant à moi, je restai des jours et des jours sous le coup de cette entrevue, me demandant de quel côté allait surgir le danger. Quelle machiavélique revanche allait-il fomenter ? La perspective des vendanges à venir et les préparatifs du mariage d'Élodie m'aidèrent à me replonger dans le quotidien, avec quelques certitudes propres à me faire oublier ce frère qui me terrorisait de plus en plus.

4

IL eut lieu, ce mariage, après de belles vendanges qui donnèrent un vin moelleux mais d'une grande teneur en alcool, et dont je compris tout de suite, avec la satisfaction qu'on imagine, que je n'aurais aucun mal à le vendre un bon prix. Malgré tout ce que je savais de son mari, le bonheur de ma fille n'eut d'égal que le mien, au cours d'une journée où les invités ne furent pas nombreux, mais qui me permit de faire mieux connaissance avec Cyprien, venu avec Charles malgré la réprobation de leur père. Autant Charles était noir et brun, autant Cyprien était blond, fin, comme moi, comme Élodie, plutôt d'aspect fragile, et pas du tout enclin, au contraire de son frère, à épouser le métier des armes. Il avait tiré un bon numéro et avait échappé au service militaire, au grand soulagement de Joseph, qui, de toute façon, à n'en pas douter, aurait payé les deux mille huit cents francs nécessaires pour l'en dispenser.

Le soir de la cérémonie, j'eus une longue conversation avec lui. Il m'apprit qu'il étudiait le droit à Paris, mais qu'il était bien décidé à ne pas entrer dans les sociétés de son père, lesquelles, d'ailleurs, allaient de plus en plus mal, ce qui le rendait incontrôlable, capable de voies de fait sur quiconque s'opposait à sa volonté. Au point que Cyprien avait quitté le domicile de la rue Bonaparte et envisageait même de s'éloigner définitivement de Paris. Je lui offris aussitôt l'hospitalité, dans un élan qui ne me demanda aucun effort, car les deux fils de Joseph me rappelaient le mien si cruellement disparu, et leur présence au Grand Castel, ce mois d'octobre-là, combla un peu le vide creusé par la mort de Bertrand dont je souffrais encore chaque jour, contrairement à ce que j'espérais du temps qui passe et de l'oubli qu'il est censé apporter.

Charles et Cyprien restèrent trois jours, et je dois dire que je me sentis en harmonie avec eux : rassurée, apaisée, malgré les propos tenus au sujet de leur père qui les inquiétait beaucoup. Et puis ils repartirent, et la vie reprit son cours, le travail s'effectuant maintenant dans les caves, où bouillait le raisin. C'est ainsi qu'un soir de la fin octobre je me retrouvai seule avec Clarétie, afin de dénombrer les tonneaux qu'il convenait de soufrer dès le lendemain. Je ne l'entendis pas approcher, et, alors que je le croyais de l'autre côté de l'allée centrale, je sentis tout d'un coup ses mains se refermer sur ma poitrine. La surprise fut telle que je trouvai la force de me retourner et de lever la main sur lui, mais il la prit violemment, me poussa sur une barrique qui était à l'horizontale et m'inclina vers l'arrière en pesant sur moi de tout son poids. Je ne prononçai pas un mot, ne poussai pas un cri, de peur d'alerter Élodie qui ne devait pas être loin, et je me mis à lutter rageusement, tandis qu'il me murmurait des mots fous, tenant prisonnières mes deux mains au-dessus de ma tête :

– Rappelle-toi dans la vigne, soufflait-il, je suis sûr que tu n'as pas oublié !

Précisément, ce souvenir faillit me faire succomber, et je consentis un instant à ce qui m'était interdit. Heureusement, les images de ma fille si heureuse lors de son mariage me donnèrent la force de le repousser du genou, et, comme il revenait à la charge, d'enfoncer mes ongles dans la chair de son cou. Il eut comme un rugissement, se redressa brusquement, et je vis briller ses yeux dans la pénombre, tandis qu'il lançait, d'une voix que je ne lui connaissais pas :

– Tu le regretteras !

Puis il fit volte-face et s'éloigna vers l'entrée de la cave au moment même où apparaissait Élodie. Je me retournai prestement pour cacher mon trouble et tenter de retrouver mon souffle. Heureusement, elle ne vint pas vers moi, et je pus reprendre un peu d'empire sur moi-même, encore effrayée de cet instant de faiblesse qui avait failli me faire succomber, mais aussi du machiavélisme de cet homme qui s'était uni à ma fille deux semaines auparavant.

Je n'en dormis pas de la nuit, tournant et retournant dans mon esprit les menaces de Clarétie, cherchant à échapper à cet étau qui se refermait sur ma fille et sur moi, épouvantée d'avoir accepté qu'elle s'unisse à cet homme après ce qui s'était passé dans la vigne.

Je n'eus pas à m'interroger bien longtemps, car huit jours plus tard, en fin de matinée, alors que je rentrais d'une visite chez un négociant en vins de Badefols, je trouvai le Grand Castel désert, et ma tante Louise incapable de me dire où étaient passés Clarétie et Élodie. À force de chercher, je trouvai dans les communs un mot de ma fille, où elle avait écrit :

Mère, nous partons. Jacques m'a avoué ce qui s'est passé entre vous. Ne cherchez pas à nous retrouver. Je ne vous pardonnerai jamais. Votre fille que vous avez rendue très malheureuse. Élodie.

C'était tout. J'étais seule. J'avais tout perdu. J'hésitai un instant à me lancer à leur poursuite, à tenter de les rattraper, mais comment me justifier vis-à-vis de ma fille ? Car comment ne pas croire qu'il m'avait fait porter l'entière responsabilité de ce qui s'était passé ? Sans doute aussi avait-il avancé que j'avais tenté de le séduire. Aux yeux de ma fille, j'étais seule coupable, et il était évident, comme elle l'avait écrit, qu'elle ne me le pardonnerait jamais.

Je rentrai complètement désemparée au château, où la présence de ma tante Louise me réconforta quelque peu. Mais elle était très âgée à présent, et elle avait du mal à comprendre ce qui se passait autour d'elle. Et de toute façon, que lui dire ? Tout ce qui s'était produit depuis quelques mois était inavouable. J'étais condamnée à expier seule tout en imaginant le pire pour ma fille, dont le destin me paraissait à présent très sombre et m'emplissait de remords. N'aurais-je pas dû lui avouer qui était l'homme auquel elle voulait unir sa vie ? Lui expliquer de quoi il était capable ? Tout cela était peine perdue. Elle ne m'aurait jamais crue. Elle était trop aveuglée par cet amour fou, qui, dès les premiers jours, l'avait portée vers Clarétie.

Non ! J'étais seule, définitivement. Plus d'époux, plus d'enfants, plus d'employés capables de m'aider dans le travail de plus en plus absorbant des vignes, et alors que je me débattais dans un désespoir sans fond, ma tante Louise mourut. Je me demande encore comment j'ai trouvé la force de continuer à vivre, cet hiver-là qui fut très froid, et me contraignit à demeurer à l'intérieur, rongée de remords, me torturant l'esprit en me demandant où avaient bien pu s'enfuir ma fille et son mari. Heureusement, Appoline accourut une nouvelle fois à mon secours, fidèle sentinelle dont l'amitié, la force, la gaieté, le soutien sans faille m'étaient si précieux et pour tout dire indispensables.

Elle repartit au moment où Charles vint me rendre visite pour Noël. Lui aussi m'aida de son mieux, se montra prévenant, feignit d'être gai, m'encouragea à garder espoir, et attendit le dernier moment, un pied déjà dans la voiture, pour m'annoncer qu'il partait la semaine suivante pour le Mexique. Décidément, cette année se terminait de la pire des manières, et je dus me convaincre, pour rester debout, que celle qui allait suivre ne pourrait être que meilleure.

J'eus une sorte de réflexe de survie, heureusement, quand vint le moment de tailler les vignes, un travail dont je ne pouvais plus arriver seule à bout. Aussi, dès le début de janvier, je me mis à rechercher des journaliers capables de m'aider, et de peupler en même temps cette solitude qui me pesait tant. J'en trouvai deux, un de Lalinde, et un de Badefols, qui étaient trop vieux pour travailler dans les grands domaines. Le plus âgé, prénommé Abel, qui avait passé la soixantaine, me demanda, au terme des travaux de taille, s'il pouvait venir habiter avec sa femme Madeleine dans le logement qu'avait occupé Clarétie. Je m'empressai d'accepter, soulagée de ne plus me heurter chaque soir à une solitude qui me dévastait, et, la nuit, me réveillait brusquement, m'abandonnant tremblante dans mon lit, avec la conviction d'être coupable de tous les maux de la terre.

C'étaient un homme et une femme d'une grande humilité, Abel plutôt rond, chauve et musculeux, elle aussi forte que lui, brune, les traits épais, capables aussi bien l'un que l'autre de travailler dans les vignes où, toute leur vie, ils avaient œuvré comme ouvriers agricoles. L'âge venant, sans argent car ils avaient élevé quatre enfants partis au loin, ils se souciaient surtout d'avoir un toit sur la tête et de manger à leur faim.

Je leur proposai d'emménager dans le château, mais ils refusèrent. Qu'importe ! Chaque matin Madeleine venait de très bonne heure faire le ménage et préparer le petit déjeuner, et quand je me levais, je trouvais cette présence désormais précieuse dans la grande cuisine que ma tante Louise avait désertée. Ainsi, je me sentais mieux et recouvrais un peu d'énergie, même si la pensée de ma fille enfuie surgissait souvent au moment où je m'y attendais le moins, bien que j'eusse supprimé tout ce qui pouvait me parler d'elle et fermé sa chambre à clef.

Après les premiers travaux de printemps, j'entrepris quelques démarches, à Lalinde, Bergerac et jusqu'à Bordeaux. Mais comment chercher avec quelques chances de succès, dans ces villes où nul n'était censé connaître les époux Clarétie ? Je me résignai au début de l'été, trop épuisée pour faire de nouvelles tentatives, et dans le même temps affronter le travail qu'exigeaient les vignes, où, heureusement, Abel et Madeleine m'épaulaient efficacement.

Ce fut en juillet, je crois, que je reçus une lettre de Cyprien, qui m'annonçait que les deux sociétés de son père avaient été déclarées en état de banqueroute, et que Joseph n'avait pas résisté à une telle déchéance : on l'avait trouvé un matin paralysé, incapable de parler ou de se mouvoir, dans son appartement de la rue Bonaparte. Les médecins avaient conclu à une crise d'apoplexie massive, tout en se montrant très pessimistes sur l'évolution de son état. Je confiai aussitôt le Grand Castel à Madeleine et Abel, et je partis pour Paris en me demandant si le temps du malheur allait enfin cesser, ou si j'allais encore être poursuivie pendant des mois par le mauvais sort.

J'arrivai dans un Paris dévasté par les grands travaux du baron Haussmann et paralysé par les embouteillages, pour apprendre de la bouche de Cyprien que son père était mort le matin même, et qu'il serait enterré au cimetière du Père-Lachaise le surlendemain. En découvrant ce corps blafard, ce visage cireux, c'est à peine si je reconnus mon frère – ce frère qui m'avait fait tant de mal mais que, pourtant, j'aurais défendu contre vents et marées dans la mesure de mes faibles moyens. Je songeai alors que c'était parce qu'il avait mis en péril le Grand Castel qu'il n'y reposerait pas auprès des siens, mais cette pensée ne me consola de rien.

Avec Cyprien, nous reçûmes côte à côte les visites de condoléances, mais elles ne furent pas nombreuses, Joseph s'étant mis à dos beaucoup de ses relations passées, y compris son ancienne épouse qui avait obtenu le divorce en très peu de temps. Elle vint se pencher sur son corps, cependant, très élégante dans une robe de soie grise, les poignets et le cou couverts de bijoux, mais elle se contenta de bénir la dépouille, ne prononça pas un mot et s'en alla. En revanche, personne ne vint de la famille de Jeanne, la première épouse de Joseph, tant le contentieux entre les deux familles avait atteint depuis longtemps un point de non-retour.

Aussi eûmes-nous le temps de converser, Cyprien et moi, dans cette chambre mortuaire qui me paraissait si étrangère, si éloignée de la Dordogne et du Grand Castel, où, en fermant les yeux, je voyais Joseph courir sur le perron en compagnie de Jules, tandis que moi, leur sœur aimante, j'applaudissais à leurs exploits, persuadée que la vie ne nous séparerait jamais. Mon Dieu ! Où était-il, ce temps béni que le regard de notre père et de notre mère, Pierre et Marie, suffisait à ensoleiller ? Que s'était-il passé, à notre insu, pour que le destin nous sépare ainsi, et au terme de quelle négligence coupable ?

– Qui gouverne réellement nos vies ? demandai-je à Cyprien, alors que nous nous retrouvions seuls, au retour du cimetière.

– Je ne sais pas, me répondit-il, et je vous avoue, ma tante, que j'ai d'autres soucis en tête à cette heure.

Et comme je l'interrogeais sur le sens de cette réflexion :

– Tous les créanciers sont à nos portes. Il ne va rien rester des biens de mon père. Je me demande même si je vais pouvoir sauver les terres qu'il a acquises en Dordogne, autour du Grand Castel.

– Je t'ai déjà proposé de venir habiter là-bas, dis-je.

– Précisément, ma tante. Je n'ai pas voulu vous en parler avant les funérailles, mais il existe aussi une créance sur le Grand Castel qui n'a pas été apurée. Je ne sais si elle ne va pas être saisie par un créancier qui la fera valoir.

Je crus que le plafond s'écroulait sur ma tête. Décidément, depuis quelques mois je tombais de Charybde en Scylla. J'avais beau lutter de toutes mes forces, me débattre pour ne pas me noyer, un nouvel obstacle se levait devant moi dès que je franchissais le précédent.

– Je vais perdre le Grand Castel ?

– Vous savez bien, ma tante, que je vais tout tenter pour le sauver. Mais même si vous pouviez payer rapidement, vous ne faites pas partie des créanciers prioritaires, et les comptes seront arrêtés à la date du décès de mon père.

J'étais tellement effondrée que je ne trouvai rien à objecter à des règles de droit auxquelles je ne comprenais pas grand-chose.

– Heureusement, reprit Cyprien, je m'y entends un peu dans ce domaine. Je vois à peu près comment procéder pour commencer par liquider les biens immobiliers de Paris, et d'abord cet appartement que j'ai quitté depuis longtemps et que je déteste. Ce que j'espère, c'est que ne viennent pas s'ajouter d'autres dettes que mon père aurait dissimulées.

Complètement anéantie, je me voyais déjà contrainte de quitter le Grand Castel, mais pour aller où, mon Dieu ?

– Je ne pense pas que cela sera nécessaire, me

rassura-t-il. Gardez confiance, ma tante, je saurai vous défendre.

Comment aurais-je pu faire autrement ? Sans prononcer un mot de plus, je gagnai ma chambre, où je ne pus trouver le sommeil, et je repartis dès le lendemain par le chemin de fer de la compagnie Paris-Orléans qui me ramena vers mes vignes en une journée. Au moment des adieux, Cyprien m'avait répété de ne pas perdre espoir, qu'il allait faire tout son possible pour sauver mes vignes et le château. Mais dès que j'y remis les pieds, j'eus la désagréable sensation qu'ils ne m'appartenaient plus, et je dus cacher les larmes amères qui coulèrent de mes yeux à Abel et Madeleine, dont la reconnaissance affectueuse me brisait le cœur à l'idée qu'ils pourraient eux aussi, avec moi, en être chassés définitivement.

Je ne souhaite à personne de vivre ce que j'ai vécu pendant les mois qui ont suivi cette année-là. J'ai passé chaque jour dans l'angoisse de recevoir la terrible nouvelle qui pouvait me faire sombrer définitivement, et cela dura jusqu'au milieu de l'année 1868, quand Cyprien arriva un jour de mai, souriant, pour m'annoncer non seulement que le Grand Castel était sauvé, mais aussi que Charles était sur le chemin du retour, l'empereur ayant enfin décidé de mettre fin à la désastreuse expédition du Mexique.

– J'ai aussi pu conserver une petite parcelle de terre

acquise par mon père, et qui est contiguë aux vôtres, me dit-il. Je considère qu'elle vous revient, ma tante. Qu'en ferais-je à Paris ?

– Tu n'envisages donc pas de revenir ici, ou à Bergerac, peut-être à Bordeaux ?

– J'ai déjà une petite clientèle en tant qu'avocat. Je travaille dans un cabinet où l'on me laisse prospérer.

Il ajouta, constatant ma déception :

– J'ai toujours vécu à Paris. J'aurais bien du mal à me fixer en province.

– Et peut-être as-tu un bon parti en vue là-bas ?

– Non, ma tante, pas encore ! Je n'ai vraiment pas eu le temps de m'occuper de moi. J'ai passé toutes mes nuits à analyser les comptes de la banqueroute, et à tenter de sauvegarder ce qui pouvait l'être.

– Je te remercie, dis-je, tu seras toujours ici chez toi.

Mais comment lui exprimer vraiment toute ma reconnaissance ? Autant son père avait été vorace, cruel, violent, autant mon neveu se montrait généreux et attentif, un peu comme l'avaient été mes parents ; Marie, ma mère, surtout, qui m'avait laissée administrer ce qui restait du domaine sans jamais intervenir.

– Ce que je souhaite, aujourd'hui, dis-je, c'est que le Grand Castel te revienne un jour.

– Allons, ma tante, allons ! N'oubliez pas Élodie.

– Je ne sais même pas où elle se trouve. Je n'ai reçu aucune nouvelle depuis qu'elle s'est enfuie.

– Aucune, vraiment ?

J'eus l'impression qu'il savait quelque chose, mais je compris que je me trompais quand il demanda :

– Voulez-vous que j'essaye d'enquêter ?

– À quoi bon ? dis-je en soupirant.

– Ce qui s'est passé entre vous est donc si grave ?

– Plus que tu ne l'imagines.

Il voulut se montrer rassurant et me dit :

– Tout s'arrange avec le temps.

– Non. Je ne le crois pas. Mais je te remercie une fois encore de prendre soin de moi.

Il voulut voir les vignes, et nous partîmes sur le coteau que le soleil de la fin mai dorait d'une lumière chaude, celle qui, chaque année, me réchauffait le cœur. C'était l'une de ces journées qui célèbrent la fin de l'hiver, le basculement vers les jours plus longs, les floraisons, l'herbe haute dans la vallée que nous apercevions, en nous retournant, de part et d'autre de la rivière. Je montrai à Cyprien les petits grains verts à peine éclos sur les grappes minuscules, et il se pencha vers eux avec, me sembla-t-il, une attention sincère.

– Dire que je n'ai jamais connu ça, moi ! dit-il avec regret.

– Il ne tient qu'à toi de venir vivre ici. Je te l'ai déjà proposé.

– Hélas ! ma tante, mes dossiers m'attendent. Je repars demain, vous le savez bien.

Il voulut cependant reconnaître la parcelle qui prolongeait mes vignes de l'autre côté, et précisa :

– Je vais faire établir un acte notarié pour vous la donner dès mon retour à Paris.

– N'en fais rien ! dis-je, elle est à toi.

– Mais non, ma tante. Je sais ce qu'a fait mon père le lendemain de votre mariage. Il ne s'en est jamais caché, au contraire : il se vantait de vous avoir contraints de vendre les métairies.

– C'est surtout ma mère qui en a souffert. Et elle a eu très peur d'être obligée de devoir quitter le Grand Castel.

– Je sais aussi que vous avez été là pour l'aider.

Il s'arrêta, me fit face, ajouta :

– Il est juste que je répare aujourd'hui le tort que mon père vous a fait.

– Tu n'as aucune responsabilité là-dedans. Et d'ailleurs il avait la loi pour lui.

– S'il vous plaît, ma tante, laissez-moi agir à ma guise. Ce ne sera qu'une petite rétrocession, et de si faible importance.

– Fais comme tu l'entends, dis-je, mais il faudra que tu acceptes la moitié des revenus du vin tiré de ces vignes.

Il rit, me serra dans ses bras, murmura :

– Marché conclu. C'est entendu.

Après avoir parcouru la parcelle en question, qui était en friche, nous redescendîmes et passâmes une dernière soirée ensemble, dans le grand salon du château, où je ne pus de nouveau m'empêcher d'évoquer Élodie et mon chagrin de l'avoir perdue. Il me promit d'essayer de la retrouver, mais je ne crus pas à cette promesse : je savais que c'était là mission impossible. Je le remerciai néanmoins et lui souhaitai une bonne nuit après l'avoir prié de penser à lui, désormais, et si possible de trouver une épouse capable de l'aimer comme il le méritait.

Il partit le lendemain de bonne heure, mais je n'eus pas le temps de me désoler d'une nouvelle solitude, car Charles, de retour du Mexique, vint me visiter huit jours après. Je le trouvai bien changé et compris à quelques paroles qu'il avait là-bas beaucoup souffert. Il ne restait rien du jeune homme qui avait trouvé la force de résister à son père, et, alors que je me réjouissais de le revoir sain et sauf, cette maudite expédition enfin terminée, il me dit, d'une voix chargée d'amertume :

– Je ne peux pas me réjouir autant que vous, ma tante : l'Empire, pour survivre, est condamné à la guerre. Si ce n'est au Mexique, ce sera avec l'Espagne ou la Prusse.

Et il ajouta, tandis que je me demandais, ignorante que j'étais des affaires du pays, pourquoi Charles nourrissait des idées si noires :

– J'ai choisi le métier des armes, n'est-ce pas ? Alors de quoi me plaindrais-je ?

Nous parlâmes ensuite beaucoup de son père, et je pus reconstituer peu à peu la vie qu'ils avaient menée après la disparition de Jeanne dont Joseph, en fin de compte, ne s'était jamais remis.

– Plus que ses affaires, c'est à cause de ce drame

qu'il est devenu fou, me dit Charles. La vie a été insupportable, c'est pourquoi j'ai tout fait pour m'éloigner de lui. Et aujourd'hui il est mort.

Puis, après un silence :

– Peut-être n'ai-je pas fait tout ce qu'il fallait pour l'aider.

– Allons ! dis-je, il n'avait besoin de personne. Déjà, lorsqu'il était enfant, nous avions du mal à l'amadouer, Jules et moi.

Et je racontai, non sans nostalgie, comment nous vivions alors, entre nos parents, dans une liberté de tous les instants, mais Charles ne m'écouta guère. Il repartit pour Paris aussi préoccupé qu'il était arrivé, et je me plongeai aussitôt, en compagnie d'Abel et de Madeleine, dans le sarclage des vignes, un long et fastidieux travail qui me laisse chaque année le dos rompu et les mains couvertes de plaies, comme si je n'étais pas destinée à ces travaux que pourtant j'aime tant.

Un an passa, sans véritables soucis, mais sans nouvelles non plus, hélas, de celle qui me manquait tant. Je rêvais souvent que, me redressant au milieu des vignes, je la voyais arriver, souriante, comme elle surgissait parfois, mais si rarement, au moment où je m'y attendais le moins. Elle courait alors pour se précipiter dans mes bras, et je me réveillais brusquement, des larmes plein les yeux. Heureusement, au matin, la présence attentive de Madeleine m'aidait à me remettre en route, à garder un espoir qui diminuait de jour en jour, mais ne s'éteignait jamais tout à fait. Une voix me disait qu'il n'était pas possible qu'Élodie eût oublié tout ce que nous avions vécu ensemble, et combien j'avais veillé sur elle chaque jour, chaque minute de ma vie. Avoir perdu un fils, déjà, me paraissait le comble du malheur. De quelle faute inexpiable avais-je été coupable ? Je m'épuisais en remords, indifférente à tout ce qui était étranger au mince espoir dont la flamme vacillait de plus en plus.

À cette époque-là, Appoline perdit son mari et revint s'installer à Belmont dans la maison familiale. Son malheur fit mon bonheur : désormais, si nous le désirions, nous pouvions nous voir tous les jours, et nous ne nous en privions pas. Ce fut le temps des plus amples confidences, des secrets partagés, des retours en arrière, aussi, sur cette époque où nous vivions à Bordeaux dans l'insouciance de notre jeunesse. Je la sentais aussi ébranlée que je l'avais été par la mort de mon mari, il y avait désormais si longtemps, et je l'aidais du mieux possible en lui racontant comment j'avais survécu à une pareille blessure.

– Je n'ai pas d'enfants, moi, me disait-elle.

– Mais tu m'as, moi.

Et elle me serrait dans ses bras.

Toujours aussi au fait des nouvelles du pays, ce fut elle, un peu plus tard, qui m'apprit la déclaration de guerre de la France à la Prusse. Le point de départ du conflit, m'expliqua-t-elle, avait été la candidature d'un prince allemand au trône d'Espagne. La France s'était sentie menacée et avait demandé des garanties à Bismarck qui, lui, ne rêvait que d'engager un conflit pour fortifier le patriotisme prussien. Les garanties ayant été refusées et la France s'étant sentie humiliée par les termes de la dépêche d'Ems modifiée par le chancelier, le chargé d'affaires de l'ambassade française à Berlin avait remis à Bismarck la déclaration de guerre le 19 juillet.

Je reçus une lettre de Cyprien qui m'expliquait que dans les rues de Paris, la foule, avec une confiance absolue, ivre de patriotisme, avait repris les couplets de *La Marseillaise*, qui, pourtant, n'était plus chantée depuis le 2 décembre 1851. Il me disait que Charles allait partir, hélas, mais que lui, Cyprien, qui avait été exempté et n'avait pas reçu de formation militaire, ne serait affecté dans l'armée de réserve qu'ultérieurement. Il concluait en précisant qu'à son avis la victoire serait rapide, et que donc je ne devais pas m'inquiéter. À Badefols, à Lalinde, à Saint-Léon, à Belmont, je constatai un même élan et un même espoir : Bismarck n'avait qu'à bien se tenir ! Les troupes françaises camperaient à Berlin avant la fin de l'année ! Mais rien de ce que j'entendais ne me rassurait sur le sort de Charles qui, pensais-je, allait de nouveau se trouver en danger.

C'était un bel été, tout en couleurs et en foucades de parfums d'herbe et de fruits en train de mûrir. Je me sentais loin de cette guerre incompréhensible à tous ceux que je côtoyais, et, qui, pourtant, approuvaient nos gouvernants dans leur folie. De lourds orages tournèrent au-dessus des vignes mais ne crevèrent pas. Les raisins étaient beaux. Je ne pensais qu'aux vendanges prochaines quand, à la fin du mois d'août, je reçus une lettre de Charles qui me rassura quelque peu :

Ma chère tante,

Je me trouve sur les hauteurs de Sedan avec mon régiment, dans une position qui serait confortable si une pluie incessante ne nous livrait à la boue, sans que nous puissions nous en débarrasser. Nous sommes entrés en campagne voilà près d'un mois et nous avons été ballottés d'un côté et de l'autre dans un mouvement incessant, et, je le crains, un peu de confusion. Mais nous avons confiance dans notre état-major et nous serons fin prêts pour la bataille qui s'annonce.

Mon souci, près du village dans lequel nous bivouaquons et dont je ne connais pas le nom, c'est que le service des postes ne fonctionne plus dans notre division du 5e corps d'armée. Mais comme je suis chargé d'une mission à Sedan cet après-midi même, je posterai ma lettre là-bas, c'est-à-dire à quatre kilomètres de la colline d'où j'écris ces lignes, faiblement protégé de la pluie par une toile de tente que malmène le vent.

Je ne crois pas que les Prussiens soient en situation de couper toutes nos communications avec Paris, ce qui serait funeste. Vous avez peut-être entendu parler de quelques revers au début de la campagne, mais soyez sûre que tous les officiers, dont je suis, ont une grande confiance dans leurs troupes. Si nous avons peu combattu jusqu'à ce jour, cela est dû aux manœuvres de diversion décidées par le commandement. Dès qu'ils vont approcher de nos lignes, les Prussiens connaîtront le goût amer de la défaite.

J'ai conscience, ma tante, de défendre la terre de France comme l'ont fait mon grand-père et tous ceux qui, dans notre famille, ont versé leur sang pour leur pays. La France est grande et belle et mérite que sa jeunesse se batte vaillamment pour elle, au péril de sa vie.

Je vous embrasse et vous promets de venir en Dordogne vous voir dès que la victoire nous aura tendu les bras, ce qui ne saurait tarder. Gardez confiance comme moi, comme nous tous.

Charles Marsac.

J'avais confiance, donc, au matin du 3 septembre, en partant dans mes vignes pour décider de la date des vendanges. Je n'étais pas au courant des mauvaises nouvelles venues d'Alsace et de Lorraine, et j'étais persuadée que Charles, rentré indemne du Mexique, reviendrait également, et en vainqueur, de cette guerre. Vers dix heures, je laissai Abel et Madeleine préparer les allées entre les ceps, et je rentrai lentement en laissant jouer le soleil entre mes paupières mi-closes, comme j'aimais à le faire, souvent, en regagnant le Grand Castel, face à la vallée qui miroitait dans des pétillements de lumière.

Appoline m'attendait dans la cour du château, ce matin du 3, l'air sombre, appuyée au balcon de la terrasse. Quand elle descendit à ma rencontre, je compris qu'il était arrivé quelque chose de grave. Elle s'arrêta à un mètre devant moi, murmura :

– Hier, l'armée française a été battue à Sedan et l'empereur est prisonnier des Prussiens !

Sedan ! Charles ! Ce ne fut pas à la France et à l'empereur que je pensai tout d'abord, mais à mon neveu dont la lettre récente et rassurante demeurait encore dans mon esprit.

– Mais non, voyons ! dis-je. Ce sont des rumeurs. Il y en a tellement en temps de guerre.

– Hélas ! fit Appoline, c'est la triste vérité. Il y a des milliers de morts et de prisonniers.

Je rentrai lentement, les jambes coupées, suivie par Appoline qui accepta de boire avec moi un cordial au salon.

– C'est terrible ! reprit-elle. Moi aussi j'ai eu du mal à le croire, mais c'est la vérité, hélas !

– Mon neveu, Charles Marsac, était à Sedan.

Elle tenta alors de trouver des mots de réconfort :

– S'il est prisonnier, au moins il n'est pas mort.

– Je vais partir à Paris, chez son frère Cyprien. Il saura, lui, ce qu'il est advenu.

– Et les vendanges !

– Je n'y resterai pas longtemps. Quatre ou cinq jours au plus.

Appoline me quitta et je commençai à préparer quelques affaires pour m'en aller dès le lendemain. Mais je n'en eus pas la force et, finalement, me dis qu'il serait toujours assez tôt pour apprendre une mauvaise nouvelle. Au reste, je ne parvenais pas à me persuader que ce que j'avais entendu de la bouche de mon amie était fondé. Il faisait un tel soleil sur le coteau, il y régnait un tel silence, une telle paix ! Comment la guerre aurait-elle pu provoquer dans le pays une telle désolation ? C'était impossible !

Je vécus pendant deux jours avec cette idée, refusant tout contact avec le monde extérieur, redoutant une lettre de Cyprien, qui ne vint pas. Je décidai alors de vendanger, en espérant que mon esprit serait assez occupé pour ne plus appréhender une nouvelle tragique. Puis, le temps passant, je parvins à me convaincre que nous avions échappé au pire. Alors je mis le raisin en cuve et je réussis à me réjouir d'une belle vendange dont j'espérais les meilleurs bénéfices.

Cyprien ne m'écrivit pas, mais il vint me voir, le 15 septembre. Dès que je l'aperçus au bas de la terrasse, je sus, à sa mine défaite, qu'une fois de plus notre famille avait payé son tribut à la guerre. Il m'embrassa, hocha la tête d'un air apitoyé, comme pour confirmer ce que je redoutais – et qu'il savait que je redoutais. Mais il ne put prononcer le moindre mot avant un long moment, alors que nous nous étions assis face à face, et que, déjà, des larmes montaient dans mes yeux.

– Charles est mort dès le 30 août, m'avoua-t-il enfin, quand le 5e corps, installé au sud de Sedan, s'est laissé surprendre au bivouac par les Prussiens, sans même combattre.

Il ajouta, dans un sanglot :

– Vous vous rendez compte, ma tante ? Sans même combattre. Plus de huit mille morts.

J'étais tellement dévastée que je ne pus répondre. Et que répondre, d'ailleurs, à une telle absurdité ? Mourir à trente ans sans combattre, alors qu'on a choisi le métier des armes pour défendre son pays ?

– Tu es là, toi, dis-je, heureusement, sans quoi…

Je ne poursuivis pas, mais Cyprien évita de me questionner. Puis il me raconta les événements de Paris : la République proclamée le 4 septembre, l'impératrice Eugénie s'enfuyant dans la calèche de son dentiste, la nomination d'un gouvernement provisoire qui avait décidé que la France ne céderait ni « une pierre de ses forteresses, ni un pouce de son territoire », même si depuis l'Alsace et la Lorraine, les Allemands marchaient sur Paris.

– Tu ne vas pas repartir ? dis-je. Tu seras à l'abri, ici.

– Je repars ce soir, ma tante, il y a trop à faire, là-bas.

Et, comme je m'indignais à l'idée de le perdre lui aussi :

– Je ne veux pas que Charles soit mort pour rien. Je veux aider à défendre Paris.

– Non ! dis-je, s'il te plaît, pas toi.

Et j'ajoutai, en me levant pour lui prendre les mains :

– Je n'ai plus que toi.

Il se leva à son tour, m'enlaça, murmura calmement :

– Si Charles pouvait parler, c'est ce qu'il me demanderait, ne croyez-vous pas ?

J'étais anéantie. Je revins m'asseoir, incapable d'opposer le moindre argument à ces propos évidents. Un long moment passa, dans un silence accablé que Cyprien rompit enfin, en disant :

– Si nous allions voir les vignes ? Ça me ferait du bien, je crois.

– On a vendangé, dis-je, tout est dans la cave.

– Alors, allons voir la cave ! fit-il.

Et nous sortîmes, pas très assurés sur nos jambes, tremblant tous deux, pas tout à fait sûrs d'être vivants ou de devoir continuer à vivre…

J'ai supprimé de ma mémoire cette journée funeste et aujourd'hui, au moment où j'écris, je suis incapable de me souvenir de ce que nous avons fait, Cyprien et moi, durant les heures qui ont suivi. De même, je ne le revois pas, à l'instant de monter dans la voiture qui devait le conduire à la gare. J'ai voulu tout oublier et j'y suis parvenue. Je ne sais toujours pas si je dois m'en réjouir ou m'en désoler.

Craignant beaucoup pour lui, je me suis tenue au courant des affaires chaque jour, en discutant avec Appoline qui me lisait le journal, tremblant à la nouvelle de la capitulation de Bazaine dans Metz, au départ en ballon de Gambetta de Paris, à la défaite de l'armée de la Loire, et, au début de l'hiver, à la dernière lettre de Cyprien qui m'annonçait que Paris était assiégé, que la population manquait de tout, et qu'il redoutait les jours à venir.

Je lui écrivis aussitôt pour lui demander de venir se réfugier au Grand Castel le plus vite possible, mais ma lettre ne lui parvint jamais. Au plus froid de l'hiver, Paris fut bombardé par l'artillerie prussienne et toutes les communications coupées avec l'extérieur. Commença alors un hiver terrible qui nous glaça, Appoline et moi, jusque dans le cœur.

5

Le froid et la neige me firent craindre, de surcroît, pour mes vignes où, une fois encore, je dus allumer des feux, la nuit, pour éviter que mes ceps ne gèlent. La seule bonne nouvelle de ce début d'année fut la signature de la paix avec l'Allemagne en février, mais, alors que j'avais cru l'affaire terminée, Appoline m'apprit que Paris s'était révolté après l'entrée des Prussiens sur les Champs-Élysées, notamment parce que ses habitants ne pardonnaient pas à Thiers, en acceptant les conditions des vainqueurs, d'avoir jeté à bas l'héroïque résistance des assiégés. Désormais l'Assemblée nationale siégeait à Versailles, mais Paris avait élu une Commune qui avait appelé les villes de province à faire de même, afin de refuser la capitulation.

Chez nous, personne ne bougea. Quel était ce pouvoir qui défiait l'Assemblée nationale élue en février ? On ne savait pas vraiment, et les nouvelles arrivaient mal. Je n'étais pas inquiète pour Cyprien que je savais incapable d'action violente, et de toute façon nul n'imaginait ce qui se passait réellement là-bas, quelle abomination se jouait entre les Parisiens et les Versaillais.

Je demeurai donc de longs jours dans l'attente, recluse à cause d'un froid qui ne desserra son étreinte qu'au début du mois de mai. Heureusement, les vignes purent échapper aux gelées tardives de la lune rousse. C'est alors qu'Appoline m'apprit que des combats de rue avaient ensanglanté Paris, qu'il y avait là-bas des milliers de morts, et je me remis à craindre pour Cyprien, dont le silence devenait de plus en plus pesant. J'écrivis de nouveau mais ne reçus aucune réponse. Des jours et des jours passèrent, me plongeant dans les plus grands tourments, jusqu'à la fin du mois de juin, où, enfin, il apparut un soir, grave, le visage marqué par la souffrance, mais il n'était pas seul : il avait un enfant avec lui et je crus tout d'abord qu'il s'agissait du sien. Comme je m'extasiais et le félicitais, il ne démentit pas, mais je compris à sa mine que cet enfant-là était porteur d'un secret bien plus lourd que je ne l'imaginais.

Nous le confiâmes à Madeleine, afin de pouvoir parler en toute liberté, dans le salon où nous avions l'habitude de nous asseoir, entre les murs meublés de bibliothèques en chêne qui avaient appartenu à mon père.

– C'est un garçon ou une fille ? demandai-je aussitôt.

– Un garçon.

– Et comment s'appelle-t-il ?

– Aurélien.

– Et sa mère, pourquoi ne me l'as-tu pas amenée ? Je suppose que tu t'es marié.

– Je ne me suis pas marié, dit-il.

– Mais alors ?

– Il n'est pas à moi.

– Et à qui est-il, grand Dieu, cet enfant-là ?

– Il est à vous, ma tante.

Je demeurai un long moment stupéfaite, incapable de prononcer le moindre mot mais sentant mon cœur s'affoler dans ma poitrine. Cyprien approcha de moi le fauteuil sur lequel il était assis, me prit les mains, répéta :

– Oui, ma tante, il est à vous. Mais je ne sais pas si vous pourrez supporter tout ce que j'ai à vous dire. Ce n'est pas facile, en effet, et il s'en est passé des événements pendant ces derniers mois.

– Parle ! Cet enfant, d'où vient-il ?

Cyprien hésita encore, comme s'il était dépositaire d'un secret terrible, aux conséquences trop douloureuses pour pouvoir être livré si vite.

– C'est le fils d'Élodie.

– Mon Dieu ! dis-je. Où est-elle ?

Puis, sans même lui laisser le temps de répondre :

– Elle est morte ?

– Non, ma tante, elle n'est pas morte.

– Mais alors ?

– Elle est en partance pour la Nouvelle-Calédonie.

– Avec son époux ?

– Non. Son époux est mort.

– Et pourquoi partirait-elle seule là-bas, sans son fils et sans son mari ?

Cyprien baissa la tête, ne se décidant pas à avouer

ce qui allait me faire tant de mal. Puis, sans même me regarder :

– Elle a été condamnée à la déportation en Nouvelle-Calédonie en qualité d'épouse d'un communard.

– La déportation ? Un communard ? Mais qu'est-ce que tu me racontes ?

Je ne pus entendre la réponse de Cyprien car soudain tout se brouilla devant mes yeux et je perdis conscience.

Je ne sais combien de temps je restai ainsi évanouie, et je revins à moi sur le lit où je dormais, parfois, au rez-de-chaussée, au fond du couloir, quand il faisait trop chaud.

– Abel est allé chercher le médecin au village, me dit Cyprien. Pardonnez-moi, ma tante, j'aurais dû prendre plus de précautions… et peut-être ne jamais venir vous voir.

– Au point où nous en sommes, il faut tout me dire. J'ai besoin de comprendre, sans quoi je ne m'en remettrai jamais.

Et, fermant les yeux, comme pour me refuser à la triste réalité :

– Ils vivaient donc à Paris ? Et tu le savais ?

– Non ! Je ne le savais pas. Je vous l'aurais dit, ma tante. Clarétie était ouvrier dans une manufacture et ils habitaient dans un galetas de Belleville, là où se trouvait le cœur de la Commune. Il était très actif, était même devenu très vite l'un des responsables de quartier. Il a d'abord été blessé lors de l'attaque du pont de Neuilly par les Versaillais, mais il n'a pas abandonné la lutte pour autant.

– Élodie ne se battait pas, tout de même ?

– Au début, non, d'autant qu'elle était enceinte, mais elle a accouché le 5 avril, et elle est venue me voir le 10 pour me confier son fils, car elle se savait en danger. Je pense qu'elle m'avait retrouvé depuis longtemps mais qu'elle n'osait pas se rapprocher de moi, parce qu'elle savait que nous avions gardé des contacts.

Cyprien soupira, reprit :

– Elle avait raison d'avoir peur : il y avait des barricades partout, on se battait dans les rues, et elle ne pouvait plus allaiter. J'ai eu moi-même beaucoup de mal à trouver un peu de lait. Heureusement, il y a quelques fermes près des remparts, et j'ai pu payer.

– Tu n'as pas cherché à la retenir ?

– Bien sûr que si ! Mais il n'y a rien eu à faire : elle ne voulait pas abandonner Clarétie. Elle était comme envoûtée. Je lui ai parlé pendant tout un après-midi, mais je n'ai pu la convaincre. Elle voulait demeurer auprès de son époux, quoi qu'il arrive.

– Sur les barricades ?

– Non, elle avait trop peur, mais à proximité. Elle le ravitaillait du mieux qu'elle pouvait…

Il y eut un long silence. Tout allait beaucoup trop vite pour que je puisse comprendre vraiment ce qui s'était passé. Le vieux médecin de Badefols arriva à ce moment-là, mais que pouvait-il faire pour atténuer ma douleur ? Il m'examina, me prescrivit des tisanes calmantes à base d'aubépine et de reine-des-prés, puis il repartit, l'air navré de se savoir impuissant. De nouveau seule avec Cyprien, je le pressai de me raconter la suite, car je ne parvenais pas à comprendre comment Élodie avait pu être condamnée.

– La bataille a fait rage pendant plus d'un mois, depuis Neuilly et les banlieues de l'ouest de Paris. Les Versaillais bombardaient les forts tenus par les Parisiens, et ils les reprenaient un à un. Le pire a commencé le 21, quand les Versaillais, commandés par Galliffet, sont entrés de tous les côtés dans la capitale. Ceux qui tombaient dans leurs mains étaient exécutés aussitôt. Ce n'a pas été le cas de Clarétie. Lui, il s'est battu jusqu'au dernier jour, et il est mort dans les ultimes combats, à l'intérieur même du cimetière du Père-Lachaise, le 28 mai. Élodie ne s'y trouvait pas, mais elle a été dénoncée. C'est pour cette raison qu'elle a été condamnée. Mais elle a eu au moins la vie sauve. En qualité d'avocat, j'ai pu la voir dans le camp où les Versaillais avaient regroupé les femmes sur le point d'être jugées.

Comme je demeurai muette, anéantie, Cyprien poursuivit :

– C'est là qu'elle m'a demandé de vous confier son fils, ma tante.

– Elle a donc prononcé mon nom ?

– Elle a dit : « À ma mère. Elle saura s'en occuper aussi bien qu'elle s'est occupée de mon frère et de moi. »

Submergée par l'émotion, je ne pus l'inviter à poursuivre, mais il le fit de lui-même :

– Elle m'a dit autre chose, ce jour-là.

– Quoi donc ?

– Elle m'a dit que cet enfant n'avait pu être déclaré en mairie, car tout était sens dessus dessous et les officiers d'état civil de Paris se battaient aussi dans les rues, après avoir pris les armes.

Cyprien hésita, puis ajouta dans un sourire :

– Elle m'a dit que cet enfant n'avait pas de nom et qu'il valait mieux qu'il ne prenne pas celui de Clarétie. Il serait trop lourd à porter, chargé d'opprobre, peut-être maudit à tout jamais.

Cyprien poursuivit en prenant ma main :

– Elle m'a demandé de faire ce qu'il fallait pour qu'il s'appelle Marsac. Je l'ai donc déclaré comme mon fils, il n'y avait pas d'autre solution. J'ai eu beau chercher, mais si je l'avais déclaré comme un enfant trouvé, les autorités en auraient déduit qu'il était fils de communards morts ou condamnés au bagne. On aurait eu à redouter pour lui des représailles ou des mauvais traitements.

Il s'arrêta, réfléchit quelques secondes, demanda :

– Ai-je bien fait, ma tante ?

– Oui. Tu as bien fait.

– Il sera toujours temps, plus tard, de lui dire la vérité, n'est-ce pas ?

– C'est vrai. Mais sa mère ?

– Quand Élodie reviendra, nous régulariserons tout ça. En attendant, ma tante, je ne peux m'occuper de cet enfant. C'est ici qu'il doit vivre et grandir.

J'étais trop bouleversée par cette avalanche de révélations pour répondre quoi que ce soit. Pourtant, sous le chagrin, je sentais naître au fond de moi une vague tiède et douce à la pensée du sursaut de ma fille et de cet enfant qui allait vivre sous mon toit. Comment l'aurais-je refusé ? Dès cet instant, j'en fus persuadée : il allait peupler le Grand Castel plus sûrement que des dizaines de domestiques, ou de parents, ou de cousins. Il allait devenir mon espoir et ma raison de vivre. Il allait m'accompagner chaque jour sur les chemins d'une autre vie et me forcer à me tenir debout.

– Allons le voir ! dis-je.

Je me levai péniblement, pas très assurée sur mes jambes, et nous gagnâmes la terrasse où Madeleine tenait le petit sur ses genoux.

– Comment m'as-tu dit qu'il s'appelait ?

– Aurélien.

Je le pris dans mes bras, puis le haussai vers le ciel, et quand il se blottit contre ma poitrine, j'eus la sensation précieuse entre toutes que c'était mon fils Bertrand qui venait de m'être rendu.

Cyprien resta huit jours au Grand Castel, huit jours au cours desquels nous envisageâmes toutes les éventualités au sujet d'Élodie. Il me promit de s'occuper d'elle depuis Paris en sa qualité d'avocat et d'essayer de la faire libérer. Mais il ne me cacha pas que Clarétie avait été une cheville ouvrière de la Commune, et qu'il ne serait pas facile de démontrer que son épouse n'avait joué aucun rôle dans cette aventure-là. J'en voulus encore plus à cet homme qui me l'avait prise, et qui nous avait flouées, toutes les deux, pour nous précipiter dans le malheur. Heureusement, son fils ne lui ressemblait pas : il était le portrait de sa mère et donc le mien : quelques cheveux blonds et fins sur sa tête, des yeux clairs, pas tout à fait bleus, encore, mais je ne doutais pas qu'ils le deviendraient.

Comme je l'avais deviné dès le premier jour, cet enfant devint très vite le cœur de ma vie, mon soleil et ma force. En me levant, chaque matin, je savais que c'était pour lui, Aurélien, qui sans moi eût été seul au monde. Je me battais pour qu'il grandisse dans ce domaine qu'il allait apprendre à aimer, je n'en doutais pas, et où le rejoindrait sa mère, bientôt, pour retrouver l'existence qu'elle n'aurait jamais dû quitter. J'avais convaincu, non sans difficulté, une nourrice de vingt-cinq ans, originaire de Lalinde, de venir habiter le Grand Castel, et qui se prénommait Rosalie. Elle s'entendait bien avec Madeleine, et toutes deux se disputaient l'enfant, rivalisant de tendresse à son égard. Au point que je devais intervenir en emportant Aurélien dans mes bras, lui faire parcourir ces vignes et ce domaine qui allaient lui revenir un jour.

Tout en marchant, je lui parlais de sa mère, lui racontais comment elle avait grandi sur ces chemins, ses caprices et ses joies, ses habitudes et ses petits bonheurs, et je lui promettais qu'elle reviendrait bientôt.

Car je croyais au pouvoir de Cyprien, qui lui avait permis de sauver le Grand Castel au moment de la mort de Joseph. J'étais de surcroît convaincue qu'Élodie n'était coupable de rien, et qu'on ne pouvait la retenir longtemps prisonnière. J'ignorais alors dans quelles épouvantables conditions vivaient les condamnés en Nouvelle-Calédonie. D'autant que je me gardais bien d'évoquer le sujet avec mes relations de Badefols, car je ne tenais pas à ce que le sort d'Élodie fût connu. Seule Appoline était au courant, car j'avais une confiance totale en elle. Mais tout se sait, toujours, et la nouvelle de la déportation d'Élodie était parvenue jusqu'en Dordogne. On ne m'en parlait pas, mais je devinais une sorte de gêne, et peut-être plus encore : un refus de me fréquenter, comme si je portais sur moi la marque d'une infamie. Il faut dire que la Commune était mal jugée en province, car il y avait peu de fabriques, peu d'ouvriers, et la population était restée très conservatrice, en tout cas effrayée par ces idées nouvelles, dont les défenseurs avaient provoqué un bain de sang.

Quand je m'en rendis compte, j'en fus un peu ébranlée, mais pas longtemps. Aurélien me souriait, et il avait besoin de moi. Rassurée par cette présence, je me mis à défricher la terre que m'avait donnée Cyprien, et je décidai d'y planter de nouveaux ceps, dans l'espoir d'en récolter bientôt les bénéfices – non pour moi, mais pour mon petit-fils. J'ignorais alors que j'introduisais au sein même du domaine une maladie de la vigne qui, deux ans plus tard, allait éclore et se répandre dans tout le département, apportant avec elle la ruine et la désolation.

Les ceps que j'avais achetés, en effet, provenaient des nouvelles méthodes pratiquées par des pépiniéristes français, et ils étaient issus de plants américains, qu'ils désiraient acclimater. J'avais été séduite par l'idée de produire un vin un peu différent, de manière à diversifier ma production. Erreur funeste, puisque mes vignes furent les premières touchées par ce que l'on appela rapidement le *Phylloxera vastatrix*. Je me souviens très précisément du matin où je découvris sur les feuilles des boursouflures écarlates, feuilles que j'arrachai davantage dans un mouvement de surprise que de colère. Renseignements pris, j'eus du mal à me persuader de la gravité de la situation, mais il fallut me rendre à l'évidence : j'étais entrée dans un nouveau combat en me demandant si, à soixante-quatre ans, j'allais pouvoir le mener à bien.

Je fis face, non pour moi, mais pour Aurélien, qui, chaque jour, me rappelait que je n'étais plus seule, et qui grandissait en me donnant la joie suprême de côtoyer une jeune vie, non sans me tendre les bras, chaque soir et chaque matin, en s'éveillant et au moment de s'endormir. Je me mis à lutter de toutes mes forces, achetant l'une de ces charrues qui avaient été inventées pour instiller dans la terre le sulfure de carbone dont on disait qu'il était capable d'anéantir le puceron maudit. Rien n'y fit. Les boursouflures

AUCHAN
OSNY
TELEPHONE: 01.34.35.12.00
Ouvert du lundi au samedi 8H30 - 22H00
>>> www.auchan.fr <<<

CARTE
BANCAIRE ACCORD

AUCHAN VOUS REMERCIE

Le 15/05/15 13:47:08
AUCHAN
OSNY

A0000000041010D25010
2503615416
************9093
CF6448205BAAAE22
fin 31/01/16
206 900 000211
C @
MONTANT:
70,26 EUR
Pour info:
460,88 FRF
DEBIT

TICKET CLIENT
A CONSERVER

AU REVOIR ET A BIENTOT

CB ACCORD
CAC01 COMPTANT

00106 206 138813 0217 13:44:00 15/MAI/15

A CONSERVER - www.
auchan.fr/disponibilitepiecesdetachees
DEMANDER LE COLLECTOR LAGOSTINA

gagnèrent peu à peu tous les ceps du coteau, et ceux de la nouvelle vigne ne portèrent jamais de feuilles.

Je compris alors que la partie engagée allait consumer mes dernières forces, mais je m'y résolus sans la moindre hésitation, aidée financièrement par Cyprien à qui j'avais expliqué la gravité de la situation et surtout par Appoline dont la présence, la force et la confiance m'étaient toujours aussi précieuses. Il fallait arracher avant de pouvoir un jour, peut-être, replanter. Mon Dieu ! Comment aurais-je oublié ce matin où la terre s'ouvrit, quand le cheval, jarrets tendus, extirpa le premier cep contaminé d'un puissant coup de reins ! J'eus l'impression que l'on m'arrachait le cœur de la poitrine et je ne pus assister plus longtemps à ce spectacle. Tout en m'éloignant, je crus entendre crier les ceps derrière moi et je me mis à descendre le plus vite possible vers le château où je me réfugiai, consolée par Appoline qui venait d'arriver, et par le sourire confiant d'Aurélien, ignorant de ce qui se passait.

Plus de revenus ! Pas de vin à vendre ! Qu'allions-nous devenir au cours de ces années qui s'annonçaient sans la moindre vendange ?

– Ne t'en fais pas ! me disait Appoline, j'ai assez de revenus pour deux, même si nous vivons cent ans.

Si j'avais toujours accepté son soutien et sa présence quasiment quotidienne, je ne pouvais accepter la ruine du domaine en pensant à l'avenir d'Aurélien. Je me sentais responsable de cette terre et du château hérités de mon père, et je n'aurais pu supporter de les perdre.

Je me refusais à continuer d'arracher ces ceps qui m'avaient tant donné, en espérant qu'ils se régénéreraient d'eux-mêmes et survivraient au puceron maudit. Mais il fallait attendre, et attendre encore, trois ans, quatre ans, peut-être plus, avant de savoir s'ils en auraient la force. Comment vivre d'ici là ? Rosalie était repartie, il ne restait plus auprès de moi que Madeleine et Abel que je n'avais pas le cœur à renvoyer, elle parce qu'elle accomplissait les tâches ménagères auxquelles je n'avais pas le temps de faire face, lui parce qu'il entretenait un jardin et des volailles qui nous aidaient à vivre.

Aurélien trottinait à mes côtés, évoquant pour moi le temps où Élodie et Bertrand faisaient de même, dans une confiance qui me bouleversait. Cet enfant n'avait ni père ni mère, et moi j'avais perdu toutes mes sources de revenus. Heureusement, Cyprien, qui n'était toujours pas marié, venait souvent depuis Paris – une fois par mois, à peu près – pour me soutenir. Il ne parvenait pas à obtenir des nouvelles de la Nouvelle-Calédonie, mais je sentais qu'il ne me disait pas toute la vérité, à savoir qu'il n'y avait aucune possibilité de remise de peine ou de révision du procès. Je gardais espoir, tout de même, me répétant qu'Élodie n'avait pas porté des armes, et que donc elle allait me revenir bientôt.

Au début de l'année 1875, Appoline m'apprit que nous étions désormais en République, et elle se dit persuadée que le nouveau gouvernement allait intervenir pour réconcilier les Français et pardonner à ceux qui avaient été condamnés au moment de la révolte parisienne. Je feignis de la croire, mais je dus me rendre rapidement à l'évidence : nos gouvernants avaient d'autres projets, notamment organiser de nouvelles élections, rassurer Bismarck, le chancelier allemand qui, disait-on, était persuadé que la France ne pensait qu'à la revanche.

Quand je compris qu'il était vain d'espérer quoi que ce soit, je retournai à mes vignes, où, loin de se régénérer, les ceps dépérissaient affreusement. Je veillais sur eux constamment, les protégeais des gelées, sarclais régulièrement pour leur permettre de mieux absorber l'eau du ciel, mais je sentais au fond de moi que tous ces efforts étaient vains. Je me battais, pourtant, si bien que je fus vite épuisée, et que je compris la chose suivante : si je voulais demeurer vivante pour Aurélien, l'accompagner jusqu'à sa majorité, je devais me ménager, préserver les ultimes forces qu'il me restait.

J'abandonnai alors la lutte, me consacrant à la satisfaction des besoins immédiats comme on s'y employait dans les fermes ou les métairies, en faisant venir des légumes et en élevant des volailles et un cochon, ce qui nous permit de survivre. Et c'est alors que je m'y attendais le moins, une fin d'année où j'étais au fond du désespoir, que la nature vint à mon secours, un mois de décembre, tandis que j'errais dans la parcelle où les ceps étaient morts. Comme je voyais gratter le chien que j'avais recueilli pour Aurélien qui m'en réclamait un depuis longtemps, l'écartant du bras, je découvris une truffe grosse comme le poing. Je savais évidemment de quoi il s'agissait, car nous en avions agrémenté les pâtés que nous faisions avec les canards élevés par Madeleine, et je savais aussi que je les payais très cher sur le marché de Lalinde ou de Belmont.

Dès lors, je me mis à les chercher tout cet hiver-là avec l'aide du chien, et j'en récoltai trente kilos que je vendis si bien que nous pûmes vivre une année avec ces revenus. Nul ne savait alors pourquoi les truffes venaient sur les décombres du phylloxéra. Je l'avais découvert par hasard. Mais il me sembla qu'une main secourable se tendait enfin et je retrouvai de la confiance, d'autant que l'année suivante fut encore plus favorable. Plus les ceps mouraient, plus les truffes naissaient : il suffisait de gratter légèrement le sol rocailleux pour favoriser la naissance de cet or noir, si miraculeux que je n'en croyais pas mes yeux en déterrant les boules nées d'une alliance mystérieuse entre les racines mortes des ceps de vigne et la terre qui les recouvrait.

À partir de ce moment-là, la vie redevint ce qu'elle avait été, et j'aurais été totalement heureuse si Élodie se fût trouvée près de moi. Mais des mois passèrent avant que je reçoive enfin une lettre de ma fille qui me mit du baume au cœur :

Ma chère mère,

Je paye bien cher un amour qui m'a aveuglée, mais que je ne regrette pas. Ici, la vie est rude, et j'y renoncerais si la pensée de mon fils, près de vous, ne me forçait à lutter pour vous retrouver un jour. Je ne vois guère de lumière à l'horizon. Serai-je assez forte pour survivre en ces lieux si lointains et si hostiles ? Je ne sais pas. Quoi qu'il arrive, soyez certaine que mon souhait le plus cher est de revenir au Grand Castel, que je revois, heureusement, dès que je ferme les yeux, malgré les larmes qui viennent les noyer. Veillez bien sur mon fils, qui me ressemble et vous ressemble. Priez pour moi, qui vous embrasse et vous serre dans mes bras.

Élodie.

Elle avait été condamnée à dix ans de déportation. Nous étions en 1876, il me restait donc cinq ans à tenir avant qu'elle ne revienne. Mais une pensée m'obsédait : serait-elle assez forte pour résister jusque-là ? Cyprien m'assurait que oui, et que, d'ailleurs, il allait demander bientôt une remise de peine, ce qui m'aidait à espérer, malgré mon âge : soixante-neuf ans, déjà, et qui pesaient de plus en plus sur mes épaules. Heureusement que les truffes exigeaient d'Abel et de moi beaucoup moins de travail que les vignes. Je ne me posais même pas la question de savoir si les récoltes n'allaient pas s'épuiser subitement, car, au contraire, elles augmentaient chaque hiver.

Le matin, j'apprenais à lire et à écrire à Aurélien, qui l'après-midi courait la campagne, ainsi que je l'avais fait à son âge, et me revenait le soir, crotté, fourbu mais souriant. Ainsi vivais-je, tendue dans un espoir qu'entretenaient les visites de Cyprien, d'Appoline, et les rares lettres d'Élodie.

Les jours passèrent, s'ajoutèrent les uns aux autres, car c'est ce qu'ils savent faire de mieux, et ils devinrent des mois, des années. J'avais de plus en plus de mal à marcher, mais pour rien au monde je n'aurais renoncé à la récolte des truffes en décembre et janvier. Et puis arrivèrent le printemps de l'année 1880, et cette fameuse lettre de Cyprien qui m'annonçait avoir obtenu une remise de peine pour Élodie. Elle serait là en mai. Je crus alors que je n'aurais pas la force de durer jusque-là, mais Dieu le père fut assez miséricordieux pour m'accorder cette immense joie, ce bonheur suprême de revoir ma fille.

Dès qu'il avait eu l'âge de comprendre, j'avais appris à Aurélien ce qu'il devait savoir, ou à peu près : je ne lui avais pas caché que son père était mort, et que sa mère, suite à des événements graves à Paris, avait dû partir en Nouvelle-Calédonie pour quelques années. Elle allait revenir bientôt, c'était sûr, et elle ne nous quitterait plus jamais. À l'idée qu'elle pouvait disparaître là-bas, je m'étais souvent demandé si j'aurais été capable de lui apprendre une si terrible nouvelle, et je m'y étais d'avance refusée. Une telle épreuve aurait été au-dessus de mes forces. Mais bientôt cette hantise allait cesser, et j'avais du mal à m'en persuader après m'y être si longtemps confrontée.

De fait, j'eus l'impression qu'un long cauchemar s'achevait, le soir où une berline verte venue de la gare s'arrêta en bas des marches du perron. Mais je n'eus pas la force de me précipiter tant mes jambes tremblaient, d'autant que je tenais Aurélien par la main. Je vis Cyprien descendre, ouvrir la porte de la voiture, présenter son bras sur lequel une inconnue s'appuya, et qui apparut soudain, les cheveux courts, flageolante, maigre à faire peur, essayant de sourire en levant la tête vers nous, puis de monter les marches une à une, péniblement, avant de s'arrêter devant sa mère et son enfant, des larmes plein les yeux.

– Viens ! mon fils, dit-elle, mais Aurélien, effrayé par ce fantôme surgi de nulle part, ne bougea pas.

Le regard d'Élodie, dévasté, se tourna alors vers moi, et je fis le pas qui me séparait d'elle, afin d'embrasser ma fille que je reconnaissais à peine, sinon dans le bleu de ses yeux et cette manière de sourire, comme du bout des lèvres, qui avait toujours été sienne. Nous restâmes un long moment enlacées, sans un mot, jusqu'à ce que les petits bras d'Aurélien se referment sur nos jambes à toutes deux, et que, enfin, sa mère se penchant vers lui, il accepte le baiser qu'elle posa sur son front, sans pouvoir le prendre dans ses bras. Pourtant, quand elle lui saisit la main, il ne la retira pas, et il la suivit jusqu'au salon où, ayant embrassé Cyprien, je les rejoignis aussitôt.

Je garde de ces retrouvailles une sensation de bonheur mêlé de souffrance. Elle était là, ma fille, mais tellement diminuée, si faible, si fragile, que je mesurais vraiment ce qu'elle avait enduré pendant neuf années.

Et je comprenais aussi que c'était miracle qu'elle soit revenue, à la voir ainsi défaite, marquée à tout jamais au fer rouge d'une épreuve inhumaine. Sans doute n'avons-nous pas beaucoup parlé, ce soir-là, car Élodie avait besoin de se reposer. Mais ce dont je me souviens, surtout, c'est de ses petits pas, mal assurés, sur le chemin de la colline, dès le lendemain, où demeuraient seulement les ceps atrophiés que je m'étais gardée d'arracher pour ne pas rompre l'équilibre magique qui s'était établi entre les champignons noirs et eux.

Il fallut de longs jours avant qu'Élodie reprenne son vrai visage et que nous puissions reparler comme nous devisions ensemble, avant les événements qui nous avaient si cruellement frappées. Aurélien mit du temps aussi, avant de s'apprivoiser à cette inconnue. Il leur fallut de la patience, d'autant qu'Élodie ne savait guère se comporter avec un enfant de neuf ans, et que, si je n'avais été là, elle l'aurait étouffé sous un flot de tendresse auquel il n'était pas habitué, du fait que je l'avais élevé dans une rudesse destinée à l'affermir par avance, en cas de malheur. Mais le temps fit son œuvre, et lui permit d'être heureuse autant que je le fus de ces retrouvailles.

Aujourd'hui, en cette fin d'année 1884, j'ai soixante-quinze ans et je sais que j'arrive au bout du voyage. Je ne regrette rien de ce que j'ai vécu, et d'ailleurs à quoi bon ? Après bien des difficultés, bien des drames, je considère que la vie m'a fait le plus beau cadeau que j'étais en droit d'espérer : me rendre ma fille et mon petit-fils, continuer de vivre dans ce Grand Castel où je suis née et où j'ai grandi dans la présence d'un père et d'une mère qui m'ont donné ce qu'ils possédaient de meilleur : un amour d'autant plus précieux qu'il ne s'avouait jamais mais se vivait au jour le jour. C'est ce que j'ai essayé de faire pour les miens, tout en préservant de toutes mes forces ce domaine où nous vivons encore aujourd'hui. Mon souhait le plus cher est que mes descendants, Aurélien en particulier, le gardent vivant comme je me suis efforcée de le faire. Mais je suis pleine d'espoir : je crois qu'il y parviendra.

Je vais donc cesser d'écrire sur une existence qui n'a rien d'exemplaire, sinon par son attachement à une terre et à un mode de vie fidèle à ceux qui me les ont légués. En traçant ces dernières lignes, ce matin, je vois le soleil se lever là-bas, au loin, au-dessus des peupliers de la Dordogne qui m'a été si précieuse pour la vente de mon vin. Je m'y rends encore quelquefois en compagnie d'Élodie et nous évoquons le temps lointain où nous allions déjeuner sur la rive, à l'ombre des grands arbres, avec ma tante et avec Bertrand, ce fils que j'aimais tant et que la fureur des hommes m'a pris à l'âge où il était le plus beau. Je me dis dans mes larmes qu'ainsi au moins, il n'a jamais vieilli et n'aura jamais connu les souffrances que le temps nous inflige.

Je crois à une autre vie, mais je ne la vois pas différente de celle que j'ai menée. Dieu, qui nous connaît bien, sait ce que nous conservons de plus précieux dans le cœur. Je lui fais confiance et j'attends le moment où il viendra me prendre par l'épaule, en espérant que ce sera sur le chemin de la colline, au-dessus du Grand Castel, où si souvent mes pas m'ont portée.

Troisième partie

AURÉLIEN

1

C'EST à l'âge de quatorze ans, c'est-à-dire au milieu de l'année 1885, que j'ai lu pour la première fois les écrits de mon arrière-grand-père Pierre Marsac et de ma grand-mère Albine qui venait de mourir. Ma mère Élodie et mon oncle Cyprien les avaient trouvés dans la bibliothèque du Grand Castel, en cherchant les documents nécessaires à l'établissement d'une succession qui allait de soi, puisque Albine n'avait plus qu'une enfant vivante : ma mère. Ensuite, ce fut à moi, seul et dernier héritier, que tout fut légué.

J'ai longtemps hésité à me lancer moi aussi dans le récit de ma vie, me trouvant trop petit par rapport à cet homme et cette femme-là, et puis, l'âge venant, je me suis convaincu que j'étais devenu le maillon d'une chaîne que je n'avais pas le droit de rompre. Je devais écrire pour mes enfants comme l'avaient fait Pierre et Albine, afin de perpétuer une mémoire qui, sans cela, sans doute, s'éteindrait d'elle-même. Pierre, mon arrière-grand-père, avait jugé, le premier, qu'il était indispensable de témoigner de la vie au Grand Castel, et je me devais de respecter cette volonté sous peine de le trahir. Or, on ne trahit pas un homme tel que lui.

Je me soumets donc à cette volonté avec d'autant plus de plaisir que ce sont mes premières années qui me reviennent d'abord à l'esprit. Des années lumineuses, étincelantes, dans la paix des collines et de la vallée, entre deux femmes, ma grand-mère Albine et Madeleine, qui n'avaient d'yeux que pour moi. Du plus loin que je m'en souvienne, je me revois courant sur les chemins des métairies, petit roi régnant sur un univers béni des dieux, jusqu'à la Dordogne où je faillis me noyer, un jour où j'avais retrouvé des compagnons un peu plus âgés que moi, mais qui, eux, connaissaient les pièges de la rivière.

Je ne me suis pas hasardé à le confier à Madeleine, sachant qu'elle disait tout à ma grand-mère, laquelle, aussitôt, m'eût privé de cette liberté qui me rendait si heureux. Je me savais orphelin de père, mais j'étais persuadé que ma mère allait revenir, ainsi que me le répétait Albine chaque jour, et Cyprien, mon oncle parisien, venait assez souvent pour tenir ce rôle en me protégeant comme doit l'être un enfant. Dès lors, de quoi aurais-je pu souffrir ?

Albine, chaque matin, m'apprenait à lire et à écrire, m'enseignait tout ce que devait savoir un enfant de mon âge, puis me laissait aller et venir, comme je l'ai déjà dit, à la découverte du monde qui m'entourait, et dont je savais déjà que, quoi qu'il arrive dans l'avenir, je ne pourrais pas me passer. Je me mesurais aux enfants de Badefols ou de Saint-Léon, ne me trouvais pas différent d'eux, mais, au contraire, familier des travaux qui les occupaient, de leurs jeux, de leurs querelles, de leur ivresse à s'ébattre dans un univers d'eau, de verdure, de collines où rien, nul obstacle, nulle barrière, ne venait entraver leurs courses folles, leurs intrépides chevauchées.

Ma grand-mère ne devait pas être totalement rassurée de cette liberté qu'elle m'accordait, car j'étais son seul petit-fils, mais elle prenait sur elle, sans doute, et je lui suis reconnaissant de me l'avoir concédée alors qu'elle devait trembler en attendant mon retour. Elle était âgée mais je la voyais jeune, pas du tout différente de ces mères que je rencontrais dans les métairies, et qui, plus qu'elle, me semblaient usées par des tâches harassantes ou des maternités qui les fanaient très vite.

Ces neuf années qui ont passé jusqu'au retour de ma mère m'ont paru interminables mais auréolées d'un soleil magnifique. Ce n'est que lorsqu'elle a surgi un soir de mai que j'ai mesuré combien, ailleurs, le monde pouvait être hostile, et je crois bien que mon désir de ne pas quitter le Grand Castel tient beaucoup à cette sensation-là, à l'instant où j'ai découvert la souffrance qu'Albine, elle, savait si bien cacher.

Car ma mère portait sur son visage une douleur sans nom, et ne pouvait pas la dissimuler. Je l'ai compris dès que je l'ai vue, sortant de la voiture et montant les marches en tremblant, ne sachant pas, alors, qu'elle tremblait aussi et surtout de revoir sa mère avec qui elle était fâchée. Quand elle a voulu prendre ma main, j'ai hésité à la lui abandonner, et il m'a fallu plusieurs jours pour m'apprivoiser à cette femme qui avait surgi de nulle part, et qui disait être ma mère. Heureusement, notre ressemblance témoignait de ce lien et m'aidait à accepter une filiation qui ne me paraissait guère évidente. À mes questions sur mon père, elle m'avait répondu qu'il était mort pendant la guerre contre les Prussiens et que je pouvais être fier de lui. J'ai appris la vérité beaucoup plus tard, à un âge où il est plus facile d'y faire face. Je n'ai donc pas souffert, enfant, de la moindre infamie. Les événements de Paris ne concernaient que très peu une population qui avait d'autres préoccupations que celle des enjeux du pouvoir.

Je ne dirais pas que ma vie a changé avec son retour, mais il m'a semblé pendant quelque temps que la lumière des jours n'était plus tout à fait la même. Une ombre légère s'est étendue sur le Grand Castel, à cause du secret d'un drame dont on ne parlait pas, mais dont je devinais les stigmates dans les yeux de ma mère. Puis il a fini par se dissiper, car le propre des enfants est de vouloir ignorer ce qui risque de les faire souffrir. D'autant qu'en 1882 j'ai rejoint les rangs de l'école primaire devenue gratuite et obligatoire, à Saint-Léon.

Vêtu d'un sarrau noir, je suis parti un matin d'octobre vers le village le plus proche du Grand Castel, mais pas du tout inquiet, car je savais lire, écrire et compter, et possédais des notions d'histoire et de géographie. Un maître d'école à barbichette, portant un costume sombre et un col dur, m'attendait sur les marches d'un air sévère, mais j'ai compris dès cette première matinée qu'il ne l'était pas. Il s'appelait M. Valadier, n'élevait guère la voix, car son autorité naturelle suffisait à intimer le silence à des garnements habitués à vivre au grand air, et qui se demandaient ce qu'ils faisaient là, assis devant des pupitres de bois brut qui les retenaient prisonniers.

Que j'ai aimé ce chemin bordé de fougères, de champignons, de chênes et de pâtures, qui se faufilait entre les fermes et les métairies d'où surgissaient des camarades à mon approche ! Ils étaient de tous âges, l'école étant obligatoire de six à treize ans depuis les lois Ferry. Ils me considéraient un peu comme leur grand frère, du fait que j'avais onze ans, mais aussi parce que j'étais savant à leurs yeux, eux qui n'avaient pas eu la chance d'avoir une grand-mère instruite et capable d'enseigner son savoir. M. Valadier me confiait souvent la tâche d'aider les plus petits, quand il était occupé avec d'autres. Je n'en étais pas peu fier et racontais chaque soir mes journées à ma mère et à ma grand-mère qui me suggéraient que, peut-être moi aussi, je pourrais un jour devenir maître d'école.

Cette idée ne me déplaisait pas, cependant les heures passées à l'intérieur de la classe me semblaient souvent longues. Les grilles de la cour de l'école m'apparaissaient très hautes, mais quand on est enfant, on se voit bien petit dans un monde trop grand. Ainsi, j'avais toujours cru que la cour était immense, alors qu'elle est minuscule : c'est ce que j'ai constaté la première fois où je l'ai revue en étant adulte. Quoi qu'il en soit, j'y ai été heureux, et d'un bonheur sur lequel n'a pesé aucune menace, du moins jusqu'à l'âge de treize ans.

C'est alors, un dimanche, qu'on m'a fait comparaître devant ma mère, ma grand-mère et mon grand-oncle Cyprien, afin de décider ce que l'on allait faire de moi, puisque je devais quitter l'école primaire au mois de juillet. C'était de mon point de vue une question qui ne se posait pas. Je n'avais jamais envisagé d'autre destin que de vivre au Grand Castel, le seul endroit où je pourrais mener cette vie qui me comblait depuis que je m'étais éveillé à lui, dans une insouciance que les événements extérieurs, quelle que fût leur gravité, ne troublaient pas.

Quelle n'a pas été ma stupeur quand ma mère et ma grand-mère ont envisagé de m'inscrire au lycée de garçons de Bergerac comme pensionnaire, afin de poursuivre des études qui me seraient bien utiles un jour ! Et, comme je protestais, épouvanté par cette éventualité, Albine m'expliqua que le commerce des truffes n'était pas assez sûr, que la terre allait s'épuiser, qu'il n'y avait pas d'avenir pour moi ici, et qu'il fallait trouver un état qui me permette de vivre à proximité, même si je continuais d'habiter le Grand Castel.

– Et les vignes, ai-je protesté, elles vous l'ont bien permis !

– Certes ! a répondu Albine, mais ce phylloxéra de malheur a tout détruit. Il faudrait replanter avec des porte-greffes américains, mais sans être sûrs du résultat.

– Quoi qu'il en soit, est intervenu mon oncle Cyprien, tu n'as que treize ans, et il faut continuer à t'instruire, même si nous décidons de replanter.

– Je ne veux pas aller à Bergerac. Je veux rester ici, avec vous.

– Il le faudra bien, est alors intervenue ma mère. Nous en reparlerons à la fin de l'année scolaire.

J'ai vécu deux mois avec cette épée de Damoclès au-dessus de ma tête, et j'ai pris la résolution, quoi qu'il arrive, de refuser cet exil par tous les moyens. Mais je n'ai pu m'opposer à leur décision définitive, en juillet, et j'ai passé les trois mois qui me séparaient de la rentrée à imaginer tous les stratagèmes possibles pour me soustraire à la prison qui m'attendait. Rien n'y fit. Je puis dire que mon enfance s'est achevée le 8 octobre 1884, un funeste jour de pluie, dans une ville inconnue, entre des murs si hauts que je n'ai plus eu dès lors qu'un seul désir : les franchir.

Ce que j'ai fait dès la première semaine aux horaires rythmés par un tambour d'Empire, qu'une discipline spartiate me rendait encore plus insupportable. Sourd et aveugle à mes compagnons comme à mes professeurs, incapable d'accepter cette nouvelle vie où je découvrais ce qu'était la privation de liberté, j'ai attendu une nuit, juste avant la montée au dortoir, pour me glisser dans l'ombre jusqu'à la grille qui n'était pas encore fermée, et m'enfuir.

Je me souviens très bien de cette sorte d'ivresse qui m'a saisi dès que je me suis mis à courir dans les rues de la vieille ville, qui toutes menaient vers le port où je suis parvenu en quelques minutes, et où des gabarres se balançaient doucement sous la lune. Les auberges résonnaient de rires et de cris, et nul ne paraissait garder l'accès à ces grandes barques qui, je l'avais envisagé depuis mon arrivée dans la ville, allaient m'emporter loin des lieux hostiles où j'étais prisonnier. Je n'ai donc eu aucune difficulté à monter à bord de la plus proche, et à me cacher entre deux barriques, sur des sacs de jute qui sentaient le sel déchargé pendant la journée. Là, un peu inquiet de l'accueil que me réserverait le capitaine quand il me découvrirait, je n'ai pu fermer l'œil. Et lorsque les hommes d'équipage sont revenus de l'auberge avec de grands éclats de voix, je me suis rencogné dans l'ombre, d'autant que l'un d'entre eux, sans doute pris de boisson, s'est couché à cinq mètres de moi et s'est mis à ronfler comme un ivrogne invétéré.

Même si j'avais eu le désir de renoncer, je ne l'aurais pas pu. J'ai fini par m'endormir moi aussi, oubliant ma peur et ma résolution, mais pour sombrer dans un sommeil peuplé de cauchemars. Au matin, les ordres lancés lors de la manœuvre d'appareillage m'ont réveillé en sursaut, et je me suis demandé un instant ce que je faisais là, parmi ces fûts de vin entre lesquels je m'étais recroquevillé pour échapper au froid. Je me suis bien gardé de bouger, satisfait à l'idée que le bateau se détachait lentement du quai et se mettait à glisser vers l'aval.

Bientôt j'eus faim et froid, mais le soleil, en émergeant de la brume, me réchauffa un peu le cœur et le corps. De temps en temps j'apercevais la rive droite dans un interstice entre deux barriques, et je voyais la vie se mettre en mouvement sur le chemin de halage et la route qui le longeait. Des villages, des hameaux se sont succédé avec leur petit port sommairement aménagé, mais le bateau n'y a pas fait halte. Deux heures ont passé ainsi, puis j'ai compris qu'on se préparait à accoster, ce qui m'a fait craindre d'être découvert trop près de Bergerac. En réalité, je l'ai su un peu plus tard, nous arrivions à Port-Sainte-Foy, où l'équipage devait décharger des tonneaux vides en chêne du haut pays.

J'ai eu beau me faufiler le plus discrètement possible vers la coque au fur et à mesure que les tonneaux disparaissaient derrière moi, il n'y a bientôt plus rien eu pour me soustraire au regard des deux hommes d'équipage qui les manipulaient. Ils ne m'ont pas semblé outre mesure surpris par leur découverte, en tout cas ils ne m'ont manifesté aucune hostilité.

– Viens ! a dit le plus vieux d'entre eux, un énergumène couvert de barbe et de poils, qui m'a saisi par le bras et m'a conduit devant le maître gabarrier.

C'était un homme tout en longueur, vêtu de noir, un large chapeau de feutre sur la tête, avec des yeux à peine visibles sous des sourcils très épais.

– D'où viens-tu ? m'a-t-il demandé avec une voix qui m'a paru sortir d'une caverne.

– De Bergerac.

– Qu'est-ce que tu fais là ?

Et, aussitôt, sans me laisser le temps de répondre :

– Quel âge as-tu ?

– Seize ans, ai-je dit en m'efforçant de ne pas baisser le regard malgré mon mensonge.

– Ça m'étonnerait. D'où t'es-tu échappé ?

Je ne sais pourquoi, j'ai senti que je pouvais lui faire confiance.

– Du lycée.

– Et pourquoi ?

– Je veux naviguer.

Il m'a soudain considéré d'un autre œil, et même avec une indulgence complice.

– Tu reviendras me voir dans trois ans, m'a-t-il dit, et je t'embaucherai. En attendant, tu vas me faire le plaisir de déguerpir. Ce n'est pas moi qui vais te remettre aux gendarmes : je ne fréquente pas cette engeance-là.

Et, feignant de lever la main sur moi, mais en souriant :

– Fous-moi le camp !

Je ne me le suis pas fait dire deux fois et j'ai sauté sur le quai, fort animé à cette heure pourtant matinale. J'ai regardé de tous côtés, ne sachant où aller, puis, comme j'avais très faim, je me suis dirigé vers l'auberge où je me suis assis au fond, à l'écart, sous l'œil soupçonneux du patron, un gros homme chauve portant un grand tablier bleu, qui m'a demandé ce que je voulais.

– Une assiette de soupe, ai-je répondu après avoir lorgné de côté pour voir ce que mangeaient les mariniers attablés.

Il m'a dévisagé un instant, a hésité à me questionner, puis, haussant les épaules, il s'est éloigné en tanguant entre les tables, d'une démarche chaloupée. Je n'avais pas un sou en poche, mais j'étais affamé et je ne pensais qu'à manger. L'homme est revenu très rapidement avec une assiette fumante, l'a posée devant moi, a attendu pour se faire payer, et, comme d'un signe de tête je lui faisais comprendre que je ne le pouvais pas, il a soupiré :

– C'est bien ce que je pensais.

Il s'est éloigné de nouveau, a disparu derrière la porte de sa cuisine et n'a pas reparu. Après avoir avalé ma soupe, j'ai eu tellement honte de moi que je me suis enfui, non sans me promettre de revenir payer un jour. Mais je n'ai pu aller bien loin. Tous les aubergistes, alors, renseignaient la police, et j'ai eu beau me mettre à courir en apercevant les uniformes, j'ai été rattrapé par un gendarme à cheval, qui m'a serré contre le mur dans une ruelle voisine.

Ensuite, tout est allé très vite : un interrogatoire sans ménagement, mes rapides aveux, un départ entre deux uniformes pour Bergerac où l'on m'a remis au directeur du lycée à quatre heures de l'après-midi, enfin un conseil de discipline convoqué sur-le-champ, et mon exclusion pour huit jours. Si bien que ma mère et ma grand-mère, stupéfaites, m'ont vu arriver le lendemain matin, accompagné par un surveillant chargé de les informer de la sanction qui me frappait.

J'ai compris alors, devant le mutisme de ces deux femmes, à quel point elles étaient atterrées par cette fugue à leurs yeux inexcusable. Elles étaient d'ailleurs tellement choquées qu'elles ne m'ont fait aucun reproche ce jour-là, ayant besoin, sans doute, de prendre le temps de la réflexion. Je m'en suis voulu de ces regards souffrants posés sur moi, mais à l'idée de revenir entre ces murs qui me retenaient prisonnier, je me suis préparé au combat que j'allais devoir livrer.

Et il fut âpre, indécis, ce combat. Comment avais-je pu accomplir un tel forfait ? Trahir ainsi la confiance d'une mère et d'une grand-mère qui ne pensaient qu'à mon avenir ? Qu'allait-on faire de moi ?

– Si je dois rester un mois au lycée sans sortir, je préfère me tuer, ai-je dit.

Et, en apercevant une larme sur la joue de ma mère :

– Ou me laisser mourir de faim.

Albine, elle, me considérait d'un air sévère tout en réfléchissant.

– Il est vrai qu'un mois c'est bien long, dit-elle, même pour nous.

Je n'avais pas pensé qu'elles pouvaient souffrir autant

que moi d'une séparation qu'elles s'étaient aussi imposée. Il m'a semblé alors qu'il y avait là une issue possible.

– Si je revenais tous les huit jours par le chemin de fer, peut-être que je m'habituerais.

Et j'ai ajouté, conscient de devoir faire des concessions pour ne pas tout perdre :

– En tout cas j'essaierais.

Albine a consulté ma mère du regard, et j'ai aperçu un sourire sur son visage anxieux.

– Je vais aller voir le directeur, a dit ma grand-mère. De toute façon, il faut présenter des excuses après ce qui s'est passé.

Et elle est partie le lendemain, ma chère Albine, pour plaider ma cause auprès d'un homme qui n'était pas enclin à accepter des écarts susceptibles de menacer son autorité.

Je ne sais pas comment elle s'y est prise, mais elle est parvenue à l'amadouer, au moins à lui arracher un accord qui était inenvisageable avant la rentrée : la règle était que les pensionnaires ne sortaient que tous les mois. Sans doute plaida-t-elle ma cause et plus probablement celle de ma mère dont j'avais été séparé si longtemps. Quoi qu'il en soit, je n'ai jamais su exactement de quels arguments Albine s'était servie, mais quand je l'ai vue revenir souriante, ce soir-là, j'ai compris que j'avais gagné au moins en partie le combat que j'avais engagé.

Je suis donc retourné un peu rasséréné derrière les hauts murs du lycée qui me sont apparus dès lors moins impitoyables. Je ne travaillais pas, ou très peu, juste ce qu'il fallait pour ne pas être privé de sortie le samedi suivant, rêvant aux collines et aux vignes du Grand Castel, aux rives de la Dordogne, aux chemins de verdure que j'avais parcourus si souvent. Il me suffisait de monter dans le wagon de troisième classe, le samedi en début d'après-midi, pour retrouver l'univers de mon enfance le long des berges escortées de fins peupliers, car la voie ferrée longeait la route principale mais également la Dordogne. Alors une sorte d'exaltation s'emparait de moi, soudain je respirais mieux, et mon cœur se mettait à battre plus vite. Je voyais défiler les villages qui me rapprochaient du Grand Castel et les égrenais dans ma tête avec satisfaction : Creysse, Mouleydier, Tuilières, Sainte-Capraise, Port-de-Couze, Lalinde, enfin, où m'attendait la voiture tirée par notre jument et conduite par Abel.

Comme les jours avaient raccourci, nous arrivions au Grand Castel peu avant la nuit, mais je savais que je disposais encore d'une heure pour redécouvrir mon domaine, et que je pourrais profiter de la journée du lendemain. Je passais la soirée et le dimanche en compagnie de ma mère et de ma grand-mère, faisais le récit de ma vie à Bergerac, mais en leur taisant, désormais, mon chagrin à devoir repartir le dimanche à cinq heures. Je les sentais rassurées, heureuses de me retrouver, même si, comme à moi, le prix à payer pour des études dont j'étais convaincu de ne jamais avoir besoin leur paraissait bien élevé.

Ce que je regrettais, surtout, c'était de ne plus pouvoir demeurer près d'Albine qui s'affaiblissait – je le constatais avec tristesse chaque fin de semaine, devinant qu'il y avait là quelque chose de redoutable qui approchait. Mais je n'aurais jamais pensé à ce qu'il advint un vendredi de la fin février : ma grand-mère était morte dans son sommeil la nuit précédente. Que j'en ai eu du chagrin serait vraiment peu dire : j'en ai été dévasté, car c'était cette femme secrète et courageuse qui m'avait élevé, bercé, accompagné chaque jour de mon enfance.

Je n'ai pas voulu la voir sur son lit de mort. Par trop de souffrance, j'étais entré en moi, refusant de toutes mes forces cette terrible blessure. Ma mère, muette, murée dans sa douleur, ne m'était d'aucun secours. Heureusement, mon oncle Cyprien est arrivé le surlendemain et m'a aidé à passer ce cap si difficile. Ayant toujours vécu entouré de femmes, la présence d'un homme en ces circonstances m'a apaisé, d'autant qu'il ne m'a pas quitté d'un pouce, ni sur le chemin de l'église, ni sur celui de la colline où Albine allait reposer à côté de son père Pierre et de sa mère Marie. Après son départ, j'ai pris l'habitude d'aller me recueillir chaque samedi sur la tombe de cette sainte femme pour trouver un peu de réconfort, mais mon chagrin de l'avoir perdue n'a pas diminué pour autant.

Des premières années que j'ai passées au lycée je ne garde qu'un souvenir obscur, tant je me refusais à cette existence close, dénuée pour moi de tout intérêt. J'ai fait cependant ce qu'on appelait alors mes « humanités », en étudiant les classiques grecs et latins, et, entre autres célébrités des lettres, les Français Racine et Corneille, mais aussi les sciences qui ont fini par me passionner. Si bien que j'ai pu passer avec succès le baccalauréat au mois de juillet 1889. Je ne voyais pas en quoi ces études allaient m'aider dans ma vie future au Grand Castel, mais mon oncle assurait obstinément qu'elles me seraient utiles. Il nous avait invités, ma mère et moi, à Paris, où nous l'avions rejoint, un été, pour trois semaines, laissant le domaine sous la surveillance de Madeleine et de son mari. J'avais alors découvert ce qu'était réellement une grande ville : l'encombrement des rues, l'effervescence à chaque carrefour, des omnibus à impériale, des fiacres, des charrettes à bras, et les premières automobiles.

Il habitait un grand appartement rue Notre-Dame-des-Champs, dans le quartier de Montparnasse, et je me réfugiais souvent dans le jardin du Luxembourg voisin, où les arbres me restituaient le monde qui m'était cher, loin des terrasses des cafés le long des grands boulevards ou du bal Bullier d'où s'échappait la musique des valses et des polkas qui faisait danser les femmes en crinoline et les hommes en veston, costume et lavallière.

J'avais cru que Cyprien tentait de m'attirer à Paris avec cette invitation, mais je m'étais trompé. Trois jours avant notre départ, il nous fit entrer dans son bureau, ma mère et moi, et nous confia qu'il était atteint de phtisie et qu'il n'avait plus longtemps à vivre. Certes, j'avais remarqué qu'il toussait lors de ses précédentes visites au Grand Castel, et je l'entendais aussi depuis sa chambre, à Paris, qui avait une cloison commune avec la mienne, mais je n'imaginais pas à quel point il était touché. Alors que ma mère, comme à chaque épreuve, se réfugiait dans un silence douloureux, c'est à moi qu'il parla avec gravité :

– Je t'ai donné tout ce que je possède. Légalement, tu es mon fils.

Et, comme je tentais de protester, me refusant à admettre qu'il allait lui aussi disparaître :

– Je sais que tu veux vivre au Grand Castel. C'est bien. Tu assureras la pérennité des terres et du château, comme ta grand-mère et ton arrière-grand-père. J'ai donc pris des dispositions pour que tout soit vendu ici, et que cet argent te revienne. Mais il y a une condition : c'est qu'il te serve à replanter des vignes.

Il ajouta, comme je demeurais muet, incapable d'admettre que bientôt il ne serait plus là pour veiller sur moi :

– Par ailleurs, j'ai constaté que la toiture est en très mauvais état, de même que les fenêtres. Il faudra les remplacer. Tu auras ce qu'il faut pour cela. Je tiens à ce que le château demeure debout, solide et capable de résister à l'usure du temps, et il le demeurera grâce à toi. Promets-moi d'y veiller !

Je promis, mais du bout des lèvres et d'une faible voix tellement j'étais ému.

– Enfin, dit-il avec un étrange sourire au coin des lèvres, j'ai pris des dispositions pour être enterré sous les chênes du Grand Castel, près des nôtres, là-haut, sur la colline.

Ma mère, alors, sortit brutalement de son silence et prétendit ne pas croire à ce que Cyprien nous annonçait, mais il persista dans son propos et conclut l'entretien en ces termes :

– Je ne me suis jamais marié parce que je me savais malade depuis longtemps. Je n'ai jamais renoncé et je me suis soigné dans des établissements spécialisés à plusieurs reprises sans jamais vous le dire. Aujourd'hui, les Marsac, c'est vous.

Et, se penchant vers moi :

– C'est toi, surtout, Aurélien. Tu as raison de vouloir habiter le Grand Castel. J'ai confiance en toi. Je suis certain que le domaine sera entre de bonnes mains.

Il s'est levé, nous a étreints tous les deux et nous sommes demeurés un long moment unis, bouleversés par ce qui fut notre dernière conversation. Cyprien, en effet, disparut moins d'un an après cet entretien. Je veillai alors scrupuleusement à ce qu'il soit fait selon sa volonté, si bien que lui aussi repose au-dessus du Grand Castel, sous les grands chênes du coteau, près de tous les Marsac qui l'ont précédé dans la mort.

Nous étions désormais seuls, ma mère et moi, et je savais qu'elle n'était pas en état de prendre la moindre décision, car les épreuves l'avaient terriblement ébranlée. En fait, elle n'avait jamais pu oublier les drames de la Commune, et la disparition de son mari. Elle parlait peu, ou à peine, enfermée qu'elle était dans un monde lointain où elle se réfugiait pour éviter de trop souffrir. Par ailleurs, les années qu'elle avait passées en Nouvelle-Calédonie l'avaient affaiblie physiquement, et elle n'était capable d'aucun effort prolongé.

Heureusement, au château vivaient toujours Madeleine et Abel, qui, malgré leur âge avancé, veillaient à tout. Je les y avais toujours vus depuis ma naissance et je savais que je pouvais compter sur eux, au moins pour quelques années encore. Mais j'étais bien jeune pour m'engager dans la replantation des vignes devenue indispensable, car la récolte des truffes s'épuisait. Toutefois, lors de ma dernière année au lycée, j'avais lié connaissance avec l'un de mes camarades, appelé Albéric Magnaval, dont les parents possédaient des vignes un peu au sud de Bergerac, dans les vignobles de Monbazillac. Ils avaient déjà replanté après le désastre du phylloxéra, et s'apprêtaient à revendre ce vin liquoreux qui avait fait la réputation de la région. Albéric m'avait invité aux vendanges qui avaient suivi ma dernière année, dans une propriété assez semblable à la nôtre, et j'avais rencontré son père, qui s'y connaissait en matière de cépages blancs et m'avait conseillé d'utiliser, le moment venu, du sémillon et du sauvignon.

J'y avais également fait la connaissance de sa sœur, Héloïse, que j'avais trouvée terriblement attirante malgré sa froideur et la distance qu'elle maintenait entre les vendangeurs et elle. Autant j'étais blond et avais les yeux clairs, autant elle était brune, avait la peau mate, et les yeux d'un vert étrange, presque transparent. Elle me plut dès le premier jour, mais je ne possédais pas assez d'assurance pour le lui faire savoir, et j'avais d'autres soucis en tête à ce moment-là : même si je replantais tout de suite, je n'en tirerais aucun bénéfice avant quatre ou cinq ans.

C'est alors qu'une idée folle germa dans ma tête après la relecture du journal de mon arrière-grand-père : profiter de ces années pour mener à terme des études de médecine, comme il l'avait fait, lui, dans des conditions bien plus difficiles, et pour les raisons qu'il expliquait si bien : être capable de protéger au mieux sa famille, ses enfants, aider les gens à vivre autour de lui, les soigner, apporter à ces lieux, cet univers, la paix et le bien-être qui les embelliraient davantage encore.

En outre, la disparition de Cyprien m'avait bien plus secoué que je ne saurais le dire : je m'étais refusé à cette mort annoncée avec le désespoir de celui qui sait ne rien pouvoir faire. Ainsi je me retrouvais dans les mêmes dispositions d'esprit, le même désarroi face aux tragédies de la vie que mon arrière-grand-père, tels qu'il les exprimait dans son journal. Il m'est alors apparu de mon devoir d'en tirer les mêmes conclusions, non seulement pour perpétuer son œuvre mais également pour être capable de protéger tous ceux qui m'étaient chers.

J'ai eu alors la chance – la grande chance – de côtoyer davantage Albéric Magnaval et son père qui me rendirent visite plusieurs fois au Grand Castel pour me conseiller au sujet des cépages et des travaux de plantation. Les deux premières fois ils étaient arrivés seuls, puis un matin, Héloïse apparut avec eux, qui ne me donnèrent d'ailleurs aucune explication sur sa présence. Elle était là, c'était tout, et j'eus l'occasion un mois plus tard, me trouvant un instant seul avec elle lors d'une nouvelle visite, de lui confier combien sa compagnie m'était agréable.

– Merci Aurélien, me dit-elle.

Interrogeant son frère à qui je n'avais rien à cacher, il m'avoua que je ne lui étais pas indifférent, mais qu'elle était indépendante et un peu sauvage. Quant à son père, je devinais qu'il ne voyait pas d'un mauvais œil un rapprochement possible entre nos deux familles, d'autant qu'il savait que je disposais de l'argent nécessaire pour faire du Grand Castel un vrai domaine vinicole. En outre, il se disait prêt à commercialiser mon vin auprès des négociants qui lui achetaient son monbazillac, en tout cas à m'aider par tous les moyens.

Comme je n'étais pas majeur, je devais demander son consentement à ma mère, ce que je fis avant de parler à Héloïse. Elle ne manifesta aucune hostilité, d'autant que d'une manière générale elle semblait de plus en plus s'absenter de ce monde. Il ne me restait plus qu'à ouvrir mon cœur à une jeune fille du même âge que moi, mais qui m'intimidait toujours, non seulement parce que je n'en avais guère côtoyé, mais parce qu'elle me paraissait inaccessible depuis le premier jour.

J'ai attendu les vendanges, chez eux, pour me retrouver seul avec elle, un soir, peu avant de repartir. Je lui ai alors déclaré que j'avais de l'appréhension à l'entretenir du projet de mariage que j'avais conçu, et qui m'apparaissait à la fois prématuré et présomptueux. J'ai ajouté, aussitôt, que je ne lui en voudrais en aucune manière d'un refus éventuel.

– Et qu'est-ce qui vous fait croire, m'a-t-elle répondu en plantant ses yeux magnifiques dans les miens, que vous pourriez être présomptueux ? Ne vivons-nous pas dans le même monde ?

– Si, bien sûr, mais vous êtes si belle.

– Parce que vous vous croyez disgracieux ?

– Non, ce n'est pas ce que je voulais dire.

– Et alors ?

– Un jeune homme ne plaît pas forcément à une jeune fille.

– Et pourquoi croyez-vous que je me serais imposé votre présence, en venant chez vous avec mon père et mon frère, si elle ne m'était pas agréable ? Je n'ai pas le goût de la souffrance, ni de la contrition.

Puis elle a ajouté, dans un sourire qui a éclairé malicieusement son visage :

– Je n'ai que le goût du bonheur.

– Alors, ai-je dit, vous pourriez envisager de venir vivre au Grand Castel avec moi ?

Elle a gardé un instant son sourire puis elle est devenue subitement grave en disant :

– Je l'envisage depuis le premier jour.

– Vous voulez dire depuis le premier jour où nous nous sommes rencontrés ?

– Non, bien avant : depuis qu'Albéric, au retour du lycée, un soir, m'a parlé de vous. Je ne vous connaissais pas, mais les quelques mots qu'il a prononcés à votre sujet m'ont suffi. Vous voyez ? Les choses sont beaucoup plus simples que vous ne l'imaginez.

Mon Dieu ! Tant de craintes, d'hésitations, alors que la partie était gagnée depuis le début ! J'avais du mal à le croire.

– Il y a cependant une chose que je dois vous avouer. Le temps que les ceps prennent racine, où plutôt le temps de faire une première vendange, j'envisage d'aller étudier la médecine à Bordeaux.

– Je devrai donc épouser un vigneron-médecin ?

– Je le crains, oui.

– Et attendre qu'il revienne de ses longues études ?

– Non. Marions-nous le plus vite possible et je vous emmènerai avec moi.

– Mon Dieu ! a-t-elle dit. Quelle folie ! Et de quoi vivrons-nous ?

– J'ai suffisamment d'argent pour tenir le temps qu'il faudra.

Elle eut alors cette phrase extraordinaire qui n'est jamais sortie de ma mémoire :

– J'aurais préféré que vous n'en ayez pas. Je vous aurais suivi au bout du monde, même si vous aviez eu les mains nues.

C'est ce jour-là que je l'ai embrassée pour la première fois. Cependant, il n'était pas d'usage de se marier si vite, et compte tenu des démarches à effectuer, ce ne pouvait être réalisable avant la mi-octobre. Ainsi fut décidé. Comme le voulait la coutume, le mariage eut lieu au domicile de la mariée, et les festivités furent organisées dans le castelet des Magnaval près de Monbazillac, le 18 octobre 1890.

Une fête superbe, avec beaucoup plus d'invités de leur côté, car il ne me restait presque plus de famille ; un grand festin à midi et le soir, un orchestre qui fit danser dans le grand salon du château, beaucoup de vin, et des meilleurs crus rouges et blancs. Héloïse portait une longue robe blanche au col et aux poignets auréolés de fine dentelle, des gants de soie de la même couleur, un large chapeau orné d'une guipure si légère qu'elle semblait transparente. Moi, un costume gris pâle, une chemise blanche recouverte à moitié d'un gilet aux boutons nacrés dominé par une lavallière noire.

Nous avons dansé jusqu'à une heure du matin, puis nous sommes partis vers une petite demeure d'anciens bordiers qui se trouvait à l'extrémité du domaine des Magnaval, entre des saules et des trembles dont le murmure nous a bercés jusqu'à l'aube, pour une nuit inoubliable.

Rien ne m'a paru forcé chez elle, mais au contraire tout à fait naturel. Elle n'en savait pas plus que moi et nous avons fait le chemin l'un vers l'autre sans fausse honte et sans fausse pudeur. J'avais encore du mal à croire que cette jeune femme si belle m'appartenait. D'ailleurs, au cours des années qui ont passé, je ne me suis jamais vraiment apprivoisé à cet être auquel il m'a toujours semblé ne pas avoir droit. C'est ainsi, je n'y puis rien. À la fois indépendante, sauvage et tendre, elle montrait parfois des élans du cœur et du corps qui me surprenaient et me laissaient submergé d'un bonheur que je n'ai jamais cru menacé.

2

J'AI loué un petit appartement de trois pièces rue de Vincennes, près de la barrière Judaïque. Nous avons alors commencé à Bordeaux une vie très heureuse où nous manquaient seulement la présence du Grand Castel, les collines du Bergeracois et la Dordogne que nous retrouvions tous les mois, persuadés que notre exil était provisoire, et donc sans la moindre souffrance à le quitter de nouveau. J'avais bénéficié d'un sursis, car la loi Freycinet de juillet 1889 avait rendu le service militaire obligatoire pour tous et pour trois ans, une libération conditionnelle étant prévue pour les soutiens de famille au bout d'un an. Même avec ce statut, je ne pouvais pas y échapper, mais nous avions le temps d'y penser, et nous ne nous en privions pas. Chaque fois que nous trouvions du temps libre, c'est-à-dire surtout le dimanche, nous partions pour de longues promenades qui nous conduisaient sur les quais de la Garonne, à Mériadeck ou place des Quinconces, où nous achetions des gaufres, en léchant délicieusement le sucre sur nos doigts.

Mais il n'était pas question de négliger les études qui devaient nous ramener le plus vite possible au Grand Castel. J'y avais associé Héloïse dans la mesure où elle m'interrogeait chaque matin sur les notes accumulées la veille et apprises chaque soir. Je m'y plongeais avec une telle conviction que je me demandais comment j'avais pu demeurer si longtemps à l'écart de cette science à laquelle je me consacrais avec une passion qui me surprenait moi-même. Certes, le journal de mon arrière-grand-père n'y était pas pour rien, mais je n'aurais jamais cru pouvoir m'y investir avec une foi qui me transportait bien au-delà de tout ce que j'aurais imaginé.

Je faisais participer le plus possible Héloïse à ces études en lui expliquant l'essentiel de ce que j'apprenais : à savoir que la médecine de ce temps était avant tout une médecine clinique, fondée sur l'observation et la palpation des patients, encore très éloignée de ce qu'elle est devenue. On étudiait alors tous les domaines, de manière qu'un médecin isolé puisse faire face à toutes les situations : la rhumatologie, l'obstétrique, la gynécologie, l'embryologie, mais ce à quoi se consacraient essentiellement les étudiants, c'était l'anatomie. Et pour cela ils devaient chaque jour participer aux séances de dissection sur des cadavres qui avaient été conservés dans du formol et dégageaient une odeur épouvantable.

J'évitais soigneusement de parler à Héloïse de ces séances qui, au début, m'avaient rendu malade, aussi bien que de l'étude des fœtus conservés dans des bocaux aux divers stades de leur évolution. Ce n'était pas pour ces aspects de la médecine que je m'étais lancé dans cette entreprise, mais pour pouvoir combattre le mal suprême de l'époque, celui qui avait vaincu Cyprien : la tuberculose, et sa manifestation la plus terrible : la phtisie, c'est-à-dire la tuberculose pulmonaire. Certes, elle avait été isolée par Laennec en 1819 et son bacille avait été découvert par Koch en 1882, mais on ne savait toujours pas la soigner efficacement. Et le drame, avec cette maladie, c'était que la primo-infection était silencieuse dans quatre-vingt-dix pour cent des cas. Ses débuts, rarement aigus, se manifestaient par une toux faible, une fièvre vespérale, une grande asthénie traduisant une attaque du tissu pulmonaire qui se creusait. Ensuite, dès que les cavernes apparaissaient dans le poumon, on ne traitait qu'avec des antiseptiques et une exposition prolongée aux rayons ultraviolets du soleil qui étaient censés attaquer le bacille dont la coque, malheureusement, ne pouvait être détruite qu'à cent degrés.

Je devais apprendre au cours de mes deux dernières années que sévissaient aussi la tuberculose ostéo-articulaire avec ses tumeurs blanches aux coudes, genoux et poignets ; la tuberculose urogénitale, la tuberculose abdominale et la tuberculose ganglionnaire, qui atteignait essentiellement la région cervicale en laissant des cicatrices qu'on appelait autrefois des écrouelles. Mais la médecine, en 1893, était toujours démunie face à cette maladie, même si l'on connaissait les conditions de son développement : l'humidité, la misère, le manque d'hygiène, la malnutrition et bien évidemment la contagion.

Notre vie bordelaise, heureusement, ne fut pas uniquement occupée par la médecine, et elle a été ensoleillée par la naissance d'un enfant dès l'année 1892 : un fils que nous avons appelé Martin. C'était un enfant vigoureux, robuste, qui avait les yeux verts d'Héloïse mais les cheveux blonds, comme moi. Il est évidemment devenu l'objet de tous les soins de mon épouse qui, dès lors, a été occupée autant que je l'étais, et elle ne m'a pas caché que les journées lui avaient paru longues l'année précédente. Une joie, pour moi, un bonheur immense, comme pour Héloïse que cette grossesse avait épanouie, et qui a refusé de me quitter quand je lui ai proposé de rejoindre le Grand Castel où elle serait plus à l'aise pour élever notre enfant.

– Comment peux-tu croire que je puisse vivre une seule minute loin de toi ? s'est-elle indignée.

Je n'ai pas insisté mais nous avons regagné le Grand Castel le plus souvent possible, parfois tous les samedis aux beaux jours, car je craignais pour mon fils le climat très humide de Bordeaux. Et cela au grand contentement de ma mère qui, après cette naissance, a paru reprendre vie, retrouvant le sourire qu'elle avait perdu.

Deux ans plus tard, en 1894, nous avons eu un deuxième fils, baptisé Antoine, qui ressemblait surtout à Héloïse, et qui a manifesté tout de suite une fragilité qui m'a inquiété. Comme il ne profitait guère, demeurait malingre et sujet à des difficultés respiratoires, Héloïse a enfin accepté de regagner le Grand Castel, à condition que je revienne chaque semaine, et j'ai alors vraiment mesuré à quel point lui était pénible notre séparation. À moi aussi, bien sûr, mais j'étais tellement pris par la médecine et le désir de ne pas perdre la moindre minute afin de rentrer le plus tôt possible chez nous que le souvenir de ces années-là demeure celui d'une hâte, d'une fièvre qui m'emportait vers une réussite dont je ne doutais pas.

Quand je revenais, le dimanche, je constatais avec bonheur que ma mère ne songeait pas à disputer à Héloïse la primauté sur les affaires ménagères et le train de vie du Grand Castel. Ma femme s'y entendait à merveille, réglait le moindre problème avec tact et efficacité, mais elle me suivait dès qu'elle le pouvait vers la colline où les nouveaux cépages prospéraient de façon satisfaisante. Elle se montrait toujours prête à m'aider à surmonter mes doutes et mes craintes, lorsqu'il me semblait que certains ceps dépérissaient.

Enfin, au terme de ces années studieuses est arrivé le moment où j'ai pu défendre mon mémoire sur la détection de la primo-infection de la phtisie et prêter le serment d'Hippocrate. C'était en juin. Héloïse était venue à Bordeaux assister à ma soutenance de thèse, laissant pour deux jours la garde de nos enfants à ma mère. Nous avons fêté mon succès dans un restaurant de la rue Sainte-Catherine, avant de rentrer, dès le lendemain matin, pour des retrouvailles émues avec nos enfants.

J'avais réussi dans mon entreprise, mais au détriment des vignes dont les ceps n'avaient pas bénéficié d'autant de soins qu'il l'aurait fallu. Car Abel était mort l'hiver précédent et sa femme, Madeleine, ne lui avait pas survécu plus de deux mois. Ma première préoccupation fut alors de chercher un autre couple à la fois capable d'aider Héloïse dans les tâches ménagères et de travailler la vigne qui semblait devoir donner bientôt sa première vendange. C'est le père d'Héloïse qui me l'a trouvé : un homme et une femme d'une trentaine d'années, qui se prénommaient Julie et Philippe, et qui ont emménagé dès le mois d'août dans le logement qu'avaient occupé Madeleine et Abel.

Restait à faire face à mes obligations militaires dont la perspective me désespérait. J'avais établi un dossier pour être exonéré de la loi de trois ans et bénéficier de ses dispositions qui prévoyaient un an seulement pour les soutiens de famille. Il fut accepté : c'est ce que me confirma un lieutenant d'infanterie lors de la visite d'incorporation du mois de septembre suivant, et je pus revenir huit jours au Grand Castel avant de le quitter pour au moins six mois avant la première permission.

Quand je suis parti, un matin gris de brume, Héloïse n'a rien montré de son chagrin, et je me suis efforcé de faire de même.

– Ne t'inquiète pas, m'a-t-elle dit. Je m'occupe de tout.

Je n'ai pas voulu qu'elle me suive à la gare. En me retournant, je l'ai aperçue debout sur la terrasse, qui me faisait au revoir de la main, et il m'a semblé que je n'aurais jamais dû la lâcher, cette main. Mais le train m'a emporté sans que je puisse distinguer, là-haut, sur les collines proches, le toit où avaient commencé de m'attendre ma femme, ma mère et mes enfants.

Les six premiers mois ont été les plus difficiles à supporter, non seulement en raison de la séparation d'avec Héloïse, mais parce que j'avais retrouvé la même discipline absurde qu'au lycée, aggravée des manœuvres humiliantes ordonnées par des sous-officiers obtus et soucieux seulement d'avilir les recrues que nous étions. Ils s'acharnaient de préférence sur celles qui, comme moi, avaient échappé aux trois ans en bénéficiant d'une exemption partielle. C'était à leurs yeux la preuve que nous étions des « tire-au-flanc » et que nous avions le mépris de l'armée française qu'ils personnifiaient si bien.

Un soir que j'étais maltraité par l'un d'eux, un adjudant qui ne cessait de me persécuter, comme il me qualifiait de lâche et de traître à mon pays, je lui ai rétorqué sans me soucier des sanctions qui risquaient de pleuvoir :

– Deux de mes oncles engagés volontaires sont morts pour la France : un en 1858, en Italie, l'autre à Sedan, en 1870. Est-ce que l'on peut en dire autant dans votre famille ?

Il n'y a pas eu de sanctions, et, au contraire, à partir de ce jour-là, j'ai connu un peu plus de répit. Mais qu'ils ont été longs, ces six mois, malgré les lettres d'Héloïse et de ma mère ! Durant cet hiver interminable mon régiment est parti en manœuvres pendant trois semaines sur les premiers contreforts des Pyrénées, en Ariège, et je n'ai jamais eu aussi froid qu'en janvier et février de cette année-là. L'un de mes camarades eut les mains gelées, après être resté seul pendant toute une nuit pour ne pas avoir pu suivre l'allure imposée par un officier.

Quand nous avons regagné la caserne, le froid m'a paru déjà moins vif, et les beaux jours, de ce fait, beaucoup plus proches. Je ne pensais plus qu'au moment où j'allais franchir pour la dernière fois la porte de la caserne, et partir vers l'existence dont j'avais toujours rêvé. Il m'a pourtant fallu attendre le début du mois de mars pour une première permission au cours de laquelle nous avons passé dix jours, Héloïse et moi, sans nous quitter un seul instant, en évoquant le temps futur où rien, jamais, ne nous séparerait.

À mon retour à la caserne Caffarelli de Toulouse, j'ai été heureusement affecté à l'infirmerie, au service d'un major en qualité de médecin auxiliaire. Les épreuves étaient terminées. Il me suffisait désormais d'être patient, et je me suis résigné à compter les jours interminables qui me séparaient des miens. Chaque minute, chaque heure m'a alors paru durer une éternité. J'avais beau me consacrer à la tâche qui m'était assignée, principalement examiner les dernières recrues et soigner les malades, il me semblait que je n'arriverais jamais au terme de ces mois si sombres et si inutiles.

Enfin, j'ai pu quitter ces lieux de malheur à la mi-septembre. Je me souviendrai toujours de ce matin où j'ai pris le train, libre et tellement pressé de retrouver Héloïse, ma mère, mes enfants et le Grand Castel. Il faisait beau, ce jour-là, mais les plus fortes chaleurs s'étaient envolées sous des foucades plus fraîches venues de l'ouest. Elles m'ont accompagné tout au long du trajet, alors que derrière la vitre du wagon je pouvais apercevoir les premières feuilles jaunies tomber des arbres, le long de la voie ferrée.

Au début d'un après-midi crépitant de lumière blonde, je suis enfin arrivé chez moi, accueilli comme on l'imagine par Héloïse et par ma mère, pas tout à fait certain, encore, d'avoir retrouvé définitivement mon domaine et les deux femmes qui m'étaient le plus chères au monde. Il m'a fallu plusieurs jours pour me réhabituer, bien aidé par Héloïse qui m'a raconté tout ce qui s'était passé en mon absence et les décisions qu'elle avait prises : elle avait engagé une jeune chambrière prénommée Anna, et pressenti des saisonniers pour les vendanges. Car vendanges il y aurait au Grand Castel, cet automne-là, et pour la première fois depuis des années.

Mais le plaisir de ces premiers jours fut aussi celui des corps retrouvés, l'enchantement d'une présence à laquelle j'avais du mal à croire et que je vérifiais à chaque instant : Héloïse, ses cheveux bruns, sa peau d'une matité parfaite, ses yeux de ce vert que je n'avais vu nulle part ailleurs, et qui se levaient sur moi avec une confiance, un élan qui, chaque fois, me faisaient mesurer la chance que j'avais eue de trouver une épouse semblable.

– Pourquoi me regardes-tu ainsi ? demandais-je.

– Parce que j'ai du mal à croire que tu es là, après avoir été absent si longtemps.

– Je n'ai fait que la subir, cette absence.

– Moi aussi, disait-elle dans un sourire qui découvrait ses dents blanches, entre des lèvres qui ne demandaient qu'à s'ouvrir.

Dès ces premiers jours nous avons ressenti le besoin d'entreprendre les travaux auxquels nous avions songé avant mon départ : faire retapisser le salon d'un lampas vert et notre chambre d'un papier gaufré du meilleur effet ; commander le couvreur et le menuisier afin de procéder aux réparations indispensables sur la toiture et les fenêtres qui en avaient bien besoin. Ces travaux ont symbolisé ce nouveau départ dans notre existence commune, et nous les avons accompagnés avec la satisfaction de ceux qui sont persuadés de construire solidement l'avenir.

Restait à entreprendre ces vendanges auxquelles je songeais depuis si longtemps, ce qui fut fait avec l'aide des parents d'Héloïse, également avec Julie et Philippe, mais aussi une douzaine de saisonniers qu'il fallut nourrir matin, midi et soir, sur une grande table montée dans la cave, entre les foudres, préalablement nettoyés et soufrés, qui attendaient le raisin. Ce ne furent pas les plus grosses vendanges du Grand Castel, mais quelle joie de voir couler la première presse, de la goûter en estimant le degré d'alcool, de prévoir la qualité du vin qui allait être entreposé dans les fûts de chêne en sachant qu'on n'aurait aucune difficulté à le vendre !

Dès lors j'ai pu me lancer dans la pratique de cette médecine pour laquelle j'avais fait tant de sacrifices. Les patients m'attendaient depuis des mois, le vieux médecin de Saint-Léon étant mort au début de cette année-là. Comme il n'y avait que cinq kilomètres entre Saint-Léon et le Grand Castel, j'ai décidé d'ouvrir un cabinet chez moi, au rez-de-chaussée, directement accessible depuis la terrasse, et très vite, la grande allée du château a vu s'avancer des chars à bancs, des cabriolets, des hommes et des femmes à pied, qui ont donné au domaine une vie, une effervescence, qui, au lieu de nous gêner, nous a procuré la sensation de nous trouver au centre d'un univers dont le Grand Castel était devenu le cœur.

Ainsi je suis entré dans une profession dont je n'avais pas assez mesuré le poids des responsabilités, sans doute, et qui a empli toute ma vie, jour et nuit. J'avais acheté un cabriolet et un cheval demi-sang capable de m'emporter rapidement, l'après-midi, vers les lieux où l'on me demandait, le matin étant consacré aux examens dans mon cabinet. Malgré ces charges, malgré ma solitude devant les maux souvent tragiques d'une population qui m'appelait toujours trop tard, je puis dire que j'ai été heureux de parcourir ces chemins familiers, ceux d'un univers qui m'était cher depuis toujours, entre champs et collines, entre vignes et prairies, sous un ciel que même l'hiver ne parvenait pas à assombrir, mais qui demeurait clair, au contraire, et comme bienveillant pour les êtres qui vivaient là.

Et pourtant, que d'épreuves ! Que de fractures ouvertes, d'accouchements compliqués, de membres endommagés, de fausses couches, de fièvres puerpérales, de pneumonies combattues trop tard, de rougeoles, de varioles, de tuberculoses inguérissables, enfin de petites misères devenues mortelles pour avoir été négligées trop longtemps !

Heureusement, Héloïse m'attendait, le soir, et veillait pour dîner avec moi, quand je rentrais tard. Ses deux grossesses ne l'avaient pas fanée, mais, au contraire, embellie. Elle s'était épanouie d'une manière si parfaite, elle paraissait si sereine que je crois que ces années-là furent les plus heureuses de notre vie. J'ai scrupule à écrire cela, et cependant quand je repense à ces deux enfants qui couraient sous les yeux de leur mère souriante dans l'allée du Grand Castel, je ressens encore cette vague de bonheur qui m'emportait, me soulevait, me persuadait que rien ne nous menacerait jamais en ces lieux protégés. Ce fut le cas longtemps, mais je me demande aujourd'hui si nous avons assez profité de ce bonheur-là, si je ne me suis pas laissé dévorer par cette mission que je m'étais assignée, et si les heures n'ont pas coulé trop vite, à notre insu.

Martin était robuste, Antoine plus mince, plus fragile, peut-être, mais aucune maladie grave n'est venue les frapper ni l'un ni l'autre. Que je les ai aimés, ces fils donnés par Héloïse qui me les amenait, chaque fois que j'avais du temps de libre, brunis par le soleil, incapables de demeurer en place plus de trente secondes, pleins d'une vie qui éclatait en rires et en courses au cours desquelles les chutes éventuelles ne provoquaient même pas leurs pleurs ! Et toutes ces heures volées à la médecine au bord de l'eau, ces baignades dans la lumière cristalline qui crépitait entre les feuilles des peupliers ! Et ces vendanges joyeuses qui rendaient les automnes plus beaux, les prolongeaient jusqu'à la fin octobre, quand le vin coulait enfin des cuves, qu'on pouvait le goûter, le savourer, sans crainte de revoir les boursouflures rouges sur les ceps vigoureux !

Après deux garçons, la fille que nous espérions est née en 1897. Nous fûmes comblés par cette enfant, baptisée Ludivine, au terme d'un accouchement qui laissa Héloïse sans force, et avec la sensation, que je ne pus que lui confirmer, qu'elle n'aurait plus d'enfants. Mais nous en avions trois, et tellement confiance en l'avenir !

D'autant que je pouvais aussi compter sur Philippe

pour l'entretien des vignes, même si je regrettais de n'avoir pas assez de temps à leur consacrer. C'était un homme mince et sec, de petite taille, mais d'une énergie sans faille. Autant il était mince, autant sa femme, Julie, était forte, et, pour tout dire, d'une corpulence un peu effrayante. Mais cela ne l'empêchait pas de se mouvoir avec agilité et de faire face aux tâches qu'on lui assignait, aussi bien à la cuisine qu'à l'extérieur. Anna, la petite chambrière, aidait Héloïse à l'entretien de la maison et s'occupait aussi des enfants quand la présence de ma femme était requise auprès de moi.

En effet, Héloïse recevait les malades dans le petit salon contigu à mon cabinet et les faisait patienter. Quand il s'agissait d'une urgence, elle leur donnait les premiers soins de la manière que je lui avais enseignée, et j'avais compris qu'elle aimait à le faire. Il lui arrivait même de me suivre pour maintenir un homme à l'épaule démise ou pour m'aider à un accouchement dont je savais qu'il serait difficile.

Ainsi nous vivions dans une communion parfaite, mais je me demandais parfois si nous ne payions pas trop cher cette passion de soigner qui m'avait touché à un âge où l'on ne mesure pas toujours les conséquences de ses résolutions. Il n'était plus temps de s'interroger : des hommes, des femmes et des enfants avaient besoin de moi et il n'était pas question de les décevoir.

Comment par exemple aurais-je pu refuser mon aide à cette femme qui était dans les douleurs depuis douze heures et qui ne parvenait pas à expulser un gros enfant placé en siège ? J'ai dû employer les forceps, ce jour-là, ce que je redoutais car ils laissaient le plus souvent des traces sur le corps des nouveau-nés, souvent même sur le visage. Mais ce que je craignais surtout, c'étaient les grossesses extra-utérines et les hémorragies qu'elles pouvaient déclencher. Je ne pouvais y faire face pour la bonne raison que je ne disposais pas de sang à transfuser. Et cet homme qui n'avait pas soigné une plaie qui s'était infectée, et où s'était mise la gangrène ! Il avait fallu lui couper la jambe, ce à quoi je n'avais pu me résoudre, et je l'avais envoyé à l'hôpital. Et tous ces abcès traités au trichloréthylène et au bistouri ! Je me demande comment j'ai pu affronter toute cette souffrance, et en même temps je me réjouis de ne l'avoir jamais déplorée sur ma femme ou sur mes enfants.

Ma mère, oui, car elle approchait de la soixantaine, et les épreuves qu'elle avait subies avaient provoqué beaucoup de confusion dans son esprit. Elle se croyait parfois revenue en Nouvelle-Calédonie et son regard, alors, trahissait une telle frayeur que je devais lui administrer des calmants. Puis, très vite s'est manifesté ce que j'ai diagnostiqué comme étant un ulcère perforé de l'estomac, et je n'ai même pas eu le temps de la faire transporter à Bordeaux. Elle est morte dans la nuit du 7 au 8 février 1899, à l'âge de cinquante-neuf ans, et elle a été la dernière des Marsac à être enterrée sous les grands chênes, en haut de la colline du Grand Castel, car ensuite nous n'avons pu en obtenir l'autorisation, la réglementation en la matière obligeant désormais à enterrer les gens dans les cimetières. Cette disparition a été pour moi l'occasion de me retourner vers un passé douloureux, mais c'était loin, déjà, tout cela, et de toute façon mon métier m'emportait vers l'avenir.

L'installation d'un nouveau médecin à Badefols m'a soulagé heureusement d'une charge qui, sans lui, m'eût englouti complètement. J'ai pu dès lors me consacrer un peu plus à ma famille et à mes vignes, ce qui a contribué à me donner la conviction que j'avais fait le bon choix en assurant la continuité de notre famille au sein du Grand Castel.

C'est dans une sorte d'apaisement que nous avons atteint le 1er janvier 1900, dont je me souviens parfaitement aujourd'hui, car j'avais souhaité faire de ce jour-là un jour de fête pour ma femme et pour mes enfants. Martin avait huit ans, Antoine six et Ludivine trois. Nous sommes partis pour Bordeaux par un matin de givre au ciel si clair que je n'ai pu m'empêcher d'y voir un augure de lumière pour le siècle à venir. Tout le long du trajet, j'ai entretenu mes enfants de ce que serait à mon avis leur vie future, grâce au progrès des sciences, de la technique et de la médecine, et je leur ai expliqué que c'était cela que nous allions fêter dans la grande ville : l'espoir en un monde meilleur, sans guerres, éclairé par la raison des hommes et leurs progrès. Héloïse m'écoutait en souriant. Elle croyait à ce que je disais autant que mes enfants – ses enfants –, et son sourire, sa confiance rendaient mes paroles encore plus persuasives.

Dès notre arrivée, nous nous sommes dirigés vers le restaurant de la rue Sainte-Catherine où nous avions fêté, Héloïse et moi, mon succès au doctorat en médecine. Là, nous avons dégusté des fruits de mer, bu un peu de vin blanc avec la satisfaction de constater qu'il venait tout droit des vignes du père d'Héloïse, puis nous sommes partis vers l'esplanade des Quinconces où les enfants sont montés sur les manèges une bonne partie de l'après-midi tout en mangeant des gaufres et des sucreries. Enfin nous avons repris la direction de la gare, non sans nous arrêter dans une boutique de jouets où nous avons acheté un tambourin à Martin, une locomotive en tôle et laiton à Antoine et, à Ludivine, une poupée Huret et son trousseau. Qu'ils étaient heureux, nos enfants, dans le compartiment où nous étions presque seuls sur le chemin du retour !

Le soir, un peu avant de nous coucher, Héloïse m'a dit, avec, m'a-t-il semblé, une sorte de crainte dans la voix :

– Je crois que nous ne serons jamais plus heureux que ce 1er janvier 1900.

– Pourquoi dis-tu cela ?

– Je ne sais pas. Mais nous avons été comblés, aujourd'hui, n'est-ce pas ?

– Allons ! Voyons ! Nous en referons, d'autres voyages à Bordeaux, et nous savons désormais où se trouve ce magasin plein de merveilles pour nos petits !

Repris par le travail, j'ai oublié cette réflexion, mais elle m'est revenue plus tard, et aujourd'hui, alors que j'écris ces lignes, si longtemps après cette magnifique journée, elle ne cesse de courir dans ma tête.

Je me souviens aussi qu'au printemps qui a suivi cet hiver très sec, des gens de Saint-Léon sont venus me proposer de devenir maire de la commune aux élections qui allaient se tenir. Malgré le souvenir de mon arrière-grand-père Pierre Marsac, je n'ai pas accepté. J'étais trop pris par mon métier, par mes vignes, et surtout par ma famille dont je regrettais de ne pas assez m'occuper. Je sais aujourd'hui que je n'ai pas assez vu grandir mes enfants, que je ne leur ai pas non plus montré assez l'affection qui me portait vers eux, rassuré par le fait qu'Héloïse leur donnait tout ce que je ne pouvais leur accorder. Mais qui peut prédire l'avenir ? Qui peut savoir qu'il faut profiter de l'instant présent comme du bien le plus précieux, que rien n'est jamais acquis, que nos vies ne tiennent qu'à un fil, et que le destin ne nous appartient pas ?

Je voyais la maladie et la mort chaque jour, mais elles ne concernaient pas les miens, puisque, précisément, je m'étais donné les armes pour les protéger. D'autres armes, hélas, se fourbissaient dans l'ombre, et je l'ignorais. Quand je montais dans mon cabriolet, au début de chaque après-midi, le monde s'ouvrait devant moi, et j'allais apporter le soulagement à ceux qui souffraient. Qu'aurais-je souhaité de plus ? Les chemins, les champs, les vignes, les collines du Périgord m'escortaient fidèlement jusqu'à la nuit qui me voyait revenir, somnolant, tenant à peine les rênes du cheval qui était capable de rentrer tout seul au Grand Castel où veillait la lumière entretenue par Héloïse, pour mon plus grand bonheur.

3

AINSI, ces premières années du nouveau siècle ont passé beaucoup trop vite pour que je puisse les savourer autant que je l'aurais dû. Il n'y avait pas de spécialistes à l'époque, et comme je l'ai déjà dit, on attendait tout du généraliste qui, en première ligne, devait être capable de faire face à toutes les situations. Ces années de travail acharné demeurent surtout jalonnées par des souvenirs de patients dont je revois encore le visage, et dont le regard confiant continue de m'habiter malgré le temps passé.

Cet homme, par exemple, qui avait soigné seul avec des cataplasmes de peau de crapaud une plaie qui était cancéreuse. Je me souviens de sa stupeur quand je lui ai appris qu'il faudrait sans doute lui couper la jambe au niveau du genou. Il avait de grands yeux verts étonnés, me dévisageait sans paraître comprendre ce que je venais de lui dire, et je constatai qu'il m'en voulait, qu'il était déçu d'être venu me voir puisque je ne lui étais d'aucun secours ; cette femme qui tombait enceinte tous les ans et qui, épuisée, me suppliait de lui donner le remède qui la délivrerait de ce fardeau. Elle était jeune, à peine trente-deux ans, mais, à bout de forces, elle n'osait refuser à son mari des faveurs qui allaient la tuer. J'avais dû intervenir auprès de cet homme fruste, alcoolique, qui la maltraitait, mais je n'avais pu insister autant qu'il l'aurait fallu et elle était morte d'une hémorragie peu après. Et comment oublier ce garçon frappé de coxalgie, beau comme un dieu, mais qui allait boiter toute sa vie ; cette jeune fille, aussi, qui souffrait d'une maladie de cœur qu'on ne savait pas soigner. Ceux-là restent dans ma mémoire, mais au bout du compte, ce dont je me souviens le mieux, heureusement, c'est des guérisons, des répits, des bonheurs à les voir revivre, et de leur reconnaissance à mon égard, moi qui étais censé disposer de tous les pouvoirs.

Quand le sourire réapparaissait sur le visage d'un patient qui avait souffert, je savais que j'avais gagné une partie difficile et je m'en trouvais réconforté pour la journée. Pour un médecin, en effet, il est nécessaire de rencontrer plus de victoires que de défaites : c'est ce qui lui permet d'avancer sur une route où souvent il est seul, avec en lui le doute et la peur d'échouer.

De ces années-là, je me souviens aussi d'un paysan qui portait au Grand Castel, régulièrement, des légumes de son jardin parce que j'avais sauvé son fils d'une péritonite, et qu'il n'avait pas pu me payer. Et de cette vieille qui tricotait des chaussettes de laine pour mes enfants, parce que j'avais soigné son mari en me rendant chaque jour, ou presque, chez elle, sans rien demander en retour. Comment ne pas me souvenir, enfin, de cet après-midi de décembre où j'avais été bloqué par la neige dans une ferme retirée des collines, où j'avais passé la nuit près d'une jeune mère qui accouchait de jumeaux, et pour la première fois de sa vie ? La sage-femme qui était censée m'assister n'avait pu se déplacer, et j'avais dû batailler pendant des heures avant de délivrer la parturiente complètement épuisée. Mais quelle satisfaction, alors, quelle joie, deux jours avant Noël, de donner naissance à deux garçons bien formés, sans que la mère n'ait été déchirée ou mutilée pour toujours !

Ainsi, entrant dans toutes les familles, je suis aussi devenu une sorte de confident, à qui on demandait volontiers des conseils : sur un mariage futur, une dot, une terre à vendre ou à acheter, un testament à établir sans amputer la propriété, bref, sur tous les problèmes de la vie quotidienne, qui étaient avant tout ceux d'une existence étroite, en économie fermée, de subsistance familière, où l'argent tenait peu de place car on n'en avait guère.

Je me sentais honoré de cette confiance et de cette reconnaissance qui me donnaient la conviction d'être à ma place dans le monde, utile à cette humanité besogneuse, d'une humilité émouvante, qui travaillait du matin au soir pour pouvoir nourrir des familles où, souvent, aïeux, parents, enfants et petits-enfants vivaient sous le même toit. Quand je rentrais, le soir, je racontais l'essentiel de ma journée à Héloïse sans jamais avoir l'impression de trahir le secret médical ou le serment d'Hippocrate. Car Héloïse, c'était moi, mon double sur la terre, et le temps qui passait ne faisait que nous rapprocher davantage.

Il paraissait d'ailleurs n'avoir aucune prise sur elle. Elle était demeurée à la fois distante comme aux premiers jours, à l'époque où je n'osais lui adresser la parole, et en même temps merveilleusement proche.

– Qui suis-je ? me demandait-elle parfois, pour attendre un homme qui disparaît chaque jour et ne rentre qu'à la nuit ? Faut-il qu'il m'ait ensorcelée comme un vulgaire jeteur de sorts !

Et elle ajoutait, tandis que je souriais :

– Dès demain j'irai me faire désenvoûter.

Elle se rendait une fois par mois chez ses parents où sa mère était morte, son père vieillissant, et où son frère avait repris l'exploitation des vignes. Elle s'intéressait de plus en plus aux nôtres, dont je n'avais guère le temps de m'occuper, et instruisait nos enfants à ce sujet, car elle avait beaucoup écouté, chez elle, et en connaissait autant que moi sur les cépages, la taille ou la vinification.

Et ils grandissaient, nos enfants, si vite, trop vite. Martin allait déjà partir au lycée, à Bergerac, dès la rentrée prochaine, et dans deux ans ce serait le tour d'Antoine. Me souvenant de mon désespoir à cet âge de devoir quitter le Grand Castel, je m'en désolais pour mon fils aîné, mais lui n'en paraissait pas alarmé. De caractère, il tenait beaucoup plus de sa mère que de moi : davantage tourné vers l'avenir que vers le passé, confiant et résolu, il avait parfaitement admis qu'il devait faire des études et, à cet effet, devenir pensionnaire dans un lycée. Il avait seulement demandé à rentrer tous les huit jours, puisque le train mettait à peine une heure pour couvrir la distance entre Bergerac et la gare bâtie sur la rive droite de la Dordogne. Ainsi mon fils reprenait le chemin que j'avais emprunté et j'imaginais volontiers que Martin deviendrait médecin, Antoine, vigneron, et que Ludivine ferait un beau mariage avec un propriétaire de la région. Martin m'interrogeait souvent sur mes activités, les maladies, les soins à dispenser, l'utilisation que je faisais des instruments que j'emportais toujours avec moi dans une sacoche en cuir : bistouri, écarteurs, aiguilles, ciseaux, et stéthoscope. L'avenir me paraissait tout tracé. Rien ne viendrait faire obstacle à cette vie que j'avais choisie, aussi bien pour moi, pour Héloïse, que pour nos enfants.

Dix années ont passé ainsi, alors que le temps, étrangement, me paraissait immobile. Mais j'ai senti vraiment que quelque chose s'était produit à mon insu quand Martin est parti faire sa médecine à Bordeaux à la fin de l'année 1910. Antoine l'avait rejoint les années précédentes à Bergerac, tout en affirmant vouloir devenir vigneron plus tard. Ludivine, elle, qui n'avait que treize ans, manifestait déjà une volonté, une énergie qui nous subjuguaient, Héloïse et moi, surtout quand elle prétendait elle aussi entreprendre plus tard des études de médecine, alors que les femmes n'avaient guère accès à cette profession. Nous ne la découragions pas pour autant, car elle montrait une force, une détermination en toute chose qui semblait devoir lui permettre de franchir tous les obstacles.

C'est à peine si je me préoccupais des événements du pays, qui, pourtant, commençaient à inquiéter, même loin de Paris. Certes, Dreyfus avait été réhabilité, les ligues avaient perdu de leur pouvoir, et Aristide Briand, le nouveau président du Conseil, avait prôné l'apaisement lors de son discours de Périgueux, en 1909 – dont n'étaient pas peu fiers les Périgourdins devenus pour une journée le centre d'intérêt du pays. Les conflits de la laïcité, ceux de la séparation de l'Église et de l'État, n'avaient selon Briand plus de raison d'être. Mais ce qui devenait préoccupant, aujourd'hui, c'était les tensions en Europe, et particulièrement avec l'Allemagne. Après le « coup d'Agadir » où elle avait menacé de débarquer un contingent pour protéger ses négociants, la paix n'avait tenu qu'à un fil. Heureusement, Caillaux, qui avait succédé à Briand, avait su négocier pour éviter un conflit majeur.

Cependant, dès que Poincaré est venu aux affaires, à partir du moment où il a resserré les liens de la France avec l'Angleterre et la Russie, j'ai compris qu'il préparait la guerre. Il est d'ailleurs devenu en quelques mois pour notre pays le symbole de la revanche. Plus encore : de président du Conseil, il a été élu président de la République en 1913, et, dès le mois d'août suivant, il a fait voter la loi qui faisait passer le service militaire de deux à trois ans.

Martin, cette année-là, avait vingt et un ans, et Antoine, dix-neuf. Si le premier bénéficiait d'un sursis, le second allait partir, puisqu'il n'avait pas envisagé, l'année précédente, des études supérieures au-delà du baccalauréat. Avec Héloïse, nous ne cessions de nous en préoccuper. Mais si j'étais persuadé que nous courions à la catastrophe, Héloïse conservait toujours l'espoir et me disait :

– Cela fait longtemps que la menace rôde. Si la guerre avait dû éclater, ce serait déjà fait.

– Puisses-tu avoir raison, disais-je.

Sur les chemins, en route vers mes malades, je ne cessais de penser à tous ceux de notre famille qui avaient payé un si lourd tribut à la guerre. J'en étais obsédé au point de faire quelques erreurs de diagnostic, heureusement sans grande conséquence. Les arbres, les champs, les vignes, la rivière elle-même scintillant au loin ne dégageaient plus la même lumière. Tout s'était assombri, soudain. En rentrant chaque soir, je me précipitais sur le journal, qu'Héloïse avait déjà lu, et je mesurais à quel point la menace augmentait chaque jour. Pourtant, la population, autour de moi, peu au fait des nouvelles du pays, me rassurait par son insouciance, sa manière de vivre toujours semblable à ce qu'elle était, le peu de cas qu'elle faisait des « messieurs de Paris », de leurs lubies, de leurs extravagances. Elle ne distinguait aucun ennemi à sa porte et je me gardais bien de l'informer de ce vers quoi nous nous dirigions.

Antoine était parti pour trois ans au service militaire à Montauban en septembre 1913, mais chaque fois que Martin revenait de Bordeaux, il se montrait optimiste : dans les milieux étudiants, on ne croyait pas à la guerre, d'autant que les études monopolisaient l'attention et dispensaient de s'intéresser à ce qui se passait ailleurs que sur les bancs de la faculté de médecine. Ses visites, une fois par mois, nous réconfortaient, et nous attendions avec impatience sa venue, Héloïse et moi, au cours de laquelle nous revivions un peu notre jeunesse à Bordeaux, du temps où j'étais moi-même étudiant.

Au cours des premiers mois de 1914, les événements, à Paris, notamment l'assassinat de Calmette, le directeur du *Figaro,* par la femme de Caillaux, à ce moment-là ministre des Finances, ont pris un tour d'excentricité plus dérisoire que grave : on était davantage dans le fait divers que dans la menace des armes. Puis les élections législatives, en France, ont vu la victoire des radicaux et des socialistes : les adversaires de la loi des trois ans, c'est-à-dire ceux qui avaient combattu « l'impérialisme militaire ».

J'étais donc un peu moins inquiet, d'autant que l'été s'annonçait beau et que juin, déjà, faisait crépiter des éclats de lumière dans les saules et les trembles. Le monde, chaque jour, autour de moi, se montrait si paisible, que je ne décelai pas de menace dans la nouvelle de l'assassinat, à Sarajevo, de l'archiduc d'Autriche François-Ferdinand et de sa femme par un nationaliste serbe. Tout cela était loin de nous, ne nous concernait pas.

Il m'a fallu quelques jours pour comprendre que par le jeu des alliances en Europe – l'Allemagne aux côtés de l'Autriche-Hongrie, la Russie auprès de la Serbie – un engrenage s'était enclenché irrémédiablement, car la France et l'Angleterre avaient signé des traités avec la Russie. Je gardais un espoir, pourtant, car ni Poincaré ni Viviani, son ministre des Affaires étrangères, n'avaient jugé utile d'annuler leur voyage en Russie à la mi-juillet et puis il faisait si beau, le ciel veillait si fidèlement sur la campagne endormie où aucune feuille ne tremblait, que rien ne paraissait pouvoir troubler une telle alliance des hommes avec un monde si chargé de couleurs, de paix profonde, d'équilibre jusque dans ses souffles d'air chaud, de parfums lourds, de fraîcheur entrevue dans les éclairs de la rivière, au loin, derrière le long rideau mouvant des arbres.

J'avais résolu de ne plus me tenir au courant des nouvelles, si bien que je suis parti apaisé, ou presque, au début de l'après-midi du samedi 1er août, attentif seulement à emprunter les chemins les plus ombragés pour ne pas trop m'exposer à l'éclat du soleil. Je me rendais en visite dans une ferme des collines, vers Saint-Léon, pour procéder à un accouchement, un homme étant venu prévenir un peu avant midi « que c'était pour aujourd'hui ».

Quand je suis arrivé, le mari m'a appris que son épouse était dans les douleurs depuis huit heures du matin, et la voisine qui assistait la parturiente s'est montrée très inquiète du fait que les contractions s'étaient brutalement arrêtées en tout début d'après-midi. J'ai compris très vite que l'enfant avait cessé de vivre et que j'allais pourtant devoir aller le chercher. Je n'ai pas eu le cœur de l'annoncer à la jeune femme qui se plaignait en se désolant de n'être pas capable de mettre au monde son enfant. J'ai dû employer les fers pour retirer un enfant qui s'était étouffé avec le cordon ombilical – un garçon –, au grand désespoir de la mère qui s'est mise à pleurer et à gémir.

J'ai dû rester une heure encore pour tenter de la réconforter – le mari en était incapable – et pour la confier à la voisine, une femme d'âge mûr qui me paraissait susceptible, elle, d'assumer les dispositions à prendre aussi bien à l'égard de la mère que du petit corps sans vie. Je suis enfin parti vers une autre visite dans le voisinage de Belmont, avec en moi un pressentiment désagréable. Ce n'était pas, hélas, la première fois que ce genre d'accident arrivait, mais ce jour-là, sans bien savoir pourquoi, je le vivais plus douloureusement. J'ai parcouru un kilomètre avec l'esprit encombré par ce qui s'était passé, puis je me suis efforcé de l'oublier en observant autour de moi les fougères et les frondaisons qui ondulaient doucement, faisant passer sur ma peau une caresse rafraîchissante.

Je n'ai jamais oublié, en revanche, l'endroit où je me trouvais – je descendais une petite butte vers un ru à sec, avant de remonter vers un ressaut où le soleil jouait à travers les branches – quand j'ai entendu les cloches de Saint-Léon, puis, quelques minutes plus tard, celles de Belmont, celles de Lalinde, de Badefols, du Buisson, de Montferrand – de tous les villages alentour, m'a-t-il semblé, alors qu'une sensation d'oppression me gagnait sans que je puisse m'en défendre.

Je me suis hâté d'arriver à la ferme, un peu avant Belmont, quand un homme qui courait – vers quoi ? vers qui ? – s'est mis en travers de ma route en écartant les bras et m'a dit :

– Docteur ! C'est la guerre !

Je le revois tel qu'il m'est apparu alors : effrayé, médusé, mais comme fasciné par la nouvelle. Il devait avoir la trentaine, il était grand, avec de beaux yeux noirs, des cheveux bouclés qui descendaient jusque sur ses larges épaules, semblait plein d'une vitalité, d'une force qu'il manifestait en maintenant sans effort mon cheval par la bride.

Il m'a subitement abandonné et s'est remis à courir vers la ferme où, sans doute, l'attendait sa famille alarmée par ces cloches qui ne s'arrêtaient pas, devenaient folles, me poussaient moi aussi à rejoindre un foyer, des hommes ou des femmes, mais une présence, au moins, pour ne plus rester seul avec cet étau resserré sur ma poitrine.

Une fois à la ferme, j'ai trouvé un paysan assis qui m'attendait avec une épaule démise et soutenue par un bandage, mais il était seul, car sa femme était partie aux nouvelles à Belmont, en entendant les cloches qui ne s'arrêtaient toujours pas. Il paraissait plus inquiet de ce tintamarre que de son épaule dont il me dit qu'il se l'était déjà déboîtée deux ans auparavant.

– Qu'est-ce que c'est, ce tintouin ? m'a-t-il demandé. Il y a le feu ?

– Non. C'est le tocsin.

– Le tocsin ? Et pour quoi ?

Je n'ai pas répondu tout de suite, puis j'ai seulement demandé :

– Quel âge avez-vous ?

– Vingt-huit ans.

Il a alors oublié les cloches et s'est inquiété de ne pouvoir moissonner à cause de son épaule.

– Manquerait plus que ça ! a-t-il dit. Avec tout ce blé sur pied !

J'ai défait le bandage, soulevé doucement son bras en passant le mien par-dessous puis, d'un mouvement brusque qui lui a arraché un cri, j'ai tiré en arrière, vers le haut, avec ma main libre. À cet instant, sa femme a surgi, échevelée, en sueur, essoufflée d'avoir couru, traînant un garçon par la main, qui roulait des yeux effrayés.

– Henri ! Henri ! C'est la guerre ! a-t-elle lancé en se jetant aux pieds de son mari.

– La guerre ? a-t-il dit en levant vers moi des yeux incrédules, comme pour me prendre à témoin de cette nouvelle insensée, incroyable, aussi folle que ces cloches impossibles à arrêter.

Je n'ai pas répondu. Je n'avais qu'une hâte, c'était de rentrer le plus vite possible au Grand Castel, où Héloïse devait m'attendre en pensant, comme moi, à Martin et à Antoine qui allaient partir. J'ai refait rapidement un bandage à l'homme tandis que sa femme cherchait fébrilement dans le tiroir d'un buffet le livret militaire où devaient figurer les instructions en cas de guerre, mais elle ne le trouvait pas et s'affolait, comme si le péril était à sa porte.

Je n'ai pas eu la force de les réconforter, et comment, d'ailleurs, aurais-je pu y parvenir ? Quels mots trouver ? Quelle consolation ? Quel recours invoquer ? Je suis reparti sans même accepter le verre que me proposait l'homme, et je suis arrivé en moins d'une demi-heure à Saint-Léon dont la place était envahie par des hommes et des femmes qui s'interpellaient, criaient, se pressaient devant le mur de la mairie où venait d'être collée l'affiche de la mobilisation. C'est alors, seulement, que je me suis aperçu que les cloches s'étaient tues. Tous ceux qui se trouvaient là semblaient anéantis, à part quelques jeunes hommes qui faisaient les farauds en criant : « À Berlin ! On va tirer les moustaches à

Guillaume avant Noël ! » Mais on voyait bien qu'ils se forçaient un peu, que leur voix manquait d'assurance.

On m'a arrêté, on m'a demandé ce que j'en pensais, mais je n'avais qu'une idée en tête : retrouver Héloïse, ne pas la laisser seule en cet après-midi où la guerre s'abattait sur nous et menaçait nos deux fils. J'ai réussi à me frayer un passage et me suis élancé vers le Grand Castel en fouettant mon cheval harassé par la chaleur et qui devait ressentir la fièvre qui s'était emparée du monde, car il a failli me renverser dans un tournant, comme s'il devenait fou lui aussi.

Héloïse m'attendait dans l'allée, à mi-chemin entre le portail et la terrasse, et elle n'était pas seule : Philippe et Julie se tenaient près d'elle, dans l'espoir d'un secours, mais je me trouvais démuni devant les circonstances. Je suis descendu du cabriolet, j'ai confié les rênes à Philippe, et, prenant Héloïse par le bras, je l'ai entraînée vers le salon où nous nous sommes assis face à face, silencieux pendant de longues secondes.

– Comment as-tu su ? ai-je demandé enfin, après que Julie, en nous portant des rafraîchissements, eut brisé ce silence.

– Philippe est allé à Badefols se renseigner, dès que les cloches se sont mises à carillonner.

Héloïse a ajouté, avec un pâle sourire :

– Mais j'avais deviné.

Puis, comme si c'était vraiment important :

– Et toi ? Où étais-tu ?

– Un homme m'a arrêté sur la route, entre Belmont et Saint-Léon. Mais j'avais compris aussi.

Je n'ai pas eu le cœur à lui confier que j'avais mis au monde un enfant mort, mais la scène m'est revenue désagréablement à l'esprit, et j'ai frissonné.

– Tu as froid ? Il fait si chaud, pourtant.

– Non. Mais tu sais à quoi je pense, comme toi.

– Les gens, à Badefols, disent que tout sera terminé avant Noël.

J'ai reconnu dans ces mots l'optimisme familier d'Héloïse, et je n'ai pas cherché à l'assombrir.

– Oui, sans doute, avant Noël. Ça ne peut pas durer longtemps. En 1870, tout est allé très vite.

– Espérons seulement que l'issue ne sera pas la même.

Nous nous sommes tus, conscients que ces mots n'étaient destinés qu'à dissimuler notre peur pour nos enfants.

– Peut-être que nous allons revoir Antoine avant qu'il ne parte au front, a repris Héloïse après un long soupir.

– J'espère ! ai-je dit.

– Quant à Martin, comme il est sursitaire, sans doute ne sera-t-il pas mobilisé tout de suite ?

– Bien sûr que non. D'ailleurs, peut-être qu'il ne partira pas du tout.

Ensuite, nous sommes montés vers les vignes, dans la chaleur qui tombait un peu avec la fin de l'après-midi. Une fois en haut, nous nous sommes dirigés sans même y penser vers les tombes des nôtres qui étaient couchés là, et, quand nous nous sommes rendu compte de ce que nous faisions, nous avons très vite rebroussé chemin. Au loin, là-bas, une sorte de murmure sourd s'élevait de la grand-route, comme si des milliers d'hommes, de voitures, de charrettes, s'étaient mis en mouvement, dans une fébrilité que le bleu du ciel et le vert tendre des arbres rendaient encore plus inquiétante : quelque chose était venu briser la paix de cette vallée lumineuse, ce bonheur des jours sans fin, cette quiétude au parfum de paille et de grains.

Nous avons alors aperçu Ludivine qui venait à notre rencontre.

– Il y a deux gendarmes en bas, sur la terrasse, nous a-t-elle dit.

Effectivement, ils étaient deux, un grand et un petit vêtus de leur uniforme noir à revers dorés couvert de poussière, portant moustaches, d'allure martiale et pénétrés de leur importance. Ils nous ont salués réglementairement, puis le grand, qui était sans doute le plus gradé des deux, a demandé :

– Est-ce bien le domicile de Martin Marsac, étudiant en médecine à Bordeaux et sursitaire de l'armée ?

– C'est bien ici, ai-je répondu.

– Il a reçu pour ordre de regagner ses foyers pour prendre connaissance de sa feuille de route, que voici.

– Il ne peut pas partir, ai-je dit. Il n'a aucune instruction militaire.

– C'est prévu, a répondu le brigadier. Il doit rejoindre

la caserne de Châlons le troisième jour de la mobilisation, c'est-à-dire lundi.

Et il m'a tendu le document en ajoutant :

– Vous êtes chargé de le lui remettre en main propre.

Puis, après avoir claqué les talons, ils se sont éloignés comme s'ils avaient l'ennemi à leurs trousses. Quand nous sommes rentrés, je me suis aperçu qu'il était huit heures et que le couvert était mis par Julie pour le dîner. Mais comment avoir de l'appétit avec ce poids sur l'estomac ? Héloïse a dit, se souvenant des paroles du brigadier :

– Attendons un peu. Si Martin arrive par le train du soir, il sera là dans une demi-heure.

Ce fut le cas. Il surgit dans la salle à manger comme un ouragan, très excité par ce qu'il avait vu et entendu aussi bien à Bordeaux que dans le train, et pas du tout inquiet de ce qui l'attendait. Il avait été imprégné de la folie ambiante, de cet élan qui paraissait avoir envahi le pays, de ces « À Berlin ! » dont résonnaient les rues de la ville et les wagons déjà pleins d'hommes jeunes, comme lui, partant vers leur destin.

Je n'ai pas eu le cœur – Héloïse non plus – de lui faire observer qu'il s'agissait avant tout de la guerre et que les armes d'aujourd'hui étaient bien plus meurtrières que celles de la précédente, mais je crois que de toute façon il ne m'aurait pas écouté. Et je dois confesser que sa confiance, son enthousiasme nous ont fait du bien. Peut-être, après tout, avaient-ils raison, ces jeunes qui étaient convaincus de revenir victorieux avant la fin de l'année ?

Nous sommes restés jusqu'à une heure du matin sur la terrasse, sous les étoiles si proches en ce début d'été, veillant comme d'habitude sur ce monde qui bruissait encore d'une rumeur lointaine, et qui ne parvenait pas à s'endormir. Martin n'en finissait pas de discourir avec une volubilité qui ne lui était pas familière, Héloïse se taisait dans l'ombre, moi je me demandais s'il n'allait pas subir le sort des fils aînés des Marsac et je me refusais de toutes mes forces à cette idée qui, heureusement, était étrangère à mon épouse.

Ni elle ni moi n'avons pu fermer l'œil au cours d'une nuit sans le moindre souffle d'air, lourde d'une angoisse qui ne se dissipait pas. Nous étions incapables de trouver l'apaisement.

– Si seulement j'avais pu ne mettre au monde que des filles, a soupiré Héloïse vers quatre heures du matin.

– Ils reviendront, ai-je dit, en prenant sa main sur le drap.

Et, en me tournant vers elle pour l'enlacer :

– J'ai entendu dire que les Allemands n'avaient pas de cartouches pour leurs fusils.

– Oui. Philippe aussi a entendu ça à Badefols. Essayons de dormir.

Les coqs se sont mis à chanter sans que nous ayons pu nous assoupir, puis l'aube a apporté un peu de fraîcheur venue de la rivière. En me levant, à six heures, je suis resté un long moment sur la terrasse à regarder le soleil émerger au-dessus des collines, à écouter la terre se réveiller doucement, mais les bruits, tout là-bas, sur la grand-route, n'étaient plus les mêmes. C'était comme si le monde était sorti de ses gonds. Alors j'ai compris qu'à compter de ce jour, notre vie ne ressemblerait plus jamais à ce qu'elle avait été pour notre plus grand bonheur.

4

Martin est parti le lundi 3 août à l'aube, mais il n'a pas voulu que nous l'accompagnions à la gare. Il s'en est allé à pied, un sac sur l'épaule, après nous avoir dit en nous embrassant :

– Nous passerons Noël tous ensemble, comme avant, avec Ludivine et Antoine.

Immobiles à l'extrémité de l'allée, nous avons vu s'éloigner, Héloïse et moi, sa longue silhouette qui ne s'est pas retournée mais que nous n'avons pas quittée des yeux jusqu'à ce qu'elle disparaisse en contrebas, entre les feuilles des arbres. Alors nous sommes revenus vers le château où il n'y eut, au cours de la matinée, aucune visite et pour cause : les hommes et les femmes avaient d'autres soucis que leur santé, devenue secondaire face à tout ce chambardement.

– Qui sait où est Antoine, à cette heure, a soupiré Héloïse.

– On le saura bientôt, ai-je répondu. Il nous a sûrement écrit.

Qu'avons-nous fait ensuite ? Je ne m'en souviens pas précisément. Je crois que nous sommes montés une nouvelle fois vers les vignes en compagnie de Philippe, qui, lui au moins, ne partirait pas, car il avait passé cinquante ans. Moi, à quarante-trois ans, sans mon statut de médecin j'aurais été enrôlé dans la territoriale, mais, comme les boulangers, du moins pour le moment, j'étais considéré comme indispensable à la population. Alors nous avons essayé de continuer à vivre, Héloïse en s'empressant de lire le journal chaque jour, moi en repartant soigner les femmes qui avaient pris les outils pour remplacer les hommes et se blessaient, souvent, par manque de pratique. Je dus réduire des fractures, recoudre des plaies, répondre aux questions en rassurant les unes et les autres, envoyer Philippe pour aider, parfois, quand elles étaient trop âgées pour faire face aux moissons, prêter moi-même la main, aussi, lorsque le travail pressait et que l'orage menaçait.

Les nouvelles n'étaient pas mauvaises : l'armée française s'était lancée dans des offensives à tout-va, dont celle conduite par Dubail, en Alsace, à partir du 7 août, qui entra à Mulhouse sans difficulté en suscitant l'enthousiasme dans le pays. Nous avions confiance, car les troupes françaises progressaient également vers les cols des Vosges et Sarrebourg, c'est du moins ce qu'indiquaient *Le Journal de Bergerac* et *L'Écho de la Dordogne* que je rapportais de Belmont en rentrant de mes tournées.

Mais tout devint incompréhensible à partir du 24 août, quand on apprit, malgré la censure, que Joffre avait ordonné le repli général des bataillons engagés. La presse, pourtant, ne s'était pas privée de tourner en ridicule les Allemands dont les balles ne causaient que « des blessures bénignes » ou « qui se rendaient pour une tartine de pain ». Que s'était-il donc passé, là-haut, aux frontières du pays, pour que, début septembre, le gouvernement quitte Paris et embarque dans un train spécial pour Bordeaux ? Je m'efforçais de rassurer Héloïse, mais je ne pus lui cacher que des réfugiés, venus de Paris, commençaient à arriver en Dordogne, craignant de revivre l'occupation allemande de 1870-1871. Heureusement la nouvelle de la victoire sur la Marne, après le 12 septembre, nous aida à reprendre espoir.

C'est alors qu'un lundi – je m'en souviens très bien – j'ai été demandé dans une ferme située entre Belmont et Lalinde pour secourir une femme « presque morte », avait dit l'émissaire – un gamin de douze ans qui m'avait rejoint sur la route après m'avoir cherché depuis le début de l'après-midi. Je m'y suis rendu aussitôt, et j'ai trouvé cette femme en état de choc, le pouls très bas, incapable de parler, couchée sur le lit à dosseret installé dans une alcôve, entre le foyer et le mur. Il y avait là sa mère et deux enfants en bas âge qui se demandaient ce qui se passait et semblaient effrayés. La mère, âgée d'une cinquantaine d'années, m'a raconté alors comment vers midi, le maire de Lalinde muni de son écharpe tricolore avait fait irruption dans la maison et avait annoncé à la jeune femme – sa fille – que son mari avait été tué au cours des premiers combats en Alsace.

Elle était tombée évanouie à cette nouvelle et on l'avait portée sur son lit où, depuis, elle ne cessait de gémir, sans pouvoir répondre à la moindre question. Son pouls était très bas, mais en l'examinant je ne pus déceler la moindre affection dans son organisme, et j'en déduisis que c'était le choc de la mort de son époux qui avait provoqué cet état d'extrême faiblesse. Que faire, sinon prescrire des remontants, sans être persuadé qu'ils apporteraient le moindre réconfort à un esprit dévasté ?

Je n'ai pas voulu repartir trop vite et laisser cette famille dans le désespoir, mais existait-il une consolation à la disparition brutale d'un père ou d'un mari ? Je n'en ai pas trouvé, et sur le chemin du retour, brutalement, j'ai pensé que, peut-être, un jour, en mon absence, Héloïse verrait surgir le maire de Saint-Léon pour une semblable et funeste nouvelle. J'ai décidé de ne pas lui révéler ce à quoi j'avais assisté au cours de cet après-midi-là, mais elle était allée à Badefols faire des courses, et elle avait appris qu'il était arrivé la même chose la veille, dans un village voisin.

– Crois-tu possible que nous perdions l'un de nos fils ? m'a-t-elle demandé.

– Non ! ai-je répondu, en sentant une énorme tenaille se refermer sur mon cœur.

Je me trompais. Trois jours plus tard, un matin, alors

que j'étais en consultation dans mon cabinet, j'ai entendu crier et je suis sorti aussitôt pour apercevoir Héloïse qui jetait des pierres vers le maire, immobile dans l'allée, revêtu de son écharpe tricolore, pour l'empêcher d'approcher. J'ai demandé à Julie de conduire Héloïse à l'intérieur, je suis allé vers le maire et il m'a m'appris que notre fils Martin était mort sur la Marne, au cours des combats qui avaient stoppé l'avancée des Allemands. Je ne me souviens pas de ses mots exacts et je ne me suis même pas demandé si on nous ramènerait son corps. Une seule chose m'importait : secourir Héloïse que j'ai retrouvée dans le salon, assise dans un fauteuil, sans la moindre expression mais tremblant de tous ses membres, le visage d'une extrême pâleur. Je l'ai fait lever et je l'ai prise dans mes bras, espérant un mot pour pouvoir y répondre, mais elle continuait de trembler sans la moindre plainte, sans le moindre gémissement.

Je l'ai soutenue jusqu'à l'étage, dans notre chambre, et j'ai essayé de l'allonger, mais elle n'a pas voulu. Nous nous sommes assis au bord du lit, et j'ai entouré ses épaules de mon bras, cherchant à prendre sur moi toute cette souffrance muette qui était plus terrible que des larmes ou des cris. C'est alors qu'a surgi Ludivine, qui n'avait pas regagné Bergerac car les cours n'avaient pas repris à cause de la guerre. Au contraire de sa mère, elle s'est mise à hurler, et j'ai dû lâcher l'une pour tenter de consoler l'autre. Vainement. Nous sommes restés dans cette chambre jusqu'au soir, Ludivine sanglotant, Héloïse toujours muette, et nous ne sommes pas descendus pour le dîner. C'est au moment de nous coucher que j'ai supplié Héloïse :

– Parle-moi. Dis quelque chose, je t'en prie !

Elle a levé sur moi un regard si souffrant que je n'ai pas insisté, comprenant qu'elle s'était réfugiée le plus loin possible au fond de son esprit, pour s'éloigner de la réalité du monde. Ensuite, il me semble qu'elle s'est endormie. Je suis resté assis dans un fauteuil pour veiller sur elle et sur Ludivine qui n'avait pas voulu nous quitter et s'était allongée près d'elle. J'ai sombré moi aussi vers quatre heures du matin, laissant enfin derrière moi ce jour funeste qui est resté le pire de ceux que j'ai vécus dans mon existence.

Comment continuer à vivre après cela ? Je me suis d'abord efforcé de tenir debout en continuant les consultations à domicile mais pas les visites, afin de ne pas laisser seules Héloïse et Ludivine. J'ai cherché aussi des paroles susceptibles de leur redonner espoir :

– Je suis sûr qu'Antoine ne risque plus rien. La guerre s'est enlisée dans les tranchées. Il nous reviendra bientôt.

À ces mots, les yeux d'Héloïse reprenaient vie, mais elle ne parlait toujours pas. Au contraire, la douleur de Ludivine s'était transformée en colère. Une colère froide, qui faisait crépiter ses yeux verts et se fermer son visage couronné d'épais cheveux noirs, tandis qu'elle lançait d'une voix vibrante :

– Jamais je n'aurai d'enfants ! Ils ne me les prendront pas pour les envoyer se faire tuer ! Je ne leur ferai pas ce cadeau ! Il ne faut pas qu'ils y songent !

Que répondre ? Je m'évertuais à orienter leurs pensées vers Antoine, qui, lui, était bien vivant, mais pouvais-je en être sûr à l'instant où je l'évoquais ? Heureusement, une lettre datée du 16 septembre nous parvint. Antoine se montrait rassurant, prétendait que la guerre s'était « endormie », qu'il ne risquait rien à l'endroit où il se trouvait, et qu'il espérait toujours passer Noël au Grand Castel.

Je me suis empressé de la lire à Héloïse qui a souri, mais sans sortir de son silence. Quant à Ludivine, elle en a paru un moment apaisée, puis elle m'a fait remarquer qu'Antoine ne s'inquiétait pas de son frère, dont il ignorait le sort. Fallait-il lui écrire que Martin était mort ? J'y ai renoncé : qui savait ce qu'une telle nouvelle pouvait provoquer ? Un geste de folie ou de désespoir ? Non ! Ludivine en est convenue avec moi : il ne fallait rien révéler à Antoine. Il apprendrait bien assez tôt ce qui s'était passé.

Dès lors, j'ai confié la surveillance d'Héloïse à Ludivine, qui montrait une force surprenante pour moi qui ne l'avais pas vue grandir, ou presque, tellement j'étais occupé à l'extérieur. Sa présence auprès de sa mère m'a rassuré quand j'ai repris les visites dans les fermes, car j'étais très inquiet de ce mutisme dans lequel Héloïse s'était murée – si loin de cet optimisme qui m'avait si souvent été précieux. Était-il possible qu'elle ne reparle plus jamais ? Je ne pouvais pas le croire, un jour ou l'autre sa vraie nature reprendrait le dessus, à condition toutefois que la perte d'un second fils ne vienne pas creuser davantage la plaie ouverte qui meurtrissait son cœur.

Quant à moi, j'ai survécu en me consacrant pleinement à l'exercice d'une médecine tenant plus du réconfort moral que des soins pour des affections précises. Où ai-je trouvé la force de donner de l'espoir, moi qui n'en avais plus guère ? Je ne sais pas. Sans doute dans le constat de douleurs plus grandes que la mienne, ou face aux solitudes angoissées, aux désespoirs proches de la folie. Les femmes montraient un courage qui me surprenait parfois, mais je savais que la plupart se consumaient d'anxiété, et qu'elles ne tenaient debout que pour ces enfants qui les interrogeaient sur le sort de leur père, la vie qu'ils menaient sur le front, en des lieux redoutables. Toutes avaient entendu parler des visites du maire, et toutes redoutaient de voir surgir sur le seuil de leur maison, une feuille de papier à la main, celui qui pouvait faire sombrer une famille dans le plus grand malheur.

Je m'efforçais de les rassurer, et j'y parvenais parfois, tout en me demandant comment trouver les mots, moi qui vivais dans la hantise de perdre mon dernier fils et peinais à apporter du réconfort à ma femme et à ma fille. Heureusement, une deuxième lettre d'Antoine nous parvint en octobre, et elle était aussi optimiste que l'étaient les articles depuis la victoire de la Marne. Il se trouvait en Artois, où, prétendait-il, le front s'était stabilisé, après ce que les journaux avaient appelé « la course à la mer », Français et Allemands essayant de se déborder en étendant leurs lignes vers le nord-ouest. Le front venait de se figer sur près de sept cents kilomètres, de la frontière suisse à la Belgique, et le froid de l'hiver acheva d'enliser cette guerre de positions dans la pluie et la boue.

Héloïse ne parlait toujours pas, ne lisait plus, elle semblait s'être absentée de ce monde où nous nous débattions, Ludivine et moi, pour la garder du côté de la vie. Il n'a bien sûr pas été question de fêter Noël, dès lors qu'il fut clair qu'Antoine ne viendrait pas en permission. Et d'ailleurs comment l'aurions-nous célébré, s'il avait été présent, alors que nous aurions été dans l'obligation de lui apprendre la disparition de Martin ? Rien ne pouvait nous consoler de la perte de notre fils aîné, nous le savions bien, et Héloïse mieux que moi, qui ne parvenait pas à remonter du puits de chagrin où elle avait basculé malgré mes paroles, mon affection qui tentaient de l'arracher à une douleur trop grande pour elle.

Pendant les mauvais jours, j'ai dû faire face aux maux de saison provoqués par le froid et l'humidité : principalement des bronchites et des pneumonies. Le travail ayant cessé dans les champs, les blessures étaient essentiellement dues à la coupe du bois destiné aux cheminées : quelques plaies sans trop de gravité, et une seule fracture provoquée par une hache qui avait rebondi sur une bûche mal stabilisée. Car les hommes étaient partis sans avoir eu le temps de s'occuper du combustible d'hiver, et les femmes devaient y pourvoir au jour le jour, sentinelles fidèles qui assuraient la permanence des familles, comme c'était leur devoir.

Je m'inquiétais de l'arrivée du printemps qui, je n'en doutais pas, allait réveiller la guerre. Déjà on parlait d'offensives décidées par Joffre pour enfoncer le front, depuis l'Artois jusqu'à la Champagne. J'ignorais que l'une d'entre elles avait eu lieu à la fin du mois de décembre sur les crêtes de Vimy et de Notre-Dame-de-Lorette, c'est-à-dire dans le secteur où était censé se trouver Antoine. Je ne savais donc pas qu'il avait échappé à l'hécatombe des offensives folles qui s'étaient heurtées aux chevaux de frise et aux mitrailleuses allemandes. Une lettre que nous avons reçue début avril ne nous a rien révélé des périls qu'il avait courus, et seule la proximité des beaux jours, et donc la probabilité de la reprise des combats, m'a fait de nouveau redouter le pire.

Je ne me trompais pas. Fin mai, aucune nouvelle ne nous était parvenue d'Antoine. Je ne m'éloignais plus du château, de crainte d'une visite du maire en mon absence. Ce n'est pas lui qui fut le messager du destin, mais le facteur, qui m'a donné une lettre dont j'ai déchiré l'enveloppe en cachette d'Héloïse et de Ludivine, dans le secret de mon bureau. Non, il n'était pas mort, Antoine, mais il avait été grièvement blessé dans le secteur d'Ypres à la fin du mois d'avril. Il ne précisait pas la gravité de ses blessures, indiquait seulement qu'il était hospitalisé à Paris, et il ajoutait, sans doute pour atténuer l'effet de cette nouvelle, que la guerre était finie pour lui.

C'est avec d'infinies précautions que je révélai à Héloïse ce qui s'était passé. Notre fils allait revenir au Grand Castel. Est-ce qu'elle comprenait ce que cela signifiait ? Une lueur s'est allumée dans ses yeux et un léger sourire est né sur ses lèvres, vite effacé, mais combien précieux pour moi, en cet instant. Ludivine m'a interrogé à l'écart de sa mère et je l'ai rassurée de mon mieux : j'allais me rendre à Paris et ramener Antoine avec moi, pour toujours.

Je suis donc parti par le train du matin et suis arrivé dans la capitale en fin de journée, lors d'une soirée qui sentait déjà l'été, alors que les Parisiens déambulaient le long des boulevards avec une insouciance, un bonheur de vivre qui m'ont consterné. Avaient-ils oublié la guerre et ces hommes qui mouraient pour eux, dans des conditions épouvantables, le long des frontières du pays ? Et cette joie de vivre, que signifiait-elle ? C'est dans un état de fureur incontrôlable que j'ai loué une chambre dans un hôtel proche de l'hôpital de La Pitié-Salpêtrière et que je suis ressorti pour vérifier si je n'avais pas rêvé. Mais non : cette foule sur les boulevards se moquait bien des carnages et des douleurs, on entendait même de la musique s'échapper d'un café à l'angle du boulevard Montparnasse et du boulevard de l'Observatoire. Je suis revenu sur mes pas dans le seul désir d'aller me réfugier dans ma chambre, afin de ne plus rien voir du spectacle de la rue, mais je n'ai pu trouver le sommeil et je me suis débattu toute la nuit dans une révolte qui m'a épuisé sans m'accorder le moindre répit.

À sept heures, j'étais dehors, déjà, et je me suis dirigé vers l'hôpital dont on m'a interdit l'entrée : pas de visites avant onze heures. J'ai fait état de ma qualité de médecin, de la présence de mon fils blessé, mais cela ne m'a servi à rien et, au contraire, m'a rendu encore plus furieux. Je me suis réfugié dans le jardin du Luxembourg où je me suis assis devant les bassins et où j'ai retrouvé un peu d'empire sur moi-même, puis, pour ne pas me morfondre dans mes obscures pensées, j'ai marché toute la matinée jusqu'à la rive droite de la Seine, où je me suis perdu. Si bien que je suis parvenu à l'hôpital seulement peu avant midi, et il m'a fallu encore un bon quart d'heure avant de pouvoir entrer. Là, un major qui m'a paru très mal à l'aise m'a conduit dans une grande pièce où, m'a-t-il dit, on avait regroupé les soldats qui avaient été le plus atteints par les gaz.

– Quels gaz ? De quoi me parlez-vous ? ai-je demandé avec, dans la voix, une colère que je n'ai pu dissimuler.

– Vous n'êtes pas au courant ? Votre fils ne vous a rien dit ?

– Il m'a seulement dit qu'il était gravement blessé. Qu'est-ce que c'est que ces gaz dont vous me parlez ?

Le major s'est arrêté au milieu du couloir et m'a pris par le bras :

– Les Allemands ont pour la première fois fait usage de gaz asphyxiants, ce qui a entraîné des brûlures dont nous ne connaissons pas les conséquences sur les victimes.

– Des brûlures sur le visage et les mains ?

– Les yeux et surtout les poumons.

Le major a hésité un instant, puis il a repris :

– Ne vous effrayez pas du bandeau sur le visage. Ils ne sont pas aveugles, on protège les yeux, c'est tout. Ce qui nous inquiète le plus, ce sont les poumons. Les blessés toussent beaucoup.

Il m'a dévisagé un moment de son regard las, puis il a poursuivi avec une sorte de froideur qui m'a glacé :

– Une dernière chose, cher confrère : on a dû amputer votre fils de l'avant-bras droit qui a été broyé par des éclats d'obus. Il n'y a plus de risque de gangrène. De ce côté-là, tout va bien.

J'ai chancelé mais j'ai compris en même temps pourquoi Antoine avait écrit que la guerre était finie pour lui.

Nous avons pénétré dans une immense salle où étaient alignés des dizaines de lits, et où, m'a-t-il semblé, tous les hommes qui étaient couchés là toussaient. Je n'ai pas eu de difficulté à trouver le lit d'Antoine car son nom était écrit sur un morceau de carton fixé sur le devant. À ma voix, il a sursauté et a voulu enlever le bandeau posé sur ses yeux, mais je l'en ai empêché en disant :

– Non ! Il ne faut pas. Ne t'agite pas, je suis là.

– Une minute, m'a-t-il dit, j'ai besoin de te voir.

Je n'ai pas eu le cœur de le lui interdire une deuxième fois, mais j'ai remis le bandeau en place au bout de quelques secondes.

– Ça fait du bien, a-t-il soufflé.

Il m'avait vu. Il n'était pas aveugle. Dès lors, quelle importance pouvait avoir le pansement qui dissimulait son coude droit ? Cette mutilation allait le sauver.

– Dans moins d'un mois tu seras de nouveau au Grand Castel, ai-je dit.

– J'espère ! a-t-il murmuré et j'ai vu couler une larme sur sa joue.

Je l'ai essuyée avec mon pouce, mais j'ai dû reculer aussitôt, car une quinte de toux l'a fait se dresser à moitié.

– Ma poitrine me brûle, m'a-t-il dit. Tu sais, un peu comme sous des cataplasmes de moutarde.

– Oui, mais ce n'est rien. On va soigner tout ça. Quand tu seras de retour, je vais bien m'occuper de toi.

Et aussitôt j'ai pensé à Martin, qui, lui, ne reviendrait jamais. Devais-je l'annoncer à Antoine, alors qu'il souffrait sur ce lit de douleur ? Je n'en ai pas eu la force et j'ai résolu d'attendre une prochaine visite.

– Parle-moi de ma mère et de Ludivine. Vont-elles bien ?

– Elles vont bien. Elles t'attendent.

– Et Martin ?

J'ai tressailli, répondu :

– On n'a pas de nouvelles depuis des semaines.

J'ai ajouté aussitôt, craignant d'en avoir trop dit :

– Ne t'inquiète pas. Pense à toi. On a besoin de toi.

Et je me suis mis à parler des vignes, des vendanges de l'automne passé, de Julie et de Philippe, de l'absence de gelées qui laissait présager de beaux raisins. Une nouvelle fois une larme a coulé sur sa joue et j'ai compris qu'Antoine pensait à son bras amputé, mais il n'en a rien dit. Sans doute avait-il imaginé ce qui l'attendait avec ce handicap.

– Ce qui compte, c'est que tu reviennes le plus vite possible, ai-je repris. On a besoin de toi, là-bas. Moi, je suis débordé et Philippe n'y arrive plus tout seul. Quant à Ludivine, elle s'est mis en tête de faire des études de médecine, comme Martin.

Ces mots m'avaient échappé et j'en ai été effrayé.

– Ah ! Martin ! Martin ! a dit Antoine, comme j'aimerais le voir !

Je n'ai pas eu la force de poursuivre ainsi une conversation qui pouvait me trahir. J'ai saisi la première occasion pour m'enfuir, profitant de l'arrivée d'une infirmière qui venait changer les pansements. J'ai embrassé mon fils en disant :

– Si tu tardes trop, je reviendrai, c'est promis.

Puis je me suis éloigné en ayant la sensation désagréable de l'abandonner. C'est ce que j'ai dit au major qui m'attendait devant la porte de la salle commune, après quoi il m'a entraîné vers son bureau où je l'ai interrogé sur les effets de ces gaz asphyxiants et des séquelles possibles.

– Nous n'en savons rien, m'a-t-il répondu. C'est la première fois que les Allemands en font usage. Pour cette raison nous allons devoir garder les blessés le plus longtemps possible, afin de suivre l'évolution des brûlures sur les yeux et les poumons. Je vous conseille de rentrer chez vous. Je vous promets de vous tenir au courant.

Que faire, sinon accepter de retourner au Grand Castel, puisque je n'étais d'aucune utilité pour Antoine ? J'ai cependant attendu une journée de plus avant de repartir, ce qui m'a permis de le revoir une fois, mais je ne suis pas davantage parvenu à lui annoncer la mort de Martin.

Une fois en Dordogne, la première chose que j'ai révélée à Héloïse et à Ludivine, c'est qu'Antoine allait nous rejoindre très bientôt, et définitivement. C'est avec beaucoup de précautions que je leur ai parlé de l'amputation de son avant-bras droit et de l'effet corrosif des gaz. Ludivine a réussi à dissimuler sa colère en présence de sa mère, laquelle a souri en entendant qu'Antoine allait revenir. Je me suis contenté de ce sourire qui, d'ailleurs, est réapparu à plusieurs reprises au cours des jours qui ont suivi, chaque fois que, le soir, j'évoquais le retour d'Antoine. Mais pas le moindre mot n'est sorti de cette bouche qui, il y avait longtemps, avait si bien su prononcer ceux qui nous avaient liés pour la vie.

Il nous a pourtant fallu quatre mois avant de revoir Antoine au Grand Castel. Quatre mois au cours desquels je suis retourné régulièrement à Paris, puis à Bordeaux, où notre fils devait passer devant une commission de réforme. En septembre, je m'étais enfin décidé à lui apprendre la disparition de Martin, mais j'ai eu l'impression à ce moment-là qu'il n'en était pas surpris. Je pense qu'il avait dû se renseigner sur le sort de son frère et que lui, comme moi, n'osait en parler.

S'il toussait toujours, il ne portait plus de bandeau sur les yeux, et n'en souffrait presque plus. Quand il a embrassé sa mère, j'ai cru qu'elle allait enfin prononcer un mot, mais elle s'est contentée de sourire une fois de plus, et elle m'a donné l'impression de ne pas remarquer l'amputation du bras de son fils. Ce qui, au contraire, n'a pas échappé à Ludivine, laquelle s'est enfuie pour cacher son chagrin. Alors que je la rejoignais sur le chemin des vignes après avoir laissé Antoine avec Héloïse, elle a crié une nouvelle fois sa révolte :

– Jamais je n'aurai d'enfants ! Tu m'entends ? Jamais !

Que dire pour la consoler ? Je savais quel tribut avait payé notre famille à la guerre et je ne trouvais pas le moindre argument à lui opposer. Heureusement, pendant l'hiver qui a suivi, elle s'est évertuée à s'occuper de son frère et de sa mère, ce qui lui a procuré, il me semble, de l'apaisement mais a fortifié encore, s'il était possible, sa résolution d'entreprendre des études de médecine, dès l'année à venir.

– Ce sera ma manière de lutter contre le malheur, de prendre le parti de la vie contre celui de la mort, m'a-t-elle dit avec un air farouche et souffrant.

Et, comme je la félicitais de cette décision, non sans lui faire apparaître les difficultés de la tâche :

– Je réussirai. J'en suis certaine. Après quoi je reviendrai ici pour aider mon frère et ma mère, à tes côtés.

À partir de ce moment-là – de ce Noël-là – nous nous sommes efforcés de vivre loin de la guerre, et, pour moi, de ne plus me tenir au courant des nouvelles du front. Nous avions payé le prix, nous avions désormais le droit de nous tenir à l'écart. La guerre ne s'incarnait plus qu'à l'occasion de mes visites dans les fermes, où, parfois, des hommes jeunes, défigurés ou gravement blessés, patientaient, inutiles et honteux, près d'un foyer dont ils attisaient les braises en berçant leur douleur. Seules les femmes tenaient debout, fidèles gardiennes d'un monde qui ne serait plus jamais le même.

J'ai découvert alors, à ma grande stupeur, que, malgré la guerre, les forces de vie demeuraient puissantes, irrépressibles. Notamment auprès d'une jeune femme de trente ans qui m'a fait venir un après-midi car elle se croyait enceinte, et c'était le cas.

– Vous l'avez écrit à votre époux ?

– Pas encore. Je ne veux pas l'inquiéter.

Mais c'était elle qui était inquiète à l'idée que peut-être ce petit ne connaîtrait jamais son père. Et cependant il était là, dans son ventre, cet enfant, qui ignorait tout de ce qui se passait dans le monde où il entrerait bientôt.

Voilà à quoi aboutissait la guerre : à des solitudes insupportables, à toute une misère aggravée par le froid et le manque de nourriture, surtout l'hiver, quand on n'avait pas été assez prévoyant à la belle saison, du fait que les femmes se consacraient avant tout aux tâches urgentes, et d'abord à leur progéniture. Cet hiver-là j'ai soigné des grippes, des pneumonies, des diphtéries et même des scarlatines. Et puis un nouveau printemps est arrivé, à mon grand soulagement, éloignant un peu le spectre de la guerre et ses terribles conséquences.

Au Grand Castel, je voyais Héloïse prendre le bras gauche d'Antoine, qui allait mieux, et ils montaient vers les vignes chaque matin. Devant cette complicité, je me disais qu'un jour elle allait se remettre à parler comme si rien ne s'était passé. Je l'espérais vraiment, même si le spectacle de ma femme et de mon fils devenus si proches suffisait parfois à mon bonheur.

Ainsi les jours se sont succédé jusqu'à l'automne de cette année 1916, quand j'ai conduit Ludivine à Bordeaux, où elle s'était inscrite à la faculté de médecine. J'ai eu du mal à la quitter, mais elle m'a dit, alors que j'hésitais à me lever du siège où j'étais assis dans sa chambre minuscule de la rue de Marengo :

– Tu peux partir. Ne t'inquiète pas. Je réussirai.

Elle avait décidé de ne revenir que tous les mois et rien n'avait pu la faire changer d'avis. Puis, alors que je l'embrassais avant de refermer la porte :

– Je sais qu'un jour elle reparlera.

J'ai compris qu'elle parlait d'Héloïse et que le silence de sa mère n'était pas pour rien dans le fait que Ludivine ait décidé d'entreprendre des études de médecine. Je suis donc reparti affronter les maux d'une population que la guerre fragilisait, et je n'ai plus vu le temps passer, jusqu'à ce jour où, à midi, les cloches se sont mises à sonner aux clochers des églises, annonçant l'armistice après quatre années de tueries et de malheurs. Je me trouvais encore au château, à cette heure-là, et nous déjeunions, Héloïse, Antoine et moi, dans la grande salle à manger où brûlait un feu de bois de chêne dont j'aime tant l'odeur.

Nous sommes sortis sur la terrasse, serrés les uns contre les autres, et nous avons écouté un long moment ces mêmes cloches qui avaient annoncé la tragédie quatre ans auparavant. On entendait crier et chanter là-bas, très loin, à Badefols et à Lalinde, car le vent venait du nord-ouest. Puis nous sommes rentrés et nous sommes remis à manger en silence. C'est alors qu'Héloïse a dit tout bas, si bas que nous l'avons à peine entendue :

– Martin !

Nous nous sommes regardés, Antoine et moi, nous demandant ce que cela signifiait. Il eût peut-être mieux valu le silence que ce seul mot. Mais au moins Héloïse avait reparlé et nous pouvions espérer que la parole finirait par lui rendre toute sa raison, en la délivrant du mal enfoui en elle. Je suis parti en visite en la laissant aux soins d'Antoine, et dans les rayons d'un soleil encore pâle, qui franchissaient à peine le brouillard né du matin, j'ai tenté de me convaincre que nous allions enfin être débarrassés des épreuves.

L'hiver qui a suivi, hélas, a été aussi meurtrier que la guerre en nous apportant la grippe espagnole, qui était en réalité une forme de pneumonie aiguë, extrêmement virulente. Je n'ai cessé de parcourir les chemins du matin au soir, luttant avec mes pauvres armes, essentiellement des sinapismes et des tisanes pour faire suer le plus possible, mais souvent en vain. J'en ai perdu, des malades, cet hiver-là, comme si la guerre n'avait pas encore assez fait de victimes, et j'ai aussi tremblé pour les miens, surtout Héloïse qui était très faible, pour Antoine dont les poumons demeuraient fragiles et pour Ludivine qui refusait de rentrer de Bordeaux en attendant que s'éteigne l'épidémie !

La providence a voulu que nous y échappions tous, au Grand Castel. Sans doute avait-elle jugé que nous avions payé assez cher le droit d'être encore en vie. Si bien que dès le printemps Héloïse a repris le bras gauche d'Antoine pour l'entraîner vers les vignes dans une telle attitude de confiance et d'abandon que je m'éloignais du Grand Castel sans redouter le pire.

Au terme de tant d'années, c'est cette image qui me reste de ce temps-là – du moins la seule que j'ai voulu conserver : ma femme et mon fils étroitement unis montant dans la lumière du soleil vers la colline où les vignes s'éveillaient doucement de l'hiver.

5

QUE dire des années qui ont suivi le cataclysme de la Grande Guerre ? En 1921, j'ai eu cinquante ans et j'ai senti le poids de la fatigue sur mes épaules. Tant de mois et tant de saisons à courir les chemins, à me battre contre la maladie ! J'étais à bout de forces, déjà, et je n'espérais plus qu'une chose : que Ludivine revienne vite de Bordeaux pour me succéder. Je m'imaginais libre, délivré de mes tâches quotidiennes, m'occupant uniquement de nos vignes en compagnie d'Antoine et d'Héloïse, soucieux seulement de leur santé.

Tous deux allaient mieux, heureusement. Antoine avait appris de se servir des outils de la main gauche et participait volontiers à la taille en compagnie de Philippe, toujours aussi solide malgré son âge avancé, comme l'était demeurée Julie, son épouse, qui accomplissait le travail auquel Héloïse n'était pas en mesure de faire face. Et pourtant, elle avait retrouvé une certaine gaieté, souriait souvent, mais elle ne parlait toujours pas. Parfois je la prenais par les épaules, plantais mon regard dans le sien, et demandais doucement :

– Pourquoi ne me parles-tu pas ?

Une ombre passait sur son visage, ses yeux se plissaient, mais elle ne répondait pas. Alors j'évoquais le passé, Martin, notre voyage à Bordeaux le 1er janvier 1900, j'essayais de convoquer des images, des souvenirs susceptibles de réveiller le canton de son esprit qui s'était fermé à la réalité, mais je n'insistais pas, car j'avais l'impression qu'elle souffrait de ne pouvoir me donner ce que j'attendais d'elle.

En revanche, je discutais beaucoup avec Antoine qui se passionnait pour la vinification et songeait à un nouveau cépage qui donnerait un vin plus doux, plus sucré, dont les Hollandais, notamment, étaient demandeurs. Il ne se plaignait jamais de ses blessures, faisait en sorte de les nier, même si, parfois, le souffle lui manquait. Les vendanges demeuraient une fête qui animait le Grand Castel pendant plusieurs jours, avec une dizaine de saisonniers dont les rires et les chants, le soir, nous rendaient heureux, malgré l'impossibilité qui en résultait pour nous de dormir avant une heure du matin.

Dans la campagne, quelques hommes étaient revenus, miraculeusement épargnés par une hécatombe qui en avait supprimé des millions, pour la plupart ruraux, paysans ou ouvriers. Ils gardaient dans leurs yeux de survivants un effroi glacé, terrifiant pour leurs femmes qui, par moments, ne les reconnaissaient pas. C'est ce qu'elles m'avouaient en se confiant à moi, alors qu'elles avaient retrouvé leur activité familière à l'intérieur des foyers. Ceux-là avaient au moins eu la chance de revenir sans handicap. Mais dans d'autres maisons, des bras ou des jambes manquaient à des corps pourtant jeunes, des cerveaux ne fonctionnaient plus comme avant, certains survivants demeuraient paralysés.

Le pays se remettait difficilement en route, tant bien que mal, porté par le courage de ceux qui ont été habitués à souffrir, à travailler sans se plaindre, sous un ciel immuable, dans la chaleur lumineuse des étés, la douceur des automnes et les frimas de l'hiver. La vie continuait, en somme, et personne ne songeait à regarder en arrière, tout le monde cherchait à oublier. Les maux, les maladies ne changeaient guère, ainsi que le combat quotidien qui m'épuisait de plus en plus, car mes patients refusaient le plus souvent d'être conduits à l'hôpital, même lorsque leur vie était en danger. Pour eux, depuis toujours, un médecin devait être capable de trouver la solution à tous leurs problèmes.

Ainsi, cet homme qui avait passé deux ans au front et qui était revenu avec une cicatrice au visage : il tenait son ventre à deux mains quand je suis arrivé, prévenu par sa femme, car il avait reçu un coup de corne d'une vache qui lui avait déchiré le bas de l'abdomen sur toute sa largeur. J'ai eu beau plaider, tempêter, menacer, il n'a rien voulu savoir et, au contraire, il a affirmé qu'il préférait « crever que partir à l'hôpital ». Et, comme j'insistais, il a conclu, d'un air farouche et buté :

– J'en ai enduré bien d'autres sur le front.

J'ai dû m'incliner, malgré les risques énormes qu'il courait. Je revois encore ses yeux, d'un bleu d'acier, tandis qu'il s'allongeait sur la table de la cuisine, et son air de défi, comme s'il était las de vivre, ne redoutait plus rien. La blessure était vraiment vilaine, et je me suis demandé si l'intestin n'était pas touché. En me voyant sortir mes instruments de ma sacoche, sa femme s'était enfuie, j'étais donc seul avec cet homme décidé à jouer sa vie, à me la remettre, dans un élan de confiance et de folie dont il était parfaitement conscient.

Il n'a pas prononcé un mot, pas un soupir, pas un gémissement n'est sorti de sa bouche tandis que je ligaturais le péritoine. Ensuite, j'ai tenté de reconstituer une paroi le plus solide possible, j'ai posé un drain et j'ai refermé. On ne disposait pas d'antibiotiques à cette époque-là – 1923 –, si je me souviens bien. Et pendant les huit jours qui ont suivi cette intervention insensée, j'ai redouté qu'une infection ne vienne anéantir mes efforts. Mais non : le drain est demeuré propre, le ventre souple, la cicatrice a commencé à diminuer d'épaisseur, comme si les tissus retrouvaient leur intégrité. Je me suis juré de ne plus jamais me lancer dans une telle entreprise, et pourtant combien de fois encore ai-je frôlé la catastrophe en prenant des risques irraisonnés ! Mais comment ne pas écouter le désespoir de ceux pour qui le terme « hôpital » résonnait comme le pire des châtiments ? On ne voyageait guère, à l'époque, et pour les gens des campagnes la ville demeurait inquiétante, à plus forte raison si leur vie était menacée.

Bref ! J'ai fait mon métier avec le dévouement de tous ceux qui, comme moi, l'exerçaient dans la solitude et le manque de moyens. J'aurais bien aimé pouvoir m'appuyer sur un collègue, ne plus avoir à prendre seul des décisions capitales, mais ils étaient comme moi débordés, et la multitude des tâches ne leur laissait, pas plus qu'à moi, le moindre temps libre. Ce que je redoutais le plus, c'était les surinfections, les hémorragies internes, les péritonites, les congestions pulmonaires, les accouchements difficiles, mais aussi les mauvaises interprétations de mes ordonnances par une population qui ne savait pas toujours lire très bien et demeurait enfermée dans des superstitions qui, souvent, l'égaraient. Certains arrivaient le matin avec des certitudes vieilles comme le Périgord qui les avait vus naître. Ils se disaient victimes d'un « encontre » ou d'un « sang glacé ». Je devais alors prendre le temps de rassurer, d'expliquer, mais je ne convainquais pas toujours, et le pire était de savoir que même en possédant le moyen de guérir une affection bénigne, je n'étais pas certain d'y parvenir.

De même, au château, ma petitesse et mon impuissance m'accablaient quand je me voyais incapable de guérir Héloïse ou de soulager Antoine qui, parfois, étouffait. Heureusement, la perspective du retour de Ludivine m'aidait à faire face, et j'en concevais un grand réconfort. Chaque fois qu'elle rentrait au Grand

Castel, c'est-à-dire chaque mois, elle ne me parlait pas de ses difficultés, mais répondait volontiers à mes questions au sujet de l'évolution de la médecine. Je mesurais alors à quel point je savais peu de chose, moi qui avais été étudiant en 1890, et je déplorais de ne pouvoir puiser de nouvelles connaissances à la source d'une science qui avait énormément progressé. Je comprenais que j'étais déjà dépassé mais je n'en concevais aucune amertume : bientôt j'allais m'effacer derrière ma fille qui serait capable, mieux que moi, de venir au secours des malades familiers du Grand Castel.

Ainsi, quand Ludivine est revenue définitivement, son doctorat en poche, j'avais largement passé la cinquantaine. Je désirais arrêter pour me consacrer à Héloïse, mais Ludivine m'a demandé de l'aider le temps nécessaire, car elle était une femme et savait qu'il lui faudrait du temps pour gagner la confiance de la population. À la campagne, les gens considéraient que la médecine devait être exercée par les hommes et uniquement par eux. Il ne nous a pas été facile de leur faire admettre que Ludivine était aussi compétente que moi, et même davantage, ayant bénéficié d'un enseignement qui avait beaucoup évolué.

Elle a découvert à quel point la société rurale, essentiellement patriarcale, vivait sur des préjugés, ceux-là mêmes qu'elle avait réussi à vaincre à Bordeaux, au terme d'un long combat. Mais quelle joie ça a été de consulter avec elle chaque matin et de partir ensemble en visite dans les fermes l'après-midi ! Je n'étais plus seul, enfin ! Il y avait près de moi quelqu'un – ma fille, de surcroît – pour m'aider, m'accompagner dans une complicité qui s'est manifestée dès les premiers jours pour mon plus grand bonheur.

Elle découvrait en même temps à quel point la médecine étudiée dans les facultés trouvait ses limites sur le terrain, et combien, par exemple, la force physique jouait un rôle important dans le traitement des fractures ou des déplacements de membres, aussi bien que lors des accouchements quand il fallait redresser un enfant mal positionné dans le ventre de sa mère. Trop précautionneuse au début, Ludivine s'est rapidement adaptée, d'autant qu'elle était une jeune femme robuste, et qui, je le devinais à quelques allusions parfois, avait dû surmonter de multiples difficultés à Bordeaux. Il m'arrivait de l'observer à la dérobée quand je conduisais la belle Hispano-Suiza que j'avais achetée peu avant son arrivée, et de me sentir bouleversé par ses boucles brunes, l'éclat de ses yeux verts à l'instant où elle se tournait vers moi, fronçant les sourcils dans un mouvement furtif de réprobation, aussitôt remplacé par l'un de ses sourires qui avaient le pouvoir de me réconcilier avec le monde.

Je me souviens de lui avoir dit un soir, alors que nous rentrions, la dernière visite achevée, dans un paisible crépuscule de juin, sous un ciel d'un bleu de dragée :

– Il faudra songer à te marier, n'est-ce pas ?

Elle a laissé passer un long moment avant de répondre :

– Se marier est le plus sûr moyen de concevoir des enfants, et je n'en veux pas.

Elle a ajouté :

– Tu sais pourquoi ?

– Oui, je le sais. Mais on peut espérer que les hommes ne seront plus jamais aussi fous qu'ils l'ont été pendant quatre ans, de 1914 à 1918.

– Il n'y a aucune raison connue pour qu'ils changent. J'ai appris ça, aussi, à Bordeaux.

– Et le Grand Castel, tu y as pensé ? Que deviendra-t-il ?

– Il y a Antoine, et c'est un Marsac. Si j'épousais quelqu'un, mes enfants porteraient son nom.

– Quelle importance, du moment qu'ils vivraient au domaine ?

Et j'ai murmuré, sans lui laisser le temps de répondre :

– Tu sais bien qu'Antoine, à cause de son handicap, ne pourra pas se marier.

– Bien sûr que si ! Il ne manque pas de jeunes femmes veuves de guerre qui seraient ravies de trouver un si bon parti.

– Il n'aura jamais l'outrecuidance de demander sa main à une femme dans l'état où il est. Tu sais bien qu'il ne vivra pas vieux. Ses poumons sont atrophiés à cause des gaz.

– Justement ! Qu'il profite au moins de la vie qui lui reste.

– Mais toi ! Est-ce que tu profiteras de la vie si tu ne te maries pas ?

– Je sais ce que je dois savoir à ce sujet. Si j'ai vécu seule pendant des années, les facultés de médecine n'ont pas la réputation de générer des oies blanches.

Elle a ajouté, soudain pleine de confusion :

– De toute façon, nous sommes quatre à vivre au Grand Castel. Rien ne presse.

Puis elle a changé de sujet, revenant au malade que nous venions de quitter, pour lequel elle craignait une perforation de l'estomac. Mais l'essentiel de nos conversations concernait plutôt Héloïse dont nous nous inquiétions beaucoup. Au cours de ses études, j'avais confié à Ludivine le cahier de son arrière-grand-père, Pierre Marsac, qui avait écrit un mémoire sur les états de langueur.

– Même aujourd'hui on ne sait pas grand-chose de tout cela, m'avait dit Ludivine après l'avoir lu. En tout cas, je n'ai rien appris de décisif sur la perte de la parole. Tout ce que l'on peut espérer, c'est que la partie du cerveau qui a été atteinte par le choc puisse progressivement se régénérer.

– C'est ce que j'ai toujours cru, mais le temps a passé et il n'y a pas eu d'amélioration.

– Je crois que notre cerveau dispose de ressources bien plus importantes que nous ne pouvons l'imaginer. Il faut garder confiance.

Nous nous étions contentés de cette considération non dénuée d'espoir, d'autant que Ludivine avait conclu :

– Je crois qu'elle n'en souffre pas, et c'est là l'essentiel. Après tout, un degré de conscience inférieur à la normale est peut-être préférable à une conscience aiguë de la vie.

Je le souhaitais aussi, en gardant précieusement au fond de moi l'image d'Héloïse partant le matin au bras d'Antoine dans le soleil des collines.

Nous devenions peu à peu aussi proches, Ludivine et moi, qu'Antoine l'était de sa mère. Que pouvions-nous désirer de plus, au sein de cette vie qui s'écoulait dans la paix revenue, la douceur des jours interminables de juin, l'absence de crainte pour l'avenir, du moins pour moi qui me refusais à me tenir au courant des affaires du pays.

Julie et Philippe vieillissaient près de nous, fidèles compagnons dont l'aide nous était précieuse, à la fois dans le travail quotidien et par leur seule présence attentive et dévouée. Nous ne parlions jamais de Martin, dont le corps était sans doute resté enseveli sous les décombres des combats. Cette pensée m'était douloureuse, mais je m'en consolais en me disant que de toute façon nous n'aurions pas pu l'enterrer sous les chênes de la colline, car cela nous était désormais interdit. Piètre consolation, certes, mais je n'en demandais pas plus, ayant appris que la vie s'ingénie à nous retirer d'une main ce qu'elle nous a accordé de l'autre. Être heureux consiste seulement à savoir s'en accommoder.

Ce que je me suis efforcé de faire, au cours des années qui ont suivi, Ludivine m'ayant succédé définitivement après avoir acquis la confiance de ceux qui me l'avaient accordée. J'ai pu alors me reposer et me consacrer davantage à Héloïse, mais aussi aux vignes en compagnie d'Antoine, dont je me suis rapproché avec plaisir. Et nous avons entretenu alors une complicité qui m'a fait beaucoup de bien, car j'avais un peu mésestimé les conséquences de l'arrêt d'un métier auquel j'avais consacré toute ma vie.

Nous nous asseyions parfois sur le banc qui jouxtait la cabane où étaient entreposés les outils et la réserve d'eau nécessaire au traitement des ceps. Nous parlions, avec Antoine, en présence d'Héloïse, sans avoir le sentiment qu'elle comprenait tout à fait nos paroles, mais avec aussi l'impression que le peu qu'elle en percevait lui faisait sans doute du bien.

Un soir de mai, alors que nous profitions des premiers rayons vraiment chauds du soleil, j'ai déclaré à Antoine à quel point je souhaitais qu'il se marie.

– Je ne vivrai pas vieux, m'a-t-il répondu. C'est à Ludivine d'assurer la descendance de notre famille. Je le lui répète chaque fois que j'en ai l'occasion, et je ne désespère pas de la convaincre.

Et, alors que nous ne nous y attendions pas du tout, Héloïse a murmuré d'une voix faible :

– Ludivine… enfant.

Un air de profonde sérénité éclairait son visage, elle souriait, mais, à notre grande déception, elle est aussitôt retombée dans le mutisme et la lumière de son visage s'est éteinte. Nous avons pourtant dès le soir même rapporté ces deux mots à Ludivine, qui a répondu, comme si elle ne nous avait pas entendus :

– Je vais voir Maria à Bordeaux à la fin de la semaine.

Elle rendait assez régulièrement visite à son amie de faculté, et nous étions habitués à ces brefs voyages du dimanche. Je ne me doutais pas qu'elle pût y rencontrer d'autres amis que cette Maria dont elle parlait souvent. Aussi fus-je stupéfait, quelques mois plus tard, alors que j'évoquais de nouveau, en présence d'Antoine, mon regret de ne pas voir d'enfant dans notre maison, de l'entendre révéler, avec un sourire énigmatique :

– Vous m'en avez tellement rebattu les oreilles que j'ai fini par trouver le père, mais pas le mari.

Et, comme nous demeurions stupéfaits, ne sachant si elle se moquait ou si elle était sincère :

– C'est bien ce que vous souhaitiez ? Réjouissez-vous : il s'appellera Marsac.

Je lui ai alors demandé si elle plaisantait, mais elle m'a répondu d'une voix détachée :

– Je suis enceinte. Il ou elle naîtra au début de l'an prochain.

Et, comme nous la dévisagions, incrédules :

– C'est bien ce que vous vouliez, non ?

– Un enfant, sans mari ? ai-je dit.

– Eh bien quoi ! J'en consulte tous les jours, des femmes sans leurs maris qui ne sont pas revenus de la guerre.

– Est-ce bien convenable, pour une femme médecin, d'être enceinte sans être mariée ?

– Ce qui n'est pas convenable, c'est que les fils que les femmes mettent au monde soient tués à la guerre. J'ai donc fait le pari que j'aurais une fille.

Elle a ajouté, repoussant d'une main lasse les arguments que je m'apprêtais encore à lui opposer :

– Je l'ai fait pour ma mère. J'espère que le choc d'une telle nouvelle agira sur elle. Le qu'en-dira-t-on, les rumeurs, je m'en moque. S'ils ne veulent plus de moi, j'irai soigner ailleurs.

Et elle a conclu, dans un éclat de rire :

– Et je vous laisserai ma fille.

Il nous fallut un peu de temps pour nous remettre de cette révélation aussi inattendue et, dirais-je, si incongrue. Mais quoi ? N'était-ce pas ce que nous souhaitions tous, Antoine, Héloïse et moi ? Ludivine a continué de consulter comme si de rien n'était, même quand sa grossesse est devenue visible, et elle a conduit l'Hispano-Suiza jusqu'au début de l'hiver, après quoi elle s'est contentée de consulter les malades au Grand Castel. Nous imaginions, Antoine et moi, que les supputations allaient bon train sur la question de savoir qui était le père de son enfant, mais quant à nous,

nous ne nous en préoccupions plus : nous avions compris que Ludivine était de taille à faire face aux ragots et à la malveillance. D'ailleurs, en quelques années, elle s'était rendue indispensable dans un rayon de dix kilomètres autour du château, et si quelques familles se détournèrent d'elle, la majorité lui demeura fidèle, à mon grand soulagement.

Chaque fois qu'elle la croisait, Héloïse manifestait un peu d'étonnement devant le ventre de sa fille, son front se plissait, comme si elle cherchait à comprendre ce que cela signifiait, alors je lui disais :

– Elle va avoir un enfant. Tu te rends compte ! Un enfant, ici, près de nous ! Et comme elle est très occupée, c'est nous qui en prendrons soin.

Héloïse souriait, et je me disais – comme, sans doute, s'en était persuadée Ludivine – que le fait de voir apparaître une vie nouvelle allait peut-être provoquer le choc libérateur que j'espérais depuis si longtemps. Ce serait peu dire que d'indiquer à quel point ce Noël-là fut joyeux ! Nous avions tout oublié des blessures passées, et nous nous étions totalement tournés vers le mois de février qui devait voir la naissance que nous attendions tous. Un cadeau du ciel, qui nous réconcilierait avec la vie, et nous apporterait l'apaisement que nous désirions depuis les années funestes de la guerre.

La neige qui tomba début janvier empêcha les visites à domicile, et Ludivine se rapprocha encore davantage de nous. Chaque soir, elle nous disait :

– Je prie pour que ce soit une fille. Je l'appellerai Jeanne.

Et elle ajoutait, levant un index impérieux, comme pour mieux nous révéler l'importance de l'événement :

– Jeanne Marsac !

Nous riions, impatients de voir naître celle qui allait occuper nos jours et nos nuits.

Ludivine a ressenti les premières douleurs dans la nuit du 15 au 16 février 1932, et je suis aussitôt allé chercher la sage-femme en qui elle avait une confiance totale, car elle l'assistait lors des accouchements auxquels elle procédait. À onze heures du matin, Ludivine a mis au monde un garçon, qui a manifesté dès sa venue une vitalité de bon augure, à ma grande satisfaction. Julie l'a emporté pour lui donner les premiers soins, en compagnie d'Héloïse dont le visage s'était éclairé à la vue du petit corps si vigoureux, dont les pleurs se sont rapidement tus pour laisser place à des soupirs de bien-être.

– Un garçon, hélas ! m'a dit Ludivine, épuisée, quand je suis rentré dans la chambre.

– Allons donc ! ai-je dit. Il faut avoir confiance. Le pire n'est jamais certain.

– En effet. Il n'est que probable.

– Je suis sûr qu'il vivra vieux, et heureux, comme moi.

Et, caressant ses cheveux, j'ai demandé :

– Dis-moi plutôt comment tu vas l'appeler ?

Elle soupira, répondit :

– Ce sera Jean, puisque ce devait être Jeanne.

– Oui, ai-je dit. Jean Marsac, c'est bien.

– Alors te voilà heureux ?

– Oui, vraiment.

– J'ai fait cet enfant pour ma mère. Tu le sais ?

– Oui, je le sais.

– Je voudrais me reposer, maintenant.

Je l'ai embrassée et je l'ai quittée pour rejoindre Héloïse et Julie qui a posé un doigt sur sa bouche en disant :

– Chut ! Il dort.

J'ai retrouvé Antoine dans le salon, où bientôt Héloïse nous a rejoints, toujours souriante. Elle avait manifestement conscience de ce qui se passait, et j'ai attendu, mais vainement, les mots que j'espérais. Pourtant, à partir de ce jour, elle n'a cessé d'aider Julie à s'occuper du petit, et dès le mois d'avril, à monter avec elle vers les collines pour le promener. Il était clair que nous devions nous contenter de la joie manifestée par Héloïse au contact de l'enfant. Mais c'était déjà beaucoup, sans doute, et l'année s'écoula dans cette sorte de bien-être que procure toujours l'apparition d'une nouvelle vie dans une famille unie.

C'était le cas. Ludivine avait demandé à Antoine de faire office de père, et il y avait consenti avec un empressement qui ne m'étonnait pas. Souvent, le soir, assis sur la terrasse, il faisait sauter Jean sur ses genoux en riant. Ludivine avait repris ses visites à l'extérieur avec la même énergie, la même foi qu'avant son accouchement. Si quelques clients s'étaient détournés d'elle au début, ils avaient fini par revenir, parfois par commodité, le plus souvent parce qu'ils n'avaient pas trouvé ailleurs la chaleureuse attention qu'elle leur témoignait. Que pouvais-je souhaiter de mieux que cette existence-là, enfin délivrée des malheurs ? Rien, et je le savais, désormais : Héloïse ne parlerait plus jamais. C'était ainsi. Il fallait l'accepter. D'ailleurs, nous n'en discutions plus avec Ludivine. Comme moi, elle avait compris : nous étions deux médecins impuissants à rallier Héloïse à la vraie vie.

Est-ce cette évidence qui m'a précipité dans des malaises inquiétants dès la fin d'un été très chaud, avec une canicule accablante de jour comme de nuit ? Je ne sais pas. Je les ai cachés comme j'ai pu, mais Antoine m'a trouvé un soir inanimé sur le chemin des vignes et, malgré ma supplique de n'en rien faire, en a aussitôt parlé à Ludivine.

– Le cœur ! m'a-t-elle dit après m'avoir ausculté. Je suppose que je ne t'apprends rien.

– Pas grand-chose. Mais c'est la suite qu'il me paraît important de connaître.

– Tu en sais autant que moi.

Oui, je savais que ces douleurs dans la poitrine qui m'assaillaient de plus en plus souvent, juste au-dessous de la glotte, trahissaient un mal profond auquel aucun traitement ne pouvait remédier. Je n'avais pas le cœur malade, j'avais le cœur rompu par toutes les épreuves traversées au cours de ma vie. Et pourtant, si Antoine et Ludivine étaient capables de vivre sans moi, ce n'était pas le cas d'Héloïse. Je me devais de lutter encore, d'accompagner le plus loin possible celle qui, maintenant, en ma présence, levait sur moi un regard où je lisais de l'inquiétude. Son instinct l'avertissait d'un danger.

– Tout va bien, lui disais-je. Ne t'inquiète pas.

Mais ses yeux demeuraient fixés sur moi, et une ombre passait sur son visage dont, cependant, je retrouvais intactes les expressions d'avant, du temps où elle venait vers moi depuis le domaine de son père, à quelques lieues du Grand Castel.

Vais-je pouvoir longtemps tenir ce cahier auquel je tiens tant ? Cela aussi je l'ignore. En ce début de nouvel hiver, après de belles vendanges qui m'ont encore plus fatigué car je ne peux m'empêcher d'y participer dès l'aube, je regarde par la fenêtre de mon bureau, fins et droits comme des chandelles de givre, les lointains peupliers des rives de la Dordogne. Au-dessus d'eux le ciel est d'une clarté magnifique, où, bizarrement, se dessine le visage de Martin, mon fils disparu depuis si longtemps. Qu'est-ce que cela veut dire ? Je vais quitter mon ouvrage pour aller vers Héloïse qui, sur la terrasse

Quatrième partie

LUDIVINE

1

C'EST à Bordeaux que j'ai lu pour la première fois le cahier écrit par mon arrière-grand-père Pierre Marsac, journal que m'avait donné mon père quand nous nous penchions sur le cas de ma mère Héloïse, qui avait perdu la parole depuis la guerre. Il m'avait également communiqué sa thèse de doctorat sur les états de langueur, mais je n'y avais rien trouvé qui puisse me révéler ce que nous cherchions tous les deux pour venir en aide à cette mère que j'aimais tant.

Ce n'est qu'à la mort de mon père que j'ai lu le journal de ma grand-mère Albine et celui de l'auteur de mes jours, donc, dont les dernières phrases évoquent le ciel d'hiver, Martin, Héloïse, et s'achèvent sur le mot « terrasse », à l'instant où il a voulu se lever, mais n'a fait que basculer sur le côté avant de s'endormir pour toujours. C'est Julie qui l'a trouvé et qui est venue me prévenir, en bas, où je consultais, comme chaque matin. Il m'avait quittée, ce père que j'admirais autant que mon aïeul parti sur les champs de bataille pour y gagner cette terre et ce château dans lesquels je vis encore aujourd'hui, puis devenu médecin pour être capable de soigner ses enfants des redoutables maladies qui sévissaient à l'époque. Et ce père que je croyais éternel venait de disparaître à l'orée d'une vieillesse qui aurait pu être paisible, ou du moins délivrée des drames les plus cruels de la vie. Désormais il reposait dans le cimetière de Saint-Léon, où nous l'avions porté en terre par un jour d'hiver froid et sec, qu'un petit vent du nord aiguisait sous la clarté magnifique de l'air. Je ne le verrais plus mais je savais qu'il veillerait sur moi comme il avait toujours veillé sur les siens, et, malgré sa disparition précoce, je ressentais tellement sa présence que ma souffrance en avait été adoucie – à mon grand soulagement.

Cependant ni mon aïeul ni mon père n'avaient pu sauver leurs fils des guerres décidées si loin des merveilles du ciel, de l'eau, des collines, de la verdure et de la pacifique beauté dans lesquelles ils avaient grandi. Comme moi, qui ai eu cette chance, de surcroît adorée par mes parents, mais aussi par mes deux frères, et surtout Martin, l'aîné, que je ne quittais jamais plus d'une minute dès que j'ai su marcher. Comment dire ? Sa blondeur, sa nature aimable me le rendaient indispensable, et il l'est demeuré jusqu'à son départ. Peut-être est-ce que j'exagère en écrivant ces mots, mais à la réflexion je ne le pense pas, car ma mère, d'une certaine manière, restait assez distante vis-à-vis de nous, avait tendance à se réfugier dans l'amour fou qu'elle éprouvait pour son mari, et pourtant elle nous aimait, j'en suis sûre, mais certainement moins que lui – peut-être est-ce aussi simple que cela.

Elle nous confiait volontiers à Julie, si bonne et si attentive, qui nous gavait de confitures et de sucreries, nous houspillait, puis, incapable de se fâcher vraiment, nous serrait sur sa poitrine énorme, à la mesure d'un cœur trop grand. N'ayant jamais pu avoir d'enfants avec Philippe, son mari, elle reportait sur nous un trop-plein d'affection et de tendresse dont nous étions délicieusement submergés.

Mon père, quant à lui, était le plus souvent absent ou occupé, mais sa forte silhouette nourrissait une lumière tutélaire, source de respect et de crainte, qui nous éblouissait. De cette lumière-là je ne me suis jamais détachée, et sans doute avoir entrepris des études de médecine à une époque où, pour une jeune femme, il était quasiment impossible de réussir tient au fait qu'elle m'a réchauffée, fait grandir dans une admiration sans faille. En devenant médecin, comme lui, j'allais le rejoindre définitivement, cet homme qui veillait sur nous de loin mais avec une telle force qu'elle me paraissait devoir nous protéger éternellement.

Ce qui a été le cas longtemps, c'est-à-dire pendant dix-sept années en ce qui me concerne, puisque je suis née en 1897, et que la calamité de la guerre nous a foudroyés dès la fin de 1914. Mais comment, à l'entrée du nouveau siècle, aurions-nous pu imaginer ce qui nous attendait, alors que nous vivions dans l'insouciance d'un bonheur quotidien ? Si je gardais des images imprécises de notre voyage à Bordeaux, le 1er janvier 1900, j'en conservais le témoin essentiel sous la forme de cette poupée Huret, avec ses cheveux tirant sur le roux, qui m'a accompagnée si longtemps, et que je possède encore aujourd'hui, ayant été incapable de m'en séparer – même pendant mes études, je ne le confesse pas sans une certaine confusion.

Mais que de rires, de courses folles, de caresses, de trésors quotidiens accumulés pendant ces années-là ! On ne devrait jamais grandir. Et d'ailleurs on ne sait pas que l'on grandit, au moins jusqu'à douze ans, c'est-à-dire à l'âge où il faut partir pour la première fois. Les jours, le temps n'existent pas. Seuls existent la main chaude des heures, ses parfums, ses cadeaux, la certitude que rien, jamais, ne sera aboli de ce qu'est la vie, du moins ce que l'on croit qu'elle est – qu'elle devrait être.

Ainsi, nos trajets sur le chemin de l'école, nos devoirs effectués sur la table de la grande cuisine sous le regard de notre mère et celui, tellement plus indulgent, de Julie ; les petits matins des jeudis enchantés, l'hiver, quand le givre ou la neige nous retenaient prisonniers sous les édredons de plume, l'été vers la rivière ruisselante – et davantage, me semblait-il, de lumière que d'eau –, en cachette des adultes toujours réticents à nous savoir sur les rives où, chaque année, on retrouvait un ou deux noyés par imprudence. Mais je suppose que nos parents avaient fait comme nous, et d'autant plus joui de ces fugues qu'elles étaient interdites.

Comment, également, aurais-je oublié les longs repas du soir sous le regard calme, imposant de mon père, quand le monde autour de nous s'endormait, que le silence gagnait, que les plats apportés par Julie se succédaient, tous plus délicieux les uns que les autres ? Et les baisers à nos parents, avant de monter dans nos chambres, celui un peu distrait de ma mère et celui, plus appuyé, de mon père, dont les bras me retenaient un instant, un bref instant qui durait mille ans ! Et ses pas dans l'escalier lorsque j'étais malade, qu'il s'asseyait au bord du lit, passait une main caressante sur mon front et murmurait :

– Ce ne sera rien.

Tant de souvenirs me reviennent à la mémoire dans ces lignes que j'entreprends d'écrire pour les mêmes raisons que mes aïeux, sans doute, mais sait-on toujours d'où proviennent nos pensées, et pourquoi un tri inconscient s'opère dans les profondeurs de notre esprit ? Je crois que j'écris pour retenir la vie, revivre le meilleur, consolider ces murailles de bonheur qui m'ont longtemps protégée, et dont les pierres, aujourd'hui, la nuit, se détachent sans que mes mains tendues parviennent à les maintenir en place. C'est ainsi, je n'y puis rien. Mais voyager dans le temps et l'espace, ça, je sais le faire et je ne m'en prive pas.

Et combien, par exemple, j'aime suivre le chemin de l'école vers Saint-Léon, en compagnie de Martin et d'Antoine ! Leur seule présence me préservait des peurs de cet âge, qui suffisent parfois à ébranler un enfant ! Non ! Rien de tout cela ! Mais des chants, au contraire, des nids visités chaque printemps, des raisins grappillés dans les vignes de l'automne, des boules de neige confectionnées chaque hiver par des doigts trop vite réchauffés près des poêles. La voix gaie, légère, de la maîtresse, puis celle bourdonnante du maître, les parfums délicieux des livres, des plumiers, des ardoises, les leçons rapidement apprises, Vercingétorix et Henri IV, Jeanne d'Arc et Napoléon, tant de menus trésors accumulés, indéfectiblement attachés à soi par un métal précieux, gardant l'éclat jamais terni – un éclat d'or – des premières fois.

Sans l'école, nous aurions vécu isolés du reste du monde, du fait que le Grand Castel dominait les vallons et demeurait distant du premier village de trois kilomètres. C'est ce qui nous resserrait sans doute, en tout cas mes frères et moi, que nulle dispute ne venait contrarier, Martin, l'aîné de nous trois, sachant à merveille consoler ou convaincre, même lors des jeux les plus propices à flatter notre orgueil. Les chasses au trésor, par exemple, qu'il allait cacher à plus d'un kilomètre, dans une haie ou au fond d'un bois, nous donnant des indices au retour, nous surveillant de loin, me favorisant au détriment d'Antoine qui ruminait des idées de vengeances jamais assouvies.

Car ces deux frères veillaient sur moi comme sur la prunelle de leurs yeux, et jamais rien – jamais – ne venait susciter en eux de l'amertume ou du dépit de me voir si secrète, incapable de manifester à leur égard un élan de tendresse. Dirais-je qu'ils me redoutaient ? Non, certainement pas, mais je les déconcertais par mon attitude réservée, parfois lointaine – sauvage, voilà le mot – et déjà capable de me mesurer au moindre obstacle apparu sur mon chemin.

Il m'arrivait de les abandonner subitement au coin d'un bois en leur disant :

– Laissez-moi ! J'ai besoin d'être seule.

Ils me regardaient m'éloigner avec une sorte d'effroi dans les yeux, ne sachant de quoi j'étais capable, mais ils ne m'en voulaient pas. Quand nous nous retrouvions, un peu plus tard, je ne lisais dans leur regard qu'un peu d'incompréhension, jamais de colère. Tous deux hochaient la tête en souriant, ils étaient demeurés tels que je les avais laissés : bienveillants et complices. La blondeur bonhomme de Martin et le teint brun d'Antoine ne me les faisaient pas apparaître différents. Ils étaient mes frères, tout simplement, présents depuis toujours et pour toujours.

J'avais sept ans quand le doute s'est insinué dans mon esprit pour la première fois, le jour où Martin nous a quittés pour le collège de Bergerac au début d'un mois d'octobre couvert de brumes et d'étranges rousseurs sur les arbres des collines. Quoi ? se pouvait-il qu'un événement de cette nature survienne aussi brutalement ? Je ne l'avais jamais imaginé, et même si j'en avais entendu parler à plusieurs reprises, je n'y avais pas cru : la vie, le monde, mes parents tout-puissants ne pouvaient permettre cela. Cette impossibilité majeure m'avait convaincue jusqu'au dernier moment que nulle menace ne rôdait autour de moi.

Aussi ce départ soudain, inacceptable, a creusé en moi une première faille qui ne s'est jamais vraiment comblée. Je venais de comprendre que le monde pouvait ne pas coïncider avec l'image que j'en concevais. Contrairement à ce que j'avais toujours pensé, je ne le maîtrisais pas. Je suppose que c'est à cause de cette fêlure dont je n'ai pas mesuré à l'époque toute la gravité que j'ai décidé de mettre en œuvre tous les moyens en ma possession pour être capable de gouverner un jour totalement ma vie, ne pas devenir dépendante de qui ou de quoi que ce soit. Je n'ai rien révélé de cette blessure à mes parents, mais seulement à Antoine.

– Tu ne partiras pas, toi, lui disais-je, en conclusion de mes révoltes indignées.

– Il le faudra bien.

Je l'accablais de reproches, le repoussais, m'éloignais de lui, mais jamais très longtemps : sa présence me consolait, quoique sans me rassurer. Il y avait bien, tapie dans l'ombre, une menace qui augmentait avec le temps et devenait de jour en jour plus inquiétante. J'avais pourtant fait le calcul : Antoine et moi avions encore deux ans devant nous, avant que lui aussi ne quitte le Grand Castel.

C'est alors que j'ai compris qui il était vraiment : un garçon fou d'espace et de liberté, qui n'aspirait qu'à vivre au domaine, s'occuper des vignes, s'immerger dans ce monde dont nous goûtions chaque soupir, chaque éclat de lumière, chaque caresse du vent. Je sus qu'il ne s'en éloignerait plus tard que provisoirement, le temps de grandir au collège en apprenant ce qu'il convenait de savoir, et puis qu'il reviendrait définitivement.

– Alors nous ne nous quitterons plus, me disait-il avec son sourire désarmant, qui illuminait son visage brun et mat, au milieu duquel ses yeux noirs exprimaient une franchise émouvante.

– Mais tu te marieras.

– Si tu restes ici avec moi : jamais. Je te le promets.

Nous avions scellé le serment en jurant « croix de bois, croix de fer, si je mens, je vais en enfer », et je suis persuadée que si la guerre ne l'avait pas si gravement blessé, il serait encore là, près de moi, à l'heure où j'écris ces lignes révélatrices d'un destin tellement plus fort que nos volontés d'enfants.

Nous ne le savions pas, heureusement, sans quoi nous n'aurions pu profiter de ces interminables journées qui nous voyaient inséparables, et déjà étrangers à Martin, quand il rentrait et tenait des propos sur des gens, des lieux inconnus, inapprochables, sans le moindre intérêt. Désormais, il parlait davantage avec nos parents qu'avec nous. Il nous avait trahis. C'est à peine s'il esquissait des tentatives de rapprochement le dimanche avant de repartir, mais je sentais que c'était sans conviction. Il regardait ailleurs. Il ne nous voyait plus. Parfois je me demandais si Antoine, à son tour, me trahirait un jour, mais je chassais bien vite ces pensées de mon esprit, et je me contentais de jouir des heures et des jours bénis de ce qui était encore mon enfance.

Elle a cessé exactement le jour où Antoine a rejoint Martin à Bergerac et où, sans m'y être préparée, je me suis retrouvée seule sur un quai désert, comprenant que la vie était encore plus redoutable que je ne l'avais imaginé. J'avais neuf ans. J'ai alors grandi en quelques jours de plusieurs années, me jurant que je ne ferais plus jamais confiance à personne, que je me battrais de toutes mes forces pour imposer ma volonté à tout ce qui m'était hostile et douloureux.

Mais à neuf ans, on ne dispose pas encore de toutes ses forces, et j'ai eu besoin de me rapprocher de ma mère, Héloïse, dont je jalousais le bonheur si évident, si total, alors que je souffrais. Elle avait trente-six ans, elle était belle, elle aimait mon père plus que tout, elle ne voyait que lui, n'attendait que lui, ne parlait qu'à lui. Certes elle m'embrassait matin et soir, me caressait les cheveux en passant près de moi, mais elle se consacrait corps et âme à un homme qui, je le sais bien, la comblait par sa seule présence. Je n'étais pas de taille à me glisser entre eux.

Nouvelle blessure, qui me poussa à me réfugier dans les études auxquelles j'excellais déjà sans le moindre effort. C'est peut-être de ce jour que date mon besoin de vouloir ressembler à mon père, au moins par le savoir et la puissance qu'il personnifiait. Il me donnerait de surcroît la force pour façonner le monde à ma guise, ne plus le subir, le plier à mes désirs. Ces trois années-là ont été des années solitaires et déjà tendues vers le but ultime que je m'étais fixé. Rien n'aurait pu m'en détourner. J'ai trouvé dans les livres que j'emportais jusque dans les vignes, sous le soleil d'été, les forces nécessaires à bâtir une existence qui serait à la hauteur de ma seule volonté.

C'est pour cette raison que, trois ans plus tard, je suis partie moi aussi pour Bergerac sans le moindre regret. J'allais me forger là-bas des armes qui me permettraient de revenir au Grand Castel aussi indestructible que mon père et que ces murs qui nous abritaient. Dans un collège religieux, comme il était d'usage, à l'époque, pour les filles dont l'existence devait être exemplaire, et dont, très vite, je me suis fermée aux rites, aux prières, aux sermons qui me renvoyaient vers une culpabilité originelle que je n'acceptais pas. Moi, je ne me sentais coupable de rien, et certainement pas d'être née fille, suspectée de toutes les tentations, de tous les vices de la terre. Moi, j'aimais la vie, l'eau, la lumière, l'espace et la liberté. Je me trouvais là uniquement pour me préparer à une existence que je voulais indépendante, exempte de toute tutelle, de quelque nature qu'elle soit.

Je ne me suis pas rebellée, mais je me suis refusée à tout ce qui était étranger à mes rêves, mobilisant mes ressources les plus profondes, afin de mettre toutes les chances de succès de mon côté. Rien ne m'a rebutée en ce domaine : ni les mathématiques, ni les sciences, ni l'histoire de mon pays, ni celle de la religion dans laquelle nous baignions du matin au soir. Je me souviens d'avoir obtenu la meilleure note du collège pour un devoir sur la querelle théologique qui avait opposé Fénelon à Bossuet, et valu au premier d'être chassé de la cour et de revenir en exil dans le Périgord dont il était natif.

Je ne rentrais au Grand Castel que tous les mois, contrairement à mes frères qui, eux, fréquentaient un collège de l'enseignement public, et je m'y étais adaptée, non sans chagrin, au moins les premières années. Il y avait un prix à payer pour devenir ce que je voulais être, et j'allais le payer. Le reste de ma vie ne serait que le résultat de cette concession première, et il n'était pas question de capituler.

J'ai trouvé en moi les ressources pour franchir les obstacles un à un, après avoir sauté une classe dès la deuxième année de mon arrivée, tant mes résultats étaient exceptionnels. Ni les jeûnes, ni les confessions obligatoires, ni les messes du matin, ni les bénédictions de midi, ni les prières du soir ne m'ont rebutée au point de me faire renoncer. Et pourtant elles ont été longues, ces années, uniquement éclairées par les vacances de Noël, de Pâques et de l'été toujours aussi lumineux, toujours aussi propice aux courses folles, aux baignades dans la rivière, aux joutes oratoires avec mes frères devenus grands, et que je retrouvais chaque année plus différents, plus étrangers, mais non pas moins aimants.

Nos parents vieillissaient doucement, mais rien ne venait encore ternir l'éclat de leurs yeux ou l'élan qui les avait unis. Ma mère s'était rapprochée de moi au fur et à mesure que j'avais grandi, un peu comme si elle se revoyait jeune fille au même âge, et ce rapprochement m'avait délicieusement réconciliée avec elle, jadis si lointaine. Parfois elle me dévisageait avec une expression étonnée dans le regard : elle signifiait sans doute qu'elle se demandait comment il était possible que son enfant soit devenue si grande, et bientôt femme, comme elle. Alors elle me tenait à bout de bras et, ses yeux dans les miens, demandait :

– C'est bien toi, Ludivine ?

Elle riait, mais je devinais qu'elle ressentait une sourde inquiétude à constater qu'elle avait vieilli et que mon père ne la considérerait plus bientôt de la même manière et peut-être s'éloignerait d'elle. Cette angoisse la poussait à me parler de leur rencontre, de cette attirance immédiate qui les avait jetés l'un vers l'autre, de leur vie à Bordeaux – que, d'une certaine manière, et sans se l'avouer, elle regrettait.

– Je te souhaite d'avoir la chance que j'ai eue, me disait-elle.

Elle ajoutait, tandis que je hochais la tête en approuvant ces mots pour moi incompréhensibles :

– Si cela devait cesser, je ne le supporterais pas. Vois-tu, la vie doit nous combler ou s'arrêter. Si elle devait me trahir, je ne l'accepterais pas.

Elle me parlait souvent de son enfance dans les vignes de son père, de cette liberté que j'avais eu aussi l'opportunité de vivre, de la nécessité de croire en ses rêves, de les poursuivre sans relâche, de ne jamais y renoncer. De ces confidences je demeurais éblouie, heureuse pour elle de percevoir à quel point elle avait connu le bonheur.

Pourtant, au début du si bel été 1914, nous étions devenues si proches que je m'étonnais de la voir parfois subitement retomber dans le silence, alors que nous bavardions, assises sur la terrasse, et que dans le ciel, au-dessus de nous, passaient et repassaient les hirondelles folles de lumière. Une immense paix baignait la vallée, là-bas, face à nous, qui s'assoupissait dans la chaleur accumulée tout au long du jour, et les éclairs furtifs de la rivière traversaient par moments les frondaisons que n'agitait pas le moindre souffle de vent.

Un soir de la mi-juillet, elle pleura subitement et tenta de me le cacher en se tournant vers la colline. Je me souviens d'avoir demandé tout bas :

– Qu'est-ce qu'il y a ? Tu ne te sens pas bien ?

Elle ne me répondit pas, car elle ne voulait pas

m'inquiéter : ils en étaient convenus avec mon père. Mais son instinct très sûr l'avertissait de ce qui nous attendait, plus précisément du destin tragique à venir. Dès qu'elle eut séché ses yeux, elle se retourna vers moi et me dit :

– Ce n'est rien. C'est passé.

Je ne lisais pas les journaux, je ne me préoccupais que de mes livres et de mes escapades le long de la rivière, insensible à tout ce qui était étranger à mes rêves les plus fous. Je savais que Martin faisait sa médecine à Bordeaux, qu'Antoine était parti au service militaire pour trois ans, mais je n'avais jamais eu la sensation qu'ils étaient menacés par quoi que ce soit. Ces larmes de ma mère me poussèrent à m'en ouvrir à mon père, en me levant très tôt, un matin, et en le rejoignant sur la terrasse où il prenait son petit déjeuner. Il avait quarante-trois ans à l'époque et il était dans la force de l'âge. Ses cheveux blonds s'étaient éclaircis, ses yeux également, mais son visage témoignait d'une énergie qui en imposait à qui croisait son regard. Dès que je lui eus parlé de ma mère, il ne songea pas à tergiverser :

– Elle s'inquiète à cause d'une guerre possible, me dit-il.

– Une guerre ? Quelle guerre ?

– Avec l'Allemagne.

Et aussitôt, devant l'affolement qui me gagnait :

– Il ne faut pas t'inquiéter. Cela n'arrivera pas. Ce ne sont que des bruits.

– Mais alors, pourquoi pleure-t-elle ?

– Tu la connais. Elle est sensible. Plus que n'importe qui.

Il reprit, me voyant bouleversée :

– Je la rassure. Tout ça va passer. Ne t'en fais pas.

Je le sentis troublé lui aussi et je me mis à lire les journaux en me cachant de l'un et de l'autre. Au fil des jours ma colère ne fit que croître devant ce qui devenait plus évident : la folie des hommes gouvernés par des forces obscures, et pour moi déjà funestes, comme pour ma mère, sans doute, qui fuyait ma présence, et s'isolait le plus souvent dans sa chambre.

Je fis de même, me réfugiant dans les livres, insensible à la lumière de l'été qui demeurait pourtant la même au-dehors, murée dans un refus farouche du monde extérieur. Je m'y trouvais quand les cloches se mirent à sonner l'après-midi du 1er août. Leur sarabande folle m'incita à sortir et, malgré la chaleur, à me mettre à courir vers Badefols, comme attirée par un soleil aveuglant. D'abord je ne crus pas à ce que j'entendis, et pour m'en convaincre je dus lire l'affiche de la mobilisation apposée sur le mur de la mairie. Affolée, je revins en courant toujours vers le Grand Castel, où je cherchai en vain mon père et ma mère. Ils étaient partis vers les vignes, me dit Julie à qui j'expliquai ce que j'avais vu et entendu là-bas. Elle savait, car mon père était rentré de ses visites et lui avait appris ce qui se passait. Le monde était brutalement devenu fou, et je ne pouvais en douter : je me trouvais au cœur de cette folie.

À partir de ce jour, je ne sortis plus, afin de ne pas être confrontée aux bruits hostiles et lourds de menaces qui nous assiégeaient. Aussi n'eus-je pas connaissance des premières visites du maire annonçant la mort des soldats. Je n'étais donc en rien préparée aux hurlements que j'entendis en fin de matinée, un mercredi matin, qui étaient ceux de ma mère sur le chemin. D'abord j'en restai pétrifiée, puis j'accourus dans le salon où mon père tentait de secourir son épouse, effondrée à la nouvelle de la mort de Martin. Les cris que je poussai me délivrèrent sans doute d'une blessure semblable à celle de ma mère qui avait perdu la parole sous le choc et, nous ne le savions pas encore, ne devait jamais la retrouver. Journée terrible, mortelle, périlleuse qui s'acheva dans la chambre de mes parents que je ne voulus pas quitter.

Réveil, le lendemain, encore plus difficile, mais, pour moi, incendié par une colère, qui fit naître au fond de mon esprit trop souffrant une obsession qui dura des années : jamais je n'aurais d'enfants. Jamais je ne participerais à cette loi non écrite qui voulait que les femmes donnent naissance à des fils que des gouvernants feraient s'entretuer. Avec la souffrance qui accompagnait ces drames inhumains et des blessures indélébiles, comme celle que j'allais bientôt constater chez celle qui, déjà, semblait errer dans un ailleurs où elle avait trouvé refuge pour échapper à une souffrance trop grande pour elle.

Dès lors, nous vécûmes avec la hantise de recevoir une même lettre au sujet d'Antoine, ce qui nous aurait dévastés définitivement. Il nous écrivit en septembre, puis en octobre, en nous rassurant de son mieux : la guerre s'était enlisée dans les tranchées, rien ne se passait sur le front du Nord où il se trouvait. Je ne quittais plus mes parents. Une immense peur nous submergeait chaque matin, à l'idée que le maire surgisse, une enveloppe officielle à la main.

Le silence d'Antoine devint de plus en plus pesant au cours de l'hiver, puis le printemps alluma sur les arbres des îlots de verdure dont l'étendue allait croissant, réveillait les passereaux, tamisait l'éclat d'un ciel à vif, comme chaque année, imperturbablement. C'était comme si aucun canon ne tonnait au loin, comme si les hommes avaient retrouvé leurs coutumes et leurs occupations familières. Et pourtant... quand la lettre d'Antoine arriva, mon père ne nous en communiqua que l'essentiel : il était blessé, mais il allait nous revenir. Mon père partit pour Paris, et je veillai sur ma mère en lui répétant les mots que son époux avait prononcés avant son départ : « Antoine va revenir, Antoine va revenir, la guerre est finie pour lui. »

Je m'arrimai à cette certitude pendant les quatre mois qui nous séparaient encore du retour de mon frère, et retrouvai un peu de confiance dans le monde et dans l'avenir. Mais la première chose que j'aperçus quand Antoine descendit de voiture, à la fin du mois de septembre, ce fut la manche repliée sur son coude droit. J'en voulus à mon père d'avoir gardé le secret à ce sujet, puis je compris qu'il avait souhaité nous épargner une souffrance inutile. Il y avait réussi, mais la brutalité de cette découverte me poussa à lui crier une fois de plus ma décision de ne jamais avoir d'enfants. Avec une colère, une rage, qui lui donna la conviction, j'en suis certaine, que cette résolution serait suivie d'effet. Il tenta de me consoler, mais il ne disposait pas d'assez d'arguments pour me convaincre de ne pas me projeter ainsi, de façon si négative, dans l'avenir.

Je passai l'hiver suivant à m'occuper de ce frère tant aimé, qui toussait beaucoup et à qui les objets échappaient régulièrement de sa main gauche, mais aussi de ma mère dont le silence devenait de plus en plus effrayant. Je lui parlais, pourtant, avec douceur et conviction, lui posais des questions simples, insistais, attendais patiemment des réponses qui ne venaient jamais. Elle m'observait, un éclair traversait ses beaux yeux, elle plissait les paupières, ouvrait la bouche, mais aucun son n'en sortait. Dès lors je pris ma résolution : la seule manière de pouvoir lui venir en aide un jour était d'aller étudier la médecine à Bordeaux. Je pourrais aussi trouver là-bas la solution pour aider Antoine, découvrir des traitements susceptibles d'arrêter enfin cette toux qui le secouait, même la nuit, le forçant à demeurer assis dans son lit sans réussir à trouver le sommeil.

Quand j'en parlai à mon père, il ne s'y opposa pas, mais il fit valoir les difficultés de telles études pour une femme et me conseilla de patienter jusqu'à la fin de la guerre.

– Non ! dis-je. Dès la rentrée prochaine. Je ne veux pas attendre.

Il se renseigna, apprit que les cours n'étaient pas donnés régulièrement, les professeurs étant requis à d'autres tâches plus urgentes, notamment à soigner les blessés qui arrivaient de partout. Songeant à Antoine et à tous ceux qui souffraient comme lui, je répondis :

– Je les soignerai moi aussi !

– Tant que tu ne seras pas médecin, tu ne feras que le travail d'une femme de salle.

– Eh bien, soit ! Ainsi, j'apprendrai plus vite.

– Tu te vois vider les pots, laver les excréments, nettoyer les humeurs et les plaies ?

– S'il faut en passer par là, je le ferai.

Mon père n'insista pas davantage. Je crois qu'il était secrètement flatté de voir sa fille désireuse d'exercer le même métier que lui, et sans doute aussi d'être capable un jour de l'aider dans l'accompagnement douloureux de sa femme et de son fils.

Voilà comment je me suis retrouvée dans une petite chambre sous les toits, au troisième étage d'une maison grise de la rue de Marengo, à la fin du mois de septembre 1916, sans soupçonner l'ampleur de la tâche qui m'attendait. Aurais-je renoncé, alors ? Je ne sais pas. Ce que je sais, c'est qu'une nécessité vitale, profondément ancrée en moi, me poussait : celle d'être un jour utile aux miens – sans doute comme l'avaient éprouvée mon aïeul Pierre Marsac et mon père Aurélien, au terme d'épreuves finalement comparables à celles que nous vivions.

2

RIEN ne me fut donné dès le premier jour, quand le doyen exigea, pour mon inscription, après avoir consulté d'un œil sceptique mon diplôme du baccalauréat, de s'entretenir avec mon père, afin de connaître mes motivations pour exercer un métier si inhabituel pour une femme. Il faut croire que mon père sut plaider ma cause, puisqu'il ressortit de l'entretien avec l'accord de cet homme qui portait barbiche et redingote et ne me plaisait pas du tout, en raison de l'air dédaigneux qui ne quittait jamais ses lèvres serrées sur un mépris blessant.

Je me sentis bien seule, à la tombée de la nuit, après avoir pris un repas frugal auprès des habitués de la pension de famille – des gens âgés, pour la plupart, que régentait la propriétaire, une matrone croulant sous les bagues, bracelets et colliers de perles qu'elle portait avec ostentation. Elle était autoritaire et charmeuse, avait un chignon roux piqué d'épingles, des yeux gris, des lèvres outrageusement fardées, et elle se réjouissait de l'arrivée d'une jeune fille dont le père avait payé trois mois d'avance de loyer, et qui, de surcroît, allait apprendre la médecine. Les finances de sa maison ne pouvaient qu'en être améliorées en ces temps difficiles où les pensionnaires étaient rares, la plupart des hommes – étudiants et ouvriers – se trouvant au front.

Elle m'avait accompagnée jusque dans ma chambre, ce soir-là, cherchant à se rendre utile, s'attardant, me laissant enfin quand je lui eus expliqué que je devais me pencher sur les livres que m'avait confiés mon père. Je n'en fis rien, car des pensées confuses tournaient dans ma tête, à l'idée d'affronter dès le lendemain un monde qui ne pouvait être qu'hostile. J'étais cependant loin d'imaginer ce à quoi j'allais devoir faire face, près de la seule jeune fille qui prit place à mes côtés sur les bancs d'un amphithéâtre presque désert, où une douzaine de jeunes hommes nous accueillirent par des quolibets.

Cette fille, une petite brune peu décidée à s'en laisser conter, se leva et lança :

– Dites-nous plutôt pourquoi vous êtes assis là, au lieu de défendre votre pays !

Je crus qu'ils allaient se précipiter sur elle et la jeter dehors, mais l'arrivée du doyen mit fin à ces échanges dont je me dis qu'ils ne pouvaient que s'envenimer. D'ailleurs le doyen, dont la voix tremblait autant que ses mains à cause de son âge, tenta tout de suite de nous décourager, nous, les jeunes filles, en nous répétant à plusieurs reprises que rien ne nous serait épargné et que la moindre faute de notre part serait implacablement sanctionnée. Puis il en vint à l'essentiel : la France était en guerre, les hôpitaux bondés de blessés, de malades endémiques, de malnutris, de phtisiques, de varioleux ; les bras manquaient, et donc nous allions bénéficier d'une formation rapide avant d'aller aider, en tant que stagiaires, les infirmières et les surveillantes débordées. Les cours théoriques seraient rattrapés dès que ce serait possible, et il n'était pas certain que notre première année, effectuée dans ces conditions peu ordinaires, soit sanctionnée par un examen. Aucune protestation ne s'éleva à cette nouvelle, mais j'entendis ma voisine murmurer :

– Tous les prétextes sont bons.

Le doyen nous apprit ensuite que nous allions recevoir des cours d'anatomie et d'antisepsie et que nous aurions droit à une séance de dissection une fois par semaine dans une cave du sous-sol de l'hôpital. Puis il nous présenta notre professeur d'anatomie et se retira, non sans avoir jeté vers nous un regard qui exprimait toute sa réprobation.

– Va-t'en ! Vieux hibou ! murmura ma condisciple, en ouvrant un cahier dont les feuilles me parurent fixées entre elles avec du fil à aiguille.

Et cette première leçon sur les muscles et les organes de la cage thoracique commença dans un silence de plomb. Ma voisine profita d'un instant où notre professeur se retournait pour faire un schéma au tableau, pour murmurer en se penchant vers moi :

– Je m'appelle Maria. Et toi ?

– Ludivine, dis-je, en m'efforçant de parler tout bas.

– Tu es de Bordeaux ?

– Non. Un petit village, après Bergerac.

Nous n'allâmes pas plus loin car le professeur nous faisait face de nouveau, mais j'eus l'agréable sensation d'avoir trouvé une amie, ce que confirma l'heure que nous passâmes ensemble entre midi et une heure, dans un petit café d'une rue adjacente où elle me conduisit en me disant qu'elle connaissait la patronne : c'était sa tante. Elle-même était d'origine modeste, car son père était docker sur le port et sa mère couturière. Elle avait dû batailler ferme pour parvenir jusqu'au baccalauréat, fréquentant le lycée le jour et travaillant la nuit à aider sa mère, et elle ne comptait pas renoncer à son projet de devenir médecin après avoir tant lutté pendant des années. C'était bien une alliée que j'avais rencontrée là, dès le premier matin, et une alliée de taille à se défendre – à nous défendre.

Les garçons ayant décidé de nous rendre la vie insupportable, elle m'en donna une preuve supplémentaire quand nous trouvâmes la porte de l'amphithéâtre fermée de l'intérieur à notre retour. Nous nous dirigeâmes alors vers la porte d'entrée des professeurs, que prétendit nous interdire le concierge. Maria me prit la main, l'écarta du bras, se faufila entre le mur et lui, et nous fîmes bientôt notre apparition dans l'amphithéâtre sous les huées des étudiants qui nous bombardèrent de boules de papier. Maria monta aussitôt sur l'estrade, leur asséna des vérités qui les rendirent encore plus furieux : le courage, leur lança-t-elle, aurait été de combattre sur le front, avec de vraies armes et non pas avec des boules de papier. Deux d'entre eux dévalèrent les marches, voulurent s'emparer d'elle pour la jeter dehors et je n'hésitai pas une seconde à voler à son secours. Le professeur d'anatomie, qui arrivait à ce moment-là, nous accusa, nous, les filles, de semer la perturbation et nous promit d'en référer au doyen.

J'en restai désemparée tout l'après-midi, mais Maria me rassura : selon elle, ni les rares étudiants ni les professeurs n'avaient intérêt à entretenir les troubles à l'intérieur de la faculté : les jeunes hommes qui se trouvaient là l'étaient par protection, ils avaient bénéficié de certificats de complaisance pour échapper à la guerre, certains pour raisons de santé, d'autres parce qu'ils étaient censés pallier l'absence de médecins dans la ville et à l'hôpital. Ils étaient issus des familles les plus puissantes : celles du commerce et de la médecine. Je me demandai comment Maria savait tout cela, mais elle ne voulut pas me répondre, craignant sans doute des représailles. Elle le savait, et c'était tout. D'ailleurs, de son point de vue, la situation était la même dans toutes les villes de France, et elle n'en était pas vraiment offusquée : il fallait bien que les hôpitaux fonctionnent et que la population soit soignée.

Moi, j'en étais révoltée en pensant à Martin, ce frère étudiant en médecine qui était parti pour le front dès les premiers jours de la guerre, sans que mon père ne songe une seule seconde à l'en faire dispenser. J'étais certaine que cela ne lui était même pas venu à l'idée. Et aujourd'hui Martin était mort, Antoine grièvement blessé. Ulcérée, je découvrais que le monde était encore plus féroce, encore plus injuste que je ne l'avais imaginé. Le choc fut brutal, et, au lieu de m'abattre, sans doute aussi grâce à Maria, je trouvai la force dès le lendemain, après m'être de nouveau heurtée à la porte fermée et avoir contourné l'obstacle en mettant mes pas dans ceux du professeur qui entrait par celle qui lui était réservée, de grimper sur l'estrade. Là, devant le médecin médusé, j'expliquai à mes tourmenteurs, d'une voix qui ne tremblait pas, que mon frère Martin aurait dû aujourd'hui se trouver sur ces bancs mais qu'il en était empêché parce qu'il était mort au cours des premiers combats. Le chahut cessa aussitôt, et nous fûmes délivrées, Maria et moi, du moins pour quelque temps, des manœuvres destinées à nous faire renoncer.

À la sortie, le soir venu, alors que je me dirigeais vers l'omnibus qui devait me ramener vers la rue de Marengo, l'un des jeunes étudiants qui nous avaient manifesté tant d'hostilité surgit devant moi et voulut m'empêcher de passer.

– Laissez-moi ! dis-je en essayant de le repousser du bras. L'omnibus va arriver.

– Une minute seulement.

Et, comme je faisais un pas de côté pour l'éviter et continuer ma route, il ajouta :

– S'il vous plaît.

Il avait un visage avenant, tout en rondeurs, des yeux noisette, des cheveux bouclés qui retombaient de chaque côté de son front en mèches folles.

– Je suis pressée.

– Oui, je sais, dit-il.

Il hésitait, et je me demandais ce qu'il me voulait, alors que je l'avais vu participer comme les autres au chahut.

– Je m'appelle Séverin Marchesseau, et...

De nouveau il hésita, se troubla :

– Je voulais seulement que vous sachiez, reprit-il, que je n'ai pas choisi d'être là. Mon père est un éminent chirurgien, je suis fils unique et je ne suis pas majeur. Je n'ai donc pu qu'obéir à sa volonté.

– Je vous en félicite. Mais est-ce une raison pour nous empêcher d'entrer ?

Il eut un sourire un peu contraint et ne sut que répondre.

– Laissez-moi passer ! dis-je en l'écartant du bras.

Il s'effaça et je me hâtai vers l'omnibus qui arrivait, en songeant que sans doute les choses n'étaient pas aussi simples que je l'imaginais. Et je lui en voulus, à ce jeune homme si bien vêtu, si grave et si décidé, de contrarier l'idée que je me faisais de tous ceux qui, comme lui, fréquentaient les bancs de la faculté.

Si le combat cessa de ce côté-là, il fut bien plus rude dès la semaine suivante, quand, dès mon arrivée à l'hôpital, je pénétrai dans une immense salle commune, précédée par la surveillante, en présence de deux jeunes hommes, dont Séverin Marchesseau, et un autre, plus grand, plus maigre, qui ne semblait pas en très bonne santé. Maria ne se trouvait pas à mes côtés, car elle avait été affectée à l'étage du dessus, où gisaient des blessés de la guerre. Dans l'immense pièce où j'entrai, suffoquée par une forte odeur d'ammoniaque et de désinfectant, étaient couchés des malades sur des lits de bois alignés le long d'un mur couvert de salpêtre. Au fond, une douzaine de robinets servaient à la toilette des plus valides, et à l'autre extrémité, des latrines aux portes mal fermées étaient censées accueillir ceux qui n'avaient pas besoin de bassin pour se soulager. Il y avait toutes sortes de malades, je devais m'en rendre compte dès ce premier matin, dans cette pièce oppressante du fait que l'on ne pouvait pas ouvrir les fenêtres à cause du froid : des phtisiques, des varioleux, des dénutris, des tuberculeux, des obèses, des vieillards en fin de vie, des goitreux, des opérés dont les plaies ne parvenaient pas à cicatriser, des patients brûlant de fièvre qui attendaient une opération, et même un fou qui poussait de temps en temps des hurlements, et que l'on avait dû attacher.

Je faillis faire demi-tour et m'enfuir, quand la surveillante me prit le bras et me força à écouter le médecin responsable de l'étage qui nous tint le discours suivant :

– Je n'ai pas d'interne à ma disposition. Vous allez devoir le remplacer.

Il nous dévisagea un par un d'un air accablé, poursuivit :

– Chaque matin à huit heures vous interrogerez les malades pour savoir s'ils ont dormi ou pas. Vous les palperez, vous les ausculterez et vous leur prendrez le pouls : Mme Berland, ici présente, vous l'apprendra. S'il y a des nouveaux, vous établirez leur dossier sur cette fiche cartonnée et vous la remettrez à la surveillante.

Il se tut, nous inspecta de nouveau du regard, reprit :

– S'il n'y a pas assez de femmes de salle, vous les remplacerez.

Puis, s'apprêtant déjà à nous tourner le dos :

– Avez-vous des questions à poser ?

Ni moi ni les deux étudiants n'eûmes le courage de parler. Nous avions bien assez de mal à tenir debout dans ces odeurs suffocantes, et devant toute cette misère des corps allongés. Il partit d'un air pressé, nous laissant devant la surveillante, une femme qui devait avoir la cinquantaine, brune, de grande taille et aux larges épaules, dont les yeux noirs exprimaient autant de force que de lassitude. À ce moment-là le fou se mit à hurler et elle ordonna à mes deux camarades d'infortune de la suivre jusqu'à lui. Elle leur montra comment le détacher, puis leur expliqua comment, le tenant chacun par une épaule, le conduire vers les toilettes.

– Quand ce sera fait, vous le ramènerez et vous l'attacherez de nouveau.

Son regard revint sur moi, qui me tenais au montant d'un lit pour ne pas tomber, et elle me lança d'un ton qui n'admettait pas de réplique :

– Venez !

Elle m'entraîna vers un lit où gisait, le front luisant de fièvre, un homme d'une trentaine d'années qui avait été opéré d'une tumeur au ventre deux jours auparavant.

– Je vais vous expliquer comment changer le pansement, dit-elle en me montrant, sur une table basse, un flacon, de la ouate et des bandes de coton.

À ce moment, mes yeux croisèrent ceux du malade où je lus une sorte de supplique muette, mais je ne sus si elle exprimait du renoncement ou un appel à l'aide. La surveillante déroula le bandage, souleva la ouate en arrachant une plainte au malade, mais elle n'en tint pas compte. Elle jeta le coton souillé dans une bassine, déboucha le flacon dont l'odeur puissante, irritante, me fit chanceler :

– C'est de l'acide phénique, me dit-elle en imbibant largement la ouate avant de l'appliquer de nouveau sur la cicatrice.

Le malade saisit alors ma main et la serra. Je sus dès ce moment-là que je ne renoncerais pas : il y avait dans cette main si chaude, si fiévreuse, une telle confiance, un tel abandon, que je me sentis aussitôt investie d'un courage que je ne soupçonnais pas. C'était la première fois qu'un être humain s'en remettait à moi de la sorte, et j'en étais bouleversée.

– Refaites le bandage ! m'ordonna la surveillante.

Je m'assis au bord du lit, enroulai la bande autour du ventre, tandis qu'elle le soulevait pour que je puisse passer. Les livres d'anatomie que m'avait confiés mon père m'avaient épargné la découverte brutale d'un sexe d'homme à ce moment-là, ce qui ne parut pas échapper à la surveillante, qui me félicita puis me dit :

– Suivez-moi !

Ainsi, tandis que les deux étudiants se débattaient pour attacher le fou qu'ils parvenaient à peine à maîtriser, j'eus le temps de faire connaissance avec une demi-douzaine de malades, en apprenant les soins nécessaires à leur guérison.

Ensuite, dès le début de l'après-midi, je dus soigner une femme d'une cinquantaine d'années atteinte de la forme la plus aiguë de la variole que l'on n'avait pu endiguer. Elle avait dû être belle, mais son visage, aujourd'hui, était couvert de pustules qu'il fallait ouvrir avec une aiguille avant de les nettoyer au moyen d'une pommade à base de suif et de colophane. La malade fermait les yeux, respirait difficilement et je me demandais si elle allait souffrir de ces soins dont j'avais été chargée, après que la surveillante, une nouvelle fois, m'eut montré comment procéder. Ma hantise, dès le début, fut d'enfoncer l'aiguille trop profondément et de blesser cette femme qui gémissait, mais était trop faible pour parler. Je fis ce que je pus, le plus délicatement possible, mes mains tremblant au début, puis s'affermissant au fur et à mesure que je parvenais à ouvrir les pustules sans déclencher de plainte. Puis je me mis à lui parler :

– Ne craignez rien. Ça va être fini. Si je vous fais mal, levez la main droite.

Je la lui pris et sentis qu'elle parvenait à serrer la mienne. Mais la surveillante surgit et me reprocha de prendre trop de temps pour ce genre de soins :

– Il faut aller plus vite, ma petite. D'autres vous attendent.

Je me hâtai de poser sur le visage de la patiente un masque de fécule de pomme de terre, et le fixai avec deux lacets de part et d'autre de la tête. C'est alors que je crus entendre un mot entre les lèvres mi-closes, mais je ne fus pas certaine d'avoir bien compris :

– Merci.

Je m'éloignai avec ce trésor – ce baume sur mon cœur – vers d'autres malades, et il m'aida à accomplir ma tâche tant bien que mal. Cependant le plus difficile, le plus douloureux, ce fut, en fin de soirée, la mort d'un vieillard qui s'éteignit dans mes bras, alors que je tentais de le relever sur son oreiller, afin qu'il respire mieux. Rien ne m'aurait été épargné dès ce premier jour. Je sortis de l'hôpital à huit heures du soir et retrouvai Maria qui, comme moi, était anéantie par cette journée. Elle me raconta ce à quoi elle avait dû faire face – des hommes jeunes défigurés ou amputés – mais je n'eus pas la force de lui faire le récit de ce que j'avais vécu. Elle m'accompagna jusqu'à l'omnibus, et je rentrai chez moi en m'efforçant d'oublier le dernier souffle du vieillard pour ne garder que la chaleur d'une main serrant la mienne, ou ce « merci » qu'il m'avait semblé entendre, entre des lèvres trop pâles, que le sang avait déjà désertées.

La semaine s'écoula dans les mêmes difficultés, entre moments de renoncement et sursauts d'orgueil, tragiques défaites et petites victoires, sourires et larmes. Les plaies, le sang et la douleur, pourtant, ne faisaient pas disparaître tout à fait les éclairs d'une vie qui ne demandait qu'à durer entre les plaintes, la peur, la détresse. Elle était toujours là, la vie, et ces mains qui serraient les miennes m'aidaient à reprendre chaque matin le chemin de l'hôpital au lieu de tout simplement repartir vers le Grand Castel où une autre existence m'attendait.

Ce qui m'aida aussi, ce fut, dès la deuxième semaine, le changement de service à l'étage supérieur, auprès des blessés. Là, en effet, dès le début, j'imaginai que c'était Martin que je soignais – Martin et Antoine, qui gémissaient et auxquels je parlais pour les rassurer. J'avais compris dès la première semaine combien les mots pouvaient réconforter des malades isolés dans leur souffrance et auxquels les médecins n'adressaient jamais la parole. Je vis des horreurs que je n'avais jamais imaginées – hommes sans mâchoire, sans yeux, ou sans nez – mais jamais ma main ne recula une fois les pansements enlevés. C'étaient mes frères qui gisaient devant moi, et ils avaient besoin de moi. Pourtant, ce ne fut pas à cet étage que je rencontrai le pire, mais dans la salle de dissection où nous pénétrâmes un matin, les douze étudiants, Maria et moi.

Il régnait dans cette pièce une telle odeur de formol que deux d'entre nous – deux garçons – tombèrent dès les premiers instants. Nous fûmes chargés de les ranimer, sous le regard impassible du professeur, un homme hors d'âge, aux épaules tombantes, aux fines lunettes rondes, qui interrompit à peine son discours destiné à nous apprendre comment désinfecter les instruments et les manipuler. Il y avait trois corps nus devant nous, allongés sur des tables de pierre, un homme et deux femmes, à ce que je pus en juger dès que je trouvai la force de poser mon regard sur eux.

Maria m'avait pris le bras et le serrait sans que je comprenne si elle avait besoin de s'appuyer sur moi ou si elle souhaitait me soutenir dans cette nouvelle épreuve. Quand tout fut rentré dans l'ordre, après un soupir d'impatience, le professeur nous déclara d'une voix blanche que nous allions commencer par ouvrir l'abdomen de l'homme qui était mort d'une occlusion intestinale. Dès qu'il incisa l'épiderme et souleva la peau, les muscles, les veines, les nerfs, les tissus apparurent dans une sorte de réseau inextricable qu'il me parut impossible de démêler. Il y parvint, cependant, en nommant un à un, calmement, patiemment, les éléments qu'il mettait au jour. Séverin Marchesseau dut s'éloigner pour aller vomir dans une cuvette qui était destinée à cet usage, probablement fréquent, sur une table voisine. Je crus que j'allais l'imiter, mais le professeur cessa sa dissection, et nous entraîna vers les deux autres cadavres – deux femmes : une jeune et une vieille dont les mâchoires paraissaient avoir été crispées dans une immense souffrance au moment de la mort.

Il ordonna à Séverin Marchesseau de procéder à l'incision de la peau, mais celui-ci n'y réussit pas. Maria proposa alors de le remplacer et elle ne trembla pas au moment où le bistouri entra dans la chair. Elle nomma à son tour les organes qu'elle mettait au jour, alla les chercher sans la moindre émotion, puis elle s'arrêta sur l'ordre du vieux bonhomme qui me lança, d'une voix froide et sèche :

– À vous, mademoiselle, puisqu'il semble désormais que les filles soient plus courageuses que les garçons !

Maria me tendit le bistouri que je pris d'une main hésitante, mais je ne pouvais pas reculer sous le regard de ces étudiants qui nous avaient tant tourmentées, et je fis ce que je pus, découvrant les nerfs, les muscles, et dessous, entre les tissus déchirés, les intestins que je me gardai bien de toucher avec mes doigts. Au terme de trois ou quatre minutes de cette opération, c'est avec soulagement, et encore étonnée d'avoir été capable de tenir debout, que je remis à l'étudiant que je détestais le plus, car il était l'instigateur de nos épreuves, le bistouri qu'il faillit lâcher. Il parvint cependant à nous imiter, et la séance continua pendant toute la matinée, l'instrument passant de main en main, sous le regard impassible du professeur.

L'après-midi, nous regagnâmes la salle qui nous avait été affectée et ce fut comme une délivrance. Au moins, ceux-là étaient vivants. Il y avait encore de l'espoir pour eux, même pour les plus atteints, ceux dont les yeux, brûlants de fièvre, faisaient craindre une fin prochaine. Une semaine nous séparait de la séance suivante de dissection, et c'était un soulagement. Même Maria, qui n'avait peur de rien, m'avoua à quel point elle avait dû prendre sur elle quand le vieux lui avait tendu le bistouri.

– J'ai failli le lui jeter à la figure ! me dit-elle avant d'éclater de rire, comme elle en avait l'habitude chaque fois qu'elle avouait un moment de faiblesse.

Quinze jours plus tard, nous dûmes assister à une opération effectuée par le doyen sur une péritonite, mais elle ne nous fut pas aussi pénible que la séance de dissection. Le malade respirait, il était vivant lui aussi, comme ces patients sur lesquels nous nous penchions pour leur donner le meilleur de nous-mêmes. Cette séance était surtout destinée à nous enseigner les règles strictes de l'asepsie, car beaucoup d'opérés mouraient d'infection, malgré les soins que les chirurgiens prenaient à se désinfecter. Les instruments, la charpie, les bandelettes, les éponges étaient stérilisés dans l'un des fours inventés par Pasteur, à plus de cent trente degrés. Ensuite, avant l'opération, tout était passé à l'acide phénique : les linges, les fils, les bistouris, et la plaie nettoyée avec du phénol. Et pourtant, souvent, cela ne suffisait pas, car les microbes étaient partout, ainsi que nous l'expliqua le doyen – jusque dans sa blouse blanche – et ils étaient attirés par le sang et les chairs tuméfiées.

Quand il eut extrait d'un geste net et précis le morceau de chair source de l'infection, il se tourna vers moi et m'ordonna de poser les écarteurs afin qu'il puisse installer le drain. Je ne sus comment je trouvai la force d'insérer les pinces contractées dans les tissus avant de les relâcher lentement. J'y parvins, pourtant, et je reculai d'un pas, sans que me soit accordé le moindre regard. Il est vrai que le chirurgien devait encore nettoyer, cautériser, recoudre et panser, cette dernière opération étant confiée à Maria, qui ne trembla pas plus que dans la salle de dissection. Et chaque fois que nous assistâmes à une opération c'est à nous, les filles, qu'il fit appel, comme pour nous mettre à l'épreuve sans cesse et toujours. Jamais un salut, jamais un mot d'encouragement ou de félicitation, mais nous en avions pris notre parti, Maria et moi, et nous n'attendions rien de lui.

Voilà comment passèrent ces premiers mois à Bordeaux, et comment je réussis à franchir les obstacles qui se présentèrent nombreux. Je savais dès mon premier retour au Grand Castel que je ne renoncerais pas. C'est ce que je confirmai à mon père qui s'inquiétait beaucoup pour moi. Mais je suppose qu'il ressentit la force et la détermination qui m'animaient, puisqu'il me dit, avant que je ne reprenne la route de Bordeaux :

– Quand tu auras fini, tu prendras ma suite, ici.

Je n'aspirais qu'à cela, et il le savait. Si j'étais partie, c'était pour soigner ma mère et Antoine des maux qui les avaient frappés. D'autres horizons, d'autres possibilités s'étaient ouverts à moi sur les bancs de la faculté, mais j'étais persuadée que c'était chez moi, au Grand Castel, que je pourrais un jour mener l'existence dont j'avais rêvé.

C'est ainsi que les mois s'écoulèrent jusqu'à la fin de la guerre qui fut célébrée par les cloches des églises, de la même manière qu'elle avait été annoncée. Nous n'eûmes pas le temps de sortir dans les rues pour nous mêler à la foule qui chantait et dansait, paraissant avoir oublié tous ceux qui avaient perdu la vie lors des combats pendant quatre longues années. Nous pensions avoir vécu le pire, quand se déclencha une épidémie de cette grippe que l'on allait appeler « grippe espagnole », et qui était en réalité une affection extrêmement grave qui s'achevait le plus souvent en pneumonie. Nous ne prîmes pas assez de précautions au début, ne sachant à quoi nous avions affaire, et pourtant la plupart de ceux qui en étaient atteints ne s'en remettaient pas. C'est de cela que l'étudiant grand et maigre, qui était ami avec Séverin Marchesseau, mourut peu avant Noël.

Je me sentais menacée, bien sûr, mais comment aurais-je pu m'enfuir au moment où tant de malades affluaient, tous atteints gravement par ce virus inconnu, qui provoquait des ravages dans la population bordelaise ? Mon père vint rue de Marengo pour me supplier de rentrer au Grand Castel jusqu'à ce que l'épidémie se résorbe, mais je refusai : je désirais demeurer à mon poste, mais aussi ne pas transmettre aux miens la maladie si j'en étais porteuse.

Ce ne fut pas le cas. À quoi ai-je dû mon salut en cette période si périlleuse ? Je ne sais pas. Nous n'avions pas le temps de nous protéger comme il l'aurait fallu, et cependant je suis passée sans encombre à travers les mailles du destin. Peut-être notre famille avait-elle payé assez cher le droit de garder vivants tous ceux qui avaient survécu jusqu'alors. C'est ce que je me dis à l'arrivée du printemps, quand il fut clair que l'épidémie avait été endiguée, et que nous allions pouvoir reprendre une vie plus normale.

Elle ne le redevint vraiment qu'à la rentrée suivante, lorsque nous nous consacrâmes davantage aux cours qu'à l'hôpital, afin de rattraper le temps perdu. Cours de chimie, de pharmacologie, de biologie : tous ceux dont nous avions été dispensés pour faire face à la situation dans laquelle se trouvait le pays. Les persécutions avaient cessé également, car nous avions démontré, Maria et moi, que nous étions capables de soigner et de nous dévouer aussi bien que les garçons. Ce qu'avaient finalement fini par admettre le doyen et nos professeurs, à qui nous avions été bien utiles, sans jamais refuser les tâches les plus ingrates qui nous étaient confiées. Des deux années de guerre, une seule avait été validée dans le cadre de nos études, mais aucun d'entre nous n'avait songé à le contester.

Désormais la voie était libre, ou presque, à condition de continuer à travailler avec la même conviction. Mais j'étais obsédée par le mutisme de ma mère et je voulais me diriger vers une spécialité qui me permettrait, du moins je l'espérais, de trouver une solution à ce qui la handicapait. Or la psychiatrie, à l'époque, n'existait pas en tant que science dans les facultés et les hôpitaux où l'on avait d'autres chats à fouetter. Les dérèglements de l'esprit étaient assimilés à la folie et traités comme tels : par l'enfermement ou la contrainte.

Pourtant, un professeur plus jeune que les autres, à qui je m'ouvris de cette question, voulut bien me permettre d'entreprendre une thèse sur ce sujet : enquêter auprès des aliénés pour tenter de comprendre si la source du dérèglement pouvait avoir été provoquée par un choc émotionnel ou si elle avait une origine physiologique. Autre versant de la question : un choc émotionnel pouvait-il provoquer des lésions organiques au niveau du cerveau ? Ce professeur s'appelait M. Ladurantie. Il avait étudié Freud, s'était un peu essayé à la psychanalyse, mais il n'était pas convaincu par ses théories : pour lui, l'origine des troubles névrotiques ne résidait pas forcément dans les désirs enfouis ou refoulés. Ils obéissaient à des causes beaucoup plus complexes. Dans le cadre de ses études, il avait entrepris des recherches sur la perte de la parole, mais faute de temps n'avait guère avancé. Il m'avait donc prise sous sa protection et permis d'enquêter dans cette direction, ce à quoi je me consacrais dès que j'avais une minute de libre.

Mais on ne rentrait pas si facilement dans les asiles à cette époque-là, et j'eus du mal à obtenir les autorisations nécessaires. Après bien des obstacles dressés devant moi, bien des atermoiements, je parvins à enquêter dans un asile où je rencontrai tout ce que l'humanité pouvait recéler de souffrances et d'horreurs. Impossible, le plus souvent, d'obtenir des réponses à mes questions de la part des aliénés, sauf s'ils se trouvaient dans des phases d'apaisement temporaire. Les médecins, eux, avaient décidé de ne pas collaborer, car ils craignaient d'être en présence d'une émissaire chargée de les contrôler et d'établir un rapport destiné à leur direction.

J'eus alors la chance de nouer des liens d'amitié avec une infirmière qui me facilita les contacts avec les malades et tenta de me donner les réponses nécessaires à mon étude. Mais il me fallut trois années pour venir à bout de mes recherches et écrire une thèse à ce sujet, tout en sachant, quelles que fussent mes conclusions, que j'aurais bien du mal à la défendre devant un jury.

Heureusement, le président du jury, comme c'était la coutume, était le professeur qui avait accepté ce sujet de thèse, et il possédait assez de pouvoir pour imposer son avis aux deux autres membres, des médecins qui n'avaient aucune compétence en la matière. Mes conclusions étaient que, très probablement, des chocs émotionnels pouvaient provoquer une lésion d'une partie du cerveau, sans doute la zone frontale, et entraîner une démence précoce. Je n'avais pas pu affiner ces conclusions au sujet du mutisme, car je ne disposais pas de malades à examiner, et de toute façon ils eussent été bien incapables de répondre à mes questions. Tout cela était bien éloigné de la médecine générale que je me proposais d'exercer au Grand Castel, mais j'étais persuadée d'avoir suffisamment appris à l'hôpital pendant la guerre, et après, d'ailleurs, pour faire face à tous les maux de la population de notre canton.

Ce fut ainsi que je devins docteur en médecine, avec la satisfaction qu'on imagine : rien ne m'avait été épargné, j'avais côtoyé le pire, mais je n'avais jamais renoncé. Je me sentais forte, maintenant, bien différente de celle qui était partie pour la grande ville, d'autant que la vie m'avait enseigné d'autres secrets tout à fait étrangers à la médecine.

Il y avait eu Maria, dont l'amitié ne s'était jamais démentie, mais il y avait eu aussi Séverin Marchesseau. Étant absorbée par d'autres occupations, j'avais mis du temps à comprendre qu'il s'intéressait à moi plus qu'il n'était d'usage entre étudiants. Il s'arrangeait pour se trouver toujours dans le même groupe que moi, me raccompagnait presque chaque soir jusqu'à l'omnibus, sans que je m'en soucie le moins du monde. Ce fut Maria qui m'ouvrit les yeux, un jour, à midi, alors que nous déjeunions chez sa tante, en riant comme elle savait si bien le faire :

– Ce Séverin Marchesseau, il est amoureux de toi !

– Qu'est-ce que tu vas chercher là ?

– Ça crève les yeux, ma petite ! Il n'y a que toi qui ne t'en es pas rendu compte.

Et, comme je rougissais, terriblement gênée :

– Quoi de plus normal ? insista Maria. Tu es belle, et tu lui plais !

Enfin, me prenant le poignet et le serrant affectueusement :

– Ne crois-tu pas que nous côtoyons assez la mort pour ne pas penser à la vie, une fois sorties du turbin ? Allez, ma belle, profite ! profite !

Maria avait un godelureau – c'est le mot qu'elle employait –, un jeune homme qu'elle m'avait présenté un soir : sec et brun, le verbe haut, vif et sûr de lui, qui travaillait comme son père sur les quais, en tant que docker. Elle m'apprit, lorsqu'il fut parti, qu'il militait à la CGT, et qu'elle se trouvait à son aise dans ce milieu qui était le sien depuis toujours.

– Mais tu vas devenir médecin ! dis-je.

– Oui. Médecin des pauvres. Et c'est pour ça que je lutte depuis des années. Tu vois, ma belle, après quoi je cours, pour qui je me bats ?

Ses motivations n'étaient finalement pas très différentes des miennes, moi qui n'aspirais qu'à revenir chez moi pour soigner une population que je côtoyais depuis mon enfance, et que je rencontrais tous les jours, venue en consultation au Grand Castel. C'étaient des paysans, des artisans, des saisonniers, des domestiques, des bateliers, tous vivants non pas pauvrement, mais petitement, dans un monde qui leur suffisait, n'en ayant pas connu d'autre.

Séverin Marchesseau, lui, était fils de chirurgien, et habitait à Bordeaux, dans le quartier de la Bourse, l'un de ces magnifiques immeubles aux escaliers de marbre, qui faisaient face aux quais. C'est ce que je lui fis observer dès le jour où il me proposa de l'accompagner chez lui. Devant mon refus, il me demanda d'accepter au moins une invitation à dîner, un soir, dans un restaurant proche de la rue de Marengo. Comme j'hésitais, Maria me démontra que cela n'engageait à rien, et elle insista tellement que je finis par y consentir. Voilà comment je me retrouvai face à un jeune homme dans la salle bondée d'un grand restaurant pour la première fois de ma vie.

J'eus beaucoup de mal à apprécier la nourriture, car dès le début Séverin Marchesseau se confia en des termes auxquels je ne m'attendais pas : il m'apprit avec une émotion qui me parut non feinte qu'il n'avait cessé de songer à moi depuis le premier jour où il m'avait vue. Selon lui, j'occupais toutes ses pensées. Il me supplia de ne pas le repousser, de le laisser me côtoyer, car il m'aimait d'un amour fou qui, affirma-t-il de surcroît, l'empêchait d'étudier comme il l'aurait dû.

– Sans vous, je suis perdu, Ludivine, me dit-il avec un pauvre sourire qui me bouleversa.

Même dans mes rêves de jeune fille, aucun garçon ne m'avait parlé de la sorte, avec une émotion, des mots qui me dépassaient, et, en même temps, je dois le confesser, me flattaient. Car Séverin Marchesseau était beau, avec ses yeux couleur noisette où brillaient des étincelles d'or, ses traits réguliers, ses mèches folles qu'il tentait vainement d'apprivoiser dans un geste qui me paraissait enfantin.

– Je ne crois pas mériter une telle attention, dis-je en reposant dans mon assiette la coquille d'une des premières huîtres que j'aie mangées dans ma vie.

– Qui vous parle d'attention, Ludivine ? C'est d'amour qu'il s'agit, et vous le savez bien.

– Je n'ai pas remarqué qu'il s'agissait de cela le jour de la rentrée en faculté.

– Des enfantillages, dit-il en écartant ma remarque de la main.

– Cela vous passera, comme tout, dis-je avec ironie.

Il me dévisagea avec une réelle souffrance sur son visage.

– Comment pouvez-vous refuser si rapidement un élan qui dure depuis trois ans ? Ne trouvez-vous pas que j'ai été assez patient ?

Je laissai passer un instant avant de demander :

– Et alors ? À supposer que je vous entende ? Où cela nous mènera-t-il ?

– Au mariage, répondit-il, comme s'il exprimait là une évidence connue de lui seul.

Je bus une gorgée de ce vin blanc sec, si différent de celui du Grand Castel qu'il ne fit qu'ajouter à cette sensation d'incompatibilité que je ressentais en sa présence.

– Je n'accepterai jamais de vivre à Bordeaux, dis-je sans même avoir réfléchi à ces mots.

– Pourquoi donc ?

– Parce que je suis venue étudier la médecine pour être utile aux miens et à une population que j'aime depuis toujours. Et ce n'est pas celle de cette ville.

– Alors je vous suivrai !

– Certainement pas !

– Et pourquoi ?

– Parce qu'il n'y a pas de place pour vous là-bas.

– Qu'est-ce que vous en savez ?

– Je le sais, ça me suffit.

Et j'ajoutai, décochant une ultime flèche qui le blessa :

– Vous ne fréquentez que les beaux quartiers, vos parents habitent place de la Bourse, votre père est chirurgien, vos habitudes ne sont pas les miennes.

– Mais vous habitez un château, m'a-t-on dit !

– Vous vous êtes renseigné, à ce que je constate.

– Je sais tout de vous, Ludivine. J'en avais besoin.

– Et de quel droit, je vous prie ?

Il me défia du regard, reprit :

– Il n'est pas question de droit là-dedans, il n'y a que de la douleur à vous voir étrangère à des sentiments qui ne se commandent pas.

– Eh bien moi, je commande aux miens !

– Dans ce cas, vous avez de la chance.

Un long silence s'installa entre nous, durant lequel je me demandai pourquoi je réagissais de la sorte alors qu'il me plaisait, ce Séverin Marchesseau, avec sa sincérité et sa fragilité émouvantes. Je me revis alors devant mon père, lors de la mort de Martin, et j'entendis les mots que j'avais prononcés dans ma colère et mon chagrin : « Jamais je n'aurai d'enfants ! Tu entends, jamais ! » Mais j'étais totalement incapable de faire cette confidence à qui que ce soit. C'était mon secret et ma force : j'avais résolu de triompher seule de tous les événements de la vie.

Je sentis pourtant que j'étais allée un peu loin, et qu'après tout ce jeune homme ne représentait pas un si grand danger pour moi.

– Vous voyez, dis-je, je ne suis sans doute pas celle que vous espériez.

Il sourit :

– Si c'était le cas, qu'est-ce qui vous fait croire que vous ne le deviendrez pas ?

Et, comme je ne répondais pas :

– J'ai le temps. Il faudra des années avant que vous ne repartiez vers votre campagne.

Il planta son regard chaud dans le mien, ajouta :

– J'attendrai.

Ce soir-là nous n'allâmes pas plus loin sur ce sujet et nous en revînmes aux études que nous avions en commun. Après quoi, il me ramena jusqu'à la rue de Marengo sans un mot, mais, au moment de s'en retourner, il me prit la main et la baisa.

– J'ai le temps, Ludivine, répéta-t-il, avant de faire demi-tour, me laissant sur le trottoir d'où je regardai sans pouvoir m'en détacher sa silhouette grande et fine s'éloigner sous la pluie qui commençait à tomber.

Que dire des mois et des années qui ont suivi ces confidences lors de ce premier repas ? Qu'elles firent leur chemin en moi, tout simplement, et que j'ai eu beaucoup de difficulté à m'en défendre. En réalité, il faut bien le dire, je ne m'en suis pas défendue, même si je n'ai rien concédé sur l'essentiel, à savoir qu'un mariage avec lui était inenvisageable. Pour le reste, je crois lui avoir donné tout ce que je pouvais, y compris dans le lit de Maria qui nous avait prêté sa chambre, car la médecine m'en avait appris assez pour ne pas risquer de tomber enceinte, ce à quoi je me refusais farouchement. Oserais-je dire que je n'ai pas boudé mon plaisir dans la découverte des corps et des caresses ! J'en avais besoin, après des journées passées dans la compagnie de la douleur ou de la mort. Et lui aussi, sans doute, car il s'y abîmait avec un air d'égarement aussi touchant que son sourire. C'était donc cela, un homme ! Tant de puissance et tant de faiblesse, tant d'ardeur et tant de fragilité, tant d'efforts pour obtenir ce qu'il désirait !

Il eut tout ce qu'il voulut jusqu'au dernier moment, ou presque : alors que nous fêtions le succès de ma thèse, un soir, il me confia qu'il avait parlé de nous à ses parents et qu'ils étaient d'accord pour faire ma connaissance et envisager notre mariage. Je savais que j'allais devoir lutter contre cette part de moi-même qui me portait vers lui, et je m'y étais préparée.

– Je ne me marierai jamais, dis-je sans détourner mon regard. Tu le sais depuis le début. Je ne t'ai rien caché.

Il essaya tout : la stupeur, la colère, le désespoir, les plaintes, et il plaida longtemps pour me convaincre d'accepter ce mariage. Nous irions habiter où je voulais, nous vivrions de la manière que je souhaitais, il acceptait de renoncer à devenir chirurgien, il était prêt à tout pour moi.

– Que vas-tu faire, alors ? me demanda-t-il enfin, au terme de cette bouleversante plaidoirie.

– Je te l'ai déjà dit : revenir chez moi, travailler auprès de mon père, m'occuper de ma mère et de mon frère qui en ont bien besoin.

– Tu n'as pas de cœur, me dit-il avec une amertume glacée. Tu es froide, incapable du moindre sentiment, et tu ne m'as jamais aimé.

Je m'engouffrai dans cette brèche avec une rapidité qui m'étonna moi-même :

– Tu as raison, je ne t'ai jamais aimé. Nous allons en rester là, ce sera mieux pour tous les deux.

Il s'y refusa, cependant, et parvint à m'ébranler assez pour que je m'enfuie alors qu'il essayait de me retenir de toutes ses forces. D'ailleurs il ne voulut pas me lâcher et me suivit dans la rue sans cacher sa détresse. À la fin, quand je m'apprêtais à pousser la porte de la pension où je résidais, il me dit en me serrant contre lui :

– Je t'attendrai. Je sais que tu reviendras.

Je n'eus pas le cœur de le laisser sans le moindre espoir.

– Qui sait, dis-je, ce que nous réserve la vie ?

– Je t'attendrai, Ludivine, répéta-t-il.

S'il m'avait embrassée à ce moment-là, je ne crois pas que j'aurais eu la force de me détacher de lui. Mais la porte s'ouvrit, tirée par un pensionnaire qui m'invita à passer avant lui. Une fois dans ma chambre, stupéfiée de chagrin, hors de moi-même, je regardai un long moment sa silhouette s'éloigner en espérant qu'il allait se retourner, mais il ne le fit pas. J'avais choisi ma vie, mais je payai ce choix de toutes les larmes de mon corps au cours d'une nuit qui me parut ne devoir jamais finir.

3

C'EST dans ces conditions et cet état d'esprit que je revins au Grand Castel pour soigner la population périgourdine auprès de mon père, qui n'attendait que cela. Je le devinais fatigué, épuisé, même, par les visites de jour mais surtout par celles de nuit, quand il devait se lever à n'importe quelle heure pour partir sur les routes et sauver des vies. Le choc fut rude au contact de patients que, finalement, contrairement à ce que je pensais, je connaissais mal, et que je découvris capables, par exemple, de tenter de soigner des toux bronchiteuses avec de la suie de cheminée délayée dans de l'eau bouillante. Il était souvent question de « sang glacé », de « nerfs noués », d'« encontres » assénés par des jeteurs de sorts, et les bras m'en tombaient en découvrant des croyances ancestrales, des préjugés que mon père n'avait pas réussi tout à fait à endiguer.

Je compris également que je devais montrer de la force, de l'énergie, et être capable de réduire une fracture ou de remettre une épaule sans trop me soucier d'une douleur à laquelle les paysans et les artisans étaient habitués. Je me rendis compte aussi que cette population n'avait aucune idée de ce que j'avais vécu à l'hôpital, pendant la guerre – comment l'aurait-elle su ? – et que je devais gagner sa confiance.

Je relevai ce défi, bien aidée par mon père près de qui je parcourus toutes les routes, tous les chemins, depuis Lalinde jusqu'à Montferrand-du-Périgord. Je retrouvai avec un plaisir inouï l'or des trembles en automne, le jaune pâle des châtaigniers, la rousseur des hêtres, le pourpre des cornouillers, tous ces menus trésors le long des champs et des prés que j'avais rencontrés si souvent, enfant, en me persuadant que je ne les quitterais jamais. Ils m'accompagnaient dans le même silence, fidèles et secourables comme ils l'avaient toujours été, et ils m'aidaient par leur présence à renouer des liens familiers. Pas un chemin, pas une route qui me soit inconnu, pas un bois où je ne me fusse réfugiée pour me coucher dans la mousse, me gorger de parfums d'écorce et de fougères, me soûler d'une vie que je percevais par tous les pores de ma peau ! Je remettais mes pas dans mes pas, grisée par un bonheur que n'obscurcissait même pas la présence de la maladie ou de la mort.

Et si, au début, je dus faire face à beaucoup de méfiance, de préjugés, parfois d'hostilité, je pus vérifier, à mesure que les mois passaient, que ceux qui s'étaient détournés de moi au début revenaient petit à petit, le bouche-à-oreille, très important dans les campagnes, faisant peu à peu son office. Rien. là non plus, cependant, ne me fut épargné, mais j'étais armée, si je puis dire, après les épreuves subies à Bordeaux, et je fis face de toutes mes forces.

Par exemple, le jour où pour la première fois mon père me laissa repositionner un enfant dans le ventre de sa mère. On était loin, encore, des césariennes ou des ambulances utilisées pour gagner rapidement l'hôpital. Et c'était aussi la première fois que cette jeune femme accouchait, son bassin était étroit, même si je n'y avais décelé aucune dystocie osseuse. La rupture des membranes avait dû être trop précoce et la tête n'avait pas eu le temps de se placer. Le col n'était pas entièrement effacé, mais le cordon, que j'avais pu approcher d'une main hésitante, battait normalement. L'enfant n'était pas mort : il vivait, mais souffrait sans doute, et souffrirait encore plus si je n'agissais pas. Or depuis que nous étions deux, mon père et moi, nous ne faisions plus appel à la sage-femme de Saint-Léon, et nous savions, évidemment, qu'elle en avait conçu du dépit et qu'elle se chargerait de nous déconsidérer en cas d'accident. Il fallait se décider, et vite.

– Vas-y ! me dit mon père. Si tu n'y parviens pas, je te remplacerai.

J'introduisis de nouveau ma main dans l'utérus, repoussai l'épaule pour tenter de saisir un pied. Mais elle revint aussitôt en place, bloquant toute issue.

– N'aie pas peur, me dit mon père, repousse-la bien au fond, le cordon suivra.

Je dus m'y reprendre à deux fois, tellement je craignais d'abîmer le cordon ou d'enfoncer l'enfant dans une position plus périlleuse encore. Puis je sentis qu'il basculait, et je reconnus un pied, au lieu de la main qui était repliée au niveau de l'épaule lors de mes premières tentatives.

– Je tiens un pied, dis-je.

– Cherche l'autre.

Il n'était pas loin, heureusement, mais la mère venait de s'évanouir.

– Si tu as les deux, dit mon père, n'hésite pas : tire franchement.

Ils apparurent dans ma main souillée, mais je les sentais chauds, souples, vivants.

– Continue ! Vite !

Les fesses apparurent, puis le dos, le thorax, mais les mains étaient toujours repliées sur les épaules. Je dus une nouvelle fois entrer dans l'utérus pour les rabattre le long du petit corps qui continuait de souffrir, car la tête était encore à l'intérieur. Elle vint facilement, n'étant pas très grosse. Et l'enfant cria, soulignant ma victoire – notre victoire –, que nous n'eûmes pas le temps de savourer car il fallait s'occuper de la mère Mon père se chargea de la ranimer, tandis que je me souciais du placenta. J'aperçus alors sur le visage de la jeune femme à la fois des larmes et un sourire qui me fit oublier la dangerosité de l'opération.

Mais quelle peur, pour moi qui croyais avoir tout vu, tout enduré à l'hôpital, ne plus rien avoir à redouter ! Je me sentais à la fois soulagée et incapable de recommencer un jour sans la présence de mon père à mes côtés. Je compris alors combien un médecin de campagne était seul par rapport à ceux des hôpitaux qui avaient toujours la possibilité de se faire assister par un collègue ou de demander un avis s'ils ne se sentaient pas sûrs de leur diagnostic. Or un jour, bientôt, moi aussi je serais seule. N'avais-je pas fait un mauvais choix ? Serais-je capable d'affronter toutes les situations ?

Les semaines qui suivirent, loin de me rassurer, m'inquiétèrent encore un peu plus lorsque je dus pratiquer un curetage sur la table d'une cuisine à peine débarrassée des reliefs d'un repas. La femme était en train d'éliminer une partie du placenta, et il n'était pas question de tergiverser. Munie d'une curette et sans véritable anesthésie sinon un tampon de coton imbibé de chloroforme, je procédai à l'opération tandis que mon père et le mari de la pauvre femme la maintenaient immobile, ou du moins essayaient.

– Tu vois, me dit mon père une fois que ce fut terminé, ce n'est pas si difficile. Il s'agit surtout d'éviter l'hémorragie.

Quand nous repartîmes, il me confia que ce n'était pas ce genre de problème qu'il redoutait le plus : il craignait davantage de se trouver face à un œdème aigu du poumon ou à une hémorragie interne en étant, comme toujours, prévenu trop tard. Nous ne disposions pas encore, à l'époque, de sérum physiologique ou d'obus d'oxygène, comme cela serait le cas après la guerre de quarante. Nous ne pouvions pas lutter contre une hémorragie comme celle qui se produisit un an après mon arrivée : un homme était tombé sur sa faux qui s'était fichée dans sa cuisse, déchirant l'artère fémorale. Il s'était vidé de son sang lorsque nous arrivâmes. Ce n'était pas toujours le cas, heureusement, et je devais recoudre des plaies avec le maximum de précautions d'asepsie, car je craignais beaucoup l'infection.

Pour le reste, la pneumonie était toujours à redouter après un chaud et froid, surtout pendant les étés brûlants qui s'achevaient en orages, et les maladies endémiques sévissaient toujours dans ces campagnes comme en ville : la tuberculose, d'abord, même si elle était en régression, quelques varioles, la diphtérie, les maladies infantiles, comme la coqueluche ou les oreillons, mais aussi beaucoup de cirrhoses, des prostates provoquant des rétentions aiguës d'urine qu'il fallait sonder de toute urgence, bref ! toutes sortes de maux que j'avais dû traiter à Bordeaux, et qui ne me paraissaient pas impossibles à surmonter.

Mais il me fallut du temps pour montrer une assurance à toute épreuve, et pourtant je m'étais aperçue que c'était cela qu'attendaient les patients : un médecin devait tout savoir, on devait pouvoir compter sur lui en toutes circonstances. Sans mon père, serais-je parvenue à démontrer les qualités que l'on attendait de moi ? Je ne sais pas. Car il en fallait du courage et de l'énergie pour se lever la nuit et partir vers une maison où l'on ne savait pas ce qu'on allait trouver. C'est pourtant ce que nous fîmes, mon père et moi, pendant deux années, et je pense toujours, si longtemps après, que j'ai eu de la chance de pouvoir m'appuyer sur lui et de bénéficier de son expérience au contact d'une population qui n'était pas disposée à accepter si facilement de se confier à une femme.

Nous ne parlions pas uniquement de médecine lors de nos déplacements. Nous jouissions des couleurs et des parfums, et nous arrêtions parfois, pour chercher sous les fougères ces cèpes au chapeau brun que Julie faisait rissoler dans la poêle à notre retour. Nous partagions la paix des étés de feu, la mélancolie des automnes, les pluies tièdes du printemps et le gel des hivers. Nous parlions aussi beaucoup de ma mère dont le mutisme persistait. J'avais expliqué à mon père tout ce que j'avais appris à Bordeaux en la matière, c'est-à-dire pas grand-chose, hélas, malgré ma thèse. Mais à force de nous interroger, de chercher une solution, nous étions parvenus à la conclusion que seul un choc pourrait peut-être provoquer une réaction dans son cerveau, en rétablissant une irrigation au sein d'un vaisseau qui avait sans doute été obstrué. C'était un raisonnement plutôt simpliste, mais auquel nous nous arrêtions volontiers, car il nous permettait de garder un mince espoir de guérison.

– L'accident est arrivé quand elle a appris la mort de Martin, me dit-il un soir. Peut-être attend-elle une nouvelle naissance pour reparler. Qui sait dans quelles strates profondes du cerveau va se nicher la douleur ?

On était en septembre, et le soleil couchant jouait entre les feuilles des arbres. Je m'en souviens très bien : je regardais un rayon d'or percer les frondaisons d'un châtaignier, tandis que mon père conduisait d'une main distraite la voiture qui nous ramenait vers le Grand Castel.

– Ne crois-tu pas qu'il serait temps de te marier, dit-il, et de nous donner, à moi mais également à ta mère, un enfant qui non seulement assurera la survie du domaine mais aussi, peut-être, la guérira ?

Je m'attendais à cela depuis longtemps, et pourtant une pointe de fer s'enfonça dans mon cœur.

– Je t'ai dit avant de partir à Bordeaux que je ne voulais pas avoir d'enfants. Et tu sais pourquoi. Je n'ai pas envie d'en discuter davantage. Tu as perdu un fils et moi un frère : je ne l'ai pas oublié.

Et, comme ma réplique, dans sa fermeté, m'avait paru l'ébranler, j'ajoutai, un ton plus bas :

– C'est à Antoine de se marier et d'assurer, s'il le désire, la descendance de notre famille. Il ne quittera jamais le Grand Castel. Il se passionne pour les vignes, toute sa vie est là. Je vais lui parler et tenter de le convaincre. Je te le promets.

Notre retour fut silencieux et nous n'en reparlâmes pas. Mais dès que je le pus, c'est-à-dire une semaine plus tard, un dimanche, je montai vers les vignes et retrouvai Antoine assis sur le banc de la cabane où on entreposait les outils.

Dès mes premiers mots, j'eus la conviction qu'il savait pourquoi j'étais là, mais il eut la gentillesse de ne pas m'interrompre. Après quoi, il soupira, puis, un sourire d'une grande tristesse sur ses lèvres, il murmura :

– Je peux te prendre la main, Ludivine, mais je ne pourrai plus jamais te serrer dans mes bras.

Et il ajouta, comme je demeurais tétanisée par cette évidence :

– Une femme non plus, et un enfant pas davantage.

À cet instant, il se mit à tousser, se détourna, suffoqua un moment, revint vers moi en disant :

– Tu entends ? Eh bien c'est ce que ma femme et mon enfant entendraient. Je ne leur imposerai jamais ça.

Je ne pus essuyer les quelques larmes qui débordèrent mes yeux avant qu'il les aperçoive.

– C'est de toi, Ludivine, que dépend la survie du Grand Castel. De toi seule.

– Je ne peux pas, dis-je. J'ai lutté contre, mais je ne peux pas. Je ne veux pas voir mourir un fils après l'avoir mis au monde. Je ne le supporterais pas. Je me tuerais.

Et, baissant la voix :

– C'est d'ailleurs ce qu'a fait notre mère : elle s'est tuée à sa manière.

Antoine demeura longtemps sans répondre, observant les feuilles de vigne qu'un petit vent du sud agitait. Puis :

– J'en ai souvent parlé avec notre père quand tu étais à Bordeaux. Toi seule peux la guérir.

– Ne crois pas cela. C'est bien plus compliqué que tu ne l'imagines.

– Sans doute, reprit-il en se tournant brusquement vers moi, mais s'il ne reste qu'une chance de la ramener vers nous, c'est toi qui la détiens.

Je ne répondis pas. Malgré moi, je me sentais ébranlée par les paroles d'Antoine, ce frère qui avait été si proche de moi et le redevenait, soudain, comme aux plus beaux jours de notre vie. Je l'embrassai furtivement et me mis à descendre vers le château où je retrouvai ma mère sur la terrasse, en compagnie de Julie. Elle sourit, tendit une main vers moi, comme si quelque chose ou quelqu'un l'avait avertie de ce qui se tramait autour d'elle.

Le temps passa, mon père ne souleva plus ce sujet, mais Antoine, lui, y revint plusieurs fois. Il me confia qu'un jour, alors qu'il parlait d'enfant avec mon père devant ma mère, il avait cru entendre deux mots entre ses lèvres : « Ludivine, enfant », mais elle s'était tue de nouveau alors qu'ils se précipitaient vers elle pour l'abreuver de questions. Avaient-ils rêvé ? Que s'était-il passé réellement ? Je les savais incapables d'inventer une chose pareille, et je finis par me convaincre que je n'avais pas le droit de refuser ce qui était peut-être une ultime chance pour ma mère.

Un soir que nous étions seules sur le chemin et que je lui tenais le bras en marchant vers la route, je lui demandai de la façon le plus naturelle possible si elle serait heureuse de me voir mettre au monde un enfant qui vivrait près de nous chaque jour et peut-être changerait nos vies. Elle ne prononça pas un mot, ce serait trop dire – et c'eût été trop beau –, mais le sourire qui éclaira ses lèvres me parut chargé de promesses. Et elles s'ouvrirent, ces lèvres, comme si un son allait en sortir – j'eus la conviction qu'il était tout près, qu'il suffisait d'un rien pour le provoquer. Dès lors, ma résolution fut prise : après tout, peut-être mettrais-je au monde une fille et n'aurais-je pas à redouter que mon enfant grandisse.

Depuis mon retour au Grand Castel, j'étais retournée plusieurs fois à Bordeaux pour voir Maria qui habitait dans le quartier de Bacalan où elle soignait le petit peuple du port et des chais. Sans que je le lui eusse jamais demandé, elle me donnait des nouvelles de Séverin Marchesseau qui avait gardé des contacts avec elle, précisément pour en avoir des miennes. Il était devenu chirurgien, et, selon Maria, il ne s'était pas marié.

– Je ne te comprends pas, s'indignait Maria ! Un homme pareil, qui ne pense qu'à toi, même aujourd'hui, après si longtemps !

Et comme je ne répondais pas :

– Il vivrait à tes genoux !

– Mais je ne veux pas d'un homme à mes genoux !

– Qu'est-ce que tu veux Ludivine ? Est-ce que tu le sais vraiment ?

– Oui, je le sais depuis toujours.

Elle soupira, hocha la tête, changea de sujet, me parla des malades qui peuplaient les quais et qui lui prenaient la totalité de son temps, de sa vie.

Aussi fut-elle très surprise le jour où je lui demandai si elle connaissait l'adresse de Séverin.

– Enfin ! soupira-t-elle. Il était temps.

Et, persuadée d'avoir gagné la partie :

– Je ne connais pas son adresse exacte, mais tu le trouveras à l'hôpital que nous avons si bien connu. C'est là qu'il travaille.

Je m'y rendis le soir même, me renseignai pour savoir à quelle heure il quittait les lieux, et je l'attendis dans la cour intérieure, où étaient garées les voitures des médecins.

Quand il m'aperçut, alors qu'il s'apprêtait à monter dans son véhicule, sa main resta en suspens pendant de longues secondes, puis il se dirigea lentement dans ma direction, comme s'il n'était pas tout à fait sûr qu'il s'agisse de moi.

– Ludivine ! me dit-il en s'arrêtant devant moi, qui étais plus troublée que je ne le montrais.

Il toucha mon visage comme pour vérifier qu'il ne s'agissait pas d'un fantôme, puis il murmura :

– Je le savais... Je l'ai toujours su.

Il avait peu changé, mais ses traits s'étaient légèrement creusés, tandis que l'éclat doré de ses yeux était demeuré le même entre les mèches toujours rebelles que sa coupe de cheveux n'avait pas réussi à apprivoiser.

– Comment vas-tu ? demanda-t-il.

– Je vais bien.

– Tu avais à faire à Bordeaux ?

– Non.

– Tu es venue voir Maria ?

– Oui.

J'ajoutai, un ton plus bas :

– Et toi aussi.

Il demeura pensif un instant, demanda :

– Alors tu es libre, ce soir ?

– Oui.

– Viens !

Je l'aurais suivi au bout du monde, ce jour-là, cet homme qui se montra si patient, si attentif, si aimant, non seulement au cours du repas que nous prîmes dans un restaurant de la rue Sainte-Catherine, mais aussi après, dans son appartement du quartier de la Bourse, proche de celui de ses parents. Rien ne nous sépara pendant cette nuit dont j'avais rêvé souvent et que, cependant, je m'étais interdite jusqu'alors. Mais je savais qu'au matin les vraies questions seraient posées et que je devrais y faire face.

– Alors ? me dit-il au moment où nous achevions de prendre notre petit déjeuner servi par une femme de maison qui portait une robe noire, un tablier et un bonnet blancs.

– Alors quoi ?

Son sourire se figea tandis qu'il murmurait :

– Tu ne peux pas me quitter comme ça, Ludivine !

– Même si je te dis que je reviendrai ?

Il soupira, reprit :

– S'il te plaît, ne joue pas.

– Je ne joue pas.

– Si !

Sa voix avait claqué et m'avait fait sursauter.

– Tu n'as pas le droit de te comporter de la sorte avec moi.

– Je suis venue te voir, je vais repartir et, si tu le veux, je reviendrai.

– Ce n'est pas ce que je veux, tu le sais bien.

Il planta son regard ardent dans le mien, me prit la main, ajouta :

– Moi, je veux vivre avec toi, m'endormir avec toi, me lever avec toi chaque jour. Tu comprends ça ? Tu peux comprendre ça ?

Je laissai passer un moment sans répondre, puis, le plus doucement possible et sans retirer ma main :

– Ce n'est pas possible. Je te l'ai dit depuis le début.

– Ça t'amuse de me faire souffrir ?

Sa voix s'était durcie, était devenue hostile.

– Non ! Ça ne m'amuse pas du tout.

– Alors reste avec moi !

Voilà ! J'en étais arrivée au point que je redoutais le plus :

– Non ! Je ne peux pas.

Ses traits se figèrent, son regard devint glacial, et une souffrance terrible passa dans sa voix quand il lança :

– Alors va-t'en ! Et ne reviens plus jamais ! Tu entends ? Plus jamais !

Je rassemblai mes affaires et, sans un mot, m'empressai de m'enfuir, quittant cet homme que j'aimais avec la sensation d'avoir consciemment coupé les seuls liens qui auraient pu me rendre heureuse définitivement.

Un mois plus tard, je savais que j'attendais un enfant de lui. Lorsque je l'appris à mon père et à Antoine, ils furent d'abord transportés de joie, puis mon père s'inquiéta de savoir quand j'allais me marier. Je lui répondis que je n'avais aucun projet de mariage, que j'avais trouvé un père et non pas un mari. Et, comme il suggérait que ce n'était peut-être pas très convenable dans ma position, je répondis que depuis la guerre il y avait beaucoup de femmes qui vivaient sans mari avec des enfants et que personne n'y trouvait à redire. J'ajoutai que j'étais tout à fait capable de faire face à tous les ragots, à toutes les malveillances, et que dans cette affaire, comme il l'avait souhaité, je n'avais pensé qu'à ma mère et non à moi.

Dès lors, nous ne reparlâmes plus de ce sujet et nous vécûmes dans l'attente d'un événement qui mit neuf mois à se produire, comme il se devait, et qui trouva son aboutissement dans la naissance d'un fils, alors que j'avais tant souhaité accoucher d'une fille. J'avais hésité à l'appeler Séverin, mais j'y avais renoncé, au cas où son père, comme il l'avait déjà fait, se renseignerait sur la vie que je menais au Grand Castel. Il fut donc baptisé Jean, tout simplement, et moi seule sus à quel point il ressemblait à l'homme que j'aimais – je ne pouvais pas en douter, à l'heure où chaque trait de mon fils, déjà, me rappelait les siens.

Toute la famille vécut cette naissance avec le ravissement qu'on imagine, y compris ma mère qui s'occupa de lui en compagnie de Julie, dès que je fus en état de reprendre mes consultations. Nous avions guetté son attitude dès le début, attendu un mot, une parole, mais au fur et à mesure que les jours passaient, il devint évident que ce que nous avions tellement espéré ne se produirait pas. Certes elle se montrait attentionnée, souriante, dévouée, heureuse indiscutablement de cette présence nouvelle au Grand Castel, mais aucun son n'avait franchi ses lèvres, et, très probablement, n'en sortirait jamais plus. Le choc émotionnel que nous avions souhaité, tellement espéré, mon père et moi, n'avait pu réparer les dégâts occasionnés par la souffrance dans son cerveau.

Ma seule consolation fut de me dire que j'avais fait mon devoir au-delà de mes plus profondes résolutions. Moi qui m'étais juré de ne jamais mettre au monde un enfant, j'avais un fils, et je devais désormais faire face à cette évidence dont je savais que j'avais tout à redouter. Je n'avais que le droit de ne rien regretter : quoi de plus normal que d'aller au bout de soi-même pour aider une mère souffrante ? Je l'avais fait, j'étais en paix avec ma conscience, et je pus reprendre mes activités, non sans remarquer quelques changements dans l'attitude de mes patients. Ils m'épiaient, étudiaient mes gestes, mes paroles, certains changèrent de médecin, puis je les vis revenir, et tout rentra dans l'ordre au bout de quelques mois.

Un an plus tard, comme elle ne me voyait plus, Maria apparut un soir, au Grand Castel, pour ma plus grande joie. Mon père et mon frère, à qui j'avais souvent parlé d'elle, se montrèrent chaleureux à son égard au cours du repas que nous prîmes dans le grand salon, jusqu'à plus de onze heures du soir. On était en juin 1933, je m'en souviens très bien, car nous sommes allées faire quelques pas, Maria et moi, sous la lueur de la lune et dans une chaleur que la nuit ne parvenait pas à dissiper.

– Est-ce que tu sais pourquoi je suis là ? me demanda Maria, alors que nous arrivions en haut, devant les premiers ceps.

– Je suppose que tu vas me le dire.

Elle laissa passer quelques secondes, murmura :

– Il est venu me voir.

Elle n'eut pas besoin de préciser de qui il était question : j'avais compris.

– Et alors ? dis-je, en sentant mon cœur s'affoler.

– Il m'a donné un message pour toi.

Et, comme je ne répondais pas :

– Il m'a chargée de te dire qu'il allait se marier en septembre.

Une sorte d'étau se referma sur ma poitrine.

– Sauf si tu te manifestes avant la fin du mois.

Puis, comme je demeurais bien incapable de prononcer le moindre mot :

– Il te reste huit jours, Ludivine. Pas un de plus.

J'avais chaud, très chaud, et j'eus besoin d'aller m'asseoir sur le banc contre la cabane à outils où Maria s'installa à mon côté. Que pouvais-je dire qu'elle ne sache déjà ? Je demeurai silencieuse, et ce fut elle qui reprit la parole la première :

– Enfin, Ludivine, dit-elle, un homme comme celui-là !

– Je ne peux pas, dis-je.

Puis, consciente du fils que je lui avais en quelque sorte volé :

– Je ne peux plus.

Elle ne tourna pas la tête vers moi, ne chercha pas à me convaincre de quoi que ce soit, et elle ajouta seulement :

– J'aurai vraiment fait tout ce que j'aurai pu.

Nous restâmes un long moment immobiles, puis nous redescendîmes pour aller nous coucher.

Le lendemain, avant de monter dans sa voiture, Maria m'embrassa et me dit :

– Il n'est jamais trop tard. Il te reste huit jours.

Que dire de ces huit jours, précisément, qui passèrent jusqu'à la fin de ce si beau mois de juin resplendissant de fleurs et de lumière ? Je ne les vécus pas, je les subis dans la souffrance. Une dizaine de fois, peut-être, ma voiture prit la direction de Bordeaux et retourna à Lalinde. Séverin ne quitta pas mon esprit torturé une seule seconde. Le dernier jour, alors que j'étais à bout de forces et que je m'étais presque décidée à rejoindre celui qui m'attendait, je fus appelée à six heures du soir pour un accouchement qui s'avéra très compliqué et ne se résolut qu'à une heure du matin. Le destin s'était joué sans moi. Ce dont je me souviens très bien, c'est que lors de mon retour au Grand Castel je me suis arrêtée à la lisière du bois où je me réfugiais souvent, enfant, et que j'ai pleuré là toutes les larmes de mon corps.

4

À quoi tient une vie ? C'est la question que je me pose encore aujourd'hui, si longtemps après, alors que je relis ce cahier dans l'ombre froide de la vieillesse, au terme d'une existence dont les années ont passé de plus en plus vite, sans que je puisse rien pour les retenir. Car la vie est ainsi : elle se dissout sans arrêter les jours qui s'écoulent comme du sable entre nos doigts. Restent les souvenirs pour lutter contre un temps qui ne nous appartient plus, et je ne me prive pas d'y faire appel, comme dans un recours dont je ne sais, au bout du compte, s'il n'est pas plus douloureux que l'oubli. Mais je m'y plonge avec le frêle espoir de revivre le meilleur, même si je sais bien qu'il n'est jamais tout à fait celui que nous espérons.

Ainsi, passé le chagrin de cet été-là, je vis mon fils grandir avec ravissement, la hantise de le voir devenir un homme n'étant pas encore installée dans mon esprit. Et plus il grandissait, plus il ressemblait à son père, me rappelant chaque jour celui qui m'avait attendue si longtemps et que, malgré mes efforts, je ne parvenais pas à oublier. Jean considérait Antoine comme son père, ce qui les comblait tous les deux. Je me réjouissais de les trouver ensemble quand je rentrais de mes visites, complices et parfois – aussi bien l'un que l'autre – rebelles à mon autorité. À cinq ans, Jean prit le même chemin de l'école que moi, fou de vie et de liberté, insensible, ou presque, aux changements qui s'opéraient autour de lui : d'abord la mort de Philippe, qu'Antoine remplaça un temps par des saisonniers, puis celle de ma mère qui s'éteignit lentement, comme une bougie trop usée, le 15 décembre 1936. Elle avait survécu quelques années à son mari, toujours dans le silence, et, je l'espère – je le crois –, dans son bonheur à elle : celui qui parvenait adouci, de très loin, à son cerveau douloureusement meurtri depuis plus de vingt ans.

Restaient Julie, très âgée, Antoine et moi, dans des murs que fort heureusement égayaient les rires d'un enfant. Tout en gardant Julie à qui nous devions tant, nous engageâmes alors un couple : Germaine et Henri, lui pour travailler les vignes avec Antoine, elle pour prendre en main le train de vie du château auquel je ne pouvais faire face, étant de plus en plus débordée par les visites et les consultations. Car la médecine ne changeait guère, hélas, à cette époque-là : la radiologie demeurait exceptionnelle dans les zones rurales, et les antibiotiques n'étaient pas encore apparus pour nous faciliter la tâche. Elle demeurait routinière, expérimentale, rustique – je ne m'étais jamais faite à l'usage des forceps –, fondée sur l'examen clinique, la palpation, et, il faut bien le dire, l'intervention sur place d'urgence, les moyens de communication demeurant à la campagne rythmés par la cadence du pas de l'homme ou du cheval.

Je m'y étais accoutumée et je m'étais résignée, trouvant dans la guérison de mes malades l'extrême satisfaction d'être utile à mes semblables, m'y consacrant de toutes mes forces sans arrière-pensée, en sachant que deux hommes et deux femmes veillaient sur mon fils en mon absence. Comment, dès lors, aurais-je prêté attention à ce qui se passait loin du Grand Castel, à cet Hitler dont le nom surgissait parfois, au cours des conversations dans les fermes, sans que j'y accorde le moindre intérêt ? Ce fut Antoine qui m'alerta au cours de l'été 1939, mais que m'importaient les conflits entre les Daladier, Chamberlain, Hitler ou Mussolini ? Je soignais des hommes, des femmes et des enfants qui avaient besoin de moi, de toute mon énergie, forte de toutes mes connaissances, et mon fils n'avait que sept ans. Il ne risquait rien, pas plus qu'Antoine qui, lui, avait déjà payé pour ne pas repartir à la guerre. Je me refusais totalement à ce qui se tramait, fuyant l'idée que les hommes étaient toujours aussi fous, et que mon fils, un jour, aurait vingt ans.

La nouvelle de la déclaration de guerre en septembre ne m'atteignit qu'à peine, d'autant que les combats ne commencèrent qu'en mai de l'année suivante, et qu'ils ne durèrent pas plus d'un mois. Un soir, quand je revins, Antoine m'apprit que le maréchal Pétain avait demandé l'armistice, et que la guerre était terminée. En voilà une au moins qu'on pourrait oublier assez vite, d'autant que nous nous trouvions en zone libre et non en zone occupée.

Elle eut cependant une conséquence sur mon travail qui devint écrasant en raison de la présence de nombreux réfugiés et, très vite, des passagers clandestins qui franchissaient la ligne de démarcation à l'extrémité ouest du département. D'abord je vis arriver des réfugiés espagnols dans une extrême misère et totalement anéantis par les horreurs entrevues de l'autre côté des Pyrénées, le froid de la montagne, et la faim qui les accablait. Ensuite, ce furent des Belges et des Français du Nord lors de l'exode, puis les juifs que la peur harcelait, et qui vivaient cachés, hésitant à faire appel à moi, puis s'y décidant, une fois convaincus qu'ils n'avaient rien à redouter de la femme médecin que j'étais.

Si j'affirme que je ne faisais pas payer les plus démunis, ce n'est pas pour me faire valoir, c'est seulement parce que je trouvais naturel de secourir l'humanité souffrante. J'en concevais un certain bonheur : je n'avais donc aucun mérite à cela. Trouver le regard des femmes et des enfants dénutris, frigorifiés, leur prendre les mains, leur faire porter du pain, les soigner enfin dans une sorte de sincère miséricorde suffisait à me donner les forces nécessaires pour me lever la nuit et partir vers des maisons lointaines où l'on espérait ma venue.

La guerre, elle, s'était endormie dans ce que l'on appelait l'Occupation, et qui, en réalité, chez nous, n'en était pas une : on ne vit pas le moindre uniforme allemand jusqu'à la fin de l'année 1942, lors de l'invasion de la zone libre. Alors tout changea brusquement, dès le mois de décembre, quand le Grand Castel fut réquisitionné pour loger un officier de la Wehrmacht et son aide de camp. Il s'appelait Augenthaler, si je me souviens bien, et il se montra plutôt respectueux et bienveillant à notre égard, du moins au début, mais au fur et à mesure que le temps passa et que la Résistance devint active autour du domaine, il se fit soupçonneux et de plus en plus menaçant.

Antoine, grand blessé de la précédente guerre, ne supportait pas cette présence dans deux chambres de l'étage, et il leur montrait dès qu'il les croisait une animosité qui me faisait craindre le pire. C'est sans doute son handicap qui lui épargna les représailles que je redoutais. D'autant qu'Antoine travaillait pour un réseau de la Résistance dont le siège se trouvait à Belmont. Si bien qu'à partir de 1943, comme en tant que médecin je pouvais circuler librement, il me confia des lettres que je devais remettre à des correspondants au cours de mes tournées. Il ne m'était pas venu une seconde à l'idée de refuser. J'avais la conviction de défendre mes deux frères, l'un mort, l'autre vivant, contre un ennemi redouté et haï.

Je ne me sentais pas réellement en danger, et pourtant le hasard fit son œuvre funeste, un après-midi, après que j'eus frappé à la porte d'une ferme où l'on m'avait demandé de passer. La Gestapo se trouvait à l'intérieur. Heureusement j'avais livré mon dernier message une heure auparavant, et rien, dans ma voiture, ne pouvait trahir mon activité coupable. Les habitants des lieux, le paysan et sa femme, venaient d'être transférés à Bergerac, mais la Gestapo avait laissé deux hommes sur place pour surveiller, pensant que des contacts viendraient sans doute se jeter dans la gueule du loup.

J'eus beau me défendre, arguer de ma qualité de médecin et du fait que j'avais été prévenue la veille d'une visite nécessaire auprès de la femme du paysan qui souffrait d'une hernie de plus en plus douloureuse, rien n'y fit. On me conduisit à Bergerac pour un interrogatoire au cours duquel rien ne me fut épargné. Après deux jours et deux nuits de cauchemar, je compris que ni le paysan ni sa femme n'avaient parlé, quand un officier me fit sortir de ma cellule et entrer dans un bureau sans fenêtre, au sous-sol d'un immeuble du centre-ville.

– Nous avons fait vérifier par notre médecin, me dit-il. La femme chez qui vous alliez a bien une hernie qui présente un début d'étranglement.

Et, comme je ne trouvais pas la force de parler :

– Vous ne saviez pas qu'ils travaillaient pour les terroristes ?

– Comment aurais-je pu le savoir ? Je faisais mon métier, c'est tout.

Il tapota le dessus de son bureau de sa cravache, puis reprit avec un sourire inquiétant :

– Nous avons aussi interrogé le major Augenthaler, qui, je crois, loge chez vous.

– Oui, en effet.

– Il n'a aucun soupçon à votre sujet.

Et, comme je poussais intérieurement un soupir de soulagement :

– En revanche, il n'en dit pas autant de votre frère.

Je tentai une protestation que je n'eus pas le temps d'exprimer.

– Grand blessé de guerre, votre frère, n'est-ce pas ?

– Oui. Il n'a qu'un bras.

– Et il en veut beaucoup à l'Allemagne, n'est-ce pas ?

Que répondre à cette question ? Je trouvai pourtant une parade qui me parut judicieuse :

– Il ne peut pas tenir une arme.

– Mais qui vous parle d'armes, madame ? Il y aurait donc des armes chez vous ?

– Nous avons tout donné à la réquisition.

– Je ferai vérifier.

Les yeux métalliques, d'une extrême froideur, ne me quittaient pas, essayaient de lire en moi.

– Je vais vous relâcher, madame, parce que vous êtes utile à la population et que, contrairement à ce que vous pensez, nous ne sommes pas inhumains.

Il se leva brusquement, appela, puis lança d'une voix qui me glaça jusqu'aux os :

– Prenez garde, madame, la magnanimité de ceux que vous appelez des « barbares » a ses limites !

Deux heures plus tard, j'étais de retour au Grand Castel, et m'empressai de prévenir Antoine, lequel quitta le château à minuit et prit le maquis.

Je n'eus pas de ses nouvelles pendant de longs jours et m'inquiétai beaucoup pour lui, aussi bien pour son sort que pour sa santé. Le major Augenthaler feignit de ne pas s'étonner de son absence, mais ne put résister bien longtemps :

– Et votre frère, me demanda-t-il un soir en me croisant dans le couloir, il n'est pas souffrant au moins ?

– Il est parti à Paris, pour traiter ses poumons brûlés par les gaz qu'il a respirés en 1916.

Il me considéra d'un œil furieux, mais se contenta de répliquer :

– N'abusez pas, madame, de ma patience.

– Puis-je vous demander de ne pas abuser de mon hospitalité, monsieur ?

À partir de ce jour, il m'ignora, mais je ne repris pas mon activité de messagère de la Résistance, car je devais penser à Jean avant tout. Il avait besoin de moi. D'autant qu'Antoine ne reparut pas avant l'été de l'année 1944 quand les Allemands, rendus furieux par le Débarquement, commencèrent à se replier vers la Normandie, attaqués par l'Armée secrète et les FTP. L'horreur de la guerre apparut en quelques jours de folie meurtrière. Je dus alors soigner de nombreux blessés mais surtout, hélas, constater les décès d'hommes jeunes assassinés par les nazis au bord des routes, ce qui me fit douloureusement imaginer mon fils au même âge, et pareillement torturé.

Antoine rentra au début du mois de juillet, squelettique, épuisé, mais fier d'avoir mené ce combat qui lui tenait à cœur. La vie reprit au cours d'un été et d'un automne d'une douceur réconfortante, mais mon frère bien-aimé ne survécut pas à l'hiver 1944-1945 qui fut très froid. Ses poumons, atrophiés par les gaz, furent atteints par un virus qui provoqua une congestion pulmonaire à laquelle il ne résista pas, car il était à bout de forces. Je ne pus le sauver, mais je n'eus pas le temps de me soucier de mon chagrin : mon fils en fut dangereusement éprouvé, au point de prononcer la question que je redoutais depuis toujours :

– Qui est mon père ?

Il avait treize ans. La présence d'Antoine l'avait préservé de cette interrogation pourtant légitime, mais aujourd'hui ce père de substitution n'était plus là : Jean se trouvait face à un gouffre qu'il ne pouvait franchir sans mon aide. Mais que dire ? Que faire ? Je choisis la vérité, et lui confiai qu'il était le fils d'un médecin bordelais que j'avais connu durant mes études là-bas. Je pense aujourd'hui, avec le recul de nombreuses années, que c'était la bonne solution. D'autant que je lui promis de lui donner de plus amples explications plus tard, à l'occasion de sa majorité.

Je n'étais pourtant pas au bout de mes peines, car Maria vint me voir en juin 1945 pour m'annoncer que Séverin Marchesseau venait de rentrer d'un camp de concentration après avoir été arrêté à cause de ses activités dans la Résistance. Sa femme, israélite, y avait laissé la vie. Et Séverin avait demandé à me voir, confiant cette mission à Maria. Je n'hésitai pas une seconde et partis pour Bordeaux, où je trouvai le père de mon fils affreusement amaigri, à jamais privé de l'éclat magnifique de ses yeux, sans ses mèches folles, dans un état d'extrême faiblesse.

– Ludivine, me dit-il, ne m'abandonne pas.

Je le pris dans mes bras et le berçai comme l'enfant qu'il était devenu à quarante-huit ans, et je lui promis tout ce qu'il voulut.

– Emmène-moi avec toi, me dit-il encore, d'une voix que j'avais du mal à reconnaître.

Ma main ne lâcha pas sa main décharnée une seule seconde. Et comme il me semblait que je devais l'attacher à la vie qui le fuyait, je lui avouai qu'il avait un fils. La joie qui le souleva de sa couche le préserva des reproches et des regrets.

– Moi qui en rêvais, me dit-il, et qui n'en ai jamais eu le temps !

Le soir même, il montait dans ma voiture et je l'emmenais vers le Grand Castel avec la conviction que personne, jamais plus, ne m'éloignerait de lui.

Il demeura fragile, en danger, pendant des jours et des jours, mais je le soignai de toutes mes forces et de tout mon savoir. Je n'étais pas seule : Jean, d'abord horrifié par l'aspect de ce père si maigre et si souffrant, finit par s'attacher à lui. Bien évidemment, le soir même de mon retour, je lui avais confié qui était cet homme surgi de nulle part. Ils s'apprivoisèrent très rapidement, et, à ma grande satisfaction, devinrent complices comme Jean l'avait été avec Antoine.

Ils s'aidèrent mutuellement à franchir un cap, Séverin reprit du poids et Jean retrouva le sourire qu'il avait perdu. Mais ils demeurèrent finalement aussi fragiles l'un que l'autre. Et davantage encore le père que le fils, notamment au cours des nuits qui le faisaient se dresser sur notre lit et me raconter tout ce qu'il avait vécu là-bas : les horreurs quotidiennes, la faim, le froid, la cruauté des kapos, la violence permanente, la haine insoutenable, les exécutions au bord des tranchées creusées dans la terre, et la certitude de ne plus jamais pouvoir croire en l'humanité. Séverin n'avait dû son salut qu'à sa qualité de médecin et à des conditions d'existence un peu moins rudes que celles qui étaient infligées aux déportés. Sa femme n'était pas à Dachau avec lui : il ne savait pas où elle se trouvait, n'avait appris qu'à son retour qu'elle était morte à Birkenau.

La journée, une fois notre fils parti à l'école, Séverin refusait de rester seul et s'installait tout près de moi, dans le bureau qui avait une cloison commune avec ma salle de consultation. L'après-midi, il montait à mes côtés dans la voiture qui nous conduisait vers les fermes si paisibles, désormais, et, en m'attendant, il faisait quelques pas sous cette lumière à nulle autre pareille qui avait toujours embelli mon existence. Les bois, les champs, les chemins, la verdure des arbres et l'éclat de l'eau finirent par le réconcilier avec la vie. D'autant que nous prîmes l'habitude, cet été-là, d'aller nous baigner dans la rivière et de nous soûler des caresses de l'eau, de celles d'un petit vent du sud qui faisait délicieusement frissonner les feuilles des arbres sous lesquels nous reprenions souffle… et courage.

– Comme la vie est étrange ! me dit-il un après-midi où nous étions allongés l'un près de l'autre dans l'herbe qui sentait si bon. Il a fallu la guerre et les camps pour que nous puissions vivre ensemble.

Et, avec un sourire douloureux :

– C'est le prix qu'il me fallait payer, je le sais aujourd'hui.

Mais jamais, au grand jamais, il ne me demanda pourquoi j'avais refusé le mariage au moment où il me l'avait proposé. Il en avait certainement compris les raisons au cours de nos interminables conversations des jours et des nuits, quand je lui faisais part de ma hantise de voir grandir notre fils.

Et puis au fil des mois il retrouva une apparence humaine, ses rondeurs du visage, ses deux mèches de part et d'autre des tempes, mais pas l'éclat de ses yeux. Je ne pensais plus qu'à une seule chose : le garder avec moi, cet homme dont le destin aurait peut-être été différent si j'avais accepté de m'unir à lui, et j'en concevais une grande culpabilité. D'où cette proximité désormais, et cette impossibilité de nous séparer quand la question se posa, un an après nos retrouvailles, de savoir ce qu'il convenait de décider pour l'avenir. Pas plus que moi il ne souhaitait s'éloigner. D'ailleurs, depuis son retour, ses mains tremblaient trop pour qu'il envisage de reprendre son activité de chirurgien. Il était né comme moi en 1897, et il allait bientôt avoir cinquante ans.

– Mon plus cher désir est de rester ici, avec toi, me dit-il. En vendant tout ce que je possède à Bordeaux je n'aurai pas de soucis d'argent.

Il reprit, presque suppliant :

– J'ai la présomption de penser que tu ne refuseras pas une deuxième fois le mariage. Ne serait-ce que pour Jean.

– Même sans Jean, j'aurais accepté, lui répondis-je. Je ne pourrais plus vivre sans toi.

C'est ainsi que nous nous sommes mariés le 14 septembre 1946, et qu'a commencé cette période de ma vie qui m'a tellement rendue heureuse, entre mon époux et mon fils, au centre d'un univers qui ne portait plus de menaces, et dans cette lumière de premier jour d'un monde qui avait retrouvé toute sa splendeur.

Oui, heureuse, vraiment, car Jean avait été admis au collège de Bergerac, mais Séverin allait le chercher tous les soirs en voiture et l'y ramenait le lendemain matin. Il ressemblait toujours autant à son père, et, il faut bien le dire, s'intéressait davantage aux vignes qu'aux études. Il prétendait être plus heureux au Grand Castel que n'importe où ailleurs, et je ne me sentais pas le droit de contester cette affirmation. Son père non plus, qui avait adopté ces terres avec la sensation, souvent, de n'avoir jamais habité ailleurs. Il avait acheté quelques hectares sur la colline faisant face au Grand Castel, et, avec Henri, étudiait déjà quels cépages il allait pouvoir planter.

Les conditions d'exercice de mon métier s'étaient elle aussi améliorées, grâce à la radiologie et aux antibiotiques qui avaient d'abord été réservés aux hôpitaux, mais dont on disposait, à présent, sous certaines conditions. Seule la poliomyélite, dont on ne trouva un vaccin qu'en 1954, me posa des problèmes parce que le virus se trouvait dans l'eau, pas toujours de bonne qualité à la campagne, où on la tirait encore des puits ou des fontaines. Elle se manifestait par une fièvre et des maux de tête, mais surtout par une raideur musculaire du cou et du dos. Pour le reste : diphtérie, coqueluche, rougeole, oreillons, la médecine savait les traiter désormais, et depuis le BCG, obligatoire en 1950, la tuberculose avait beaucoup reculé, de même que la variole.

Par ailleurs, un jeune médecin s'était installé à Saint-Léon en 1948, et il me soulageait beaucoup tout en entretenant avec moi de bonnes relations. Enfin, les voitures devenaient de plus en plus nombreuses, les ambulances également, et l'on n'hésitait pas à décider une hospitalisation, à commencer pour les curetages auparavant effectués dans de très mauvaises conditions, mais également pour les fractures ou les accouchements qui s'annonçaient difficiles.

Bref ! Je savourais la vie comme jamais je n'avais pu le faire, entre « mes deux hommes », jouissant de chaque instant passé en leur compagnie, même si Jean grandissait trop vite à mon gré. Il avait été décidé qu'il n'irait pas au-delà du baccalauréat puisqu'il ne le souhaitait pas : il s'occuperait des vignes avec son père et vivrait au Grand Castel, comme il nous l'avait demandé. Je me réjouissais à l'idée de le savoir près de moi chaque jour, et proche de Séverin, également, à qui jamais la moindre dispute ne l'avait opposé. Celui-ci, quant à lui, profitait de l'existence avec une sorte de fièvre, une passion folle pour ce monde qu'il avait découvert au moment où il avait cru avoir tout perdu. Au cours de nos promenades, il s'arrêtait devant chaque fleur, froissait entre ses doigts les feuilles des arbres, écoutait le chant des oiseaux, s'extasiait de demeurer ainsi au plus près d'un univers qui lui avait été étranger. Peut-être l'aimait-il parce qu'il était le mien ? Non, je ne crois pas. Il avait tellement côtoyé la mort qu'il s'émerveillait des plus infimes manifestations de la vie, tout simplement.

Il fut comme moi désemparé de voir partir Jean au service militaire en mars 1951, et cela pour dix-huit mois. Je ne lui avais pas parlé de cette malédiction qui pesait sur tous les fils aînés des Marsac, ne désirant pas lui communiquer l'angoisse qui m'avait envahie. La France était en guerre en Indochine, mais seuls les engagés étaient concernés. Je m'efforçais donc de croire que nulle menace ne pesait sur mon fils qui allait nous revenir pour vivre définitivement près de nous.

Pourtant ils furent longs, ces mois, sans lui, et Séverin, comme moi, en souffrit. Ils furent entrecoupés par deux permissions, heureusement, et s'achevèrent par des retrouvailles qui me laissèrent envisager le meilleur pour l'avenir. Et l'avenir, précisément, s'éclaira au retour de Jean, à l'automne 1952, au moment où les vendanges battaient leur plein. Quelle fête ce fut alors, au Grand Castel où se pressèrent une vingtaine de saisonniers, hommes et femmes, dans une chaleur et une joie qui les firent danser chaque soir devant les communs où ils passaient la nuit ! Je crois que je n'en ai pas connu de plus belles. Et puis le raisin se mit à bouillir dans les cuves et bientôt on goûta le vin, d'une forte teneur en alcool et cependant d'un moelleux extraordinaire.

Je me sentais délivrée de toute menace, revenue de tout ce qui me hantait, consciente d'exister dans une plénitude que la présence de Séverin, quotidiennement, embellissait. Il me suivait toujours lors de mes visites à l'extérieur du Grand Castel, et, parfois, tournait brusquement la tête vers moi en disant ·

– Ludivine, regarde-moi !

Et il me semblait apercevoir fugacement dans ses yeux l'éclat doré que j'avais tellement aimé avant la guerre.

Ainsi passaient les jours et les mois, sans la moindre ombre sur le Grand Castel où nous vivions maintenant dans une insouciance que mon métier, et les charges qui allaient avec, n'assombrissait même plus. Ne lisant pas les journaux, je ne sus même pas qu'une révolte était née en Algérie à l'automne de l'année 1954, et ne me préoccupai pas davantage de l'aggravation de ces troubles quand j'entendis Séverin et Jean en parler pour la première fois au cours d'un repas du soir. Cela ne nous concernait plus, Jean étant libéré de ses obligations militaires depuis presque trois ans.

C'est dans ces dispositions d'esprit que nous parvînmes en février 1956, avec des températures qui n'étaient jamais descendues aussi bas. Il fallut allumer des feux dans les vignes pour que les ceps n'éclatent pas sous la morsure du gel, et les trois hommes du Grand Castel – Séverin, Jean et Henri – se relayèrent chaque nuit pour entretenir les foyers. On trouvait des oiseaux morts devant les fenêtres, on entendait éclater les arbres à l'approche de l'aube, j'avais du mal à démarrer la voiture le matin – une Panhard Dyna Z qui avait remplacé la vieille Hispano-Suiza de mon père –, et les maux dus au froid polaire avaient tendance à s'aggraver rapidement. Aussi étais-je épuisée à la fin de ce mois qui s'ouvrit enfin sur un printemps que nous n'espérions plus.

Je commençais à respirer un peu mieux, à ne plus craindre pour les vignes et me réjouissais déjà des beaux jours à venir, quand la foudre tomba sur moi, un soir, en rentrant de mes visites, à cette nouvelle que m'apprit Jean : le gouvernement rappelait des soldats qui avaient déjà fait leur service militaire pour les envoyer en Algérie. D'abord j'en restai stupéfaite, ne parvenant pas à le croire, puis la colère s'empara de moi, et je devins comme folle, incapable d'entendre ce que voulait ajouter mon fils : à savoir que peut-être cela ne le concernerait pas, lui qui était rentré depuis quatre ans. Je m'enfuis vers la rivière, la longeai un long moment dans un état de désespoir total, car déjà une voix me disait que moi aussi j'allais devoir payer le tribut des Marsac. Quand je revins au Grand Castel, il était vide, car Séverin et Jean me cherchaient. Je m'assis dans le salon et les attendis, totalement anéantie, pendant près d'une heure, et les mots qu'ils prononcèrent à leur retour ne parvinrent pas à me rassurer. Séverin s'y essaya pendant toute la nuit, et je m'efforçai de feindre de le croire pour ne pas l'ébranler lui aussi, mais rien n'aurait pu me faire douter de ce qui m'attendait.

De fait, quand la feuille de route destinée à Jean arriva, en avril, je n'en fus pas étonnée, mais seulement confirmée dans mes craintes de ne plus le revoir. Il partit le 18 avril, et Séverin se mit à écouter les informations à la radio à chaque heure du jour. Jean se trouvait à Blida, dans une ville aux portes de l'Atlas saharien, et se disait en sécurité. Moi, je me réfugiais dans le travail, tentant de me persuader que soigner les autres, c'était aussi un peu me soigner moi-même. Puis je repris espoir au fil des jours, en me disant que les six mois passeraient vite, mais alors que je commençais à entrevoir le bout du tunnel, une lettre de Jean arriva, annonçant qu'il allait devoir rester six mois de plus en Algérie.

Je faillis devenir folle une nouvelle fois, mais je repris la route, soutenue par Séverin qui avait fini par abandonner le poste de radio, afin de me suivre lors de mes visites, comme il l'avait fait au début de nos retrouvailles. Et ce fut ensemble que, le 8 mars 1957, en rentrant, nous aperçûmes les gendarmes sur la terrasse du Grand Castel. Ils n'eurent pas besoin de parler, ou alors je ne les entendis pas : je lus la lettre officielle qui m'annonçait que mon fils était mort en héros au cours d'un accrochage dans le djebel, à l'aube du 6 mars. Je savais cela depuis toujours. Je l'avais toujours su, et sans doute m'y étais-je préparée, car je trouvai la force de prendre soin de Séverin, cette nuit-là, alors qu'il tremblait de tous ses membres en revivant toutes les horreurs vécues dans le camp de Dachau, et que nos larmes mêlées ne parvenaient pas à atténuer la douleur. Et si je n'ai pas perdu la tête, ce mois de mars là, si je n'ai pas sombré dans le gouffre ouvert sous mes pieds, c'est uniquement pour lui : pour ne pas le laisser seul, cet homme qui était venu vers moi de si loin, et qui avait déjà tant souffert.

Le corps de notre fils nous fut rendu quatre jours plus tard, et il repose dans le petit cimetière de Saint-Léon, près de mes parents, où nous avons pris l'habitude d'aller nous recueillir souvent, appuyés l'un sur l'autre, sans savoir qui soutient qui ou qui porte l'autre.

5

JE suis restée un an sans tenir ce journal. J'avais besoin de toutes mes forces pour rester debout, rien ne devait me distraire de cet effort qui m'a tant coûté, mais qui m'a sauvée, sans doute, puisque je suis encore là pour écrire, et Séverin avec moi. Je n'ai pas envie de revenir sur les jours et les mois qui ont suivi la douleur insondable que représente la perte d'un fils, et cette conviction terrible, dévastatrice, de n'avoir pas su le protéger.

Je m'étais longtemps refusée à mettre au monde un enfant, et je n'avais cédé à l'injonction de mon père et de mon frère que portée par l'espoir insensé qu'une naissance tirerait peut-être ma mère du néant où elle avait sombré. Mais je savais que je m'exposais ainsi à un destin que je ne maîtriserais pas. Si seulement j'avais pu avoir une fille ! me disais-je souvent. Je l'avais espéré de toutes mes forces, je m'en étais même persuadée, à la fin, au terme de ma grossesse, et j'avais donné le jour à un fils. Un fils que j'avais aimé plus qu'une mère ne saurait le dire, et davantage encore du fait qu'il ressemblait à son père. Aujourd'hui ce fils dormait dans un petit cimetière, pas très loin des vignes où il avait envisagé de passer sa vie, et je n'y pouvais rien – pas plus que Séverin, qui avait perdu pied à la suite de cette disparition, et que je tenais à bout de bras, jour et nuit, parvenant difficilement à le tirer d'un silence qui m'en rappelait un autre et m'effrayait d'autant plus.

Je pris la décision d'arrêter l'exercice de la médecine cette année-là, à l'âge de soixante ans : je ne pouvais à la fois venir en aide à tous les malades qui me sollicitaient, et m'occuper de Séverin et de moi-même, qui étions à bout de forces et d'espoir. Ce ne fut pas une bonne décision : le fait de devoir me lever le matin, d'être occupée en permanence m'aurait au moins épargné les pensées les plus noires.

Une fois recluse au Grand Castel, les journées, au début, me parurent vides de sens, dérisoires par comparaison à ce qu'avait été ma vie. Heureusement, la présence d'Henri et de Germaine m'aida à faire les premiers pas dans cette existence nouvelle au bras de Séverin. Ils étaient plus jeunes que nous et possédaient la force paisible des paysans, qui n'avaient pas pour habitude de s'écouter lorsqu'ils étaient malades. Volontiers blagueurs, énergiques, ils trouvaient le meilleur dans les plus petites choses, avançaient sur le seul chemin dont ils semblaient sûrs : celui du travail et de la volonté. Ils nous poussèrent en avant, nous accompagnèrent comme des parents proches, et nous sauvèrent, sans doute, d'un désespoir où, sans eux, nous aurions sombré sans nous battre.

Six mois passèrent, puis un an, puis deux : le général de Gaulle avait été élu président de la République, ce qui avait réjoui Séverin qui voyait en lui l'un de ceux qui avaient mis fin à son calvaire dans les camps. Moi je demeurais loin de ces considérations : j'étais même complètement fermée à ces affaires, persuadée que de toute façon elles ne changeraient rien au destin des hommes, toujours prêts à partir se battre, où que ce soit. Je n'étais pas allée voter, malgré les paroles de Séverin qui, lui, était persuadé que ce président saurait mettre fin à la guerre d'Algérie.

– Je n'avais qu'un fils, lui avais-je dit. C'est trop tard.

Mais il me semblait que petit à petit il reprenait pied, et que nos promenades dans les chemins le réconciliaient avec cette part du monde qui ne nous était pas hostile, au contraire : les couleurs de l'automne s'embrasaient toujours sous le même soleil, les cèpes perçaient sous les fougères, les raisins étaient lourds, et la terre ronronnait avant le grand sommeil de l'hiver. Au printemps elle se réveillait comme chaque année, dans des frissons de vent du nord et des éclairs de lumière vive, puis venaient la chaleur, les soirs épais tendus de voilages roses, les aubes claires et les crépitements de la rivière, là-bas, au loin, pareille à ce qu'elle avait toujours été, et, sans doute, demeurerait toujours.

Je trouvais quelques consolations dans cette permanence des saisons et des jours, cette vie sans cesse renaissante, mais l'une d'elles manquait et me renvoyait inexorablement vers un chagrin inépuisable. Avec Séverin, nous parlions trop souvent de Jean pour pouvoir oublier.

– Te souviens-tu, me demandait-il, du jour où il nous a annoncé qu'il n'aimait pas l'école et voulait faire sa vie ici ? Quel âge avait-il ?

– Quatorze ans.

– Et du jour où il a commencé à pêcher dans la rivière et nous a rapporté, très fier, des goujons et des ablettes ?

– Il avait treize ans.

Comment aurais-je pu oublier ces instants magiques de l'éveil d'un enfant ? Étais-je condamnée à revivre indéfiniment ce qui avait existé pour mon plus grand bonheur et ne serait plus jamais ? Non ! Il fallait tourner le dos au passé, cesser de s'accrocher à des souvenirs qui ne pouvaient qu'accroître notre douleur. C'est ce que nous fîmes, en évitant d'évoquer Jean lors de nos conversations, ayant mesuré à quel point nous en souffrions. Pourtant, au printemps 1962, quand fut signée la paix en Algérie, Séverin ne put s'empêcher de me dire :

– Il aurait trente ans.

L'injustice du sort faillit me faire sombrer de nouveau. Je compris que nous ne devions pas rester immobiles, mais plutôt nous éloigner, provisoirement, du Grand Castel. Nous nous sommes alors mis à voyager, notamment en Angleterre et en Hollande, pays où nous vendions notre vin, non plus par la rivière, à présent, mais par le chemin de fer et l'avion au départ de Bordeaux. Nous sommes aussi allés en Irlande et en Écosse, et le fait de prendre de la distance nous a fait beaucoup de bien.

Quand nous sommes revenus pour les vendanges de l'année 1963, j'ai senti que la douleur s'était un peu diluée, que mon cœur saignait moins. C'est seulement à ce moment-là que j'ai trouvé la force d'entrer de nouveau dans la chambre qu'avait occupée mon fils avant son départ et de caresser les vêtements qu'il avait portés aux différents âges de sa vie. Et c'est en soulevant l'une de ses chemises que j'ai trouvé une lettre qu'il avait sans doute laissée avant son rappel en Algérie en avril 1956. Je m'en suis toujours voulu de n'avoir pas eu le courage d'entrer dans cette chambre depuis sa disparition, et du temps perdu à cause de cette détresse dans laquelle m'avait précipitée sa mort.

Mes chers parents,

Qui sait si je reviendrai de cette guerre ? C'est avec cette pensée que je pars, et je ne veux pas le faire sans vous parler d'une jeune fille que vous ne connaissez pas, sinon de vue, parce qu'elle venait chaque année aux vendanges. Elle s'appelle Mariana Mirales. Elle ne m'a jamais rien refusé, sinon, par fierté et par orgueil, de venir jusqu'au château avec moi, pour que je vous la présente. Elle est fille de réfugiés espagnols établis comme métayers à la ferme des Essarts, entre Belmont et Montferrand-du-Périgord. Tout ce qu'elle possède, c'est-à-dire son cœur et son corps, elle me l'a donné. Je tiens à ce que vous sachiez une chose : si de cet amour naissait un enfant, je veux qu'il soit reconnu comme le mien et que vous l'accueilliez comme il se doit. Si donc je ne reviens pas, considérez, cher père et chère mère, que c'est ma dernière volonté. Je ne doute pas que vous comprendrez cet ultime geste de ma part et que vous aimerez comme je l'ai aimée une jeune fille qui ne veut rien devoir à personne et se refuse à habiter dans un château.

Je vous embrasse avec toute mon affection et en espérant vous revenir très vite.

Votre fils attentionné,

Jean.

De stupeur mais avec des battements fous dans le cœur, je suis restée un long moment immobile, avant de montrer cette lettre à Séverin qui me l'a rendue, des larmes dans les yeux, avec la même pensée que moi. Si les intuitions de Jean se révélaient exactes, que de temps aurions-nous perdu ! Quel châtiment pour avoir été trop faibles, n'avoir pas trouvé le courage de faire face au destin ! Mais ne concevions-nous pas un espoir vain, en ce soir veille de vendanges ? Et cette jeune fille allait-elle revenir, après tant d'années ? Je n'eus pas la patience d'attendre, et je me précipitai vers Germaine et Henri pour demander la liste des saisonniers qui devaient arriver le lendemain de très bonne heure. Je tenais la lettre de Jean à la main et Germaine pâlit en la découvrant. Comme je m'inquiétais de son émotion, elle m'avoua que Jean la lui avait confiée avant de partir avec pour mission de la déposer dans sa chambre s'il ne revenait pas.

– C'est ce que j'ai fait quand il a disparu, précisa-t-elle.

– Et pourquoi ne me l'a-t-il pas donnée, à moi ?

– Il m'avait dit « dans ma chambre ». J'ai respecté sa volonté.

Et, comme je ne pouvais dissimuler ma contrariété à l'idée de ce qui pouvait passer pour un manque de confiance de la part de mon fils :

– Il ne voulait pas vous inquiéter en envisageant une mort possible. Il vous savait déjà très angoissée à cause du mauvais sort qui pesait sur les aînés de la famille, dont vous lui aviez donné à lire les cahiers.

Elle a ajouté, avec un pauvre sourire :

– Il a voulu vous protéger. C'est en tout cas ce qu'il m'a dit.

Je n'ai pas insisté car Henri était allé chercher la liste que je lui avais réclamée. Le nom de Mariana Mirales y figurait. Je repartis dans le salon mais je n'en dis rien à Séverin. J'avais peur de sa réaction et me demandais si son cœur résisterait à une trop forte joie ou à une trop cruelle déception.

Inutile d'écrire que je fus debout de bonne heure le lendemain, et que je rejoignis les vendangeurs alors qu'ils venaient d'arriver sur la colline. Et ce que je découvris là-haut, à la lisière de la première vigne, ce ne fut pas une jeune fille mais une enfant qui était assise sagement sur un seau renversé, et jouait avec une poupée de chiffon. Dès l'instant où je la vis, je sus qui elle était à cause de ses cheveux châtains bouclés et des yeux de noisette qu'elle leva sur moi. Je ne pus lui poser les questions qui me brûlaient les lèvres, et je dus aller m'appuyer sur un piquet de vigne pour ne pas tomber. La petite vint alors vers moi et me demanda :

– Tu es malade ?

– Non. Je suis un peu fatiguée.

– Déjà ?

– Je suis vieille, tu sais. Et toi, quel âge as-tu ?

– Six ans. Bientôt sept.

– Tu es née quand ? Tu peux me le dire ?

À cet instant une voix froide lança dans mon dos :

– Elle est née le 10 janvier 1957.

Je me retournai et me trouvai face à une grande jeune femme au longues boucles brunes, dont le regard ne cillait pas, et, au contraire, me défiait.

– Elle s'appelle comment, votre fille ?

Elle hésita à répondre, puis lança, dans un nouveau défi qui me glaça :

– Elle s'appelle Jeanne.

Je ne vis plus rien, tout à coup, et je tombai sur le sol, en ayant la sensation qu'il venait à ma rencontre à une vitesse folle.

Quand je repris mes esprits, Henri et Germaine étaient penchés sur moi et cette dernière me tamponnait le front avec un mouchoir humide.

– Où est-elle ? dis-je, une fois que j'eus repris mes esprits.

– Là-bas. Elle travaille.

– Et la petite ?

– Auprès d'elle. Elle veut aider.

– Allez la chercher s'il vous plaît.

Germaine me soutint jusqu'au banc de la cabane à outils pendant qu'Henri allait quérir la saisonnière qui vint de mauvaise grâce jusqu'à moi, tenant sa fille par la main.

– Asseyez-vous, lui dis-je. Nous avons à parler.

– Il faut que je travaille, madame, répondit-elle. J'ai besoin d'argent pour élever ma fille.

– S'il vous plaît ! Ce ne sera pas long.

– Pourquoi elle pleure, la dame ? demanda la petite.

– Va jouer là-bas ! ordonna la vendangeuse, tout en s'asseyant de mauvaise grâce près de moi.

L'enfant s'éloigna mais son regard demeura dirigé vers nous, avec un froncement de sourcils qui m'en rappela douloureusement un autre et me fit une nouvelle fois vaciller. Enfin, quand mon vertige fut dissipé, je demandai en tentant de saisir ses mains qu'elle retira vivement :

– Vous vous appelez Mariana Mirales, n'est-ce pas ?

– Oui madame.

– Et vous avez bien connu mon fils ?

– Non madame.

– Allons ! dis-je, il me l'a écrit.

Elle se leva d'un bond et me lança, d'une voix pleine de haine et de ressentiment :

– Et vous avez attendu six ans ?

– Asseyez-vous, s'il vous plaît, dis-je.

Mais clle demeura debout, hostile, glacée, jusqu'au moment où je murmurai, du bout des lèvres :

– Je suis sûre, au moins, que vous allez pouvoir comprendre une chose, dans tout ce gâchis : c'est que depuis sa disparition, je n'ai jamais pu trouver la force d'entrer dans sa chambre. La lettre y était dissimulée, dans l'armoire, sous une chemise.

Et j'ajoutai, en constatant avec soulagement que le visage de la jeune femme se détendait :

– Je n'ai pu y entrer qu'hier soir. La lettre est là, dans ma poche.

Je me levai, tendis encore une fois une main qu'elle ne prit pas :

– S'il vous plaît ! Venez !

Je partis vers le Grand Castel avec la certitude qu'elle allait me suivre. De fait, quand je me retournai, elle avait mis ses pas dans mes pas en entraînant sa fille.

On imagine aisément la suite : mes confidences accablées, puis les siennes depuis le jour où elle avait rencontré Jean lors des vendanges, en septembre 1954, leur séparation douloureuse en avril 1956, enfin le moment où elle avait appris sa mort, l'année d'après, les obsèques à Saint-Léon auxquelles elle avait assisté, ignorée de tous, désespérée, sa vaine attente, son désespoir et sa colère, son refus de venir demander quoi que ce soit, par humilité et par fierté, dans un château trop grand pour elle.

– Sans la lettre de Jean, vous ne m'auriez jamais crue ! s'exclama-t-elle avec la même dureté dans la voix.

– Mais si vous étiez venue me parler, peut-être alors l'aurais-je cherchée ?

– De toute façon, aujourd'hui, qu'est-ce que ça change ?

– Jean a voulu que son enfant soit reconnu. Je vais prendre toutes les dispositions nécessaires pour cela. Et donc ces terres et ce château lui reviendront un jour.

– À ma fille, peut-être, mais ça ne me concerne pas.

– Allons ! dis-je, ne vous braquez pas. Ne croyez-vous pas que vous vous sentirez plus près de lui si vous venez ici ?

Mariana ne répondit pas mais je compris que cette

pensée pouvait faire son chemin en elle et, peut-être, la décider.

Séverin, qui se levait tard, arriva sur ces entrefaites et, sans que je lui eusse rien dit, il embrassa Mariana comme s'il la connaissait depuis toujours. Puis il se dirigea vers Jeanne et fit de même. Il lui avait suffi de les voir l'une et l'autre pour comprendre qui elles étaient.

– Il faut me laisser le temps de la réflexion, dit enfin Mariana en se levant.

– Nous ne sommes plus à huit jours près, dis-je. Mais je ne doute pas de votre décision.

En réalité, je n'étais sûre de rien.

– Viens ! dit-elle à sa fille.

– Mais où allez-vous donc ?

– Je vais vendanger, madame, c'est pour ça que j'ai été embauchée.

– Laissez-nous au moins la petite.

– Bientôt, peut-être, dit Mariana en s'éloignant.

Et nous demeurâmes côte à côte, Séverin et moi, incapables de savoir s'il fallait se lancer à sa poursuite ou s'il fallait plus simplement laisser à Mariana le temps de réfléchir et d'admettre qu'une mère, sous le poids d'une trop forte douleur, pouvait refuser pendant des années d'entrer dans la chambre de son fils à jamais disparu.

Il lui fallut un mois pour accepter de venir nous rejoindre, mais elle posa une condition : dormir dans la chambre qui avait été celle de Jean. Je lui donnai évidemment mon accord, et depuis ma belle-fille et ma petite-fille vivent sous le toit du Grand Castel pour notre plus grand bonheur.

La vie s'est embellie grâce à ces deux présences, et nos dernières années en ont été illuminées d'un magnifique soleil que je n'espérais plus. Séverin s'est réconcilié totalement avec la vie. Jeanne lui vouait une véritable adoration et il la conduisait à l'école chaque matin. Mariana avait tenu à travailler à l'extérieur et à gagner sa vie, de par cette obsession d'indépendance et de fierté qui a toujours été le trait principal de son caractère. Mais elle rentrait chaque soir au Grand Castel qui devint peu à peu sa véritable demeure. Et les jours se mirent à couler de plus en plus vite malgré le bonheur qui était censé les retenir.

Cependant le poids des ans s'accumulait sur nous, et surtout sur Séverin dont le cœur m'inquiétait. Il avait trop souffert, ce cœur, et il était devenu fragile, cassant comme du verre. Il cessa de battre un matin, alors que Séverin se trouvait occupé à sa toilette, tandis que j'aidais Germaine, en bas, à préparer le petit déjeuner pour Jeanne et pour Mariana. Comme Séverin tardait à descendre, je montai à l'étage et le trouvai étendu sur le côté, le visage calme, comme apaisé après avoir trop souffert, les yeux tournés vers la fenêtre par où entrait le petit vent tiède du mois de mai. Avouerais-je que dans un premier temps je me suis sentie comme soulagée – délivrée, même – de savoir qu'il ne souffrirait plus jamais ?

Le fait de l'accompagner jusqu'au petit cimetière de Saint-Léon, près de notre fils, ne m'a pas trop coûté, en tout cas beaucoup moins que je ne le redoutais. Mais c'est après, au cours des jours qui ont suivi, que j'ai ressenti le poids de son absence, et que j'ai compris à quel point j'allais souffrir moi aussi. Heureusement, la présence de Jeanne et de Mariana m'a épargné de me morfondre dans le chagrin : la vie était là, tout près de moi. Peut-être aussi l'impossibilité physique de m'arracher à cette terre, à ces vignes, à cet univers de collines, de bois, de champs et d'eau qui demeuraient les mêmes et murmuraient à mes oreilles des mots qui m'étaient encore assez précieux pour ne pas être ignorés. Et puis il y avait toujours Germaine à mes côtés, qui veillait sur moi mais également sur les miens avec la patience et la force d'une paysanne habituée à courber le dos sans faillir à ses obligations.

De quoi me serais-je plainte, au demeurant ? Sur la fin de ma vie j'avais certes perdu mon mari, mais j'avais retrouvé une fille – car Mariana l'était pour moi devenue – et une petite-fille qui ne partirait jamais à la guerre.

– Grand-mère, me disait-elle chaque soir avant de s'endormir, je ne te quitterai jamais.

– Ne vous inquiétez pas, ajoutait Mariana, quoi qu'il arrive, nous sommes là.

Le reste m'importait peu. Même les événements de mai 1968 qui firent s'embraser les rues des villes et paralysèrent l'économie du pays ne me touchèrent pas. Que pouvaient-ils bien signifier ? Qu'on était en train de changer de monde ? Certes ! Je le vérifiais chaque fois que mes pas m'entraînaient en dehors du Grand Castel, à l'occasion de mes négociations avec les marchands de vins, ou lors de mes achats d'engrais, de soufre et de matériel dans les bourgs de la vallée.

Et quand je suis allée voir Maria à Bordeaux, au cours de l'été qui a suivi, c'est à peine si j'ai reconnu la ville que je n'avais pas revue depuis dix ans. Maria venait seulement d'arrêter de travailler alors qu'elle avait soixante et onze ans, comme moi. Elle avait aussi perdu son mari, mais elle avait deux filles qui, comme elle, étaient devenues médecins – l'une à l'hôpital, l'autre dans un cabinet. Elle était toujours aussi volontaire, rieuse, bien qu'amaigrie et fatiguée par une vie de labeur acharné.

– Ce sont elles qui veillent sur moi, aujourd'hui, me dit-elle. On se dispute continuellement parce qu'elles veulent me soigner comme si j'étais leur enfant.

Elle a soupiré, ajoutant avec lassitude :

– Tu te rends compte comme tout a passé vite ?

– Plus que tu ne l'imagines.

– Et tu te souviens de notre entrée sur les bancs de la faculté ?

– Je me souviens de tout comme si c'était hier.

– Et ton Séverin ? Si tu savais combien de fois il est venu me voir pour me demander de tes nouvelles !

– Je sais.

– Pourquoi avoir perdu tant de temps ?

– Je ne regrette rien. Je ne voulais pas avoir d'enfants, tu le sais très bien.

– Peut-être aurais-tu pu lui expliquer.

– Ce sont des choses qu'on ne peut expliquer qu'à soi-même.

– Tu as sans doute raison.

Nous avons parcouru les rues de Bordeaux, ce jour-là, et surtout celles que nous empruntions dans notre jeunesse, mais tout avait tellement changé que j'ai préféré m'en aller, pour garder le passé vivant en moi et non pas déformé par le présent.

Et je n'ai plus revu Maria.

J'ai cessé de tenir ce journal pendant cinq années, je ne sais pas au juste pourquoi. Et pas davantage pourquoi je le reprends aujourd'hui, sinon, peut-être, pour mettre un point final à ce qui a été ma vie et celle de mes ancêtres. Petit à petit, mes jambes m'ont portée de plus en plus difficilement vers les vignes au sommet de la colline. Ma vie s'est rétrécie, le Grand Castel est devenu trop grand pour moi, mais je n'y suis pas seule, heureusement. Car même si Germaine et Henri ont rejoint leur fils à Périgueux, Mariana m'a demandé si ses parents pouvaient venir habiter dans le logement laissé vacant, et je lui ai accordé volontiers cette autorisation. Son père, Antonio Mirales, est un rude travailleur aragonais à la peau couleur de brique et aux bras encore énergiques. Sa mère, Pilar, a remplacé Germaine à la cuisine et s'occupe du train de maison. Leur humilité et leur vaillance m'apaisent et me réjouissent. J'ai suggéré à plusieurs reprises à Mariana de trouver un mari, ce qui ne me semble pas trop difficile tellement elle est belle, mais elle s'y est refusée.

– Mon mari c'est Jean, m'a-t-elle répondu. Et de toute façon je ne me sens pas le droit de faire entrer un homme dans une propriété qui ne m'appartient pas.

– Elle appartient à ta fille, c'est la même chose.

– Pas pour moi.

Je crois qu'elle fréquente un homme à Belmont, mais qu'elle tient à garder son indépendance et sa liberté Heureusement qu'elles sont là, toutes les deux, pour atténuer ma conviction de m'être cruellement trompée : je sais aujourd'hui qu'on ne combat la mort que par la vie. Après l'hiver vient toujours le printemps. Je n'ai pas su compenser la souffrance de la perte d'un être cher par la naissance d'autres qui auraient été plus nombreux, plus présents, et plus secourables.

Je ne me délivre de ce remords qu'en présence de Jeanne et en songeant à tous les êtres que j'ai soignés, aidés, sauvés. Ceux-là, au moins, existent. Qui sait si le fils de l'un d'entre eux ne s'unira pas un jour avec Jeanne au sein de ces murs dans lesquels je me consume doucement, mais avec le bonheur de savoir que, désormais, ils ne périront pas ?

Je sais que la fin approche, même si je soigne ce corps qui m'était familier et qui, à présent, me devient de plus en plus étranger. Je l'écoute gémir comme les membrures d'un navire malmené par la tempête. Bientôt je vais m'endormir. Il m'arrive de ne plus me lever, sinon pour tracer quelques mots sur le papier. Je n'aurai pas rompu cette chaîne-là. Mais qui sait si demain je pourrai me relever pour continuer d'écrire ce cahier ? Allons ! Il vaut mieux le clore volontairement. J'aurai au moins maîtrisé cela.

J'ai côtoyé la mort pendant des années et pourtant je ne sais rien d'elle, sinon qu'elle m'a privée de ceux que j'ai le plus aimés. M'attendent-ils quelque part ? Je veux le croire et je n'ai pas peur. Car si personne ne nous attend de l'autre côté du temps, s'il n'y a rien pour nous recevoir, nous ne le saurons pas et n'en souffrirons pas. Mais si nous sommes accueillis, au contraire, ce sera sans doute la plus belle fête qui nous sera accordée. Dans l'espérance de ces retrouvailles, je vais m'y préparer comme pour des noces éternelles. De ma fenêtre, j'aperçois les peupliers qui, au loin, accompagnent l'eau vagabonde et espèrent un nouveau printemps. Déjà des grappes de fleurs blanches sont écloses sur les bosquets qui frissonnent au dernier vent de l'hiver.

J'ai pris des dispositions auprès du notaire de Belmont pour que ces pages soient remises en main propre à

Jeanne quand je ne serai plus là. Je n'ose pas penser qu'elle en fera un livre destiné à rencontrer des lecteurs étrangers à notre famille, mais au fond de moi, je l'espère. Non pas pour moi, mais pour Pierre, Albine, Aurélien, tous ceux qui m'ont précédée sur cette terre et qui me sont si chers, car tout l'amour de nos pères ne nous consolera jamais de les avoir perdus.

DU MÊME AUTEUR

Aux Éditions Albin Michel

LES VIGNES DE SAINTE-COLOMBE :
1. Les Vignes de Sainte-Colombe (Grand Prix des lecteurs du Livre de Poche), 1996.
2. La Lumière des collines (Prix des maisons de la Presse), 1997.

BONHEUR D'ENFANCE, 1996.

LA PROMESSE DES SOURCES, 1998.

BLEUS SONT LES ÉTÉS, 1998.

LES CHÊNES D'OR, 1999.

CE QUE VIVENT LES HOMMES :
1. Les Noëls blancs, 2000.
2. Les Printemps de ce monde, 2001.

UNE ANNÉE DE NEIGE, 2002.

CETTE VIE OU CELLE D'APRÈS, 2003.

LA GRANDE ÎLE, 2004.

LES VRAIS BONHEURS, 2005.

LES MESSIEURS DE GRANDVAL :
1. Les Messieurs de Grandval (Grand Prix de littérature populaire de la Société des gens de lettres), 2005.
2. Les Dames de la Ferrière, 2006.

UN MATIN SUR LA TERRE (Prix Claude-Farrère des écrivains combattants), 2007.

C'ÉTAIT NOS FAMILLES
1. Ils rêvaient des dimanches, 2008.
2. Pourquoi le ciel est bleu, 2009.

UNE SI BELLE ÉCOLE (Prix Sivet de l'Académie française et prix Mémoires d'Oc), 2010.

AU CŒUR DES FORÊTS (Prix Maurice Genevoix), 2011.

LES ENFANTS DES JUSTES, 2012

Aux Éditions Robert Laffont

LES CAILLOUX BLEUS, 1984.

LES MENTHES SAUVAGES (Prix Eugène-Le-Roy), 1985.

LES CHEMINS D'ÉTOILES, 1987.

LES AMANDIERS FLEURISSAIENT ROUGE, 1988.

LA RIVIÈRE ESPÉRANCE :

1. La Rivière Espérance (Prix La Vie-Terre de France), 1990.
2. Le Royaume du fleuve (Prix littéraire du Rotary International), 1991.
3. L'Âme de la vallée, 1993.

L'ENFANT DES TERRES BLONDES, 1994.

Aux Éditions Seghers

ANTONIN, PAYSAN DU CAUSSE, 1986.

MARIE DES BREBIS, 1986.

ADELINE EN PÉRIGORD, 1992.

Albums

LE LOT QUE J'AIME, Éditions des Trois Épis, Brive, 1994.

DORDOGNE, VOIR COULER ENSEMBLE ET LES EAUX ET LES JOURS, Éditions Robert Laffont, 1995.

Composition IGS-CP
Impression CPI Bussière en décembre 2013
à Saint-Amand-Montrond (Cher)
Éditions Albin Michel
22, rue Huyghens, 75014 Paris
www.albin-michel.fr

ISBN broché : 978-2-226-24983-8
ISBN luxe : 978-2-226-18465-8
N° d'édition : 20936/03. – N° d'impression : 2006896.
Dépôt légal : octobre 2013.
Imprimé en France.